狄公案

〔清〕佚名◎著

朱德卢 杨承清◎解释

全鉴

中国纺织出版社有限公司

国家一级出版社
全国百佳图书出版单位

内 容 提 要

本书共六十四回。前三十回，写狄仁杰任昌平县令时平断冤狱；后三十四回，写其任宰相时整肃朝纲的故事。书里写了四大案件：六里墩贩丝客被杀事件；皇华镇周氏害夫事件；孝廉华国祥儿媳暴死事件；白马寺淫僧怀义秽乱寺院，劫持民妇事件。故事情节细致缜密，扣人心弦。破案过程跌宕起伏，破案手法精彩绝伦，堪称中国古代的"福尔摩斯探案集"。本书除了上述四大案外，还有怒惩张昌宗、施巧计智除薛敖曹等情节。

图书在版编目（CIP）数据

狄公案全鉴 / （清）佚名著；朱德卢，杨承清解释
. --北京：中国纺织出版社有限公司，2022.7
ISBN 978-7-5180-9576-6

Ⅰ. ①狄… Ⅱ. ①佚… ②朱… ③杨… Ⅲ. ①侠义小
说—中国—清代 Ⅳ. ①I242.4

中国版本图书馆CIP数据核字（2022）第092359号

责任编辑：段子君 责任校对：高 涵 责任印制：储志伟

中国纺织出版社有限公司出版发行
地址：北京市朝阳区百子湾东里 A407 号楼 邮政编码：100124
销售电话：010—67004422 传真：010—87155801
http://www.c-textilep.com
中国纺织出版社天猫旗舰店
官方微博 http://weibo.com/2119887771
佳兴达印刷（天津）有限公司印刷 各地新华书店经销
2022 年 7 月第 1 版第 1 次印刷
开本：710×1000 1/16 印张：20
字数：175 千字 定价：48.00 元

前言

　　中国的小说历史非常悠久，从先秦时期的神话和传说开始，历经汉魏六朝的鬼神志怪至唐代的传奇，到宋元时代的话本，直至明清之际古典小说的盛行，构成了繁茂的中国古典文学画卷图，滋养着一代又一代华夏儿女。

　　明清小说，不仅数量众多，而且种类也多。有专写神仙妖怪的神魔小说，如《西游记》《八仙传》等；有描写人世间离合悲欢故事的世情小说，如《金瓶梅》《红楼梦》等；有描写历史人物和事件的历史演义小说，如《三国演义》《隋唐演义》等；有讥讽当世社会各种弊端的讽刺小说，如《儒林外史》等；有猛烈抨击社会各种时弊的谴责小说，如《官场现形记》等；也有描写各种冤狱讼案故事和侠客义士行为的公案侠义小说，如《三侠五义》《施公案》等。明清时期这些丰富而多样的小说，不仅极大地满足了社会大众对娱乐的需要，而且也让人们在获得精神享受之余，陶冶了人们的性情，传递了正统的社会价值观，很好地起到了教育人、塑造人的作用。这些宝贵的文化精神财富，是我们每一个中国人都应该学习和继承的。

　　《狄公案》是清代侠义公案小说，最早版本是光绪十六年（公元1890年）的石印本，却又未能收入孙楷第的《中国通俗小说书目》和阿英的《晚清小说目》，由此可以推知该书大致诞生于这一时期。至于书的作者是谁，已难于考究。全书共分六十四回，以武则天时代为背景，以著名宰相狄仁杰为原型，描述狄仁杰在州县及京都断案平冤、为民除害的传奇经历。书中的狄公智慧机敏、文武双全，具有独到的办案风格——重实效而轻缛节，讲操守且善变通，重调查而不妄断，爱百姓亦藐视豪权，具有很强的传奇性。小说讲的是古代断案故事，但是所凸显的问题和暗含的理念，对今天的司法实践依然有很大的启发。

《狄公案全鉴》在保留《狄公案》原著完整内容的基础上，对生僻字进行了注音，对生僻难解的词进行了诠释，从很大程度上解决了读者的阅读障碍，为读者领略小说中的古典文化和奇思妙想提供了极大的便利。

解释者

2021 年 7 月

目录

狄公案序

　　凡书之作，必当知其命意所在。知其命意所在，则何书不可读？所以作书者，或借古人为式法，或举往事以劝惩。推原其故，悉本挽颓风、砭末俗。夫颓风之甚，莫甚于人心之不古，末俗之坏，莫坏于邪念之易生。今偶于案头见《狄梁公四大奇案》一书，离奇光怪，可愕可惊。书中若陶干马荣之徒，本绿林豪客，能使心悦诚服于指挥；若周氏王氏之流，本红粉佳人，互见遗臭流芳于案牍；至若怀义敖曹之辈，不足以挂人齿类，而亦附以示贬；狄公真人杰也哉！世之览是编者，知不必悉依正史，而得史之意居多，读者其亦善体也夫！

光绪二十八年岁次壬寅春三月

警世觉者序于沪上之滴翠轩

内文导读

　　本书共六十四回，前面三十回写的是狄仁杰任昌平令尹时的断案经过，是全书的重点和精彩部分，所以又称《武则天四大奇案》。将书命名为《武则天四大奇案》，无非是指发生在武则天时代的四件奇案，并不是武则天亲自抓、亲自审、亲自判的四件奇案。所以，本书又被称为《狄梁公四大奇案》(无名氏序中题)、《狄梁公全传》(第六十四回回末结尾题)。"四大奇案"分别是：狄仁杰在昌平任内所侦破的六里墩丝客被杀案、皇华镇毕顺冤死案、县城华国祥儿媳被蛇毒而死案和僧人怀义秽乱白马寺，强抢民女案。本书除了上述四大案外，还有怒惩张昌宗、施巧计智除薛敖曹等情节。

第一回　入官阶昌平为令　升公堂百姓呼冤

诗曰：

世人但喜作高官，执法无难断案难。

宽猛相平思吕杜，严苛尚是恶申韩。

一心清正千家福，两字公平百姓安。

惟有昌平旧令尹，留传案牍（dú）后人看。

自来奸盗邪淫，无所逃其王法，是非冤抑，必待白于官家，故官清则民安，民安则俗美。举凡游手好闲之辈，造言生事之人，一扫而空之。无论平民之乐事生业，即间有不肖之徒显干法纪，而见其刑罚难容，罪恶难恕，耳闻目睹，皆赏善罚恶之言，宜无不革面洗心，改除积习。所以欲民更化，必待宰官清正，未有官不清正，而能化民者也。然官之清，不仅在不伤财不害民而已，要能上保国家，为人所不能为、不敢为之事，下治百姓，雪人所不能雪、不易雪之冤。无论民间细故，即宫闱细事，亦静心审察，有精明之气，有果决之才，而后官声好，官位正，一清而无不清也。故一代之立国，必有一代之刑官，尧舜之时有皋陶，汉高之时有萧何，其申不害、韩非子，则固历代刑名家所祖宗者也。若不察案之由来，事之初起，徒以桁杨刀锯，一味刑求，则虽称快一时，必至沉冤没世，昭昭天报，不爽丝毫。若再因赂而行，为贪起见，辄自动以五木，断以片言，是则身不修，而可治国治民，上清宫闱[1]，下安百姓，岂可得哉！间尝旷览古今，博稽野史，有不能断其无，并不能信其有者。如此书中所编之审案之明，做案之奇，访案之细，破案之神，或因秽乱春宫，或为全其晚节，或图财以害命，或因奸以成仇，或误服毒猝至身亡，或出戏言疑为祸首，莫不无辜牵涉，备受苦刑。使非得一人以平反之，变言易服，细访微行，阳以为官，阴以为鬼，卒至得其情，定其案，白其冤，罹其辟，而至奇至怪之狱，终不能明。春风倦人，日闲无事，故特将此书之原原本本，以备录之，以供众览。非敢谓警世醒俗，亦聊供阅者之寂寥云尔。

诗曰：

　　备载离奇事，钦心往代人。
　　廉明公平者，千古大冤伸。

话说这部书，出自唐朝中宗年间，其时武后临朝，四方多事。当朝有一位大臣，姓狄名仁杰，号德英，山西太原县人。其人耿直非常，忠心保国，身居侍郎平章之职，一时在朝诸臣，如姚崇、张柬之等人，皆是他所荐。只因

----

① 宫闱：后妃所居的深宫。

武三思倡乱朝纲，太后欲废中宗立他为嗣，狄仁杰犯颜立争，奏上一本，说陛下立太子，千秋万岁配食太庙。若立武三思，自古及今，未闻有内侄为天子，姑母可祀于太庙的道理，因此才恍然大悟，除了这个念头，退政与中宗皇帝，就称仁杰为国老，迁为幽州都督。及至中宗即位，又加封梁国公的爵位。此皆一生的事节，由唐朝以来，无不人人敬服，说他是个忠臣。殊不知这时多事，皆载在历代史书上，所以后人易于知道。还有未载在国史，而传流在野史上的那些事，说出来更令人敬服，不但是个忠臣，而且是个循吏，而且是个聪明精细、仁义长厚的君子。所以武后自僭位①以来，举凡近狎邪僻，残害忠良，杀姊屠兄，弑君鸩母，下至民间奇怪案件，皆由狄公剖断明白。自从父母生下他来，六七岁上，就天生的聪明。攻书上学，目视十行，自不必说。到了十八岁时节，已是学富五车，才高八斗。并州官府，闻了他的文名，先举了明经，后调为汴州参军，又升授并州法曹。那朝廷因他居官清正，就迁他为昌平令尹。到任来，为地方上除暴安良，清理词讼，自是他的余事。手下有四个亲随，一个姓乔叫乔太，一个姓马叫马荣，这两人乃是绿林的豪客。这日他进京公干，遇了他两人要劫他的衣囊行李，仁杰见马荣、乔太，皆是英雄气派，而且武艺高明，心下想道："我何不收服他们，将来代皇家出力，做了一番事业，他两人也可相助为理，方不埋没了这身本领。"当时不但不去躲避，反而挺身出来，招呼他两人站下，历劝了一番。哪知马荣同乔太，十分感激，说："我等为此盗贼，皆因天下纷纷，乱臣当道，徒有这身本领，无奈不遇识者，所以落草为寇，出此下策。既是尊公如此厚义，情愿随鞭执镫，报效尊公。"当时仁杰就将两人，收为亲随。其余一人姓洪，叫洪亮，即是并州人氏，自幼在狄家使唤。其人虽没有那用武的本事，却是一个胆大心细的人，无论何事，皆肯前去，到了办事的时候，又能见机揣度，不至鲁莽。此人随他最久。又有一人，姓陶叫陶干，也是江湖上的朋友，后

---

① 僭位：越分窃据上位。

来改邪归正，为了公门的差役。奈因仇家太多，时常有人来报复，所以他投在狄公麾下，与马荣等人，结为至友。从昌平到任之后，这四人皆带他私行暗访，结了许多疑难案件。

这一日正在后堂，看那些往来的公事，忽听大堂上面，有人击鼓，知道是出了案件，赶着穿了冠带，升坐公堂。两班皂吏齐集在下面。只见有个四五十岁的百姓，形色仓皇，汗流满面，在那堂口不住的呼冤。狄仁杰随令差人把他带上，在案前跪下，问道："你这人姓甚名谁，有何冤抑，不等堂期控告，此时击鼓何为耶？"那人道："小人姓孔，名叫万德，就在昌平县南门外六里墩居住。家有数间房屋，只因人少房多，故此开了客店，数十年来，安然无事。昨日向晚时节，有两个贩丝的客人，说是湖州人氏，因在外路办货，路过此地，因天色将晚，要在这店中住宿。小人见是路过的客人，当时就将他住下。晚间饮酒谈笑，众人皆知。今早天色将明，他两就起身而去，到了辰牌时分，忽然地甲胡德前来报信，说：'镇口有两个尸首，杀死地下，乃是你家投店的客人，准是你图财害命，将他治死，把尸首拖在镇口，贻害别人。'不容小人分辩，复将这两个尸骸，拖到小人家门前，大言恐吓，令我出五百银两，方肯遮掩此事。'不然这两人，是由你店中出去，何以就在这镇上出了奇案？这不是你移尸灭迹！'因此小人情急，特来求大老爷伸冤。"

狄仁杰听他这番言语，将他这人上下一望——实不是个行凶的模样。无奈是人命巨案，不能听他一面之辞，就将他放去。乃道："汝既说是本地的良民，为何这地甲不说他人，单说是你？想见你也不是良善之辈，本县终难凭信。且将地甲带来核夺。"下面差役一声答应，早见一个三十余岁的人，走上前来，满脸的邪纹，斜穿着一件青衣，到了案前跪下道："小人乃六里墩地甲胡德，见太爷请安。此案乃是在小人管下，今早见这两口尸骸，杀死镇口，当时并不知是何处客人。后来合镇人家，前来观看，皆说是昨晚投在孔家店内的客人，小人因此向他盘问。若不是他图财害命，何以两人皆杀死在镇上？

而且孔万德说是动身时，天色将明，彼时镇上也该早有人行路，即使在路，遇见强人，岂无一人过此看见？问镇上店家，又未听见喊救的声音。这是显见的情节，明是他夜间动手，将两人杀死，然后拖到镇口，移尸灭迹。此乃小人的承任，凶手既已在此，求太爷审讯便了。"

狄仁杰听胡德这番话，甚是在理，回头望着孔万德实不是个图财害命的凶人，乃道："你两人供词各一，本县未经相验，也不能就此定夺。且待登场之后，再为审讯。"说着，他两人交差带去。随即传令伺候，预备前去相验。

第二回　胡地甲诬良害己　洪都头借语知情

　　话说狄仁杰将胡德同孔万德两人交差带去，预备前往相验。自己退堂，令人传了仵作，发过三梆，穿了元服，当时带了差役人证，直向六里墩而来。所有那一路居民，听说出了命案，皆知道狄公是个清官，必能伸冤理枉，一个个成群结队，跟在他轿后前来观看。到了下昼时分，已至镇上。早有胡德的伙计赵三，并镇上的乡董郭礼文备了公馆，前来迎接。狄公先问了两句寻常的言语，然后下轿说道："本县且到孔家踏勘一回，然后登场开验。"说着，先到了客店门首，果见两个尸身，倒在下面，委是刀伤身死。随即传胡德问道："这尸首，本是倒在此地的么？"胡德见狄公先问这话，赶着回禀："太爷恩典，此乃孔万德有意害人，故将杀死尸骸，抛弃在镇口，以便随后抵赖。小人不能牵涉无辜，故仍然搬移在他家门前。求太爷明察。"狄公不等他说完，当时喝道："汝这狗头，本县且不问谁是凶手，你既是在公人役，岂能知法犯法，可知道移尸该当何罪？无论孔万德是有意害人，既经他将尸骸抛弃在镇口，汝当先行报县，说明原故，等本县相验之后，方能请示标封。汝为何藐（miǎo）视王法，敢将这两口尸骸移置此处！这有心索诈，已可概见；不然即与他通同谋害，因分赃不平，先行出首。本县先将汝重责一顿，再则严刑拷问。"着令差役，重打了二百刑杖。登时喊叫连天，皮开肉绽。所有那镇上的百姓，明知孔万德是个冤枉，被胡德诬害，无奈是人命案件，不敢掺入里面，此时见狄公如此办法，众人已是钦服，说道："果然名不虚传，好一个精明的清官！"

　　当时将胡德打毕，他仍是矢口不移，狄公也不过为苛求，带着众人到孔家里面，向着孔万德问道："汝家虽是十数间房屋，但是昨日客人，住在哪间屋内，汝且说明。"孔万德道："只后进三间，是小人夫妇同我那女儿居住。东边两间是厨房，这五间房屋，从不住客，惟有前进同中进，让客居住。昨日那两个客人前来，小人因他是贩丝货的客，不免总有银钱，在前进不甚妥贴，因此请他在中进居住。"说着领了狄公到了中进，指着上首那间房屋。狄公与众人进去细看，果见桌上尚有残肴酒迹，未曾除去，床面前还摆着两个夜壶，看了一遍，实无形迹，恐他所供不实，问道："汝在这地既开了数十年客店，往来的过客，自必多住此处，难道昨日只有他两人，以外别无一客么？"孔万德道："此外尚有三个客人，一是往山西贩卖皮货的；那两个是主仆两人，由河南至此，现因抱病在此，尚在前进睡卧呢！"狄公当时先将那个皮货客人带来询问，说是"姓高名叫清源，历年做此生理，皆在此处投寓。昨日那两个客人，确系天色将明的时节出去，夜间并未听有喊叫，至他为何身死，我等实不知情。"复将那个仆人提来，也是如此说法，且言主人有病，一夜未曾安眠，若是出有别故，岂能绝无动静。狄公听众人异口同声，皆说非孔万德杀害，心下更是疑惑，只得复往里面，各处细看了一回，仍然无一点痕迹。心下说道："这案明是在外面身死，若是在这屋内，就是那三人帮同抵赖，岂能一点形影没有？"自己疑惑不定，只得出来。到了镇口，果见原杀的地方，鲜血汪汪，冒散在四处，左右一带，并无人家居住，只得将镇里就近的居民，提来审问。皆说不知情节。因早见过路人来，知道出了这案，因此唤了地甲，细细查访，方知是孔家店内客人。

　　狄公心想道："莫非就是这地甲所为？此时天色已晚，谅也不能相验，我先且细访一夜，看是如何，明早验复再议。"想罢，向着那乡董说道："本县素来案件，随到随问，随问随结，故此今日得报，随即前来踏勘。但这命案重大，非日间相验，不能妥当，本县且在此处暂住一宵，明日再行开验。"吩咐差役，小心看管，自己到了公馆，与那乡董郭礼文谈论一番。招呼众人退去，随将洪亮喊来说道："此案定非孔万德所为，本县惟恐这胡德做了这事，反来自己出首，牵害旁人。你且去细访一回，速速回报。"

洪亮当即领命出来，找了那地甲的伙计赵三，并见个值日的差役，说道："我是随着太爷来办这案件，又没有苦主家，又没有事主，眼见得孔老儿是个冤抑，我们虽是公门口吃饭的人，也不能无辜罗唣好人，到此时腹中已是饥饿，胡德是此地地甲，难道一杯酒也不预备？我等也不是白扰的，太爷的清正，谁不晓得，明日回衙之后，总要散给工食，那时我们也要照还，此时当真令我们挨饿不成？"赵三听见洪亮发话，赶着上来招呼道："洪都头不必生气，这是我们地甲，为案缠手，忘却叫人预备。即是都头与众位饿了，我小人奉请一杯。就在镇上东街酒楼上，胡乱吃一顿罢。"说着另外派了两人看守尸首，自己与大众来到酒楼。那些小二，见是县里的公差，知是为命案来此，赶着上来问长问短，摆上许多酒肴。洪亮道："我等不比寻常差役，遇了一件案子，就大吃大喝，拿着事主用钱，然后还索诈些银两走路。你且将寻常的饭菜，端两件上来，吃两杯酒，就算了。共计多少饭银，随后一总给你。"说着大家坐下。

洪亮明知胡德被打之后，为乔

太、马荣两人押在孔家，当时向着赵三说道："你家头儿，也太疏忽了，怎么昨日一夜不在家，今日回来，知道这案件，就想孔老儿这许多银两，人家不肯，就生出这个毒计，移尸在他家门首，岂不是心太辣了么？究竟他昨夜到何处去呢，此乃眼面前地方，怎么连你巡更，皆逡巡不到？现在太爷打了他二百刑杖，明日还要着他交出凶手呢，你看这不是自讨苦吃么。"赵三道："都头你不知内里情节，因诸位头翁，不是外人，故敢说出这话。我们这个地甲，因与孔老儿有仇，凡到年节，他只肯给那几个铜钱，平时想同他挪一文，他皆不行。昨夜胡德正在李小六子家赌钱，输了一身的欠帐。到了天亮之时，正是不得脱身，忽然镇上哄闹起来，说出了命案。他访知是孔家出来的人，因此起了这个念头，想报这仇。这事原晓得不是万德，不过想讹（é）诈他，自己却被责骂了一顿，岂不是害人不成，反害自己么？但这案件，也真奇怪，明明是天明出的事，我打过正更之后，方才由彼处回来，一觉未醒，就有了这事。孔老儿虽是个悭吝①的人，我看这件事，他决不敢做。"

洪亮听了这番话，也是含糊答应，想道照他说来，这事也不是胡德了，不过想讹诈他几两银子。现在所欲未遂，重责了二百大板，也算得抵了责罪，但是凶手不知是谁，此事倒不易办。当即狼吞虎咽，吃完酒饭，算明帐目，招呼他明日在公馆收取，自己别了大众，来到狄公面前，将方才的话说了一遍。狄公道："此案甚是奇异，若不是万德所为，必是这两人先在别处露了银钱，被歹人看见尾随到此，今早等他起行时节，措手不及，伤了性命。不然，何以两人皆杀死在镇口。本县既为民父母，务必为死者伸了冤情，方能上对君王，下对百姓。且待明日验后如何，再行核夺便了。"当时洪亮退了出来，专等明早开验。

---

① 悭吝：吝啬，小气。

第三回　孔万德验尸呼错　狄仁杰卖药微行

却说狄公听洪亮一番言语，知不是胡德所为，只得等明日验后再核，一宿无话。次日一早就起身梳洗，用了早点，命人在尸场伺候。所有那些差役，早已纷纷到了孔家门口。不多一会，狄公步出公馆登场，在公案坐下。先命将孔老儿带上来，说道："此案汝虽不知情节，既是由汝寓内出去，也不能置身事外。且将这两人姓名说来，以便按名开验。"孔老儿道："这两人前晚投店时，小人也曾问他，一个说是姓徐，那一个说是姓邱。当时因匆匆卸那行李，未暇问着名字。"狄公点点头，用朱笔批了"徐姓男子"四字，命仵作先验这口尸首。

只见仵作领了朱批到场，场上先把左边那尸身，与赵三及值日的皂役，抬到当中，向着狄公禀道："此人是否姓徐，请领孔万德前来看视。"狄公即叫孔老儿场上去看，老儿虽骇怕，只得战战兢兢走到场上。即见一个鲜血人头，牵连在尸首上面，那五官已被血同泥土污满。勉强看了说道："此果是前晚住的客人。"仵作听报已毕，随即取了六七翦芦席铺列地下，将尸身仰放在上面，先将热水将周身血迹洗去，细细验了一回。只听报道："男尸一具，肩背刀伤一处，径二寸八分，宽四分。左肋跌伤一处，深五分，宽五寸等。咽喉刀伤一处，径三寸一分，宽六分，深与径等，治命。"报毕，刑房填了尸格，呈在案上。狄公看了一回，然后下了公座，自己在尸身上下看视一周，与所报无异，随即标封发下，令人取棺暂厝，出示招认。复又入座，用朱笔点了邱姓。仵作仍照前次的做法，将批领下，把第二个尸身抬到上面，禀令孔老儿去看。孔老儿到了场上，低头才看，不禁一个筋斗，吓倒在地，眼珠直向上溯，口中喃喃的，直说不出来。

狄公在上面见了这样，知道有了别故，赶着令洪亮将他扶起，等他苏醒过来，说明了再验。尸场上面，皆寂静无声，望着孔老儿等他醒来，究为何事。此时洪亮将他扶坐在地下，忙令他媳妇取了一盏糖茶。那许多闲人，团团围住，恨不立刻验毕，好回转城去，忽见孔老儿栽倒地下，一见了也是猜疑不定。隔了一会儿，好容易才转过气来，嘴里只说道："不，不，不好了！错，错了！"洪亮赶着问道："老儿，你定一定神，太爷现在上面等你禀明，是谁错了？"老儿道："这尸首错了。前晚那个姓邱的，乃是个少年男子，此人已有胡须，哪里是住店的客人？这人明明的是错了，赶快求太爷伸冤呀。"仵作同洪亮听了这话，已是吓得猜疑不定，随即回了狄公。狄公道："哪里有此事！这两口尸首，昨日已在此一天，他为何未曾认明，此时临验，忽然更换，岂不是他胡言搪塞！"说着将孔老儿提到案前，怒问了一番。孔老儿直急得磕头大哭，说道："小人自己被胡德牵害，见两口尸骸，移在门口，已是心急万分，忙忙进城报案，哪里敢再细看尸身。且这人系倒在那姓徐的身下，见姓徐的不错，以为他也不错了，岂料出这个疑案。小人实是无辜，总求大爷恩典。"

狄公见他如此说法，心下想道："我昨日前来见尸骸，却是一上一下倒在这面前，既是他说讹错，亦在情理之中，但这事难了。且带胡德来细问。"当时招呼带地甲。胡德听见传他，也就带着刑伤，同乔太两人走上前来。狄公道："汝这狗头，移尸诬害，既说这两人为孔万德杀害，昨日由镇口移来，这尸身面目自必亲见过了，究竟这两人是何形样，赶快供来！"此时胡德已听见，说是讹错，现在狄公问他这话，深恐在自己身上追寻凶手，赶着禀道："小人因由他店中出去，且近在咫尺，故而说他杀害。至那尸身确是一个少年，那一个已有胡须，因孔万德不依小人停放两人，匆匆进城，以至并在一处。至是否讹错，小人前晚未曾遇面，不敢胡说。"狄公当时又将胡德打了一百，说他报案不清，反来牵涉百姓。随即又将那三个客人传来问讯，皆说前晚两人，俱是少年，这个有胡须的，实未投店，不知何处人氏，因何身死。狄公道："既是如此，本县已明白了。"随即复传仵作开验。只得如法行事，将血迹洗去，向上报道："无名男尸一具，左手争夺伤一处，宽径二寸八分。后背跌一处，径三寸宽五寸一分。肋下刀伤一处，害一寸三分，径五寸六分，深二寸二分，治命。死后，胸前刀伤一处，宽径各二寸八分。"报毕，刑房填了尸格。狄公道："这口尸棺，且置在此处，这人的家属，恐离此不远，本县先行标封，出示招认，俟①凶手缉获，再行定案。孔万德交保释回，临案对质，胡德先行收禁。"

吩咐已毕，随即离了六里墩一路进城，先到县庙拈香，然后回到衙门，升了公座，各役排衙已毕，退入后堂。一面出了公文，将原案的尸身尺寸形像录明，移文到湖州本地，令他访问家属，随后又请邻封缉获。这许多公事办毕，方将乔太、马荣传来说道："此案本县已有眉目，必是这邱姓所为，务必将此人缉获，此案方可得破。汝两人立刻前去探访，一经拿获，速来回禀。"两人领命前去。复又将洪亮喊来说道："那口无名的尸骸，恐即是此地

---

① 俟（sì）：等待。

人氏，汝且到四乡左近访察。且恐那凶手，未必远扬，匿迹在乡下一带，俟风声稍息，然后逃行，也未可知。"洪亮领命去后，一连数日，皆访不出来。狄公心下急道："本县莅任以来，已结了许多疑案，这事明明的有了眉目，难道竟如此难破。且待本县亲访一番，再行定夺。"想罢，过了一夜。

次日一早，换了微行衣服，装成卖药医生，带了许多药草，出了衙署。先到那南乡官路一带大镇市上，走了半日，全无一人理问。心下想道："我且找一个宽阔的店铺，下这药草，看是有人来否。"想着，前面到了个集镇，虽不比城市间热闹，却也是官塘大路，客商仕宦，凑集其间。见东北角有个牌坊，上写着"皇华镇"三字。走进牌坊，对门一个大的高墙，中间现出一座门楼，门前树着一块方牌，上写着"代当"两字。狄公道："原来是个典当，我看此地倒甚宽阔，且将药包打开，看有人来医治。"想罢依着高墙站下，将药草取出，先把那块布包铺在地下，然后将所有的药，铺列上面，站定身躯，高声唱道："南来北往休更休，只知欢喜不知愁。世间缺少神仙术，疾病来时不自由。在下姓仁名下杰，山西太原人氏，自幼博采奇书，精求医理。虽非

华陀转世，也有扁鹊遗风。无论男女方脉，内外各科，以及疑难杂症，只要在下面前，就可一望而知，对症发药。轻者当面见效，重者三日病除。今因访友到此，救世扬名，哪位有病症的，前来请教。"喊说了一会，早拥下了一班闲人，围成一个圈子。狄公细看一回，皆是乡间民户，你言我语，在那里议论。内有一个中年妇人，曲着腰，挤在人丛里面，望着狄公说毕，上前问道："先生如此说，想必老病症皆能医了。"狄公道："然也。若无这样手段，何能东奔西走，出此大言？汝有何病，可明说来，为汝医病。"那妇人道："先生说一望而知，我这病却在这心内，不知先生可能医么？"狄公道："有何不能？你有心病，我有心药。汝且转过面来，让我细望。"说着那妇人果脸向外面。狄公因他是个妇女，自己究竟是个官长，虽然为访案起见，在这人众之间，殊不雅相，当即望了一眼，说道："你这病，我知道了，见你脸色干黄，青筋外露，此乃肝脏神虚之象，从前受了郁闷，以致日久引动肝气，饮食不调，时常心痛。你可是心痛么？"那妇人见他说出病原，连忙说道："先生真是神仙，我这病，已有三四年之久，从未有人看出这原故，先生既是知道，不知可有医药么？"

狄公见她已是相信，想就此探听口气。

第四回　设医科入门治病　见幼女得哑生疑

　　却说狄公见那妇人相信他医理，欲解探她的口气，问道："你这病既有数年，你难道没有丈夫儿子，代你请人医治，就叫你带病延年么？"那妇人见问，叹了一口气道："说来也是伤心，我丈夫早年久经亡过，留下一个儿子，今年二十八岁，向来在这镇上开个小小绒线店面，娶了儿媳，已有八年。去年五月端阳，在家赏午，午后带着媳妇，同我那个孙女出去，看闹龙舟。傍晚我儿子还是如平时一样，到了晚饭以后，忽然腹中疼痛。我以为他是受暑所致，就叫媳妇侍他睡下。哪知到了二鼓，忽听他大叫一声，我媳妇就哭喊起来，说他身死了。可怜我婆媳二人，如同天塌下来一般，眼见得绝了宗嗣。虽然开了小店，又没有许多本钱，哪里有现钱办事。好容易东挪西欠，将我儿子收殓去了。但见他临殓^①时节，两只眼睛，如灯珠大小，露出外面。可怜我伤心，日夜痛哭，得了这心痛的病。"

　　狄公听他所说，心下疑道："虽然五月天暖，时节或者不正，为何临死喊叫，收殓时节又为什么两眼露出，莫非其中又有别故么？我今日为访案而来，或者这邱姓未曾访到，反代这人伸了冤情，也未可知。"乃道："照此讲来，你这病更利害了。若单是郁结所致，虽是本病，尚可易治，此乃骨肉伤心，由心内怨苦出来，岂能暂时就好？我此时虽有药可治，但须要自己煎药配水，与汝服下，方有效验。现在这街道上面，焉能如此费事。不知你可定要医治？如果要这病除根，只好到你家中煎这药，方能妥当。"那妇人听他如此说法，

――――――――――

　　①临殓：指给尸体穿衣下棺。也叫"入殓"。

踌躇了半响，说道："先生如此肯前去，该应我这病是要离身？但是有一件事，要与先生说明。自从我儿子死后，我媳妇苦心守节，轻易不见外人，到了下午时分，就将房门紧闭。凡有外人进来，她就吵闹不休。她说：'青年妇道，为什么婆婆让这班人来家？'所以我家那些亲戚，皆知她这个原故，从没有男人上门。近来连女眷皆不来了，家中只有我婆媳两个，午前还在一处，午后就各在各的房内。先生如去，仅在堂屋内煎药，煎药之后，请即出去方好。不然她又要同我吵闹。"

狄公听毕，心下更是疑惑，想道："世上节烈的人也有，她却过分太甚——男人前来不与她交言，固是正理，为何连女眷也不上她门，而且午后就将房门紧闭？这就是个疑案，我且答应她前去，看她媳妇是何举动。"想毕说道："难得你媳妇如此守节，真是令人敬重。我此去不过为你治病，只要煎药之后，随即出来便了。"那妇人见他答应，更是欢喜非常，说道："我且回去，先说一声，再来请你。"狄公怕她回去，为媳妇阻挡，赶着道："此事殊可不必，早点煎药毕了，我还要赶路进城，做点生意。谅你这苦人，也没有许多钱酬谢我，不过是借你扬名，就此同你去罢。"说着将药包打起，别了众人，跟着那妇人前去。

过了三四条狭巷，前面有一所小小房屋，朝北一个矮门，门前站着一个女孩子，约有六七岁光景，远远见那妇人前来，欢喜非常，赶着跑来迎接。到了面前，抓住那妇人衣袖，口中直是乱叫，说不出一句话来。那个手指东画西，不知为着何事。狄公见她是个哑子，乃道："这个小孩子，是你何人，为何不能言语？难道他出生下来，就是这样么？"说着已到了门首，那妇人先推进门去，似到里面报信。狄公恐她媳妇躲避，急着也进了大门，果是三间房屋。下首房门一响，只见一妇人半截身躯向外一望，却巧狄公对面，狄公也就望了一眼。但见那个媳妇，年纪也在三十以内，虽是素装打扮，无奈那一副淫眼，露出光芒，实令人魂魄消散。眉稍上起，雪白的面孔，两颊上微微的晕出那淡红的颜色却是生于自然。见有生人进来，即将身子向后一缩，噗咚的一声，将房门紧闭。只听在里面骂道："老贱妇，连这卖药的郎中，也带上门来了。才能清净了几天，今日又要吵闹一晚，也不知是哪里的晦气！"

狄公见了这样的神情，已是猜着了八分："这个女子必不是个好人，其中总有原故。我既到此，无论如何毁骂，也要访个根由。"当时坐下说道："在下初次到府，还不知府上尊姓，方才这位女孩子，谅必是令孙女了。"那妇人见问，只得答道："我家姓毕，我儿子学名叫毕顺。可怜他身死之后，只留下这八岁的孙女。"说着将那女孩拖到面前，不禁两眼滚下泪来。狄公道："现在天色不早，你可将火炉引好，预备煎药。但是你孙女这个哑子，究竟是怎么起的？"毕老妇道："皆是家门不幸，自幼生她下来，真是百般伶俐，五六岁时，口齿爽快得非常。就是他父亲死后，未有两个月光景，那日早间起，就变成这样。无论再有什么要事，虽是心里明白，嘴里只说不出来。一个好好的孩子，成了废物，岂不是家门不幸么？"狄公说："当时她同何人睡歇，莫非有人要药哑吗？你也不根究，如果有人药哑，我倒可以设法。"

那妇人还未答言，只听她媳妇

在房内骂道："青天白日，无影无形的混说鬼话。骗人家钱财，也不是这样做的。我的女儿终日随在我一处，有谁药她？从古及今，只听见人医兽医，从未见能医哑子的人。这老贱妇，只顾一时高兴，带这人来医病，也不问他是何人，听他如此混说。儿子死了，也不伤心，还看不得寡妇媳妇清静，唠唠叨叨说个不了。"那妇人听他媳妇在房叫骂，只是不敢开口。狄公想道："这个女子必是有个外路，皆因老妇不能识人，以为她真心守节，在我看来，她儿子必是她害死。天下节妇，未有不是孝妇，既然以丈夫为重，丈夫的母亲有病，岂有不让她医治之理？这个女孩子，既是她亲生所养，虽然变了哑子，未有不想她病好之理。听见有人能医，就当欢喜非常，出来动问，怎么全不关心，反而骂人不止？即此两端，明明的是个破绽。我且不必惊动，回到衙中，再行细访。"当时起身说道："我虽是走江湖的朋友，也要人家信服，方好为人医治。你家这女人无故伤人，我也不想你许多医金，何必作此闲气，你再请别人医罢。"说着起身出了大门。那妇人也不敢挽留，只得随他而去。

内文导读

在调查六里墩丝客被杀案时，作者很自然地引出皇华镇毕顺冤死案，通过言行反常的妇人，给读者留下了悬念。

狄公到了镇上，见天色已晚，此时进城已来不及了。"我不如今晚在此权住一夜，将此案访明白了，以便明日回衙办事。"想罢，见前面有个大大的客店，走进门去。早有小二前来问道："你这郎中先生，还是要张草铺暂住一夜，还是包个客店居住？"狄公见里面许多房屋车辆客载，摆满在里面，说道："我是单身过客，想在这镇上做两日生意，得点盘川。若有单房最好。"小二见他要做买卖，当时答应"有有"，随即将他带入中进，走到那下首房间，安排住下。知他没有行李，当时又在掌柜的那里租了铺盖。布置已毕，问了酒饭。狄公道："你且将上等小菜，端两件来下酒。"小二应毕，先去泡了一壶热茶，然后一件一件送了进来。狄公在房中吃毕，想道，这店中客人甚多，莫要那个凶手也混在里面？此时无事，何不出去查看查看。自己一人出了房门，过了中进，先到店门外面，望了一回，已交上灯时候，但见往来客商，仍然络绎不绝。

正在出神之际，忽见对面来了一个人，望见狄公在此，赶着站下，要来招呼，见他旁边有两三个闲人，又不敢上前问。狄公早已看见，不等他开口，说道："洪大爷，从何到此？今日真是巧遇，就在这店内歇吧，两人也有个陪伴。"那人见他这样，就走上前来。

第五回　入浴室多言露情节　寻坟墓默祷显灵魂

却说狄公在客店门首，见对面来了一人，当时招呼他里面安歇。那人不是别人，正是洪亮，奉了狄公的差遣，令他在昌平四乡左近，访那六里墩的凶手。访了数日，绝无消息，今日午后，也到了镇上。此时见天色已晚，打算前来住店，不料狄公先在这里，故而想上前招呼，又怕旁人识破，现在见狄公命他进去，当即走上前来说道："不料先生也来此地，现在里面哪间房里，好让小人伺候。"狄公道："就在前进，过去中进那间，下首房屋。你且随我来吧。"当时两人一同进内，到了里面，洪亮先将房门掩上，向狄公道："太爷几时来此？"狄公即忙止道："此乃客店所住，耳目要紧，你且改了称呼。但是那案件，究竟如何了？"洪亮摇头道："小人奉命已细访了数天，这左近没有一点形影，怕这姓邱的已去远了。不知乔太同马荣，可曾缉获？"狄公道："这案虽未能破，我今日在此又得了一件疑案，今晚须要访问明白，明日方可行事。"当时就将卖药，遇见那毕奶奶的话，说了一遍。洪亮道："照此看来，是在可疑之列。但是他既未告发，又没有实在形迹，怎么办法？"狄公道："本县就因这上面，所以要访问。今日定更之后，汝可到那狭巷里面巡视一番，究竟看有无动静。再在左近访她丈夫身死时，是何景况，现在坟墓葬在哪里，细细问明前来回报。"洪亮当时领命。先叫小二取了酒饭，在房中吃毕，等到定更之后，约离二鼓不远，故意高声喊道："小二你再泡壶茶来，服侍先生睡下，我此去会个朋友，立刻就来。"说着出了房门而去。小二见他如此招呼，也不知他是县里的公差，赶着应声，让他前去。

洪亮到了街上，依着狄公所说的路径，转弯抹角，到了狭巷，果见一座小小矮屋，先在巷内两头走了数次，也不见有人来往。说道："此时莫非尚早，我且到镇上闲游一回，然后再来。"想罢复出了巷口，向东到了街口。虽然是乡镇地方，因是南北要道，所有的店面，此时尚未关门，远远见前面有个浴堂，洪亮道："何不此时就沐浴一次，如有闲人，也可搭着机锋问问话头。"当时走到里面，但见前后屋内，已是坐得满满，只得在左边炕上寻了个地方坐下，向着那堂倌问道："此地离昌平还有多远，这镇上共有几家浴堂？"那个堂倌见他是个外路口音，就说："此地离城只有六十里官道。客人要进城么？"洪亮道："我因有个亲戚住在此处，故要前去探亲。你们这地方，想必是昌平的管辖了。现在那县令，姓甚名谁，哪里的人氏，目下左近有什么新闻？"那个堂倌道："我们这位县太爷，真是天下没有的，自他到任以来，不知结了多少疑难的案件。姓狄名叫仁杰，乃是并州太原人氏。你客人到迟了，若早来数日，离此有十数里，有个六里墩集镇，出了个命案，甚是奇怪：这客人五更天才由客店内起身，天亮的时节，倒被人杀死在镇口。不知怎样又将尸首讹错，少年人变做

22

有胡须的。你道奇也不奇？现在狄太爷已相验过了，标封出示，招人认领呢。不知这凶手究竟是谁，出了几班公差在外访问，至今还未缉获。"洪亮道："原来如此，这是我迟到了数天了，不然也可瞧看这热闹。"

说着，将衣服脱完，入池洗了一会，然后出来，又向那人说道："我昨日到此，听说此地龙舟甚好，到了端阳，就可瞧看，怎么去岁大闹瘟疫，看了龙舟，就会身死的道理。"那个堂倌笑道："你这个客人岂不是取笑，我在此地生长，也没有听见过这个奇话，你是过路的客人，自哪里听来？"洪亮道："我初听的时节，也是疑惑，后来那人确有证据，说前面狭巷那个毕家，他是看龙舟之后死的。你们是左近人家，究竟是有这事没有呢？"那个堂倌还未开言，旁边有一个十数岁的后生说道："这事是有的，他不是因看龙舟身死，听说是夜间腹痛死的。"他两人正在这里闲谈，前面又有一人，向着那堂倌说道："袁五呀，这件事，最令人奇怪，毕顺那个人那样结壮，怎么回家尚是如常，夜间喊叫一声，就会死了，临殓时还张着两眼。真是可怕，听说他坟上还是常作怪呢，这事岂不是个疑案。他那下面儿，你可见过么？"袁五道："你也不要混说，人家青年守节，现在连房门不常出，若是有个别故，岂能这样耐守？至说坟上作怪，高家洼那个地方，尽是坟冢，何以见得就是他呢？"那人道："我不过在此闲谈罢了。可见人生在世，如浮云过眼，一口气不来，人就死了。毕顺死过之后，他的女儿又变做哑子，岂不是可叹。"说着穿好衣服，望外而去。

洪亮听了这话，知这人晓得底细，复向袁五问道："此人姓什么？倒是个口快心直的朋友呢。"袁五道："他就是镇上铺户，从前那毕顺绒线店，就在他家间壁。他姓王，我们见他从小长大的，所以皆喊他小王。也是少不更事，只顾信口开河，不知利害的人。"洪亮当时也说笑了一声，给了浴钱出来，已是三鼓光景，想道，这事虽有些眉眼，但无一点实证，何能办去？一路想着，已到了狭巷，又进去走了两趟，仍然不见动静。只得回转寓中，将方才的话禀知狄公。狄公道："既是如此，明日先到高家洼看视一番，再为访察。"

一夜已过，次日一早，狄公起身，叫小二送进点心，两人饮食已毕，向着小二说道："今日还要来此居住，此时出去寻些生意，午前必定回来。现有这银两在此，权且收下，明日再算便了。"当时在身后，取出一锭碎银，交与小二，取了药包，出门而去。

到了镇口，见有个老者在那里闲游，洪亮上前问道："请问老丈，此地到高家洼由哪条路去？离此有多少路程？"那老者用手指道："此去向东至三叉路口转弯，再向南约有里半路，就可到了。"洪亮就道了谢。两人顺着他的指示，一路前去，果见前面有条三叉路口，向南走不多远，看见荒烟蔓草，白骨垒垒，许多坟地，列在前面。洪亮道："太爷来是来了，就看这一望无际的坟墓，晓得哪个冢圹是毕家的呢？"狄公道："本县此来，专为他理冤枉。阴阳虽有隔别，以我这诚心，岂无一点灵验？若果毕顺是因病身死，自然寻不着他的坟墓，若是受屈而死，死者有知，自来显灵。"说着就向坟堂一带，四面默祷了一遍。

此时已是午正时候，忽然日光惨淡，当地起了一阵狂风，将沙灰刮起，

24

有一丈高下，当中凝结一个黑团，直向狄公面前扑来。洪亮见了这光景已吓得面如土色，浑身的汗毛竖立起来，紧紧地站在狄公后面。狄公见黑团子飞起，又说道："狄某虽知你的冤抑，但这荒冢如云，岂能知你尸骸所在，还不就此在前引路！"说毕，只见阴风瑟瑟，渐飞渐远，过了几条小路，远远见有个孤坟堆在前面，那风吹到彼处，忽然不见。狄公与洪亮也就到了坟前，四面细望，虽不是新葬的形象，却非多年的旧墓。狄公道："既是如此显灵，你且前去，找个当地乡民，问这坟墓究竟是否毕家所葬，我且在此等你。"洪亮心里虽怕，到了此时，也只得领命前去。约有顿饭时候，带了一个白发的老翁，到了面前，向着狄公说道："你这郎中先生，也太失时了。乡镇无人买药，来到这鬼门关做生意么？老汉亲在圧内做生活，被你这伙计纠缠了一会，说你有话问我。你且说来，究为何事？"

内文导读

"黑团"引路，虽然是作者异想天开的神鬼观念的表现，是不可信的，但是，在小说中可以用这种方式增强文学的表现力。"黑团"引路，暗合了"冤魂不散"的古话，也暗示毕顺被谋害而冤死。离奇案件中的离奇事件，让小说充满玄幻色彩。接下来，作者按下六里墩丝客被杀案不表，而是叙述毕顺案，也是为读者留下悬念。

第六回　老土工出言无状　贤令尹问案升堂

却说狄公见那老汉前来，说道："你这太无礼了。我虽是江湖朋友，没有什么名声，也不至如此糊涂，到此地来卖药。只因有个原故，要前来问你。我看这座坟地，地运颇佳，不过十年，子孙必然大发，因此问你，可晓得这地主何人，此地肯卖与不卖？"老汉听毕，冷笑了一声，转身就走。洪亮赶上一步揪着他怒道："因你年纪长了，不肯与人斗气，若在十年前，先将你这厮恶打一顿，问你可睬人不睬。你也不是个哑子，我先生问你这话，为什么没有回音？"那人被他揪住，不得脱身，只得向洪亮说道："非是我不同他谈论，说话也有点谱子，他说这坟地子孙高发，现在这人家后代已绝嗣了。自从葬在此处，我们土工从未见他家有人来上坟，连女儿都变哑子，这坟的风水，还有什么好处？岂不是信口胡言？"洪亮故意说道："你莫非认错不成？我虽非此地人民，这个所在，也常到此，那个变哑子的人家姓毕，这葬坟的人家，哪里也是姓毕么？"那老汉笑道："幸亏你还说知道，他不姓毕难道你代他改姓么？老汉田内有事，没工夫与你闲谈，你不相信，到六里墩问去，就知道了。"说着将洪亮的手一拨，匆匆而去。狄公等他去远，说道："这必是冤杀无疑了，不然何以竟如此奇验，我且同你回城再说。"当时洪亮在前引路，出了几条小路，直向大道行去。到了下昼时节，腹中已见饥饿，两人择了个饭店，饱餐一顿，复往前行，约至上灯时分，已至昌平城内。

主仆到了衙门，到书房坐下，此时所有的公差，见本官这两日未曾升堂，已是疑惑不定，说道："莫非因命案未破，在里面烦闷不成，不然想必又私访去了。"你言我语，正在私下议论，狄公已到了署内，先问乔太、马荣可曾回来。早有家人回道："前晚两人已回来一趟，因太爷不在署中，故次日一早又去办公。但是那邱姓仍未访出，不知怎样？"狄公点了点首，随即传命值日差进来问话。当时洪亮招呼出去，约有半杯茶时之久，差人已走了进来，向狄公请安站下。狄公道："本县有朱签在此，明早天明，速赴皇华镇高家洼两处，将土工地甲，一并传来，早堂问话。"差人领了朱签，到了班房，向着众人道："我们安静了两天，没有听什么新闻，此时这没来由的事，又出来了。不知太爷又听何事，忽然令我到皇华镇去呢。你晓得那处地甲是谁？"众人道："今日何恺还在城内，怎么你倒忘却了？去岁上卯时节，还请我们大众在他镇上吃酒，你哪如此善忘？明日早去，必碰得见他。这位老爷迟不得的，清是清极了，地方上虽有了这个好官，只苦了我们拖下许多累来，终日坐在这里，找不到一文。"那个差人听他说是何恺，当日回到家中，安息了一夜，次日五更就忙忙的起身。

到了皇华镇上，先到何恺家内，将公事丢下，叫他伙计到高家洼传那土工，自己就在镇上。吃了午饭，那人已将土工带来，三人一齐到了县内。

差人禀到已毕，狄公随即坐了公堂，先将何恺带上问道："你是皇华镇地甲么？哪年上卯到坊，一向境内有何案件，为何误公懒惰，不来禀报？"何恺见狄公开口，就说出这几句话来，知他又访出什么事件，赶着回道："小人是去岁三月上卯，四月初一上坊，一向皆小心办公，不敢误事。自从太爷到任以来，官清民安，镇上实无案件可报。小人蒙恩上卯，何敢偷懒，求太爷恩典。"狄公道："既是四月到坊，为何去岁五月出了谋害的命案，全不知道呢？"何恺听了这话，如同一盆冷水，浇在身上，心内直是乱跳，忙道："小人在坊，昼夜梭巡，实没有这案。若是有了这案，太爷近在咫尺，岂敢匿案不报？"狄公道："本县此时也不究罪，但是那镇上毕顺如何身死？汝既是地甲，未有不知此理，赶快从实招来！"何恺见他问了这话，知道其中必有原故，当时回道："小人虽在镇上当差，有应问的事件，也有不应问的事件。镇上共计有上数千人家，无一天没有婚丧善事，毕顺身死，也是泛常之事。他家属既未报案，邻舍又未具控。小人但知他是去年端阳后死的。至如何身死之处，小人实不知情，不敢胡说。"狄公喝道："汝这狗头倒辩得清楚，本县现已知悉，你还如此搪塞，平日误公，已可概见。"说着，又命带土工上来。

那个老汉，听见县太爷传他，已吓得如死的一般，战战兢兢地跪在案前道："小人高家洼的土工，见太爷请安。"狄公见老汉这形样，回想昨日他跑的时节，心下甚是发笑。当时问道："你叫什么，当土工几年了？"那人道："老汉姓陶，叫陶大喜……"这话还未说完，两旁差人喝道："你这老狗头，好大胆量，太爷面前，敢称老汉，打你二百刑杖，看你说老不老了！"土工见差人吆喝，已吓得面如土色，赶着改口道："小人该死！小人当土工，有三十年了，太爷今日有何吩咐？"狄公道："你抬起头来，此地可是鬼门关了么？你看一看，可认得本县？"陶大喜一听这话，早又将舌头吓短，心下说道："我昨日是同那郎中先生说的此话，难道这话就犯法了？这位太爷，不比旁人。"眼见得尊臀上要露丑了，急了半晌，方才说出话道："太爷在上，小人不敢抬头。小人昨日鲁莽，与那卖药的郎中，偶尔戏言，求大爷宽恕一次。"狄公道："汝既知罪，且免追究。汝但望一望，本县与那人如何？"

老汉抬头一看，早已魂飞天外，赶着在下面磕头说道："小人该死，小人不知是太爷，小人下次无论何人，再不敢如此了。"众差看见这样，方知狄公又出去察访案件。只见上面说道："你既知道那个坟冢是毕家所葬，他来葬的时节，是何形像，有何人送来，为何你知道他女儿变了哑子？可从实供来。"老汉道："小人做这土工，凡有人来葬坟，皆给小人二百青钱，代他包冢堆土等事。去岁端阳后三日，忽见抬了一个棺柩（jiù）前来，两个女人哭声不止，说是镇上毕家的小官。送的两人，一个是他妻子，那一个就是他生母。小人本想葬在乱冢里面，才到棺柩面前，忽那里面咯咋咯咋响了两声，小人就吓个不止。当时向他母亲说道：'你这儿子身死不服，现在还是响动呢。莫非你们入殓早了，究竟是何病身死？'他母亲还未开口，他妻子反将小人哭骂了一顿，说我把持公地不许埋葬。那个老妇人，见她如此说法，也就与小人吵闹起来了。当时因她是两个女流，不便与她们争论。又恐这死者是身死不明，随后破案之时，必来相验，若是依着乱冢，岂不带累别人？因此小人方将他另埋在那个地方。谁知葬了下去，每日深夜，就鬼叫不止，百般不得安静。昨日太爷在那里时候，非是小人大胆，实因不敢在那里耽搁。这是小人耳闻目见的情形，至这死者果否身死不明，小人实不知情，求太爷的恩典。"狄公听毕道："既是如此，本县且释汝回去，明日在那里伺候便了。"说罢，陶大喜退了下来。随即传了堂谕："洪亮协同快差，当晚赶抵皇华镇上，明早将毕顺的妻子带案午讯。"吩咐已毕，自己退入后堂。

那些快差，一个个摇头鼓舌，说："我们在这镇上，每月至少也要来往五六次，从未听见有这件事，怎么太爷如此耳长？六里墩的命案还未缉获，又寻出这个案子来了，岂不是自寻烦恼！你看这事凭空而来，叫我们向谁要钱？"彼时你言我语，谈论了一会，只得同洪亮一齐前去。

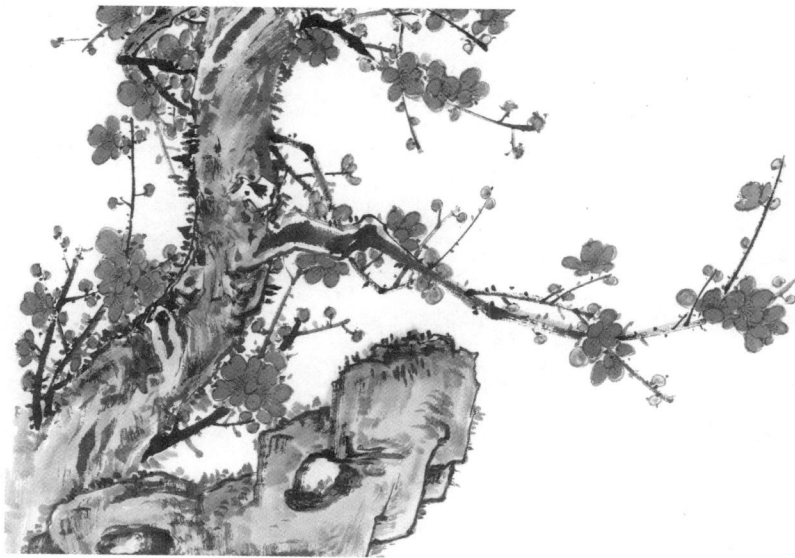

第七回　老妇人苦言求免　贤县令初次问供

　　却说洪亮领了堂谕，同快差当日赶到皇华镇上，次日就到了毕顺家门，敲了两下大门，听里面有个老妇人答道："谁人敲门，这般清早就来吵闹。你是哪里来的？"说着到了门口，将门开了，见三四个大汉，拥在巷内，赶将两手叉着两个门扇，问道："你们也该晓得，我家无男客在内，两代孀居，已是苦不可言，你这几个人，究为何事，这一早来敲门打户？"洪亮正要开言，那个差人先说道："我们也是上命差遣，概不由己，不然在家中正睡呢，无故的谁来还远路头债。只因我们县太爷，有堂谕在此，令我们这洪都头一同前来，叫你同你家媳妇，立刻进城，午堂回话。你莫要如此阻拦在门口，这不是说话所在。"说着就将毕顺的母亲一推，众人一拥而进，到了堂屋坐下。看那下首房门，还未开下，洪亮当时取出堂谕，说道："公事在此，这是迟不得的。你媳妇现在何处，可令出来，一齐前去见太爷。说过三言五句，就不关我们大众的事了。"

　　毕顺的母亲见是公差到此，吓得浑身抖战，说道："我家也未曾为匪作歹，这么要我们婆媳到堂，难道有欠户告了我家，说我们欠钱不还么？可怜我儿子身死之后，家中已度日为难，哪里有钱还人。我虽是小户人家，从未见官到府现丑，这事如何是好？求你们公差看些情面，做些好事，代我到太爷面前，先回一声，我这里变卖了物件，赶紧清理是了。今日先放了宽限，免得我们到堂。"说着，两眼早流下泪来。洪亮见她实是忠厚无用的妇人，说道："你且放心，并非有债家告你，只因太爷欲提你媳妇前去问话，你且将她交出，或者做些人情，不带你前去。"洪亮还未说完，毕顺的母亲早就嚷起来，哭道："我道你们真是县里差来，原来是狐假虎威，来恐吓我们百姓！他既是个官长，无人控告，为何单要提我媳妇？可见得你们不是好人，见我媳妇是个孀居，我两人无人无势，故想出这坏主见，将她骗去，不是强奸，就是卖了为娼，岂不是做梦么？你既如此，祖奶奶且同你拼了这老命，然后再揪你进城，看你那县太爷问也不问！"说着一面哭，一面奔上来，就揪洪亮。旁边那两个差役，忍耐不住，将毕顺的母亲推了坐下喝道："你这老婆好不知事，这是洪都头格外成全，免得你抛头露面，故说单将你媳妇带去。你看差了意见，反误我们是假的，天下事假的来，堂谕是太爷亲笔写来的，难道也是假的么？我看你也太糊涂，怪不得为媳妇蒙混。不是遇见这位青天太爷，恐你死在临头，还不知道。"

众人正在这里揪闹，下首房内门扇一响，她媳妇早站出来了，向着外面喊道："婆婆且站起来，让我有话问他。一不是你们罗唣，二不是有人具控，我们婆媳在这家中，没有做那犯法事件，古话说得好，钢刀虽快，不斩无罪之人。他虽是个地方官，也要讲个情理。皇上家里见有守节的妇人，还立祠旌表，着官府春秋祭祀。从未有两代孀居，地方官出差罗唣的道理。他要提我不难，只要他将这情说明，我两人犯了何法，那时我也不怕到堂，辩了明白。若是这样提人，无论我婆媳不能遵提。即便前去，哪人难请我回来，可不要说我得罪官长。"众差快听她这番言语，如刀削的一般，伶牙利齿，说个不了，众人此时反被她封住，直望着洪亮。洪亮笑道："你这小妇人，年纪虽轻，口舌倒来得伶俐，怪不得干出那惊人的事件。你要问案情提你何事，我们不是昌平县，但知道凭票提人。你要问，你到堂上去问，这番话前来吓谁？"当时丢个眼色，众人会意，一拥上前，将她揪住，也不容她分辩，推推拥拥，出门而去。毕顺的母亲，见媳妇为人揪去了，自己虽要赶来，无奈是一个孤身，怎经得这班如狼似虎的公差阻挡，当时只得哭喊连天，在地下乱滚了一阵。众人也无暇理问。到了镇上，那些居家铺户，见毕家出了此事，不知为着何故，皆拥上来观看。洪亮怕闲人吵杂，亮声说道："我们是昌平县狄太爷差来的，立即到堂讯问，你们这左右邻舍的，此时在此阻着去路，随后提觅邻舍，可不要躲避。这案件却不是寻常案子。"那些人恐牵涉到身上，也就纷纷过去，洪亮趁此一路而来。

约至午正时分，到了署内，当即进去禀知了狄公。狄公传命大堂伺候。自己穿了官带，暖阁门开，升起公案。早见各班书吏，齐列两旁，当即命带人犯。两边威喝一声，早将毕顺的妻子，跪在阶下。

狄公还未开口，只见她已先问道："小妇人周氏叩见太爷。不知太爷有何见谕，特令公差到镇提讯，求太爷从速判明。我乃少年孀妇，不能久跪公堂。"狄公听了这话，已是不由不动怒，冷笑道："你好个'孀妇'两字，你只能欺那老妇糊涂，本县岂能为你蒙混！你且抬起头来，看本县是谁？"周氏听说，即向上面一望——这一惊不小，心下想道："这明是前日卖药的郎中先生，怎么做了这昌平知县，怪不得我连日心慌意乱，原来出了这事。设若为他盘出，那时如何是好？"心内虽是十分恐怕，外面却不敢过形于色，反而高声回道："小妇人前日不知是太爷前来，以致出言冒犯。虽是小妇人过失，但不知不罪，太爷是个清官，岂为这事迁怒？"狄公喝道："汝这淫妇，你不认得本县！你丈夫正是少年，理应夫妇同心，百年偕好，为什么存心不善，与人通奸，反将亲夫害死！汝且从实招来，本县或

可施法外之仁，减等问罪。若竟游词抵赖，这三尺法堂，当叫你立刻受苦！你道本县昨日改装，是为何事？只因你丈夫身死不明，阴灵未散，日前在本衙告了阴状，故而前来探访。谁知你目无法纪，毁谤翁姑，这'忤逆'两字，已是罪不可逭。汝且从实供来，当日如何将丈夫害死，奸夫何人？"周氏听说她谋杀亲夫，真是当头一棒，打入脑心，自己的真魂，早已飞出神窍。赶着回道："太爷是百姓的父母，小妇人前日实是无心冒犯，何能为这小事，想出这罪名诬害？此乃人命攸关之事，太爷总要开恩，不能任意的冤屈呢。"狄公喝道："本县知你这淫妇，是个利口，不将证据还你，谅你也不肯招。你丈夫阴状上面写明你的罪名，他说身死之后，你恐他女儿长大，随后露了机关，败坏你事，因此与奸夫通同谋害，用药将女儿药哑。昨日本县已亲眼见着，你还有何赖？再不从实供明，本县就用刑拷问了。"此时周氏哪里肯招，只管的呼冤呼屈，说道："小妇人从何说起，有影无形的，起了这风波。三尺之下，何求不得！虽至用刑拷死，也不能胡乱承认的。"狄公听了怒道："你这淫妇，胆敢当堂挺撞，本县拼着这一顶乌纱不要，认了那残酷的罪名，看你可傲刑抵赖！左右，先将她拖下鞭背四十！"一声招呼，早上来许多差役，拖下丹墀①，将周氏身上的衣服撕去，吆五喝六，直向脊背打下。

---

① 丹墀（dān chí）：皇帝殿前石阶，涂上红色，叫做丹墀。

第八回　鞫①奸情利口如流　提老妇痴人可悯

　　却说周氏被打了四十鞭背，哪里就肯招认，当时呼冤不止，向着堂上说道："太爷是一县的父母，这样无凭案件，就想害人性命，还做什么官府！今日小妇人愿打死在此，要想用刑招认，除非三更梦话。'钢刀虽快，不斩无罪之人'，你说我丈夫身死不明，告了阴状，这是谁人作证，他的状呈现在何处？可知道天外有天，你今为着私仇，前来诬害，上司官门，未曾封闭。即使官官相护，告仍不准，阳间受了你的刑辱，阴间也要告你一状。诬良为盗，尚有那反坐的罪名，何况我是青年的孀妇，我拚了一命，你这乌纱也莫想戴稳了。"当时在堂上哭骂不止。狄公见她如此利口，随又叫人抬夹棍伺候，两旁一声威吓，"噗咚"一声，早将刑具摔下。周氏见了，此时仍是矢口不移，呼冤不止。狄公道："本县也知道你既淫且泼，谅你这周身皮肤，终不是生铁浇成。一日不招，本县一天不松刑具。"说着又命左右动手。此时那些差役，望见周氏如此辩白，彼此皆目中会意，不肯上前。内有一个快头，见洪亮也在堂上，赶着丢了个眼色，两人走到暖阁后面，向他问道："都头，昨日同太爷究竟访出什么破绽，此时在堂上且又叫人用刑。设若将她夹死，太爷的功名，我们的性命……怎么说告阴状起来，这不是无中生有？平时甚是清正，今日何以这样糊涂？即是她谋害亲夫，也要情正事确，开棺验后，方能拷问。都头此时可上去，先回一声，还是先行退堂，访明再问？还是就此任意用刑？你看这妇人一张利口，也不是恐吓的道理，若照太爷这样，怕功名有碍。"洪

---

　　① 鞫（jū）：指审问犯人。

亮听了这话，虽是与狄公同去访察，总因这事相隔一年，纵无有人告发，不能因那哑子就作为证据，心内也是委决不下，只得走到狄公身边，低声回了两句。狄公当时怒道："此案乃是本县自己访得，如待有人告发，令这死者冤抑，也莫能伸了，本县还在此地做什么县宫！即然汝等不敢用刑，本县明日必开棺揭验，那时如无有伤痕，我也情甘反坐，这案终不能因此不办。"说着向周氏道："你这淫妇，仍是如此强辩，本县所说，你该聪明，临时验出治命，谅你也无可抵赖了。"当时先命差役。将周氏收禁，一面出签提毕顺的母亲到案，然后令值日差，到高家洼安排尸场，预备明日开棺。这差票一出，所有昌平的差役无不代狄公担惊受怕，说这事不比儿戏，虽然是有可疑，也不能这样办法，设若验不出来，岂不是白送了性命。

不说众人在私下窃议，只说那个公差，到了皇华镇上，一直来到毕顺家门首，已是上灯时分，但见许多闲人，纷纷扰扰，在那巷口站住说道："前日原来狄太爷在这镇上，我说他虽是个清官，耳风也不能灵通，现在既被他看出破绽，自然彻底根究了。那个老糊涂，还在地上哭呢，这不是天网恢恢，

疏而不漏？但是狄太爷也不能因这疑案，就拷了口供。照此看来，随后总有大发作的时节。"彼此正在那里闲谈，差人已到巷口，高声喝道："诸位人可分开了！我们数十里跑来，为了这件公事，此时拥在这里，也无意味，要看热闹的，明日到高家洼去。"说着分开众人，到了里面，果见那老妇人嘴里哭道："这不是天落下的祸！昨日当他真，要他起这风波何事？我明日也不要命了，进署同他拚了这条老命。"那个差人走了上去喝道："你这老人，好不知事，太爷为好，代你儿子伸冤，你反如此说！你既要去拚命，可巧极了，太爷现在堂上立等回话，就此同你前去，免得你媳妇一人在监内。"说着将她拖去，要进城去。毕顺的母亲，见又有差人前来，正是伤心时节，也不问青红皂白，掀着他的衣领，哭个不止。说道："我这家产物件，也不要了，横竖你这狗官会造言生事，准备一命同他控告，老娘不同你前去，也对不起我的媳妇。"当时就出了大门同走。那个差人，见他遭了这事，赶着向何恺说道："我们虽为她带累，跑了这许多路径，但见她这样，也实不忍，这个小小户门，也不容易来的，哪样物件，不用钱置？你可派两个伙计，代她看管一夜，也是你我好事。"何恺当时也就答应下来，见他两人，趁着月色，连夜的前去。

到了三更以后，已至城下，所幸守门将士，均是熟人，听说县里的公差，赶紧将门开了，放了两人进去，此时狄公已经安歇。差人先将毕顺的母亲带入班房，暂住一夜，次日一早，等狄公起身，禀报已毕，随即又升坐大堂，将人带上。狄公问道："你这妇人虽是姓毕，娘家究是何姓？本县前日到你镇上，可知为你儿子的事件？只因他身死不明，为汝媳妇害死，因本县在此是清官，专代人家伸冤理枉，因此你儿子告了阴状，求我为他伸冤。今日带汝前来，非为别事，可恨你的媳妇坚不承认，反说本县有意诬她，若非开棺相验，此事断不能分辨。死者是你的儿子，故此提你到案。"毕顺的母亲听见这话，哪里答应，当时回道："我儿子已死有一年，为何要翻看尸骨？他死的那日晚上，我还见他在家，临入殓之时，又众目所见。太爷说代我儿子伸冤，我儿子无冤可伸，为何乱将我媳妇拷打？这事无凭无证，你既是个父母官，就该访问明白，这样害人，是何道理！我娘家姓唐，在这本地已有几代，哪个不知道是良善百姓。要你问他则甚，莫非又要拖累别人么？今日在此同你说明，不将我媳妇放出来，我也不想回去了。拚我一命，死在这里，也不能听你胡言胡语，害了活的又寻我那死的。"说着在堂上哭闹不止。

狄公见她真是无用老实的人，一味为媳妇说话，心里甚是作急，说道："你这妇人，如此糊涂，怪不得你儿子死后，深信不疑，连本县这样判说，你还是不能明白。可知本县是为你起见，若是开棺验不出伤痕，本县也要反坐。只因那死者阴魂不服，前来告状，你今不肯开验，难道那冤枉就不伸了？本县既为这地方官府，不能明知故昧，准备毁了这乌纱，也要办个水落石出。这开验是行定了！"说着令人将她带下，传令明早辰时前往，未时登场。当即退堂，到下书房里面，备设详文，申详上宪。所有外面那些差役人等，俱是猜疑不定，说狄公鲁莽。无奈不敢上去回阻，只得各人预备相验的用物，过了一夜。

次日天色将明，众差役已陆续前来，先发了三梆，到大堂伺

候。到了辰时，狄公升了公堂，先传原差并承验的仵作说道："这事比那寻常案件不同，设若不伤，本县毁了这功名是小，汝等众人也不能无事。今日务将伤痕验明，方好定案治罪，为死者伸冤。"众差领命已毕，随即将唐氏周氏二人，带到堂上。狄公又向周氏说道："你这淫妇，昨日情愿受刑，只是不肯招认，不知你欺害得别人，本县不容你蒙混。今日带同你婆媳，前往开验，看汝再有何辩。"周氏见狄公如此利害，心下暗说道："不料这样认真，但是此去，未必就验得出来，不如也咬他一下，叫他知道我的利害。"当时回道："小妇人冤深如海，太爷挟仇诬害，与死者何干。我丈夫死有一年，忽然开棺翻乱，这又是何意见？如有伤痕，妇人自当认罪，设若未曾伤害，太爷虽是个印官，律例上有何处分，也要自己承认的，不能拿着国法为儿戏，一味的诬害平人。"

第九回　陶土工具结无辞　狄县令开棺大验

　　却说狄公见周氏问他开棺无伤，诬害良民，律例上是何处分，狄公冷笑一声道："本县无此胆量，也不敢穷追此案。昨已向你婆婆说明，若死者没有伤痕，本县先行自己革职治罪。此时若想用言恐吓，就此了结这案件，在别人或可为汝蒙混，本县面前也莫生此妄想。"传令将唐氏周氏先行带往尸场。一声招呼，那些差役也不由她辨别，早已将她二人拖下，推推拥拥，上了差轿，直向高家洼而去。狄公随即也就带同刑件等人，坐轿而去。一路之上那些百姓，听着开棺揭验，皆说轻易不见的事情，无不携老扶幼，随着轿子同去看望。约有午初时分，已到皇华镇上。早有何恺代土工陶大喜前来迎接，说道："尸场已布置停妥，请太爷示下。"狄公招呼他两人退下，向着洪亮道："汝前日在浴堂里面，听那袁五说，那个洗澡的后生，就开店在毕家左近，汝此刻且去访一访，是何姓名，到高家洼回报。本县今日谅来不及回城，开验之后，就在前日那客店内暂作公馆。"吩咐已毕，复行起轿前行，没有一会时节，早已到了前面。

　　只见坟冢左首，搭了个芦席棚子，里面设了公案，所有听差人众，皆在右首。芦席棚下，挖土的器具已放在坟墓面前。狄公下轿，先到坟前，细看了一遍，然后入了公座，将陶大喜同周氏带上问道："前日本县在此，汝说这坟墓是毕家所葬，此话可实在么？此事非比平常，设若开棺揭验，不是毕顺，这罪名不小，那时后悔就迟了。"陶大喜道："小人何敢撒谎，现在他母亲妻子，全在此地，岂有讹错之理。"狄公道："非是本县拘执，东周氏百般奸恶，她与本县还问那诬害良民的处分呢。若不是毕顺的坟冢，不但阻碍这场相验，连本县总有了罪名了。汝且具了结状，若不是毕顺，将汝照例惩办。"随向周氏说道："汝可听见么？本县向为百姓理案，从无袒护自己的意见。可知这一开棺，那尸骸骨就百般苦恼，汝是他结发的夫妻，无论谋杀这样，此时也该祭拜一番，以尽生前的情意。"说着就命陶大喜领她前去。毕顺的母亲见狄公同她媳妇说了这话，眼见得儿子翻尸倒骨，一阵心酸，忍不住嚎啕大哭，揪住周氏说道："我的儿啊，我毕家就如此败坏！儿子身死，已是家门不幸，死了之后还要遭这祸事。遇见这个狗官，叫我怎不伤心。"只见周氏高声的说道："我看你不必哭了，平时在家，容不得我安静，无辜带人回来，找出这场事来，现在哭也无益。既要开棺揭验，等他验不出伤来，那时也不怕他是官是府。皇上立法，叫他来治百姓的，未曾叫他害人，那个反坐的罪名，也不容他不受。叫我祭拜我就祭拜便了。"当时将她婆婆推了过去，自己走在坟前，拜了两拜，不但没有伤心的样子，反而现出那淫泼的气象，向着陶大喜骂道："你这老狗头，多言多语，此时在他面前讨好，开验之后，谅也走不去。你动手罢，祖奶奶拜祭过了。"陶大喜被她骂了一顿，真是无辜受屈的，因她是个苦家，在尸场上面，不敢与她争论，只得转身来回狄公。狄公见周氏如此撒泼，心下想道："我虽欲为毕顺伸冤，究竟不能十分相信，因是死者的妻子，此时开棺翻骨，就该悲伤不已，故令她前去祭拜，见她的劝静，哪知她全不悲苦，反现出这凶恶的形象，还有什么疑惑，必是谋杀无疑了。"随即命土工开挖。

陶大喜一声领命，早与那许多伙计，铲挖起来，没有半个时辰，已将那棺柩现出。众人上前，将浮土拂了去，回禀了狄公，抬至验场上面。此时唐氏见棺柩已被人挖出，早哭得死去活来，昏晕在地。狄公只得令人搀扶过去，起身来至场上，先命何恺同差役去开棺盖。众人领命上前，才将盖子掀下，不由得一齐倒退了几步，一个个吓个吐舌摇唇，说道："这是真奇怪了，即便身死不明，决不至一年有余，两只眼睛犹如此睁着。你看这形象，岂不可怕！"狄公听见，也就到了棺柩旁边，向里一看，果见两眼与核桃相似，露出外面，一点光芒没有，但见那种灰色的样子，实是骇异。乃道："毕顺，毕顺，今日本县特来为汝伸冤，汝若有灵，赶将两眼闭去，好让众人进前，无论如何，总将你这案讯问明白便了。"哪知人虽身死，阴灵实是不散，狄公此话方才说完，眼望着闭了下去。所有那班差役，以及闲杂人等，无不惊叹异常，说这人谋死无疑了，不然何以这样灵验。当即狄公转身过来，内有几个胆大差役先动手，将毕顺抬出了棺木，放在尸场上面，先用芦席遮了阳光。仵作上来禀道："尸身入土已久，就此开验，恐难现出。须先洗刷一番，方可依法行事。求太爷示下。"狄公道："本县已知这原故，但是他衣服未烂，四体尚全，还可从减相验，免令死者再受洗刷之苦。"仵作见狄公如此说，只得将尸身的衣服轻轻脱去，那身上的皮肤，已是朽烂不堪，许多碎布，粘在上面，欲想就此开验，无奈那皮色如同灰土，仿佛不用酒喷，

则不明伤痕所在，只得复行回明了。狄公令陶大喜择了一方宽展的闲地，挖了深塘，左近人家，取来一口铁锅，就在那荒地上，与众人烧出一锅热水，先用软布浸湿，将碎布揩去，复用热水在浑身上下，洗了一次，然后仵作取了一斗碗高粱烧酒，四处喷了半会，用布将尸者盖好。

此时尸场上面，已经人山人海，男女皆挨挤一团，望那仵作开验。只见他自头脸两阳验起，一步一步到下腹为止，仍不见他禀报伤痕，众人已是疑惑。复见他与差役，将尸身搬起翻过，脊背后头，顶上验至谷道，仍与先前一般，又不见报出何伤。狄公此时也就着急，下了公案，在场望着众人动手。现在上身已经验过，只得来验下半部腿脚，所有的皮肤骨节，全行验到，现不出一点伤痕。仵作只得来禀狄公，说："小人当这差使，历来验法，皆分正面阴面，此两处无伤，方用银签入口，验那服毒药害。毕顺外体上下无伤，求太爷示下。"狄公还未开口，早有那周氏揪着了仵作怒道："我丈夫身死已一年，太爷无故诬害，说他身死不明，开棺揭验，现在浑身无伤，又要银签入口，岂不是无话搪塞，想出这来害人！无论是暴病身亡，即使被这狗官看出破绽，是将他那腹内的毒气，这一年之久，也该发作，岂有周身无伤无毒，腹内有毒之理？他不知情理，你是有传授的，当这差役，非止一年，为何顺他的旨令，令死者吃苦？这事断不可行！"说着揪了仵作，哭闹不休。

狄公道："本县与你已言定在前，若是死者无伤，情甘反坐。这项公事，昨日已申详上宪，岂能有心搪塞？但是历来验尸，外体无伤须验内腹，此是定律，汝何故揪着公差，肆行撒泼，难道不知王法么？还不从速放下，让他再验腹内。若果仍无伤，本县定甘反坐便了，此时休得无礼。"周氏说道："我看太爷也不必认真，此刻虽是无伤，还可假词说项，若是与死者作对，验毕之后，仍无毒物，恐你反坐的罪名，太爷就掩饰不来了。"一番话，说得仵作不敢动手。

第十回　恶淫妇阻挡收棺　贤县令诚心宿庙

却说周氏一番话，欲想狄公不用银签入口，狄公哪里能行，道："本县验不出伤痕，理合认罪，岂有以人命为儿戏，反想掩过之理！正面阴面，既是无伤，须将内部验毕，方能完事。"当时也不容周氏再说，命仵作照例再验。众人只见先用热水，由口中灌进，轻轻从胸口揉了两下，复又从口内吐出两三次，以后取出一根细银签子，约有八寸上下，由喉中穿入进去，停了一会，请狄公起签。

狄公到了尸身前面，见那仵作将签子拔出，依然颜色不变，向着狄公道："这事实令人奇怪，所有伤痕致命的所在，这样验过，也该现出。现在没有伤痕，小人不敢承任这事，请太爷先行标封，再请邻封相验，或另差老年仵作前来复验。"狄公到了此时，也不免着急，说道："本县此举，虽觉孟浪，奈因何死者前来显灵？方才那两眼紧闭，即是明证。若不是谋杀含冤，焉能如此灵验？"当即向周氏说道："此时既无伤痕，只得依例申详，自行情罪。但死者已经受苦，不能再抛尸露骨，弃在此间，先行将他收棺标封暂厝便了。"周氏不等他说完，早将原殓的那口棺木，打得纷散，哭道："先前说是病死，你这狗官定要开验，现在没有伤痕，又想收殓，做官就这样做的么？我等虽是百姓，未犯法总不能这无辜拷打。昨日用刑逼供，今又草菅人命，这事如何行得？既然开棺，就不能再殓，我等百姓也不能这样欺罔，一日这案不结，一日不能收棺。验不出伤来，拚得那侮辱官长的罪名，同你拚了这命。"说着就走上来揪着狄公撒泼。唐氏见媳妇如此，也就接着前来，两人并在一处，闹骂不止。狄公到了此时，也只得听她缠扰。所有那些闲人，见狄公在此受窖，知他是个好官，皆上来向周氏说道："你这妇人，也太不明白，你丈夫已受了这洗刷的苦楚，此时再不收殓，难道就听他暴露？太爷既允你申详请罪，谅也不是谎你。且这事谁人不知，欲想遮掩，也不能行。我看你在此胡闹，也是无用，不如将尸身先殓起来，随他一同进城，到衙门候信，方是正理。"周氏见众人异口同词，心想我不过这样一闹，阻他下次再验，难得他收棺，随后也可无事了。周氏说道："非是我令丈夫受苦，奈这狗官无辜寻隙，既是他自行首告，我就在他衙门坐守便了。此刻虽然入殓，那时不肯认罪，莫怪我哄闹公堂。"说着放手下来，让众人布置。无奈那口旧棺，已为她打散，只得赶令差役奔到皇华镇上，买了一口薄棺，下晚时节，方才抬来。当即草草殓毕，厝在原处，标了存记，然后带领人众，向皇华镇而来，就在前次那个客店住下。唐氏先行释回，周氏仍然管押。各事吩咐已毕，已是上灯多时。

案件的进展并没有像我们想象的那样顺利，因为狄公没有拿到证据，所以案件的审理陷入了僵局。在读者看来，狄公似乎山穷水尽了，但这曲折的情节吸引了读者，更为狄公进一步审理该案件所表现的机智做了铺垫。

狄公见众人散后，心下实是疑虑，只见洪亮由外面进来，向着狄公道："小人奉命访查那个后生，姓陈名瑞朋，就在这镇上开设店铺，因与毕顺生前邻舍，故他死后不免可惜。至于案情，也未必知道，但知周氏于毕顺在日，时常在街前嬉笑、殊非妇人道理，毕顺虽经管束几次，只是吵闹不休，至他死后，反终日不出大门。甚至连外人俱不肯见。就此一端，所以令人疑惑。此时既验无实证，这事如何处置？以死者看来，必是冤抑无疑，若论无伤，又不好严刑拷问，太爷还要设法。而且那六里墩之案，已有半月，乔太、马荣，俱未访得凶手。接连两案，皆是平空而起，一时何能了结。太爷虽不是以功名为重，但是人命关天，也要打点打点……"

　　两人正在客店谈论，忽听外面人声鼎沸，一片哭声，到了里面，洪亮疑是唐氏前来胡闹，早听外面喊道："你问狄太爷，现在中进呢，虽是人命案件，也不能这样紧急，太爷又不是不带你伸冤。好好歇一歇，说明白了，我们替你回。怎么知道就是你的丈夫？"洪亮知是出了别事，赶了前来访问，哪知是六里墩被杀死那无名男子家属前来喊冤。洪亮当时回了狄公，吩咐差人将他带进。狄公见是个四十外的妇人，蓬头垢面，满面的泪痕，方走进来，即大哭不止，跪在地下，直呼太爷伸冤。狄公问道："你这人是何门氏？何以知道，那人是汝丈夫？从实说来，本县好加差捕缉。"那个妇人道："小妇人姓汪，娘家仇氏，丈夫名叫汪宏，专以推车为业，家住治下流水沟地方，离六里墩相隔有三四十里。那日因邻家有病，叫我丈夫到曲阜报信，往来有百里之遥，要一日赶回，是以三更时节就起身前去。谁知到了晚间，不见回来。初时疑惑他有了耽搁，后来等了数日，世阜的人已回来，问起情由，说及我丈夫未曾前去。小妇人听了这话，就惊疑不定，只得又等了数日，仍不回来，惟有亲自前去寻找。哪知走到六里墩地方，见有一口棺枢，招人认领，小妇人就请人将告示念了一遍，那所开的身材年岁，以及所穿的衣裳，是我丈夫

汪宏。不知何故被人杀死，这样冤枉，总要求太爷理楚呢。"说着在地下痛哭不止。狄公听她说得真切，只得劝解了一番，允她刻期缉获，复又赏给了十吊钱，令她将尸枢领去，汪仇氏方才退去。

狄公一人闷闷不已，想道："我到此间，原是为国为民，清理积案，此时接连出这无头疑案，不将这事判明，何以对得百姓？六里墩那案，尚有眉目，只要邱姓获到，一鞠便可清楚，惟毕顺这事，验不出伤来，却是如何能了结？看那周氏如此凶恶，无论她不容我含糊了事，就是我见毕顺两次显灵，也不能为自己的功名，不代他追问。惟有回衙默祷阴官，求了暗中指示，或可破了这两案。"当时烦恼了一会，小二送进酒饭，勉强吃了些饮食。复与洪亮二人出去，私访了一次，仍然不见端倪，只得胡乱回转店中，安歇了一夜，次日一早乘轿回衙。先绕道六里墩见汪仇氏，将尸枢领去，方才回到衙中。先具了自己自处的公事，升坐大堂，将周氏带至案前，与她说了一遍，道："本县先行请罪，但这案一日不明，一日不离此地。汝丈夫既来告你阴状，今晚且待本县出了阴差，将他提来询问明白，再为讯断。"周氏哪里相信，明知他用话欺人，说道："太爷不必如此做作，即使劳神问鬼，他既无伤痕，还敢再来对质么？太爷是堂堂阳官，反而为鬼所算，岂不令人可笑！既是详文缮好，小妇人在此候信便了。"当时狄公听她这派讥讽的话头，明知是当面骂他，无奈此时不好用刑惩治，只得命原差仍然带去，自己退入后堂，具了节略，将那表写好。然后斋戒沐浴，令洪亮先到县庙招呼，说今晚前来宿庙，所有闲杂人等，概行驱逐出去。自己行礼已毕，将表章跪诵一遍，在炉内焚去。命洪亮在下首伺候，一人在左边，将行李铺好，先在蒲团上静坐了一会，约至定更以后，复至神前祷告一番，无非谓："阴阳虽隔，司理则同。官有俸禄，神有香火。既有此职，应问此事。叩我冥司，明明指示。"这几句话祷毕，方到铺上坐定，闭目凝神，以待鬼神显灵。

第十一回　求灵签隐隐相合　详梦境凿凿而谈

　　却说狄公在郡庙祷告已毕，坐在蒲团上，闭目凝神，满想朦胧睡去，得了梦验，便可为死者伸冤，哪知日来为毕顺之事，过于烦恼，加了开棺揭验，周氏吵闹，汪仇氏呼冤，许多事件，团结在心中，以致心神不定。此时在蒲团上面，坐了好一会工夫，虽想安心合眼，无奈不想这件事来，就是那一件触动，胡思乱想，直至二鼓时分，依然未曾闭眼。狄公自己着急说道："我今日原为宿庙而来，到了此刻，尚未睡去，何时得神灵指示。"自己无奈，只得站起身来，走到下首，但见洪亮早经熟睡，也不去惊动于他，一人在殿上，闲步了几趟，转眼见神桌上摆着一本书相似。狄公道："常言'观书引睡魔'，我此时正睡不着，何不将它消遣？或者看了困倦起来，也未可知。"想着走到面前，取来一看，谁知并不是书卷，乃是郡庙内一本求签的签本。

　　狄公暗喜道："我不能安睡，深恐没有应验，现在既有签本在此，何不先求一签，然后再为细看。若能神明有感，借此指示，岂不更好。"随即将签本在神案上复行供好，剔去蜡花，添了香火，自己在蒲团上，拜了几拜，又祷告了一回，伸手在上面，取了签筒，嗦落嗦落，摇了几下，里面早穿出一条竹签。狄公赶着起身，将签条拾起一看，上面写着五字，乃是第二十四签。随即来至案前，将签本取过，挨次翻去，到了本签部位，写着"中平"二字，按下有古人名，却是骊姬①。狄公暗想道：此人乃春秋时人，晋献公为他所惑，将太子申生杀死，后来国破家亡，晋文公出奔，受了许多苦难，想来这人，

_____

①骊姬：或称丽姬，名不详，春秋时期骊戎国君之女，晋献公妃子，晋君奚齐的生母。

也要算个淫恶的妇人。复又望下面看去，只见有四句道：

> 不见司晨有牝鸡，为何晋主宠骊姬。
>
> 妇人心术由来险，床第私情不足题。

狄公看毕，心下犹疑不绝，说道："这四句，大概与毕顺案情相仿，但以骊姬比于周氏虽是暗合，无奈只说出起案的原因，却未破案的情节叙出。毕顺与她本是夫妇，自然有床第私情了。至于头一句，不见司晨有牝鸡，他想前日私访到她家中之时，她就恶言厉声，骂个不了，不但骂我，而且骂她婆婆，这明明是牝鸡司晨了。第二句，说是毕顺不应娶她为妻。若第三句，只是不要讲的，她将亲夫害死，心术岂不危毒。签句虽然暗合，但是不能破案，如何是好？"自己在烛光之下，又细看得两回，竟想不出别的解说来，只得将签本放下。听见外面已转二鼓，就此一来，已觉得自己困倦，转身来至上首床上，安心安意，和衣睡下。

约有顿饭时刻，朦胧之间，见一个白发老者，走至面前向他喊道："贵人日来辛苦了，此间寂寞，何不至茶坊品茗，听那来往的新闻？"狄公将他一看，好似个极熟的人，一时想不出名姓，也忘却自己在庙中，不禁起身，随他前去。到了街坊上面，果见三教九流，热闹非常。走过两条大街，东边角上，有一座大大的茶坊，门前悬了一面金字招牌，上写"问津楼"三字。狄公到了门口，那老者邀他进内，过了前堂一方天井中间，有一六角亭子，内里设了许多桌位。两人进了亭内，拣着空桌坐下，抬头见上面一副黑漆对联是：

> 寻孺子遗踪下榻，专为千古事；
>
> 问尧夫究竟卜圭，难觅四川人。

狄公看罢，问那老者道："此地乃是茶坊，为何不用那卢同、李白这派俗典，反用这孺子、尧夫，又什么卜圭下嵒，岂不是文不对题。而且下联又不贯串，尧夫又不是蜀人，何说四川两字，看来实实不雅。"那老者笑道："贵人批驳，虽然不错，可知他命意遣词，并非为这茶坊起见，日后贵人自然晓得。"狄公见他如此说法，也不再问。忽然自坐的地方，并不是个茶坊，乃变了一个耍戏场子，敲锣击鼓，满耳咚咚，不下有数百人围了一个人。圈子里面，也有舞枪的，也有砍刀，也有跑马卖线，破肚栽瓜的，种种把戏不一而足。中间有个女子，年约三十上下，睡在方桌上，两脚高起，将一个头号坛子，打为滚圆。但是她两只脚，一上一下，如车轮相似。正耍之时，对面出来一个后生，生得面如傅粉，唇红齿白，见了那妇人，不禁嬉嬉一笑。那妇人见他前来，也就欢喜非常，两足一蹬，将坛子踢起半空，身躯一拗、竖立起来，伸去右手，将坛底接住。只听一声喊叫："我的爷呀，你又来了。"忽然坛口里面，跳出一个十二三岁的女孩子，阻住那男孩子的去路，不准与那女子说笑。两人正闹之际，突然看把戏的人众，纷纷散去。倾刻之间，不见一人，

只有那个坛子，以及男女孩子，均不知去向。

狄公正然诧异，方才同来的老者，复又站在门前说道："你看了下半截，上半截还未看呢，从速随我来吧。"狄公也不解他，究是何意，不由信步前去。走了许多荒烟蔓草地方，但见些奇禽怪兽，盘了许多死人，在那里咬吃。狄公到了此时，不觉得心中恍惚，惧怕起来，瞥见一个人，身睡地下，自头至足，如白纸仿佛，忽然有条火赤炼的毒蛇，由他鼻孔穿出，直至自己身前。狄公吓了一跳，直听那老者说了一声："切记！"不觉一身冷汗，惊醒过来，自己原来仍在那庙里面，听听外边更鼓正交三更。扒坐起来，在床边上定了一定神，觉得口内作渴，将洪亮喊醒，将茶壶桶揭开，倒了一盏茶，递与狄公，等他饮毕，然后问道："大人在此半夜，可曾睡着么？"狄公道："睡是睡着了，但是精神觉得恍惚。你睡在那边，可曾见什么形影不成？"洪亮道："小人连日访这案件，东奔西走，已是辛苦万分，加之为大人办毕顺的案，茫无头绪，满想在此住宿一宵，得点梦兆，好为大人出力，谁知心地糊涂，倒身下去，就睡熟了。不是大人喊叫，此时还未醒呢。小人实未曾梦见什么，不知大人可得梦？"狄公道："说也奇怪，我先前也是心烦意乱，直至二更时分，依然未曾合眼。然后无法，只得起身走了两趟，谁知见神案上，有一个签本……"就将求签，对洪亮说了一遍。说着又将签本破解与他听。

洪亮道："从来签句，隐而不露，照这样签条，已是很明白了。小人虽不懂得文理，我看不在什么古人推敲。上面首句，就有'鸡子司晨'四字，或者天明时节，有什么动静。从来奸情案子，大都是明来暗去，鸡子叫了时节，正是奸夫偷走时节。第二句，是个空论，第三句，妇人之心险，这明是夜间与奸夫将人害死，到了天明，方装腔做势地哭喊起来。你看那日毕顺，看闹龙舟之后，来家已是上灯时分，再等厨下备酒饭，同他母亲等人吃酒，酒后已到了定更时分。虽不能随他吃，就遂去睡觉的道理，不无还要谈些话，极早到进房之时，已有二鼓。再等熟睡，然后周氏再与奸夫计议，彼此下手谋害，几次耽搁，岂不是四五更天方能办完此事？唐氏老奶奶，说她儿子身死，不过是个约计之时，二更是夜间，四更五更也是夜间。这是小人胡想，怕这周氏害毕之后，正合'牝鸡司晨'四字。如正在此时谋害，这案容易办了。"狄公见他如此说法，乃道："据你说来，也觉在理。姑作他在此时，你有如何办法？"洪亮道："这句话题显而易见，有何难解。我们多派几个伴计，日间不去惊动，大人回衙，仍将周氏交唐氏领回。她既到家，若没有外路则已，如有别情，那奸夫连日必在镇上，或衙门打听，见她回去，岂有不去动问之理？我们就派人在他巷口左右，通夜的梭巡，惟独鸡鸣时节，格外留神。我看如此办法，未有不破案之理。"

狄公见他言之凿凿，细看这形影，到有几分着落，乃道："这签句你破解得不错了，可知是我求签之后，身上已自困卷，睡梦之间，所见的事情，更是离奇，我且说来，大家参详。"洪亮道："大人所做何梦？签句虽有的影象，能梦中再一指示，这事就有八分可破了。不知大人还是单为毕顺这一案宿庙，还是连六里墩的案一起前来？"狄公道："我是一齐来的，但是这梦甚难破解。不知什么，又吃起茶来，随后又看玩把戏的，这不是前后不应么？"当时又将梦中事复说了一遍。洪亮道："这梦小人也猜详不出，请问大人，这'孺子'两字怎讲，为何下面又有下榻的字面？难道孺子就是小孩子么？"

狄公见他不知这典，故胡乱的破解，乃笑道："你不知这两字原由，所以分别不出。我且将原本说与你听。"

51

第十二回　说对联猜疑徐姓　得形影巧遇马荣

　　却说狄公见洪亮不知道"孺子"典故，乃道："这孺子不是作小孩子讲，乃是人的名字。从前有个姓徐的，叫做徐孺子，是地方上贤人。后来有位陈蕃专好结识名士，别人皆不来往，惟有同这徐孺子相好。因闻他的贤名，故一到任时，即置备一张床榻，以便这徐孺子前来居住，旁人欲想住在这榻上，就如登天向日之难。这不过器重贤人意思，不知与这案件有何关合？"洪亮不等他说完，连忙答道："大人不必疑惑了，这案必是有一姓徐在内，不然，那奸夫必是姓徐，惟恐这人逃走了。"狄公道："虽如此说，你何以见得他逃走了？"洪亮道："小人也是就梦猜梦。上联头一句乃是'寻孺子遗踪'，岂不是要追寻这姓徐的么？这一联有了眉目，且请大人，将'尧夫'原典与小人听。"

　　狄公道："下联甚是清楚，'尧夫'也是个人名，此人姓邵叫康节，'尧夫'两字乃是他的外号。此乃暗指六里墩之案。这姓邵的，本是要犯，现在访寻不着，不知他是逃至四川去了，不知他本籍四川人。在湖州买卖以后，你们访案，若遇四川口音，你们须要留心盘问。"洪亮当时答应："大人破解的不差，但是玩坛子女人，以及那个女孩，阻挡那个男人去路，并后来见着许多死人，这派境界，皆是似是而非，这样解也可，那样解也可。总之这两案，总有点端倪了。"两人谈论一番，早见窗槅（gé）现出亮光，知是天已发白。狄公也无心再睡，站起身，将衣服检理一回。外面住持，早已在窗外问候，听见里面起身，赶着进来，请了早安。在神案前敬神已毕，随即出去呼唤司祝，烧了面水，送进茶来，请狄公净面漱口。狄公梳洗已毕，洪亮已将行李包裹起来，交与住持，以便派人来取，然后又招呼他，不许在外走露风声。住持一一遵命。这才与狄公两人，回衙而来。

到了书房，早有陶干前来动问。洪亮就将宿庙的话说了一遍，当即叫他厨下取了点心，请狄公进了饮食，两人在书房院落内伺候。到了辰牌时分，狄公传出话来，着洪亮协同值日差，先将皇华镇地甲提来问话。洪亮领命出去，下昼时分，何恺已到了衙中。狄公并不升堂，将他带至签押房内。何恺叩头毕，站立一边。狄公道："毕顺这案件，要是身死不明，本县为他伸冤起见，反招了这反坐处分。你是他本镇地甲，难道就置身事外，为何这两日不加意访察，仍是如此延宕，岂不是故意藐视？"何恺见狄公如此说法，连忙跪在地下，叩头不止，说道："小人日夜细访，不敢偷懒懈怠，无奈没有形影，以致不能破案，还请求大人开恩。"狄公道："暂时不能破案，此时也不能强汝所难，但你所管辖界内，共有多少人家，镇上有几家姓徐的么？"何恺见问禀道："小人这地方上面，不下有二三千人家，姓徐的也有十数家。不知大人问的哪一个，求大人明示。小人便去访问。"狄公道："你这人也太糊涂，本县若知这人，早已出签提质，还要问你么？只因这案情重大，略闻有一徐姓男子，通同谋害。若能将此人寻获，便可破了这案，因此命汝前来。你平时在镇上，可曾见什么姓徐的人家，与毕顺来往？若看见有一二人在内，且从实说来，以便提县审讯。"

内文导读

"说对联猜疑徐姓"，这是破获毕顺冤死案件的关键，"神示天助"既不符合常理也不符合科学，是个"无厘头"，但是意义却不一般。意是告诫世人"人在做，天在看"，通过"天有神灵"有力地强化了人对行为的自我约束力。接下来，对六里墩丝客被杀案凶手的抓获似乎更是依靠机缘巧合，作者似乎也是在告诫世人"要想人不知，除非己莫为"，"法网恢恢，疏而不漏"的道理。

何恺沉吟了一会，就望着上面说道："小人是上年四月间才应差的，访这案件，是五月出的，不过一个月之久，小人虽小心办公，实未知毕顺平时交结的何人，不敢在大人面前胡讲。好在这姓徐的不多，小人回去，挨次访查，也可得了踪迹的。"狄公道："你这个拙主见，虽想的不差，可知走露风声，即难寻觅。且这人既做这大案，岂有不远避之理。你此去务必不得声张，先从左近访起，俟有形影，赶紧前来报信，本县再派役前去。"何恺遵命，退下来，回转镇上不提。

这里狄公又命洪亮、陶干两人，等到上灯时候，挨城门而出，径至毕顺家巷口探听一回，当夜不必回来，一面暗暗的跟着何恺，看他如何访缉。你道狄公为何不叫他两人与何恺同去，皆因前日开棺之时，洪亮在皇华镇上，住了数日，彼处人民，大半认得，怕他日间去，被人看见，反将正凶逃走。何恺是地方上的地甲，纵有的问张问李，这是他分内之事，旁人也不疑惑。又恐何恺一个得了凶手，独力难支，又拿他不住，因此令洪亮同陶干晚间前去。一则访访案情，二则何恺在坊上，还是勤力，还是懒惰，也可知道。这狄公的用意当日布置已毕，家人掌上灯来，一人在书房内，将连日积压的公事，看了一回。

用过晚饭，正拟安息，忽然窗外噗咚，噗咚，跳下两人，把狄公吃了一惊。抬头一见，乃是马荣、乔太。当时请安已毕，狄公问道："二位壮士，这几日辛苦，但不知所访之事如何。"马荣道："小人这数日虽访了些形影，只是不敢深信，恐前途有了错讹，或是寡众不敌，反而不美，因此回来禀明大人。"狄公道："壮士何处看出破绽，赶快说来，好大家商量。"

乔太道："小人奉命之后，他向东北角上，小人就在西南角上，各分地段，私下访查。前日走到西乡跨水桥地方天色已晚，在集上拣了个客店住下，且听同寓的客人闲谈。说高家洼这事，多半是自家害的自家人。小的听他们说得有因，也就答话上去，问道：'你们这班人，所说何事？可是谈的孔家客店的案么？'那人道：'何尝不是。看你也非此地口音，何以知道这事，莫非在此地做什么生意？'小人见他问了这话，只得答着机锋道：'我乃山西贩皮货客人，日前相验之时，我们有个乡亲，也是来此地买卖，却巧那日就住在这店内，后来碰着谈论起来，方才晓得。闻说县里访拿得很紧，还有赏格在外，你们既晓得自家人所杀，何不将此人捉住，送往县内？一则为死者伸冤，是莫大功德，二则多少得几百银子，落得快活。你我皆是做买卖的朋友，东奔西走，受了多少风霜，赚钱蚀本还不知道，有这美事，落得寻点外水，岂不是好？'那班人笑道：'你这客人，说得虽是，我们也不是傻子，难道不知钱好？只因个缘故在内，我们是贩卖北货的，日前离此有三四站地方，见有一个大汉，约在三十上下，自己推着一辆小车，车上极大的两个包裹，行色仓皇，忙忙的直望前走。谁知他心忙脚乱，对面的人，未尝留心，咚了一声，那车轮正碰着我们大车之上，登时车轴震断，将包裹撞落在地下。我当他总要发急，不是揪打，定要大骂一番，哪知他并不言语跳下车，将车轴安好，忙将包裹在地下拾起。趁此错乱之际，散了一个包裹，里面露出许多湖丝。他亦不问怎样，并入大包裹内，上好车轴，仓皇失措，推车向前奔去，听那口音，

却是湖州人氏。后来到了此地，听说出了这案，这人岂不是正凶？明是他杀了车夫，匆匆逃走了，这不是自家害的自家人？若不然，焉有这样巧，偏遇这人，也是湖州人氏。只怕他去远了，若早得了消息，岂不是个大大的财路。'这派话，皆是小人听那客店人说，当时就问了路径，以便次日前去追赶。却好马荣也来这店中住宿，彼此说了一遍。次早天还未明，就起身顺着路径，一路赶去。走了三四日光景，却到邻境地方。有一所极大的村庄，见许多人围着一辆车儿，阻住他的去路。小人们就远远的瞧看，果见有一个少年大汉，高声骂道：'咱老子走了无限的关隘，由南到北，从不惧怕何人，天大的事，也做过了。什么希奇的事，损坏你的田稻，也不值几吊大钱，竟敢约众拦住？若是好好讲说，老子虽无钱，给你一包丝货，地抵得你们苦上几年。现在既然撒野，就莫怪老子动手。'说着两手放下车子，举起拳头，东三西四，打得那班人抱头鼠窜，跑了回去。后来庄内又有四五十个好汉，各执锄头农器，前来报复。哪知他不但不肯逃走，反赶上前去，夺了一把铁铲，就摔倒几个人。小人看见那人，并非善类，欲想上去擒拿，又恐寡不敌众，只得等他将众人打退，向前走去。两人跟到个大镇市上，叫什么双土寨，他就在客寓内住下。访知他欲在那里卖货，有几日耽搁，因此紧赶回来，禀知大人。究竟若何办法？"

狄公听了这话，心中甚是欢喜。眉头一皱，计上心来，且先派人捉拿凶手。

第十三回　双土寨狄公访案　老丝行赵客闻风

却说狄公听马荣说出双土寨来，心下触机，不禁喜道："此案有几分可破了，你们果曾访这人姓甚名谁，果否在寨内有几天耽搁？若是访实，本县倒有一计在此，无须帮动手脚，即可缉获此人。"乔太见狄公喜形于色，忙道："小人访是访实了，至于他姓名，因匆匆寻他买货的根底，一时疏忽，未曾问知。不知大人何以晓得此案可破？"狄公就将宿庙得的梦，告诉于他，说卜圭的圭字，也是个双土，这贩丝的人，就在双土寨内出货，而且又是个湖州人，岂非应了这梦？"你二人可换了服色，同本县一齐前去，拣一个极大的客寓住下。访明那里，谁家丝行，你即住在他行中，只说我是北京出来的庄客，本欲到湖州收买蚕茧，回京织卖京缎。只因半途得病，误了日期，恐来往已过了蚕时，闻你家带客买卖，特来相投。若有客人贩丝，无论多少，皆可收买。他见我们如此说法，自然将这人带出，那时本县自有道理。"马荣、乔太二人领命下来，专等狄公起身。狄公知此处有几日耽搁，当时备了公出的文书申详上宪，然后将捕厅传来，说明此意，着他暂管此印，一应公事，代拆代行，外面一概莫露风声，少则十天，多则半月，即可回来。捕厅遵命而行，不在话下。

狄公此时见天色不早，即在书房安歇了一会，约至五更时分，即起身换了便服，带了银两，复又备了邻县移文，藏于身边，以便临时投递。诸事已毕，与马荣、乔太二人，暗暗出了衙署，真是人不知鬼不觉，直向双土寨而来。夜宿晓行，不到三四日光景，已到了寨内。马荣知这西寨口，有个张六房是个极大的老客店，水陆的客人，皆住在他家，当时将狄公所坐的车辆，在寨外歇下，自己同马荣进了寨里，来到客店门首，高声问道："里面可有人？我们由北京到此，借你这地方住下一半天。咱家爷乃是办丝货的客商，若有房屋可随咱来。"店内堂倌儿见有客人来住居，听说又是大买卖，赶着就应道："里面上等的房屋，爷喜哪里住，听便便了。"当时出来两人问他行李车辆。马荣道："那寨口一辆轻快的车辆，就是咱家爷的。你同我这伙伴前去，我到里面瞧一瞧。"说着命乔太同堂倌前去，自己进内，早有掌柜的带他到里面，拣了一间洁净的单房，命人打扫已毕，复行出店门。见狄公车辆已歇在门口，正在那里解卸行李，当时搬入房内，开发了车价。早有小二送进茶水。

众人净面已毕，掌柜进来问道："这位客人尊姓？由北京而来，到何处去做买卖？小店信实通商，来往客人，皆蒙照顾，后面厨下点心酒饭，各色齐备，客人招呼便了。"狄公道："咱们是京城缎行的庄客，前月由京动身，准备由此经过，一路赶到湖州收些蚕茧，不料在路得病，误了日期，以至今日才至贵处。这里是南北通衢的，不知今年的丝价，较往常如何？"掌柜道："敝地离湖州尚远，彼处的行情，也听得人说。春间天气晴和，蚕市大旺，每百两不过三十四五两的关叙。前日有几个贩丝的客人，投在南街上薛广大家行内，请他代卖，闻开盘不过要三十八九两码子。比较起来，由此地到湖州不下有月余的路程，途费算在里面，比在当地收买倒还廉许多。"狄公听了这话，故作迟疑道："不料今年丝价如此大减，只抵往常三分之二，看来虽然为病耽搁，尚未误正事。你们这地方丝行，想必向来是做这项生意的了，行情还是听客人定价，抑是行家做价，行用几分？可肯放期取银。"掌柜的说道："我们虽住在咫尺，每年到了此时，但听见他们议论，也有卖的，也有买的。老放庄客的人，由此经过，皆知道这里的规矩。俗言道：'隔行如隔山。'其中细情，因此未能晓得。客人想必初来此地，还不知尊姓大名。"狄公见他动问，乃道："在下姓梁名狄公，皆因时运不佳，向来在京皆做这本行的买卖，从未到外路去过。今年咱们行内，老庄客故了，承东家的意思，叫咱们前来，哪知在路就得了病症。现在你们这里行情既廉，少停请你带咱们前去一趟，打听打听是哪路的卖客。如果此地可收，咱也不去别处了。"掌柜见他是个大本钱的客人，难得他肯在此地，不但图下次主顾，即以现在而论，多住一日，即赚他许多房金，心下岂不愿意？连忙满口应承，招呼堂倌，办点心，送酒饭，照应得十分周到。

到了下昼时分，狄公饮食已毕，令乔太在店中看守门户，自己同马荣步出外面，向着掌柜说道："张老板，此刻有暇，你我同去走走。"掌柜见他邀约，赶紧答应，出了柜台说道："小人在前引道。离此过了大街三两个弯子，就是南寨口，那就到了。"说着三人一同去。

果然一个好大的寨子，两边铺户十分整齐，走了一会，离前面不远，掌柜请狄公站下，自己先抢一步，到那人家门首，向里问道："吴二爷，你家管事的可在家？我家店内有一缎行庄客，从北京到此，预备往南路收的，听说此地丝价倒廉，故此命我引荐来投宝行。客人现在门首呢。"里面那人，听他如此说法，忙答道："张六爷，且请客人里面坐。我们管事的，到西寨会款子去了，顷刻就回来的。"狄公在外面见他们彼此答话说管事的不在行内，心下正合其意，可以探得这小官的口气，忙向张六说道："老板，咱们回去也无别事，既然管事的不在这里，进去少待便了。"当时领马荣到了行内。见朝南的三间屋，并无柜台等物，上首一间设的座起，下首一间堆了许多客货，门前墙上写了几排大字："陆永顺老丝行，专办南北客商买卖。"

狄公看毕，在上首一间坐定。小官送上茶来，彼此通过名姓，叙了套话，然后狄公问道："方才张老板说，宝号开设有年，驰名远近，令东不知是哪里人氏，是何名号，现在买卖可多？"吴小官道："敝东是本地人氏，住在寨内，已有几代，名叫陆长波。不知尊家在北京哪家宝号？"狄公见他问这话，心下笑道："我本是访案而来，哪知道京内的店号。曾记早年中进士时节，吏部带领引见，那时欲置办鞋帽，好像姚家胡同，有一缎号，代卖各色京货，叫什么'威仪'两字，我且取来搪塞搪塞。"乃道："小号是北京威仪。"那小官听他说了"威仪"二字，赶忙起着笑道："原来是头等庄客，失敬失敬！先前老敝东在时，与宝号也有往来。后因京中生意兴旺，单此一处，转运不来，因此每年放庄到湖州收卖。今年尊驾何以不去？"狄公见他信以为真，心下好不欢喜，就将方才对张掌柜的那派谎言，说了一遍。

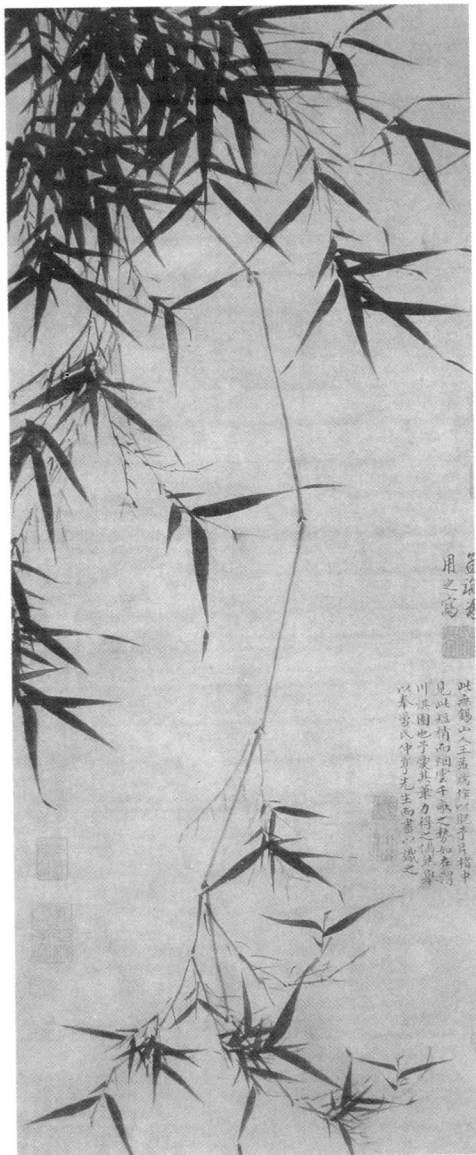

正谈之间，门下走进一人，约在四五十岁的光景，见了张六在此，笑嘻嘻地问道："张老板何以有暇光顾？"张六回头一看，也忙起身笑道："执事回来了，我们这北京客人，正盼望呢。"当时吴小官又将来意告诉了陆长波，狄公复又叙了寒暄，问现在客货多寡，市价如何。陆长波道："尊驾来得正巧，新近有一湖州客人。投在小行。此人姓赵，也是多年的老客丝货，现在此处，尊驾先看一看。如若合意，那价银格外克己便了。"说着起身邀狄公到下首一间，打开丝包看了一会。只见包上盖了戳记，乃是"刘长发"三字，内有几包斑斑点点，现出那紫色的颜色，无奈为土泥护在上面，辨不清楚。狄公看在眼内，已是明白，转身向马荣道："李三，你往常随胡大爷办货，谅也有点颜色。我看这一点丝货，不十分清爽，光彩混沌，怕的是做茧子时蚕子受伤了。你过来也看一看。"马荣会意。到了里面，先将别的包皮打开，约略看了几包，然后指着有斑点的说道："丝货却是道地，恐这客人，一路上受了潮湿，因此光茫不好。若这一包，虽被泥土护满，本来的颜色，还看得出，见了外面就知里面了。不知这客人可在此处？他虽脱货求财，我们倒要斟酌斟酌。"狄公见马荣暗中有话，也就说道："准是在下定价买了，好在小号用得甚多，就有几包不去，也可勉强收用。但请将这赵客人请来，凭着宝行讲明银价，立即可银货两交，免得彼此牵延在此。"陆长波见他如此说法，难得这样买卖，随向吴小官道："赵客人今日在店内打牌，你去请他即刻过来，有人要收全包呢。"小官答应一声，匆匆而去。张掌柜也就起身向狄公说道："此时天色已晚，过路客人，正欲下店，小人不能奉陪了。"复又对陆长波说了两句客气话，一人先行。狄公见小官走后，心下甚是踌躇，深恐此人前来，不是凶手，那就白用了这心计，又恐此人本领高强，拿他不住，格外为难。只得向马荣递话道："凡事不能粗鲁，若我因有了耽搁，不肯在这寨内停留，岂不失了机会？所幸有赵客人在此卖货，真是天从人愿。临见面时，让我同他开盘，你们不必多言。要紧要紧！"马荣知他用意，当时答应遵命，坐在院落内，专候小官回来。不多时，果然前日半路上那个大汉一同进门。

第十四回　请庄客马荣交手　遇乡亲蒋忠谈心

　　却说狄公在陆家行内，等吴小官去请赵客人前来，不多一会马荣已看见前日在路上推车的那个大汉，一同进门，当时不敢鲁莽，望着狄公丢个眼色。狄公会意，便将那人一望，只见他身长一丈，生来黑漆面庞，两道浓眉，一双虎眼，足穿薄底靴儿，身穿短襟窄袖，元色小袄，吊裆叉裤。那种神气，倒像绿林中朋友。狄公上下打量一番，暗暗想道：此人明是个匪头，哪里是什么贩丝的客人，而且浙湖的人形，皆是气格温柔，衣衫齐整，你看他这种行为神情，明是咱们北方气概。且等他一等，看他如何。只见陆长波见他进来，当时起身来笑道："常言买鸡找不到卖鸡人，你客人投在小行，恨不得立刻将货脱去，得了丝价，好回贵处，一向要卖，无这项售户，今日有人来买，你又打牌去了。这位梁客人，是北京威仪缎庄上的。往年皆到你们贵处坐庄，今因半途抱病，听说小行有货，故此在这里收卖。所有存下的货物，皆一齐要买，但不过要价码克己。小行怕买卖不成，疑惑我等中间作梗，因此将你请来，对面开盘，我们单取行用便了。"那人听了陆长波这番话，转眼将狄公上下望了一回，坐下笑道："我的货，卖是要卖，怕的这客人有点欺人。我即便肯卖与他，他也未必真买。"陆长波见他这番话，说得诧异，忙道："赵客人你休要取笑，难道我骗你不成？人家很远的路程来投小行，而且威仪这缎号牌子，谁人不知。莫说你这点丝，即便加几倍，他也能售。你何以反说他欺人？倒是你奇货可居了。"

　　狄公见了这大汉说了这两句话，心下反吃了一惊，想道："此人眼力，何以如此利害？又未与他同在一处，何以知我不是客商？莫非他看出什么破绽？

如果为他识破，这人本事就可想了。虽有马荣在此，也未必能将他获住。"当时还故示周旋，起身作了揖，说："赵客人请了。"大汉见他起身，也忙还了一揖道："大人请坐，小人见谒来迟，尚祈恕罪。"这一句，更令狄公吃惊不小，分明是他知道自己的位分，复又故作惊异道："尊兄何出此言，咱们皆是贸易中人，为何如此称呼？莫非有意外见么？还不识尊兄台甫何名，排行几位？"大汉道："在下姓赵名万全，自幼兄弟三人，第三序齿。不知大人来此何干，有事但说不访。若这样露头藏尾，殊非英雄本色。俺虽是贸易中人，南北省份，也走过许多码头，做了几件惊人出色的事件，今日为朋友所托，到此买卖，不期遇尊公。究竟尊姓何名，现官居何职，俺这两眼相法，从来百不失一。尊公后福方长，正是国家栋梁，现在莫非做哪里县丞么？"狄公被他这番话，说得哑口无言，反而深愧不是，停了半晌，乃道："赵兄，你我是为买卖起见，又不同你谈相，何故说出这派话来？你既知我来历，应该倾心吐胆，道出真言，完结你的案件。难道你说了这派大话，便将俺哄吓不成？"说着望马荣丢了个眼色，起身站在陆长波背后。

马荣到了此时，也由不得再不动手，当即跳出门外，高声喝道："狗强盗，做了案件，想往哪里逃走！今日俺家太爷，亲来捉汝，应该束手受缚，归案讯办。可知那高家洼的事，不容你逃遁了。"说着两手摆了架落，将门挡住，专等他出来动手。陆长波看见言语不对，忽然动起手来，如同作梦一般，不知是素来有仇，也不知无故起衅，摸不着头脑，只呆呆的在那里呼喊说："你们可不要动气，生意场中，以和平为贵，何以还未交易，就说出这尴尬话来，莫非平时有难过么？"还未说完，见大汉掀去短袄，露出紧身小衣，袖头高卷，伸开两手，一个箭步，踊出门外，向马荣骂道："你这厮也不打听打听，来至太岁头上动土。俺立志要除尽这班贪官污吏，垄断奸商，你竟敢来寻死！不要走，送你到老家去！"只见左手一抬，用个猛虎擒羊的架落，对定马荣胸口一拳打来。狄公见了这样，吓得面如土色，深恐马荣招架不住。只见他将身向左边一偏，用了个调虎下山的形势，右手伸出两指，在大汉手寸上面一按，望下一沉，果然赵万全将手一缩回，不敢前去。原来马荣也是会手，这一下撞在他血道上面，因此全膀酥麻，不能再进。马荣见他中了一下，还不就此进步？登时调转身子，起势在他肋下一拳打去。赵万全见他手足灵便，就不敢轻视，一手护定周身，一手向前刁他的手掌。马荣哪里容他得手，随即改了个鹏鸟展翅的格式，将身一纵，约有一二尺的高下，提起左足欲想踢他的左眼。谁知道一来正中赵万全之计，但见他望下一蹬，两手高起，说声："下来吧！"早将马荣的腿兜住，但听"咕咚"一声，摔在地下。

狄公这一惊不小，深恐他就此逃走。里面陆长波也吓得面面相觑，惟恐打杀人命，赶着出来喊道："赵三爷，你是我家老主顾客人，向来未曾鲁莽，何以今日一言不合，就动手动脚起来？设若有个险错，小行担受不起。有话进来好说。"众人正闹之间，街坊上面早已围着许多人来，言三语四，在那里乱说。

忽然人丛里面，有一个二三十岁的汉子，身材高大，虎背熊腰，见马荣落在地下，赶着分开众人，高声喊道："赵三爷不要胡乱，都是家里人！"随即到了马荣面前叫道："马二哥，你几时来此，为何与我们兄弟斗气？这几年未曾见面，令咱家想得好苦。听说你洗手不干那事了，怎么会到这里来？"说着即将马荣扶起。马荣将他一望，心中好不欢喜，说道："大哥你也在此，俺们这里再谈，千万莫放这厮走了，他乃人命要犯。"说着那人果将赵万全邀入行内，招呼闲人散开，然后向马荣说道："这是我自幼的朋友，虽是生意中人，与俺们很有来往。二哥何故与他交手，现在何处安身，且将别后之事说来。谁人不是，俺与你俩赔礼。"

原来此人也是绿林中朋友，与马荣一师传授，姓蒋名忠，虽然落身为盗，却也很有义气，此时已经去邪改正，在这个土寨当个地甲。赵万全本是山东沂水县人氏，因幼父母双亡，跟蒋忠的父亲，学了一身本领，所有医卜星相件件皆精。到了十八岁时，见本乡无可依靠亲戚，本家皆已亡过，因想湖州有个姑母，很有钱财，因而将家产变去，做了盘缠，到湖州探亲。他姑母见他如此手段，就收他在家中，过了数月，然后荐至丝行里面，学了这项生意。后来日渐长大，那年回家祭祖，访知这双土寨，是南北的通衢①，可以在此买卖，他就回到湖州，向姑母说明，凑了几千银本，每年春夏之交，由湖州贩丝来卖。却值蒋忠洗手，在曲阜县上卯，为了这寨内的地甲，彼此聚在一处，更觉得十分亲热。今日赵万全正在他家摸牌，忽然吴小官去喊他做生意，去了好久不见回来，蒋忠因此前来探望，不意却与马荣交手。此时马荣见他问别后之事，连忙说道："大哥有所不知，自从你我在山东王家寨做案之后，小弟东奔西走，受了许多辛苦。后来一人思想，人生在世，不过百年，转眼之间，就成了废物。若不在中年做出一番事业，落了好名，岂不枉为人世。而且这绿林之事，皆是丧心害理的钱，今日得手，不过数日之内，依然两手空空，徒然杀人害命，造下无穷的罪孽。到了恶贯满盈的时节，自己也免不得一刀之苦，所以一心不干。却好这年在昌平界内，遇见这位狄大人做了县令，真是一清如水，一明似镜，因而与乔二

① 通衢：四通八达的道路。

第十四回　请庄客马荣交手　遇乡亲蒋忠谈心

65

哥投在他麾下，做个长随。数年以来，也办了许多案件，只因前日高家洼出了命案，甚是稀奇，直至前日，始寻出一点形影，故而到此寻拿。"说着就将孔万德客店如何起案，如何相验，如何换了尸的原由，说了一遍。然后又指狄公道："这就是俺县主太爷，姓狄名仁杰，你们这里也是邻境地方，昌平县官声应该听见。"

蒋忠听了这番话，掉转头来望着狄公纳头便拜，说道："小人迎接来迟，求大人恕罪。"狄公忙扶起说道："刚才的事，马荣已经说明，还望壮士将这人犯交本县带回讯办。"蒋忠还未开口，赵万全忙道："这是小人受人之愚了，此案实非小人所干，如有见委之处，万死不辞。且待小人禀明，大人便可明白了。方才马二哥说那凶手姓邵，是四川人氏，小人乃是姓赵，本省人氏，这一件就不相合。但是这人现在何处，叫什么名号，小人却甚清楚。大人在此且住一宵，明日前去，定可缉获。"

第十五回　赵万全明言知盗首　狄梁公故意释奸淫

却说赵万全说他不是正凶，那个犯事之人，地方名姓，他皆知道，狄公听了此言，心下甚是疑惑，暗道："看他这身材膂力①，实不是个善类，莫非他故意诳言，希冀逃走，那可就费事了。"当时一个人对答不来。马荣知道他的意思，乃道："大人不必疑惑，既然蒋大哥说出这原故，想必他不是这案内人犯。既他口称知道，但请他说明，同小的前去便了。"蒋忠也就说道："赵三哥，你就在大人前言明，何以知道案件。你我行事，也须光明正大的方好。若照这姓邵的丧心害理，无论官法不容，即使你我碰见这厮，也不能饶了他的狗命。究竟现在何处，你若碍于交情，不便动手，我这管下与昌平是邻对，同去捉获，也是分内之事。"赵三道："说来也是可恼，连我都为所骗了。这人姓邵名礼怀，是湖南土著人氏，一向与他来往。每年新春蚕见市，他也带着丝货到各处跑码头，只要谁地方价好，他就前去卖货，虽无一定的地方，总不出这山东山西两省。前月我在湖州时，他是在我先动身的，并同了一个邻行的小官一并前来，日前在半途上碰见，但见他一人推着一轮车儿，在路上行走。我见他是孤客年轻，不知行道规矩，故上前问道：'你怎么一个人在此，徐相公到何处去？'他向我大哭不止，说那伙伴在路途暴病身亡，费了许多周折，方才买棺收殓，现在暂厝在一个地方。就此一来，货又误了日期，未能卖出，自己身旁，路费又完，正是为难之际，总是为朋友起见，不然早已回去了。我见情真语切，问他到何处去，他说暂时不能转杭州，怕徐家家

---

①膂力：体力，力气。

属问他要人，那就费事了。当时就同我借了三百银子，将姓徐的丝货交我代卖，他说到别处码头售货去了。谁知他做了这没良心的坏事，岂不是连我受他之愚吗？"

狄公听了此言，忙道："照你如此说法，他已是远走去了，你焉能知他的所在？"赵万全道："大人有所不知，这人有个师兄，先前以为礼怀是个诚实的后生，将女儿就给他为妻，谁知过门之后，夫妻不睦，就将这妻子气死。后来听说，他又在外路结识了一个有夫之女，住在这左近一带，叫作什么齐团菜地方。彼时因不关我事，故而未曾追求，现在他既犯了这案，只要将这地方访出来，那就好办了。虽说他跟我师兄学了数年棍棒，纵有点本领，谅也平常，只要我去寻获，无不获之理。"狄公听他所言也就深信不疑，向着众人说道："本县到任以来，也私访过许多地方，这齐团菜地名从未听人说过，你们可曾晓得么？"此时陆长波，见他们各道真言，知狄公是地方上父母官，真是意想不到，赶忙过来叩头，说道："小人有眼不识泰山，冒犯虎威，统求恕罪。"狄公道："你乃贸易之人，与本县本无大小，生意场中，理应如此，何得谓之冒犯？但你是土著的人氏，方才赵壮士所说这个地名，你可知道么？"陆长波细想不出来，说道："大人要知这地段，除非移文到各处府州县，将府县志查看，或者可知。不然这偌大的山东省，从何处访问？"此时天已黑暗，小官掌上灯来，马荣道："大人现在也不必久坐了，沿途受了风霜，也该安歇安歇，既有赵万全同小人在此，还怕日后这案不破么？我看乔太在寓内，也是望得心焦，不如前去店中吃了晚饭，大众计议个章程，以便分头办事。或者张老板知道齐团菜地名，也未可知。"狄公见他说得在理，当即起身，向赵万全说道："壮士且至敝寓，共饮一杯，以便彼此谈论。"赵三也不推辞，当时也就起身一同出了陆长波家的门，来至张六房店内。

蒋忠就将狄公前来访案的话，向张六说明，大众直吓得鼓舌摇唇，说道："我等在寨内，听往来人说，昌平县狄太爷，是个好官，真是名不虚传。由彼处到此，也有数百里路程，居然不辞劳苦，前来访案，实不愧民之父母了。"

当时也就入里面，复又叩头已毕。当晚备了酒肴，众人也不分什么主仆，上下一齐入席饮酒。乔太见赵万全帮同捉案，更是欢喜非常，向着狄公道："大人在上，虽得了一位壮士，依小人愚见，还是明早一同回去，暗暗的访问这地方，方可有益于事。若要在此地，将人缉获，恐暂时未必如愿。就此一来，这案内正是人人知道，若再耽搁数日，南北往来的客商，传到别处，露了捉拿要犯的风声，反而令他得信。而且毕顺家那案，不知访缉得如何。那人胆量又小，即使有了事件，一人也未必能动手，岂不是顾此失彼？不如回去，两件事皆可兼顾得到。"狄公也以为然，当时上了几件美肴，撤去残杯，大众安歇，一宿无话。

内文导读

六里墩丝客被杀案的侦破可谓是一波三折，作者将皇华镇毕顺冤死案穿插叙述，让读者始终心存悬念，作者则用抽丝剥茧的方式，让案情慢慢地大白天下，有力地吸引了读者。

次日一早马荣先起身，雇上车辆，然后进来将狄公喊醒。梳洗已毕，用过早点，给了房饭钱，与赵三乔太一路出了客店，别了蒋忠张六等人，坐了车头。只听鞭响一声，催动马匹，拖着车子，直奔小路而去。在路非止一日，闯关过寨，一路打听，皆不知齐团菜究竟是何地名。到了第五日上，已到昌平城下，狄公到城外就将车价给过，命乔太、马荣背着包裹，先到衙门报信，自己同赵万全，慢慢的信步来至城内。到了本衙里面，先到书院坐下，命人到捕厅内送信，顿时过来回明了公事，将印卷交还。狄公敷衍了几句，然后告辞出去。这里家人送进茶水，替狄公拂去灰尘。净面已毕，随口道："洪亮、陶干自大人去后，已回来过两次，说何恺连日十分严查，所有那些管下姓徐的户口，皆是当地良民，无什么形迹可疑地方，因此不敢乱拿。每日早晚，他二人又在巷口，昼夜巡查，但是唐氏一人出入，不时在家还啼哭叫骂。

昨日陶干回衙，问大人可曾回来，若回来时节，务必将周氏交保释回，方好见她的动静。若这样，实寻不出。"狄公点点头，当下传命大堂伺候。当时门役一声高唤，所有书差皂役各自前来伺候。不多一回，狄公穿了冠带，暖阁门开，一声威武，狄公当中坐下。书办将连日的案卷捧上，狄公手披目诵，约有顿饭时节，已将连日的公事办清，然后标了监签，命值日差将周氏带堂讯问，两边齐声答应，早将监牌接下。转眼之间，已将周氏带至堂上。狄公还未开口，先听淫妇问道："你这狗官，请我出监为何，莫非上宪来了文书，将汝革职么？你且将公事从头至尾，念与我听，好令堂下百姓，知道个无辜

受屈，不能诬害好人。"狄公道："你这贱货，休要逞言，本县自己请处，此件不关你事。是否革职，随后自有人知晓，只因你婆婆在家痛哭，无人服侍。免不得一人受苦，因此提汝出来，交保释去，好好服侍翁姑。日后将正犯缉获，那时再捕提到案，彼此办个清白。"周氏不等他说完，乃道："太爷如此恩典，小妇人岂不情愿。但是我丈夫死后，遭那苦楚，至今凶手未获，又验不出伤来，这谋害二字，小妇人实担受不

起。若这样含糊了事，个个人皆可冤枉人了，横竖也不遵王法。若说我婆婆在家，疼苦儿子死后验尸，媳妇又身在牢狱，岂有不哭之理！这总是生来命苦，遇见了你狗官，寻出这无中生有的事来。前日小妇人坐在家中，太爷一定命公差将我捉了，行刑拷问，此时小妇人安心在案，专等上宪来文，太爷又无故放我回去。这事非小妇人抗命，但一日此案不结，一日不能回家！不但这谋害性命难忍，恐我丈夫也不甘心，还求太爷将我收监罢。"狄公听她一派言词，说得半晌无言，还是马荣在旁答道："你这妇人，何不知好歹，可知太爷居官，为代我百姓伸冤理枉，你这案虽未判白，太爷也自行请处了，难道这公事还谎你不成？凶手也是要缉获的，此时放你回去，太爷的意思，不过一点仁恩，你反胡言唐突，岂非不知好歹也？我看你就此令婆婆保去，落得个婆媳相聚。"

周氏听了这番话，早已喜出望外，只因在堂上，不能一说就行，怕被人疑惑，既然马荣说了这话，乃道："论这案情，我是不能走，既你们说我婆婆苦恼，也只得勉强从事。但是太爷还要照公事办的。至于觅保一层，只好请你们同我回去，令我婆婆画了保押。"狄公见她答应，当时令人开了刑具，雇了一乘小轿，差马荣押送皇华镇而去。

第十六回　聋差役以讹错讹　贤令尹将盗缉盗

却说狄公见周氏答应回去，当时令人开去刑具，差马荣押送皇华镇而去。周氏回转家中，与唐氏自有一番言语，不在话下，单说狄公自她走后，退入后堂，将多年老差役，传了数名进来，将齐团菜地名问他们，可曾知道，众人皆言莫说未曾去过，连听都未曾听过。狄公见了这样，自是心中纳闷。内中忽有一七八十岁老差役，白发婆娑，语言不便，见狄公问众人的言语，他尚听不明白，说道："蒲萁菜，八月才有呢。太爷要这样菜吃，现在虽未到时候，我家孙子，专好淘气，栽了数缸蒲萁，现在苗芽已长得好高的了。外面虽然未有，太爷若要，小人回去，拖点来，为太爷进鲜。"众人见他耳聋胡闹，惟恐狄公见责，忙代他遮饰道："此人有点重听，因此言语不对，所幸当差尚是谨慎，求太爷宽恕。"狄公见他牵涉的好笑，乃道："你这人下去罢，我不要这物件。"哪知这差役听狄公说不要，疑惑他爱惜新苗，拖了芽子，随后不长蒲萁，乃道："太爷不必如此，小人家中此物甚多，而且不是此地的，原是四川寨来的。"狄公听了此话，不觉触目惊心，诧异道："我那梦中看见指迷亭上对联，有句卜圭，须问四川人，上两字已经应了，乃是暗暗的双土寨，下三字忽然在这老差役口中说出，莫非有点意思。从来无头的难案，类皆无意而破，我问的齐团菜地名，他就牵蒲萁菜的吃物，此刻又由蒲萁菜引出四川寨来。你看这菜呀寨呀，口音不是仿佛么？莫以为他是个聋子，倒要细问细问。"当时对众差役说道："汝等权且退去，这人本县有话问他。"众人见本官如此，虽是心下暗笑，说他与聋子谈心，当面却不敢再说，各人只得打了千儿，退了出去。

这里狄公问道："你这人姓什么，卯名是哪个字，在此衙门当差现有几年了？"那人道："小人姓应，卯名叫应奇，当差已四五十年了。"狄公道："你方才说的蒲其菜，不是此地，此究有多远？"应奇道："太爷问这地方，除了小的，别人也不知道。他们说我耳聋，办事不甚清楚，我看他们手明眼快的人，反不如我晓得道地。这是太爷恩典，待我们宽厚，唯有了小过，并不责罪小人，不过是念我年老的意思，他们就心中不服，人前背后，说小的坏话。幸亏太爷做了这县令，若换别人来此，小人这卯名，定被他们用坏话夺去了。"狄公见他所问非所答，啰啰唆唆地说个没了，乃高声说道："本县问你这四川寨，离此多远，你怎么牵到别项去了？也不与你谈家常，你可从快说来，本县还有话问你。"应奇道："非是小人胡闹，实是气他们不过。这四川寨乃是这莱州府地方一个寨名，前朝有四川客人，贩货到此，得了利息，每年就在这地方买卖。后来日渐起色，开了店铺，不到一二十年，居然成了一个大富户。到他儿孙手里，格外比先前更富贵，那一带人家，推他是首户，因此起了这一座寨名。皆为他上代是四川人氏、故命名为四川寨。后来时运已过，人家败坏，不甚有名，当地人氏，以讹传讹，改名为蒲其寨，因那个地方蒲其又大，味口又厚。小人早年，还未耳聋，也是奉差出境访案，从那里经过，同本地老年的人闲谈，方才知道这纽底。办案之后就带了许多蒲其菜回来，历年栽种，故此比外面的胜美许多。太爷要吃，小人就此回去送来便了。"狄公听了，心下大喜："原来'四川人'三字，有如此转折在内。照此看来，这邵礼怀必在那个地方了。"随向应奇说道："你说这四川寨，曾经去过，本县现有一案在此，意欲差你帮同前去，你可吃这苦么？"应奇道："小人在卯，为的是当差，两耳虽聋，手足甚便。只因为众人说了坏话，故近两任太爷，皆不差小人办事。太爷如有差遣，岂有不去之理。而且地方虽是在外府，也不过八九天路程，就可以来往的。太爷派谁同去，即请将公文备好，明日动身便了。"狄公当时甚是欢喜，先令他退去，明日早堂领文。然后到了书房内，方才的话对赵万全说明。万全道："既有这差役知道，也是天网恢恢，疏而不漏。此去务要将这厮擒获回来，分个水落石出，好与死者伸冤。"当时议论妥当。傍晚时节，马荣由皇华镇已回来，大众又谈说一回，当夜收拾了包裹，取了盘川，次日一早，狄公当堂批了公文，应奇在前引路，赵万全与马荣、乔太三人，一同起身。在路行程，非止一日。

这日过了登州地界，来至莱州府城，应奇道："三位壮士，连日辛苦，可在府内安歇一宵吧。四川寨离此只有六七十里了，明日早则午前，迟则下昼时分，就可抵寨。到了那里就要办案，恐早晚不能安睡。"马荣听他说得有理，当即命他先进城去，找个僻静寓所，然后三人一同进城。先到莱州府衙门，投了公文，等了回批回来，已是向晚时节。却好应奇已在衙前等候，说西门大街，有个客店可居住的，明日起早出城，又甚顺便。马荣当时叫他引路，来至客寓门首，店小二将包裹接了进去，在后进房间住下，净面饮食，自不必言。

马荣恐应奇耳聋牵话，露出马脚，当时向小二道："我们这位伙伴，有点重听，你有何话，但对我说便了。此地离蒲其寨还有多远，那里买卖可好否？"小二道："从此西门出去，不上七一里路，就抵东寨。"马荣道："过了东寨呢？"小二道："那里就中寨了。"马荣心下疑惑，忙问道："究竟这寨子共有多远，难道不在一处么？"小二道："客人是初到此地，故不知这地方缘故。这蒲其寨共有三处，分东西中，中寨最为热闹，油坊典当，绸缎钱庄，无行不备。西寨专住的居民户口，各店的家眷。东寨极其冷淡，虽是个水陆码头，不过几家吃食店客寓而已。一带有八九百练兵，扎住在内，是为保护寨子设的。你客人还是赶路到别处有事，还是到寨中招客买卖？"马荣道："我们是过路的，听说这个地方是个有名的所在，相巧在那里办点丝货，不知哪家行号出名？"小二道："客人要办湖丝么，在此地收买不上算了。这里没有道地的好货，即使有两家代卖，也是由贩丝的客人转来的，价钱总不得划廉。前日立大缎号，听说有个客人，住在他家托销，每百两约银五十四五两呢，比较起来，在当地买不上双倍。客人何不在我们本地买的土丝用呢？虽然光彩不佳，织出那山东绸来，也还看得过去。"马荣也不再问，当时含糊答应，闭了房门，听那小二出去，向着赵万全道："这立大缎号，不知在中寨何处？你明日前去作何话说？虽他本事平常，总之是个会手，若不动手，恐不能就缚的。"赵万全道："这事情有何难办，你我明日到了寨内，叫乔太、应奇找个客店住下，姑作不认识样子，暗下接应。我一人到立大号问明这厮，见了他面，乃以丝上的话头起见。只要将他引到寓所，那就不怕他插翅飞去了。"

二人计议已定，次日一早给了房饭钱两，直出西门而去。一路之上，果见车驼骡载，络绎不绝，到了午后，已离东寨不远。抬头见前面有一土围，如同城墙仿佛，上面也竖立许多旗号，随风飘荡，射日光昌。围子外有一条通江的大河，往来船只，却也不少。四人渐走渐近西寨出头，尽是旱道，与青州交界那条路上，甚是难行。应奇边走边道："现在六七月天气，高粱正长得丛茂，不但有强人截住，即以两边荄子遮盖，暖就暖煞了，因此这道儿上，行人甚少，大都绕别处大路而行。我们此去，倒要留心，姓邵的如得好手段，若不然他向西逃走，那可就费事了。这青州道，不是玩的。"赵万全听了笑道："俺虽生长这省内，但听得青州常有强人，今日到此，倒要见识见识。我想马、乔二位哥，也未必惧怕吧。"马荣笑道："虽如此说，也是他小心的好处。若要办得顺手，我们也不去寻事做了。若他看反了味，拿着这条路，欺吓我们，谁还未见识过？事到临时，也只得较量较量。"正走之间，已至中寨，当时赵万全与他三人分开，招呼晚间在寨口等候。应奇虽听不清切，见乔太同马荣，令他分路走开，也就会意，随他两人进寨，找寻客店去。

这里赵万全在前行走，进寨约有十多个铺面，见有一个大大的布店，向前欠身问道，借问一声："此地有个立大缎号，在哪地方？"

第十七回　问路径小官无礼　见凶犯旧友谎言

却说赵万全见有个大大的布店，高声问道："借问贵地，有个立大缎号，在哪地方？"里面坐了个中年伙计，见他来问，忙忙的起身指道："前去四叉路，向南转弯一带，有几家楼房，那可就到了。"赵万全谢一声，转身依着指引，走了前去。果见前面铺户林立，虽然路道是土块筑成，却也平坦非常。到了四叉口，早有一派楼房，列在前面，过两三家店面，当中悬着一个招牌，上写"立大缎庄"四字。赵万全背着包裹，匆匆走入里面，向那伙计问道："借问这坊地，可是立大缎庄？"里面那人气冲冲地骂道："现有招牌在外，你这厮难道目不识丁，前来乱问？"赵万全虽贸易中人，恃着自己一身本领，哪里忍得下去，登时怒道："你这厮何太无理，咱老子若认得字，还问你何用？你也不是害起病来，不能开口，问你一句，就如此冲撞么？"谁知那人也是个暴烈性子，不容他破口，跳出柜台，高声喝道："你是何处杂种？也不打听打听，敢到这里来撒野吗？不要走，吃我一拳！"说着举手就对着万全腰下打来。万全见了笑道："这人岂不是个冒失鬼，问问路径就动起手来。不叫他在此丢丑，随后何能再擒小邵！"当时并不着忙，将包裹顺在右边，提起左腿，对定那人寸关，就是一脚，只听"咕咚"一声，一个筋斗横于街上。万全哈哈大笑道："你这人如此手段，也在老子面前动手，今日姑且饶汝性命，向后若遇人问路，可不要再讨苦吃了。"那人被他踢了一脚，爬起身来仍要动手，店中早拥出数人，将那人阻住说道："小王，你真讨的什么，人家不来寻你，已是难得事件。你做错了事，还不晓得，为何拿个过路的使气？"当时又上两人向赵万全赔礼说："客人且请息怒，此人方才错了一笔交易，约有四五

77

两银子，被小号执事呼斥了几句，正自心下懊恼，却巧贵客前来问路，以致无故冒犯，且看在下薄面，进内奉茶。"万全见众人赔礼，也就随了大众，到店堂坐下，果见前后有四五进楼房，山架上各货齐备。因说道："在下到底非为别故，只因有位同行契友，一向在贵处贩卖湖丝。近有要事与他面谈，访了许多日期，方知在宝寨立大庄内。特恐店号相同，生意各别，因此借问一句，不料这人无礼太甚，岂不令人可恼。还未请教尊兄贵姓大名，宝庄除绸缎而外，可别售蚕丝么？"那人见问，忙道："在下姓李名生，小号虽是缎庄，那湖丝也还兼售，不知令友何人，尊兄高姓？"万全道："敝友姓邵名礼怀，浙江湖州人氏，与小可是同乡至好，如在宝号，请出一见。"哪知这话还未说完，里面早跳出一人，高声喊道："我说何人有此手段，原来是赵三哥来了。且请客厅叙话吧。"

万全抬头一看，不禁喜出望外，正是邵礼怀出来招呼，当时便故作欢容，随他进内。到了客厅坐下，邵礼怀问道："三哥在曲阜做庄，何以知小弟在此，此来有何见谕？"万全道："一言难尽，愚兄身负奇冤，此仇不能不报。无如这地方，虽是家乡故里，奈因举目无亲，以致被人欺负。欲想回转湖州请人报复，又因路途遥远，往返为难。因思吾弟是个英雄。特来相投，望助一臂之力。"邵礼怀听他这番言语，也就信以为真，诧异："老哥何出此言，且请讲明，小弟自当为力。"万全就此做成一派谎话，说陆长波人面兽心，如何吞吃他丝价，如何不肯付银，如何请了好手，将他打伤，说得个千真万确。邵礼怀不禁起身怒道："不料那厮欺人太甚，老哥在那里买卖，已非一日，他赚了银钱，也不知多少。此时他既反脸无情，小弟岂有不助之理。"说着又命打水送茶，忙个不了。

万全心下骂道："你这丧心的狗贼，反说人家反脸无情，少时也叫你现了本相。"当时说道："兄弟可无须照应，愚兄还有朋友，现在街坊，寻找下落。只因俺知你在这山东省内，一个蒲其寨地方，却不知哪一府州县，多巧遇了几个旧友，从前也是绿林中人，知道这个所在，故而一同前来寻见贤弟。你此时也无须招呼，且同你出去，将他三人寻到。谅你这寄寓也不便我等众人居住，不如在客店安顿下来，还有事商议。"邵礼怀也不知细底，只得同他出了店堂，向着柜上说道："我与这朋友上街有事，多半今晚不能回来，若执事问我，你等告诉他便了。"说毕同万全出了店，先到大街上，走了一回未能遇见。因问道："你这朋友可曾到此来过？这寨内不下有数百宽阔，市面林立，若这样寻找，怕到晚上也不能碰头。你们可曾约在什么地方伺候么？"万全道："我没找你，临别时节，匆匆叫他在寨口等候。此时天已不早，或者已到那里，我们再回转去吧。"两人转身正向东走，却巧对面遇见马荣，深恐他骤然来问，乃道："马大哥你待久了。只因我们这小弟苦苦扳谈，因此耽搁了工夫。现在二人曾寻到寓么？"马荣见邵礼怀与他同来，心下暗暗欢喜，也就上前招呼，说："客店即在前面，此时可去一歇吧。"说着在前示路。三人到了前街，走进里面，早有店主认得怀礼，乃道："这客人，是大爷的朋友么？"怀礼道："皆是我

的乡亲，你们务必照应周到，随后房金，照我一共算给。"店主连声答应，叫小二取了钥匙，将房开下。乔太应奇也由外面走进来，众人一同坐下，彼此通名道姓。

说了一会，马荣、乔太顺着万全口气，报了履历，无非说从前在绿林买卖，专好结交好汉英雄，因赵三哥受了委屈，故此同来奉约相助一臂。邵礼怀见他们言语爽快，也就高谈阔论，命小二备了酒肴，代大众接风。彼此欢呼畅饮，约至三更以后，方才散席。赵万全道："愚兄的情节，贤弟是尽知的了，但此事，迫不及待，三位的还有要事要办。究定何日动身，你这里丝货可曾脱清？愚兄的意思，明日在此耽搁一天，可将款项完办，一路前去。干了此事，也好回转家乡。"邵礼怀听他这话，当时发了一忙，说道："同去，报复这狗头便了。诸位初到此地，也该稍息两日。今日已过，准于大后日动身如何？"马荣怕万全过于催促，反令他生疑惑，忙在旁插言道："赵三哥也不必过急，迟早这口气总要出的，也不拘在这一二日上。就停两日动身何妨？"邵礼怀笑道："还是马大哥圆通。此时已是夜深，我还要回转店去，你们且请安歇吧。"说着令小二点了提灯，别了大众，出门而去。

这里马荣将门开格扇关上，灭了灯光，即将房门关好，低声向赵万全言道："人是碰着了，但是这地方管下是他，即便动手，未必能听我们如愿。你这调虎离山的计策虽好，可知这一路上，难免不得风声，设若为他听见，说高家洼出了命案，缉获凶手，那时再将我们形踪一看，他也是惯走江湖的人，岂有不知道理？若在半路为他逃走，岂不可惜！"应奇道："你们还久当差事的，难道这点尴尬不知。昨日曲阜县已投了公文，好在邵礼怀有两日耽搁，明日无论谁人进城一趟，请县派差在半路接应。我们将他诱出寨门，在半路摆布，还怕他逃到何处去呢？"众人议论已定，各自安歇不提。

次日一早，邵礼怀已着人来请，说昨日匆匆，店内未曾接风，今早执事奉请诸位过去一叙。一则为大众接风，二则专诚赔礼。赵万全听了这话，向着来人道："我们本拟今日前去谒拜，稍停一会，当即回去。"那人答应而去。

这里马荣道："你们此时自然到他那里，我是要进城办事的。他若问我，就说我访友去了，大约明午方可回来。"万全答应，先是马荣出去，方才同应奇乔太来到缎庄里面。邵礼怀与执事人，已在门口观望，见他们已至面前，随即邀入客厅，叙了一回寒温。用了早点，谈论些南北风景，已有午时中节。当中设了酒席，执事人向赵万全道："昨日邵客人道及尊意，约他同去曲阜，此事本应遵命，惟款项一节，一时难清，小庄当此青黄不接之时，又难吩咐，是以去后，还须回来。如尊驾不弃，何妨俟尊事平复，同来一游，稍尽地主之谊。"万全知他是敷衍的套话，当时谦恭了一回，与礼怀约定了后日动身。酒过数巡，大家散席。

第十八回　蒲萁寨半路获凶人　昌平县大堂审要犯

　　却说赵万全席散之后，约定后日一准动身。午后在寨内，各街游玩一会，到了上灯时节，马荣已经回来。乔太心下疑惑，暗道："他往来也有一百余里，何以如此快速，莫非身有别故么？"奈邵礼怀同在一处，不便过问，因说道："马大哥，可有什么朋友可遇见？邵兄正在纪念呢，谓今日杯酒盘桓，少一尊驾。"马荣也就答话说道："小弟今日未能奉陪，抱罪之至。"邵礼怀也是谦恭了两句，彼此分手，来至寓中。万全见礼怀已走，忙道："马哥何以此刻即回，莫非未到衙门么？"马荣道："应该这厮逃走不了，在未多远，巧遇从前在昌平差快，现在这莱州当个门差。我将来意告知于他，他令我们只管照办，临时他招呼各快头，在半途等候。此人与我办几件案子，凡事甚为可靠，此去谅无虚言。好在只有明日一天，后日就要动身的，即使他误事，将他押至本地衙门，也可逃走不去。"万全更是欢喜。

　　光阴易过，已至三天。这日五更时候，邵礼怀先命人送来一个包袱，另外一百两银，随后本人到了店内，将房饭开发清楚，五人到缎庄内告辞。由此起身出了东寨，直向曲阜大道而来。走至巳正光景，离寨已有二三十里路径。万全不走了，礼怀笑道："老哥虽生长是北方人氏，这行道儿的径儿，还比不得小弟呢。"万全也不开口，又走了一二里路径，见来往的行人，比先前少了许多，站定身躯，向着邵礼怀说道："愚兄有句话动问贤弟。"邵礼怀道："老哥何事？你快说来，你我二人计议。"万全方要向下说去，马荣与乔太早已随过来，高声说道："赵三哥，你既领我们到此，此事也不关你问了，俟我们同他攀谈。请问你由湖州到此，有一贩丝姓徐的，可是与你同行的么？高家洼死两人，夺了车辆，你可知与不知？常言道，杀人抵命，天理昭彰。你若明白一点，咱们还有好交情，留点面情与姓邵的，你讲吧！"

邵礼怀见他三人说了这话，如同冷水浇人满身，不由的心中乱跳，面皮改色，知道事觉，赶着退一步，到了大路道口，向着赵万全骂道："狗头，咱只道你受人欺负，特去为你报仇，谁知你用暗计伤人！小徐是俺杀的，你能令我怎样！"说着掀去长衫，露出紧身短袄，排门密扣，紧封当中。万全冷笑道："你这厮到了此时，还这样强横，可知小徐阴灵不散！他与你今日无冤，往日无仇，背井离乡，不过为寻点买卖，你便图财害命，丧尽良心。可知阴有阎罗，阳有官府，现在昌平县狄太爷，登场相验，缉获正凶。你若是个好汉，与他们一同投案，在堂上辩个三长四短，放释回来，免得连累别人。若思在此逃走，你也休生妄想。"话未毕，只见马荣迈步进前，用了个独手

擒王势，左手直向喉下截来。邵礼怀知遇了对头，还敢怠慢？忙将身子一偏，伸手来分他那手，马荣也就将手收转，用了个五鬼打门势，两腿分开，照定他色囊踢去。邵礼怀见他来得凶猛，随即运气功，将两卵提上去，反将两腿支开，预备他膛下踢来，用道士封门法，将他夹起，摔他个筋斗。乔太在旁看得清楚，深恐马荣敌他不过，忙由背后一拳打来，邵礼怀晓得不好，只得将身子一窜，到了圈外，迈步想望东奔走。赵万全哈哈笑道："俺知道，就有这鬼计。为你逃走，也不来此一趟了。"说着动身如飞，扑到面前，当头将他挡住。邵礼怀心下焦急，高声说道："万全老哥，也不必追人追急了，此事虽小弟一时之错，与老哥面上从无半点差池，何故今日苦苦相逼！你道我真逃走了么？"当时两手舞动猴拳，上下翻腾，如雪舞梨花相似，紧对万全身上没命打来，把个马荣与乔太倒吓得不敢上前，不知他有多大本领。赵三见了笑道："你这伎俩，前来哄谁！你师父也比不得我，况你这无能之辈。欲想在俺前逃走，岂非登天向日之难。"当时就将两袖高卷，前后高下，打着一团。众人在旁看得如两个蜻蜓一样，你去我来，不知是谁胜谁负。约有一时之久，忽然赵万全两手一分，说声："去罢！"邵礼怀早已一个筋斗，跌出圈外。马荣眼明手快，跳上前去，将他按住，乔太身边取出个竹管吹叫，两下远远来了许多差快，木拐铁尺蜂拥而来——乃是马荣昨日遇见那个门总，约在此地埋伏，此时走到前来，见凶犯已获，赶着代礼怀将刑具套上。一干人众，推推拥拥，直向莱州城而来。

到了州衙，天已将黑，随即请本官过堂，也不审问口供，饬令借监收禁。哪知就此一来，赵万全虽是负义出头，代死者伸冤，找到这蒲萁寨内，谁知倒令莱州府的差快，骚扰了许多钱财。俟他们去后，请官出了拘票，说立大缎庄，与邵礼怀同谋害，是他的窝家。这日差役下去，把个执事人吓得魂飞天外，叫屈连天，花了许多使用，复又命合寨公保，方才把这事了结。此是闲话，暂且不提。

且说马荣在莱州府照墙后，寻了客店，住宿一宵，次日清早，由官府出了文书，加差押送。当时在监内提出凶犯，上路而行，过府穿州，不到十日光景，已到昌平界内。马荣先命应奇前去禀到，报知狄公。到了下昼之时，抵了衙署。狄公见天色已晚，传命姑且收禁，当时将马荣等人传了进去，问了擒获的原因，又将赵万全称赞一番，令他各自安歇。一宿无话，次日早晨，狄公升堂，将邵礼怀提出，此时早惊动左近的百姓，说高家洼命案已破，无不拥至衙前，群来听审。只见邵礼怀当堂跪下，狄公命人开了刑具，向下问道："你这人姓甚名谁，何方人氏，向来作何生理？"但听下面答道："小人姓邵名礼怀，浙江湖州人氏，自幼贩湖丝为业。近日因山东行家缺货，特由本籍贩运前来，借叨利益。不知何故公差前去，将小人捉拿来署？受此窘辱，心实不甘，求大人理楚。"狄公冷笑道："你这厮无须巧饰了，可知本县不受你欺骗的。你为生意中人，岂不知道个守望相助，为何高家洼地方，将徐姓伙伴杀死，复又夺取车辆，杀死路人？此案情由，还不快快供来！"邵礼怀听了这话，虽是自己所干，无奈痴心妄想，欲求活命，不得不矢口抵赖，说："大人的恩典！此皆赵万全与小人有仇，无辜牵涉。小人数千里外贸易为生，正思想多一乡亲，便多一照应，岂有无辜杀人之理。这是小人冤枉，求大人开恩。"狄公道："你这人还在此搪塞，既有赵万全在此，你从何处抵赖！"随即传命万全对供。万全答应，在案前侍立。狄公道："你这狗头，在公堂上面，还不招认！你且将他托售丝货的原由，在本县前诉说一遍。"万全就将当时，原原本本驳诘了一番，说他托售之时，言下姓徐暴病身死，此时何以改了言语。邵礼怀哪肯招供，直是呼冤不止。

狄公将惊堂一拍，喝道："大胆的狗头，有人证在此，还是一派胡言。不用大刑，谅汝不肯招认。"两旁一声吆喝，早将夹棍摔下堂来，上来数人，将邵礼怀按住行刑。差役早将他拖出左腿，撕去鞋袜，套上绒绳，只听狄公在上喝收绳，众差威武一声，将绳一紧，只见邵礼怀脸色一苦，"呀吓"一响，鲜血交流，半天未曾开口。狄公见他如此熬刑，不禁赫然大怒，复又命人取过小小锤头对定棒头，猛力敲打，邵礼怀虽学过数年棍棒，有点运功，究竟禁不住如此非刑，登时大叫一声，昏晕过去。执行差役赶上来，即回禀，取了一碗阴阳冷水，打开命门对面喷去，不到半刻光景，礼怀方渐渐醒来。狄公喝道："汝这狗头是招与不招？可知你为了几百银子，杀死两人，累得两家老小。以一人去抵两命，已是死有余辜，在此任意熬刑，岂非是自寻苦恼。"邵礼怀仍然不肯招认。

狄公道："本县不与你个对证，你皆是一派游供。赵万全姑作诬扳，孔客店你曾住过。明日令孔万德前来对质，看你尚有何辩！"当时拂袖退堂，仍将邵礼怀收监，补提孔万德到堂对质。

第十九回　邵礼怀认供结案　华国祥投县呼冤

却说狄公见邵礼怀不肯招认，仍命收入监内，随即差马荣到六里墩，提孔万德到案。马荣领命去后，次日将胡德并王仇氏一干原告，与孔万德一同进城。狄公随即升堂，先带孔万德问道："本县为你这命案，费了许多周折，始将凶手缉获。惟是他忍苦挨刑，坚不吐实，以此难以定案，但此人果否是正凶不是，此时也不能遽定①，特提汝前来。究竟当日那姓邵同姓徐两人，到你店中投宿时，你应该与他见过面了，规模形像，谅皆晓得。这姓邵的约有多大年纪，身材长短，你且供来。"孔万德听了这话，战战兢兢地禀道："此事已隔有数日，虽十分记忆不清，但他身形年貌，却还记得。此人约有三十上下的年纪，中等身材，黑面长瘦。最记得一件，那天晚间，令小人的伙计出去沽酒回来，在灯光之下，见他饮食，他口中牙齿，好像是黑色。大人昨日公差，将他缉获来案，小人并不知道在先，又未与他见，并非有意误栽，请大人提出，当堂验看。如果是个黑齿，这人不必问供，那是一定无疑了。且小人还记得了那形样，一看未有不知的。"狄公见他指出实在证据，暗说："天下事，可以谎说的，这牙齿是他生成的样子，且将他提出看视。"

当时在堂上，标了监签，禁子提牌，将邵礼怀带到案前，当中跪下。狄公道："你这厮昨日苦苦不肯招认，今有一人在此，你可认得他么？"说着用手指着孔万德令他记识。邵礼怀一惊，复又心头一横，道："你与我未曾识面，何故串通赵万全挟仇害我？"孔万德不等他说完，一见了面，不禁放

---

①遽定：即刻，马上确定。

声哭道："邵客人你害得我好苦呀！老汉在六里墩开设有数十年客店，来往客人，无不信实，被你害了这事，几乎送了性命。不是这青天太爷，哪里还想活么？当时进店时节，可是你命我接那包裹的，晚间又饮酒的么。次日天明，给我房钱，皆是你一人干的，临走又招呼我开门。哪知你心地不良，出了镇门，就将那徐相公害死。一个不足，又添上一个车夫。我看你不必抵赖了，这青天太爷，也不知断了许多疑难案件，你想搪塞，也是徒然。"后向狄公道："小人方才说他牙齿是黑色，请太爷看视，他还从哪里辩白！"狄公听了此言，抬头将邵礼怀一望，果与他所说无疑，当时拍案叫道："你这狗头，分明确有证据，还敢如此乱言，不用重刑，谅难定案。"随即命左右取了一条铁索，用火烧得飞红，在丹墀下铺好，左右两人将凶犯提起，走到下面，将磕膝露出，对定那通红的练子纳了跪下。只听"哎哟"一声，一阵清烟，痴痴地作响，真是痛入骨髓，把个邵礼怀早已昏迷过去，再将他两腿一望，皮肉已是焦枯，腥味四起。只见执刑的差役将火炉移到阶下，命人取过一碗酒醋，向炉中一泼，登时醋烟四起，透入脑门。约有半盏茶时，邵礼怀沉吟一声，渐渐地苏醒。

狄公道："你是招与不招？若再迟延，本县就另换了刑法了。"邵礼怀到了此时，实是受刑不过，只得向上禀道："小人自幼在湖州县行生理，每年在此坐庄，只因去年结识了一个女人，花费了许多本钱，回乡之后，负债累累。今年有一徐姓小官，名叫光启，也是当地的同行，约同到此买卖。小人见他有二三百金现银外，七八百两丝货，不觉陡起歹意，想将他治死，得了钱财，与这妇女安居乐业。一路之间虽有此意，只是未逢其便。这日路过治下六里墩地方，见该处行人尚少，因此投在孔家客店。晚间用酒将他灌醉，次日五更动身，彼时他还未醒，勉强催他行路，走出了镇门，背后一刀，将他砍倒。正拟取他身边银两，突来过路的车夫，瞥眼看见，说我拦街劫盗，当时就欲声张。小人惟恐惊动民居，也就将他砍死，得了他的车辆，推着包裹物件，得路奔逃。谁知心下越走越怕，过了两站路程，却巧遇了这赵万全，谎言请他售货，得了他几百银子，将车子与他推载。此皆小人一派实供，小人情知罪重，只求大人开恩。我尚有老母！"狄公冷笑道："你还记得念着家乡，徐光启难到没有老小吗？"说着命那刑房，录了口供，入监羁禁，以便申详上宪。当时书役，将口供录好，高声诵念一遍，命邵礼怀盖了指印，收下监牢。

内文导读

六里墩丝客被杀案是本书的第一案。主要讲狄仁杰从并州法曹调昌平县任县令，上任伊始，就有客店老板前来击鼓鸣冤，说昨夜在其客店投宿的两名湖州贩丝客人在今早结清房费后，携带着大批湖丝离店了，才到了镇口便被人杀死，横尸街头。地甲咬定是客店老板见财起意，将两人杀死，故特来伸冤。狄仁杰通过缜密调查，排除了客店老板作案的可能，进而断定是邵姓客人谋杀了同伴，并杀害了现场目击者，携货物逃走了。通过缜密的明察暗访，狄仁杰最终将邵姓凶犯缉拿归案，而邵姓凶犯也对自己的罪状供认不讳。

至此，六里墩丝客被杀案告破，真凶缉拿归案。

该案情由简单，但在侦破的过程中却是一波三折。有人说，破案过程虽然体现了狄公的刑侦智慧，但刑讯逼供在今天看来是不可取的，从一定程度上有损狄公形象。但是，刑讯逼供事古代审理案件的必要手段之一，而且狄公没有滥用私行，也找准了用刑对象，从这个角度看，狄公的做法还是值得肯定的。

一案刚结，一案未平，一案又起！案中说案，接下来引出县城华国祥儿媳被蛇毒而死案。

狄公方要退堂，忽然衙前一片哭声，许多妇女男幼，揪着二十四五岁的后生，由头门喊起，直叫伸冤，后面跟着个四五十岁的妇人，哭得更是悲苦。见狄公正坐堂，当时一齐跪下案前，各人哭诉。狄公不解其意，只得令赵万全先行退下，然后向值差言道："你去问这干人，为何而来，不许多人，单叫原告上来问话。其余暂且退下，免得审听不清。"值日差领命，将一群人推到班房外面，将狄公吩咐的话说了一遍，当时有两个原告，跟他进来。狄公向下一望：一个中年妇人，一个是白发老者，两人到了案前，左右分开跪下。狄公问道："汝两人是何姓名，有什么冤抑，前来扭控？"只听那妇人先开口道："小妇人姓李，娘家王氏，丈夫名唤在工，本是县学增生，只因早年已亡故，小妇人苦守柏舟，食贫茹苦。膝下只有一女，名唤黎姑，今年十九岁，去年经同邑史清来为媒，聘本地孝廉华国祥之子文俊为妻，前日彩舆吉日，甫咏于归，未及三朝，昨日忽然身死。小妇人得信，如同天塌一般，赶着前去观望，哪知我女儿全身青肿，七孔流血，眼见身死不明，为他家谋害。可怜小妇人，只此一女，满望半子收成，似此苦楚，求青天伸雪呢！"说毕放声大哭，在堂下乱滚不止。狄公忙命媒婆，将她扶起，然后向那老者问道："你这人可是华国祥么？"老者禀道："便是国祥。"狄公道："佳儿佳妇，本是人生乐事，为何娶媳三朝，即行谋害？还是汝等翁姑凌虐，抑是汝家教不严，儿子做出这非礼之事？从实供来，本县好前去登场相验。"

狄公还未说毕，国祥已是泪流满面，说道："举人乃诗礼之家，岂敢肆行凌虐。儿子文俊，虽未功名上达，也是应试的童生，而且新婚燕尔夫妇和谐，何忍下此毒手！只因前日佳期，晚间儿媳交拜之后，那时正宾客盈堂，有许多少年亲友，欲闹新房，举人因他们取笑之事，不便过于相阻。谁知

内中有一胡作宾，乃是县学生员，与小儿同窗契友，平日最喜嬉戏，当时见儿媳有几分姿色，生了妒忌之心，评头论足，闹个不了。举人见夜静更深，恐误了吉时，便请他们到书房饮酒，无奈众人异口同声，定欲在新房取闹。后来有人转圆，命新人饮酒三杯，以此讨饶。众人俱已首肯，惟他执意不从，后来举人怒斥他几句，他就恼羞成怒，说取闹新房，金吾不禁，你这老头似此可恼，三朝内定叫你知我的利害便了。众人当时以为他是戏言，次日并复行请酒，谁料他心地窄狭，怀恨前仇，不知怎样，将毒药放在新房茶壶里面，昨晚文俊幸而未曾饮喝，故而未曾同死，媳妇不知何时饮茶，服下毒药，未及三鼓，便腹痛非常，登时合家起身看视，连忙请医来救，约有四鼓，一命呜呼。可怜一个如花似玉的美人，竟为这胡作宾害死。举人身列缙绅，遽遭此祸，务求父台伸雪。"说着也是痛哭不止。

狄公听他们各执一词，乃道："据你两造所言，这命案名是胡作宾肇祸，此人但不知可曾逃逸？"华国祥道："现已扭禀来辕，在衙前伺候。"狄公当时命带胡作宾到案，一声传命，早见仪门外也是个四五十岁的妇人，领着一个后生，哭喊连声，到案跪下。狄公问道："你就是胡作宾么？"下面答道："生员是胡作宾。"狄公向他高声喝道："还亏你自称生员，你既身列胶庠①，岂不达周公之事，冠婚丧祭，事有定义，为何越分而行，无礼取闹？华文俊又与你同窗契友，夫妇乃人之大伦，为何见美生嫌，因嫌生妒，暗中遗害？人命关天，看你这一领青衫，也是辜负了。今日他两造具控，本县明察如神，汝当日为何起意，如何下毒，从速供来。本县或可略分言情，从轻拟罪，若为你是黉门秀士，恃为护符，不能得刑拷问，就那是自寻苦恼了。莫说本县也是科第出身，十载寒窗，做了这地方官宰，即是那不肖贪婪之子，遇了这重大的案件，也有个国法人情，不容祖护，而且本县是言出法随的么！"

① 身列胶庠：指当老师。胶庠，周代学校名。周时胶为大学，庠为小学。后世通称学校为"胶庠"。

第二十回　胡秀士戏言召祸　狄县令度情审案

　　却说狄公将胡作宾申斥一番，命他从实供来，只见他含泪供言，匍伏在地，口称："父台暂息雷霆，容生员细禀。前日闹房之事，虽有生员从中取闹，也不过少年豪气，随众笑言。那时诸亲友在他家中，不下有三四十人，生员见华国祥独不与旁人求免，惟向我一人拦阻，因恐当时便允，扫众人之兴，是以未答应。谁知忽然长者面斥生员，因一时面面相窥，遭其驳斥，似乎难以为情，因此无意说了一句戏言，教他三日内防备，不知借此转圆之法。而且次日，华国祥复设酒相请，即有嫌隙，已言归于好，岂肯为此不法之事，谋毒人命。生员身列士林，岂不知国法昭彰，疏而不漏，况家中现有老母妻儿，皆赖生员舌耕度日，何忍作此非礼之事，累及一家？如谓生员有妒忌之心，他人妻室虽妒，亦何济于事？即使妒忌，应该谋占谋奸，方是不法的人奸计，断不至将她毒死。若说生员不应嬉戏，越礼犯规，生员受责无辞，若说生员谋害人命，生员是冤枉。求父台还要明察。"说毕，那个妇人直是叩头呼冤，痛苦不已。狄公问她两句，乃是胡作宾的母亲，自幼孀居，抚养这儿子成立，今因戏言，遭了这横事，深怕在堂上受苦，因此同来，求太爷体察。

　　狄公听了三人言词，心下狐疑不定，暗道："华李两家见女儿身死，自然是情急具控，惟是牵涉这胡作宾在内，说他因妒谋害，这事大有疑惑。莫说从来闹新房之人，断无害新人性命之理，即以他为人论，那种风度儒雅，不是谋害命的人，而且他方才所禀的言词，甚是入情入理。此事倒不可造次，误信供词。"停了一晌，乃问李王氏道："你女儿出嫁，未及三朝，遽尔身死，虽则身死不明，据华国祥所言，也非他家所害；若因闹新房所见，胡作宾下毒伤人，这是何人为凭？本县也不能听一面之词，信为定谳。汝等姑且退回具禀补词，明日亲临相验，那时方辨得真假。胡作宾无端起哄，指为祸首，着发看管，明日验毕再核。"李王氏本是世家妇女，知道公门的规矩，理应验后拷供，当时与国祥退下堂来，乘轿回去，专等明日相验。惟有胡作宾的母亲赵氏，见儿子发交县学，不由得一阵心酸，嚎啕大哭，无奈是本官吩咐的，直待望他走去，方才回家。预备临场判白，这也不在话下。

但说华国祥回家之后，知道相验之事，闲人拥挤，只得含着眼泪，命人将听堂及前后的物件搬运一空，新房门前搭了芦席，虽知房屋遭其损坏，无奈这案情重大，不得不如此办法。所幸他尚是一榜人员，地方上差役不敢罗唣，当时忙了一夜，惟有他儿子见了这个美貌娇妻，两夜恩情，忽遭大故，直哭得死去活来。李王氏痛女情深，也是前来痛哭，这一场祸事真叫神鬼不安。

到了次日，当坊地甲，先同值日差前来布置，在庭前设了公案，将屏门大开，以便在上房院落验尸，好与公案相对，所有那动用物件，无不各式齐全。华国祥当时又请了一妥实的亲戚备了一口棺木，以及装殓的服饰，预备验后收尸。各事办毕，已到巳正时候。只听门外锣声响亮，知是狄公登场，华国祥赶急具了衣冠，同儿子出去迎接。李王氏也就哭向后堂。狄公

在福祠下轿，步入厅前，国祥邀了坐下，家人送上茶来。文俊上前叩礼已毕，狄公知是他儿子，上下打量了一番，也是个读书儒雅的士子，心下实实委决不下，只得向他问道："你妻子到家，甫经三天，你前晚是何时进房的呢？进房之时，她是若何模样，随后何以知茶壶有毒，他误服身亡？"文俊道："童生因喜期诸亲前来拜贺，因奉家父之命，往各家走谢。一路回来，已是身子困倦，适值家中补请众客，复命之后，不得不与周旋。客散之后，已是时交二鼓，当即又至父母膝前，稍事定省，然后方至房中。彼时妻子正在床沿下面坐，见童生回来，特命伴姑倒了两杯浓茶，彼此饮吃，童生因酒后，已在书房同父母房中饮过，故而未曾入口。妻子即将那一杯吃下，然后入寝。不料时交三鼓，童生正要熟睡，听她隐隐的呼痛，童生方疑她是积寒所致，谁知越痛越紧，叫喊不止，正欲命人请医生，到了四鼓之时，已是魂归地下。后来追本寻源，方知她腹痛的原由，乃是吃茶所致，随将茶壶看视，已变成赤黑的颜色，岂非下毒所致？"狄公道："照此说来，那胡作宾前日吵闹之时，可曾进房么？"文俊道："童生午前即出门谢客，未能知悉。"华国祥随即说道："此人是午前与大众进房的。"狄公道："既是午前进房的，这茶壶设于何地，午后你媳妇可曾吃茶么，泡茶又是谁人？"华国祥被狄公问了这两句，一时反回答不来，直急得跌足哭道："举人早知道有这祸事，那时就各事留心了。且是新娶的媳妇，这琐屑事，也不必过问，哪里知道的清楚？总之这胡作宾素来嬉戏，前日一天，也是时出时进的，他有心毒害，自然不把人看见了。况他至二更时候，方与众人回去，难保午后灯前背人下毒。这是但求父台拷问他，自然招认了。"狄公道："此事非比儿戏，人命重案，岂可据一己偏见，深信不疑。即今胡作宾素来嬉戏，这两日有伴姑在旁，他亦岂能下手。这事另有别故，且请将伴姑交出，让本县问她一问。"

华国祥见他代胡作宾辩驳，疑他有心袒护，不禁作急起来，说道："父台乃民之父母，居官食禄，理合为民伸冤，难道举人有心牵害这胡作宾不成？即如父台所言，不定是他毒害，就此含糊了事么？举人身尚在缙绅，出了这案，尚且如此怠慢，那百姓岂不是冤沉海底么？若照这样，平日也尽是虚名了。"狄公见他说起浑话，因他是苦家，当时也不便发作，只得说道："本县也不是不办这案，此时追寻，正为代你媳妇伸冤的意思。若听你一面之词。将胡作宾问抵，设若他也是个冤枉，又谁人代他伸这冤呢？凡事具有个理解，而此时尚未问验，何以就如此焦急。这伴姑本县是要讯问的。"当时命差役入内提人。华国祥被他一番话，也是无言可对，只得听他所为。转眼之间，伴姑已俯伏在地。

狄公道："你便是伴姑么？还是李府陪嫁过来，还是此地年老仆妇？连日新房里面出入人多，你为何不小心照应呢？"那妇人见狄公一派恶言厉声的话，吓得战战兢兢，低头禀道："老奴姓高，娘家陈氏，自幼蒙李夫人恩典，叫留养在家，作为婢女。后来蒙恩发嫁，与高起为妻，历来夫妇皆在李家为役。近来因老夫人与老爷相继物故，夫人以小姐出嫁，见老奴是个旧仆，特命前来为伴，不意前晚即出了这祸事了。小姐身死不明，叩求太爷将胡作宾拷问。"狄公初时疑惑是伴姑作弊，因她是贴身的用人，又恐是华国祥嫌贫爱富，另有别项情事，命伴姑从中暗害，故立意要提伴姑审问。此时听她所说，乃是李家的旧仆人，而且是她携着大的小姐，断无忽然毒害之理，心下反没了主意，只得向她问道："你既由李府陪嫁过来，这连日泡茶取水，皆是汝一人照应的了。临晚那茶壶，是何时泡的呢？"高陈氏道："午后泡了一次，上灯以后，又泡了一次，夜间所吃，是第二次泡的。"狄公又道："泡茶之后，你可离房没有，那时书房曾开酒席？"伴姑道："老奴就吃夜饭出来一次，余下并未出来。那时书房酒席，姑少爷同胡少爷，也在那里吃酒。但是胡少爷认真晚间忿忿而走，且说了恨言，这药肯定是他下的。"狄公道："据你说来，也不过是疑猜的意思，但问你午后所泡的一壶可有人吃么？"伴姑想了一会，也是记忆不清，狄公只得入内相验尸骸。

第二十一回　善言开导免验尸骸　二审口供升堂讯问

　　却说狄公听了高陈氏之言，更是委决不下，向华国祥说道："据汝众人之言，皆是独挟己见。茶是饭后泡的，其时胡作宾又在书房饮酒；伴姑除了吃晚饭，又未出来，不能新人自下毒物，即可就伴姑身上追寻了。午后有无人进房，她又记忆不清，这案何能臆断？且待本县勘验之后，再为审断罢。"说着即起身到了里面。此时李王氏以及华家大小眷口，无不哭声振耳，说好个温柔美貌的新娘，忽然遭此惨变。狄公来至上房院落，先命女眷暂避一避，在各处看视一遭，然后与华国祥走到房内，见箱笼物件，俱已搬去，惟有那把茶壶并一个红漆筒子，放在一扇四仙桌子上，许多仆妇，在床前看守。狄公问道："这茶壶可是本在这桌上的么？你们取了碗来，待本县试它一试。"说着当差的早已递过一个茶杯，狄公亲自取在手中，将壶内的茶倒了一杯，果见颜色与众不同，紫黑色如同那糖水相似，一阵阵还闻得那派腥气。狄公看了一回，命人唤了一只狗来，复着人放了些食物在内，将它泼在地下，那狗也是送死：低头哼了一两声，一气吃下，霎时之间，乱咬乱叫，约有顿饭时节，那狗已一命呜呼。狄公更是诧异，先命差役上了封标，以免闲人误食，随即走到床前，看视一遍。只见死者口内，慢慢地流血，浑身上下青肿非常，知是毒气无疑。转身到院落站下，命人将李王氏带来，向着华国祥与她说道："此人身死，是中毒无疑，但汝等男女两家，皆是书香门第，今日遭了这事，已是不幸之至，既具控请本县究办，断无不来相验之理。但是死者因毒身亡。已非意料所及，若再翻尸相验，就更苦不堪言了。此乃本县怜惜之意，特地命汝两造前来说明缘故，若不忍死者吃苦，便具免验结来，以免日后反悔。"

华国祥还未开言，李王氏向狄公哭道："青天老爷，小妇人只此一女，因她身死不明，故而据情报控。既老爷如此定案，免得她死后受苦，小妇人情愿免验了。"华文俊见岳母如此，总因夫妇情深，不忍她遭众人摆布，也就向国祥说道："父亲且免了这事吧，孩儿见媳妇死了太惨，难得老父台成全其事，以中毒定案。此时且依他收殓。"华国祥见儿子与死尸的母亲，皆如此说，也不过于苛求，只得退下，同李王氏具了免验的甘结，然后与狄公说道："父台令举人免验，虽是顾恤体面之意，但儿媳中毒身亡，此事皆众目所见，惟求父台总要拷问这胡作宾，照例惩办。若以盖棺之后，具有甘结，一味收殓，那时老父台反为不美了。"狄公点点首，将结取过，命刑役皂隶退出堂后，心下实是踌躇，一时不便回去，坐在上房，专看他们出去之时，有什么动静。

此时里里外外，自然闹个不清，仆众亲朋俱在那里办事，所幸棺木一切，昨日俱已办齐。李王氏与华文俊，自然痛入酸肠，泪流不止。狄公等外面棺木设好，欲代死者穿衣，他也随着众人来到房内，但闻床前一阵阵腥气，吹入脑髓，心下直是悟不出个理来。暗道：'古来奇案甚多，即便中毒所致，这茶壶之内，无非被那砒霜信石服在腹中，纵然七孔流血，立时毙命，何以有这腥秽之气？你看尸身虽然青肿，皮肤却未破烂，而且胸前膨胀如瓜，显见另有别故。真非床下有什么毒物么？"一人暗自揣度，忽有一人喊道："不好了，怎么死了两日，腹中还是掀动？莫非作怪么？"说着登时跑下床来，吓得颜色都改变了。观看那些人，见他如此说，有大着胆子，到他那地方观看，复又没有动静，以致众人俱说他疑心。当时七上八下，赶将衣服穿齐，只听阴阳生招呼入殓，众人一拥下床，将尸升起，抬出房间入殡。惟有狄公，等众人出去之后，自己走到床前，细细观看一回，复又在地下瞧了一瞧，见有许多血水点子，里面带着些黑丝，好像活动的样子。狄公看在眼内，出了后堂，在厅前坐下，心下想："此事定非胡作宾所为，内中必有奇怪的事件，华国祥虽一口咬定，不肯放松，若不如此办法，他必不能依断。"主意想定，却好收殓已毕。狄公命人将华国祥请出说道："此事似有可疑，本县断无不办之理。胡作宾虽是个被告，高陈氏乃是伴姑，也不能置身事外，请即交出，一齐归案讯办，以昭公允。若一味在胡作宾身上苛求，岂不致招物议？本县决不刻待尊仆便了。"华国祥见他如此说法，总因他是地方上的父母官，案件要他判断，只得命高陈氏出来，当堂申辩，狄公随即起身乘轿回衙。此时惟胡作宾的母亲，感激万分，知道狄公另有一番美意，暗中买属差役，传信与他儿子，不在话下。

单说狄公回到署中，也不升堂理件，但转命将高陈氏，交官媒看管，其余案件，全行不问，一连数日，皆是如此。华国祥这日发急起来，向着儿子怨道："此事皆汝畜生误事，你岳母答应免验，她乃是个女流，不知公事的利弊。从来作官的人，皆是省事为是，只求将他自己的脚步站稳，别人的冤抑，他便不问了。前日你定要请我免验，你看这狗官，至今未曾发落。他所恃者，我们已具甘结，虽然中毒是真，那胡作宾毒害是无凭无据，他就借此迟延，意在袒护那狗头，岂不是为你所误！我今日倒要前去催审，看他如何对我，不然上控的状子，是免不了的。"说着命人带了冠带，径向昌平县而来。

你道狄公为何不将这事审问，奈他是个好官，从不肯诬害平人。他看这案件，非胡作宾所为，也非高陈氏陷害，虽然知道这缘故，只是思不出个原由，毒物是何时下入，因此不便发落。这日午后正与马荣将赵万全送走，给了他一百两路费，说他心地明直，于邵礼怀这案勇于为力，赵万全称谢一番，将银两璧还，分手而去。然后向马荣说道："六里墩那案，本县起初就知易办，但须将姓邵的缉获就可断结。惟是毕顺验不出伤痕，自己已经检举，哪知一波未平，一波又起，华国祥媳妇又出了这件疑案。若要注意在胡作宾身上，未免于心不忍，前日你在他家，也曾看见各样案情，皆是不能拟定。虽将高陈氏带来，也不过是阻饰华国祥催案的意思。你手下办的案件，已是不少，可帮着本县想想，再访邻封地方，有什么好手仵役，前去问他，或者得些眉目。"

　　两人正在书房议论，执贴上进来回道："华举人现在堂上，要面见太爷，问太爷那案子是如何办法。"狄公道："本县知他必来催案，汝且出去请会，一面招呼大堂伺候。"那人答应退去，顷刻之间，果见华国祥衣冠整齐，走了进来。狄公只得迎出书房，分宾主坐下。华国祥开言问道："前日老父台将女仆带来，这数日之间，想必这案情判白了，究竟谁人下毒，请父台示下，感激非浅。"狄公答道："本县于此事思之已久，乃一时未得其由，故未曾审问。今尊驾来得甚巧，且请稍坐，待本县究问如何。"说着外堂已伺候齐备，狄公随即更衣升堂问案。先命将胡作宾带来，原差答应一声，到了堂口，将他传入。胡作宾在案前跪下。

　　狄公道："华文俊之妻，本县已登场验毕，显系中毒身亡。众口一词，皆谓汝一人毒害，你且从实招来，这毒物是何时下入？"胡作宾道："生员前日已经申明，嬉戏则有之，毒害实是冤枉，使生员从何招起？"狄公道："汝也不必抵赖，现有他家伴姑为证。当日请酒之时，华文俊出门谢客，你与众人时常出入新房，乘隙将毒投下。汝还巧言辩赖么？"胡作宾听毕忙道："父台的明见。既她说与众人时常出入，显见非生员一人进房，既非一人进房，则众目昭彰，又从何时乘隙？即使生员下入，则一日之中，为何甚久，岂无一人向茶壶倒茶？何以别人皆未身死，独新人吃下，就有毒物？此茶是何人倒给，何时所泡，求父台总要寻这根底。生员虽不明指其人，但伴姑责有攸归①，除亲友进房外，家中妇女仆妇，并无一人进去，若父台不在这上面追问，虽将生员详革用刑拷死，也是无口供招认。叩求父台明察！"

----

　　① 责有攸归：成语，意思是是谁的责任，就该归谁承担，指责任有所归属。

第二十二回　想案情猛然省悟　听哑语细观行踪

却说狄公听胡作宾一番申辩，故意怒道："你这无知劣生，自己心地不良，酿成人命，已是情法难容，到了这赫赫公堂，便应据实陈词，好好供说，何故又牵涉他人，望图开脱？可知本县是明见万里的官员，岂容你巧言置辩！若再游词抵赖，国法俱在，便借夏楚施威了。"胡作宾听了这些话，不禁叩头禀道："生员实是冤枉，父台如不将华家女仆提案，虽将生员治死，这事也不能明白。且父台从来审案，断无偏听一面的道理，若国祥抗不遵提，其中显有别故，还求父台三思。"狄公听罢，向他喊道："胡作宾，本县见你是个县学生员，不忍苦苦刻责与你，今日如此巧辩，本县若不将他女仆提质谅你心也不甘。"随即命人提高陈氏。两旁威武一声，早将伴姑提到，在案前跪下。狄公言道："本县据你家主所控，实系胡作宾毒害人命，奈他矢口不认。汝且将此前日如何在新房取闹，何时乘隙下毒，一一供来，与他对质。"高陈氏道："喜期吉日，那晚间所闹之事，家主已声明在前，总因家主面斥恶言，以致他心怀不善，临走之时，令我等三日之内，小心提防。当时尚以为戏言，谁知那日前来，乘间便下了毒物，约计其时，总在上灯前后。那时里外正摆酒席，老奴虽在房中，黄昏之际，也辨不出来，而且出入的人又多。即以他一人来往，由午时至午后，已不下数次，多半那时借倒茶为名，来此放下。只求青天老爷先将他功名详革，用刑拷问，那就不怕他不供认了。"

狄公还未开言，胡作宾向他辩道："你这老狗才，岂非信口雌黄，害我性命！前日新房取闹，也非我一人之事，只因你家老爷独向我申斥，故说了一句戏话，关顾面目，以便好出来回去，岂能便以此为凭证？若说我在上灯前后，到来下毒，此话便是诬陷。从午前与众亲朋在新房说笑了一回，随后不独我不曾进去，即别人也未曾进去；上灯前后，正你公子谢客回家之后，连他皆未至上房，同大众在书房饮酒。这岂不是无中生有，有意害人！彼时而况离睡觉尚远，那时岂无别人倒茶，何以他人不死，单是你家小姐身死？此必是汝等平时，嫌小姐夫人刻薄，或心头不遂，因此下这些毒手，害她性命，一则报了前仇，二则想趁仓猝之时，掳掠些财物。不然即是华家父子通向谋害，以便另娶高门。这事无论如何，皆不关我事！汝且想来。由午前与众人进房去后，汝就是陪嫁的伴姑，自不能离她左右，曾见我复进房去过么？"高氏被他这一番辩驳，回想那日，实未留意，不知那毒物从何时而来；况且晚间那壶茶，既自己去泡，想来心下实在害怕，到了此时，难以强词辩白，全推倒在胡作宾身上，无奈为他这番穷辩，又见狄公在上那样威严，一时畏怯，说不出来。狄公见了这样情形，乃道："汝说胡作宾午后进房，他说未曾进去，而且你先前所供，汝出来吃晚饭时，胡作宾正同你家少爷在书房饮酒，你家老爷，也说胡作宾是午前进房，据此看来，这显见非他所害。你若不从实招来，定用大刑伺候。"高陈氏见了这样，不敢开言。狄公又道："汝既是多年仆妇，便皆各事留心，而且那茶壶又是汝自己所泡，岂能诬害与他！本县度理准情，此案皆从你所干出来，早早供来，免得受刑。"高陈氏跪在堂下，闻狄公所言，吓得战战兢兢，叩头不止，说道："青天大老爷息怒，老奴何敢生此坏心，有负李家老夫人大德，而且这小姐是老奴携抱长大的，何忍一朝下此毒手。这事总要青天大老爷究寻根底。"狄公见高陈氏说毕，心中想道：这案甚是奇怪，他两造如此供说，连本县皆为他迷惑。一个是儒雅书生，一个是多年的老仆，断无谋害之理。此案不能判结，还算什么为民之父母！照此看来，只好在这茶壶上面追究了。一人坐在堂上，寂静无声，思想不出个道理。

忽然值堂的家人，送上一碗茶来，家人因他审案的时候已久，恐他口中作渴。狄公见他献上，当时盖子掀开，只见上面有几点黑灰浮于茶上，狄公向那人问道："你等何以如此粗心。茶房献茶，也不用洁净水来煎饮，这上面许多黑灰，是哪里来的？"那家人赶着回道："此事与茶夫无涉，小的在旁边看到，正泡茶时，那檐口屋上忽飘一块灰尘下来，落于里面，以致未能清楚。"狄公听了这话，猛然醒悟，向着高陈氏说道："你既说到那茶壶内茶，是你所泡，这茶水还是在外面茶坊内买来，还是家中烹烧的呢？"高陈氏道："华老爷因连日喜事，众客纷纷，恐外面买水不能应用，自那日喜事起，皆自家中亲烧的。"狄公道："既是自家烧的，可是你烧的么？"高陈氏道："老奴是用现成开水，另有别人专管此事。"狄公道："汝既未烧，这烧水的地方，是在何处呢？"高陈氏道："在厨房下首间屋内。"狄公一一听毕，向着下面说道："此案本县已知道了，汝两人权且退下，分别看管，本县明日揭了此案，再行释放。"当时起身，退入后堂。

此时华国祥在后面听他审问，在先专代胡作宾说话，恨不得挺身到堂，向他辱骂一番，只因是国家的法堂，不敢造次；此时又听他假想沉吟，分不出个皂白，忽然令两造退下，心下更是不悦。见狄公进来，怒颜问道："父台从来听案，就如此审事的么？不敢用刑拷问，何以连申斥驳诘，皆不肯开口呢？照此看来，到明年此日，也不能断明白了。不知这里州府衙门，未曾封闭，天外有天，到那时莫怪举人越控。"说着大气不止，即要起身出去。狄公见了笑道："尊府之事，本县现已明白，且请稍安毋躁，明日午后，定在尊府分个明白。此乃本县分内之事，何劳上宪控告？若明日不能明白，那时不必尊驾上控，本县自己也无颜作这官宰了。此时且请回去吧。"华国祥听他如此说来，也是疑信参半，只得答道："非是举人如此焦急，实因案出多日，死者含冤，于心不忍。既老父台看出端倪来，明日在家定当恭候了。"说完起身告辞，回到家内。

这里狄公来至书房，马荣向前问道："太爷今日升堂，何以定明日判结？"狄公道："凡事无非是个理字，你看胡作宾那人，可是个害人的奸匪么？无非是少年豪气，一味嬉戏，误说了那句戏言，却巧次日生出这件祸事，便一口咬定于他。若本县再附和随声，详革拷问，他乃是世家子弟，现已遭了此事，母子二人，已是痛苦非常，若竟深信不疑，令他供认，那时不等本县究辨，他母子此时，必寻短见，岂非此案未结，又出一冤枉案件？至于高陈氏，听她那个言语，这李家乃是她的恩人，更不忍为害可知。所以本县这数日，思前想后，寻不出这条案情原由，故此不肯升堂。今日华国祥特来催审，本县也只得敷衍其事，总知道这茶壶为害。不料今日坐堂时候，本县正在思索此案，无法可破，忽值茶房献茶与本县，上面有许多浮灰，乃是屋上落下。他家那烧茶的地方，却在厨下木屋里面，如此这般的推求，这案岂不可明白么？"马荣听毕说："这太爷的神鉴，真是无微不至。但是如此追求，若再不能断结，则案情比那皇华镇毕顺的事，更难辨了。"

正说之间，洪亮同陶干也由外面进来，向狄公面前请安已毕，站立一边。狄公问道："汝等已去多日，究竟看出什么破绽，早晚查访如何？"洪亮道："小人奉命之后，日间在那何恺里边居住，每至定更以后，以及五更时间，即到毕家察访，一连数日，皆无形影。昨晚小人着急，急同陶干两

人施展夜行工夫，跳在那房上细听。但闻周氏先在外面，向那婆婆叫骂了一回，抱怨她将太爷带至家中医病，小人以为是她的惯伎，后来那哑子忽然在房中叫了一声，周氏听了骂道："小贱货，又造反了，老鼠吵闹，有什么大惊小怪！"说着只听扑通一声，将门关起。当时小人就有点疑惑，她女儿虽是个哑子，不能见老鼠就会叫起来。小人只得伏在屋上细听，好像里面有男人说话，欲想下去，又未明见进出的地方，不敢造次。后来陶干将瓦屋揭去，望下细看，又不见什么形迹。因此小人回来禀明太爷，请太爷示下。"

狄公听毕问道："何恺这连日查访那姓徐的，想已清楚。他家左近可有这个人么？"

第二十三回　访凶人闻声报信　见毒蛇开释无辜

　　却说洪亮见狄公问何恺这时连日访查那姓徐的，可有着落，洪亮道："何恺俱已访竣了，皆是本地良民，虽管下有十六家姓徐，离镇的倒有大半，其余不是年老之人，在镇开张店面，便是些小孩子，与这案皆牵涉不来，是以未曾具禀。"狄公道："据你两人意见，现在若何办法呢？"洪亮道："小人虽属听有声音，因不见进出的所在，是以未敢冒昧下去。此时禀明太爷，欲想在那邻居家披缉披缉。因毕家那后墙，与闾壁的人家公共的，或此墙内有什么缘故。这人家小人已查访明白，虽在乡村居住，却是本地有名的人家，姓汤名叫汤得忠，他父亲曾做过江西万载县，自己也是个落第举子，目下闲居在家课读，小人见他是个绅衿①，不敢冒昧从事前去。"狄公听了想道："这事也未必不的确，这墙岂是出入地方？"当时也不开口，想了一会，复又问道："你说这墙是公共之墙，还是在她床后，还是在两边呢？"洪亮道："小人当时揭屋细看，因两边全是空空的，只有床后靠着那墙，却为床帐张盖，看不清楚。除却在这上面推求，再无别项破绽。"狄公拍案叫道："此事得了，你且持我名帖，赶今晚到皇华镇上，明早同何恺到这汤家，说我因地方上公事，请汤举人前来相商。看他是何形景言语，前来回禀，本县明早同差役，到华家办案。"洪亮答应一声下来，当时领了名帖，转身退去，不在话下。

　　次日一早，狄公青衣小帽，带了两名值日差役，并马荣、乔太，行至华

---

　　① 绅衿（jīn）：绅，绅士，有官职而退居在乡者；衿，青衿，生员所服，指生员。泛指地方上体面的人。

105

国祥家内，一径来至厅前。彼时华国祥正令人在厅上打扫，见县官狄公已进里面，只得逊同入坐，命人取自己的冠带。狄公笑道："本县尚不拘形迹，尊驾何必劳动。但是令媳之事，今日总可分明。且请命那烧茶的仆妇前来，本县有话动问。"华国祥不解何意，见他绝早而来，不便相阻，只得将那烧茶的丫头唤出。狄公见是一个十八九岁的丫头，走到前面，叩头跪下。狄公说道："这处也不是公堂，何须如此。你叫什么名字，向来是专烧火的么？"那个丫头禀道："小女子名叫彩姑，向来伏伺夫人，只因近日娶少奶奶，便命专司茶水。"狄公道："那日高陈氏午后倒茶，你可在厨房里面么？"彩姑说道："正在那里烧水。后来上灯时分，回到上房，因有事情，高奶奶来了去泡茶，却未看见。及小女子有事之后，回到那烧茶的处在，炉内的茶水已泼在地下。随后小女子进来，询问其事，方知高奶奶泡茶时，炉子已没有开水，她将炉子取下，放在檐口，后加火炭，用火烧了一壶开水，只用了一半，那一半正拟到院落，添加冷水，不料左脚绊了一跤，以致将水泼于地下。随后小女子另行添水，她方走去。此是那日泡茶的原委，至别项事件，小女子一概不知。"狄公听毕，随即命马荣回衙，立将高陈氏带上来。狄公一见，大声喝道："你这女狗头，如此狡猾行为！前日当堂口供，说那日向晚泡茶，取的是现成开水，今日彩姑供说，乃是你将火炉移在檐口，将冷水烧开，只倒了一半，那水又在檐前泼去一半，显见你所供真正不实，你尚有何辩？"高陈氏被这番驳斥，吓得叩头不止，但说："求太爷开恩，老奴因在堂上惧怕，一时心乱，胡口所供，以太爷恐有它问，其实老奴毫无别项缘故。"狄公怒道："可知你只图一时狡猾，你那小姐的冤枉，为你耽搁了许多时日了，若非本县明白，岂不又冤枉那胡作宾？早能如此实供，何致令本县费心索虑，这总想不出个缘故。此时暂缓掌颊，俟这案明白后，定行责罚。"当时起身向华国祥道："本县且同尊驾到厨房一行，以便令人办事。"华国祥到了此时，也只得随他而去。

当时狄公到了里面，见朝东三间正屋，是锅灶的所在，南北两途，共是四个厢房。狄公问彩姑道："你等那日烧茶，可是这朝北厢房里么？"彩姑道："正是这个厢房，现在泥炉子，还在里面呢。"狄公走进里面，果然不错，但见那厨房的房屋，古剥不堪，瓦木已多半朽坏，随向高陈氏问道："你那晚将火炉子移在何处檐口？"高陈氏向前指道："便在这青石上面。"狄公依着他指点的所在，细心向檐口望去，只见那椽子已坍下半截，瓦檐俱已破损，随向高陈氏说道："你前所供不实，本应掌你两颊，姑念你年老昏愦（kuì），罚你仍在原处烧一天开水，以便本县在此饮茶。"华国祥见狄公看了一回，也说不出这个道理，此时忽然命高陈氏烧茶，实不是审案的道理，不禁暗怒起来，向着狄公说道："父台到此踏勘，理应敬备茶点，若等这老狗才烧水，恐已迟迟不及。既她所供不实，理合带回严惩，以便水落石出。若这样胡闹，岂不反成戏谑么？"狄公冷笑道："在尊驾看来似近戏谑，可知本县正要在这上寻究此事。自有本县专主，阁下且勿多言。"随即命人取了两张桌椅，在厨房内坐下，与那些厨子仆妇混说些闲话，停一会，便催高陈氏添火，或而掀扇，或而倒茶，闹个不了。及至将水烧开，泡了茶来，他又不吃，如此有十数次光景。

　　高陈氏正在那里烧火，忽然檐口落下几点碎泥，在她颈

头上面，赶紧用手在上面拂去。狄公早已经看见，随即喊道："你且过来！"高陈氏见他叫唤，也只得走过，到了他面前。狄公道："你且在此稍等一等，那害你小姐的毒物，顷刻便见了。"高陈氏直是不敢开口，华国祥更不以为然，起身反向上房而去。狄公也不阻他，坐在那椅上，两眼直望着檐口。又过了有盏茶时，果然见那落泥的地方露出一线红光，闪闪的在那檐口，或现或隐，但不知是什么物件。狄公心下已是大喜、赶着向马荣道："你们看见什么？"马荣道："看是看见了，还是就趁此时取出知何？"狄公忙道："且勿动手，既有这个物件，先将他主人请来，一同观看，究竟那毒物是怎么样下入，方令他信服。从来本县断案，不肯冤屈于人。若不彻底根究，岂得为民之父母？"当时彩姑见了这样，赶紧跑到上房，报于华国祥知道。里面众人一听，真是意外之事，无不惊服狄公的神明。狄公也着华家家人去请华国祥出来观看，华国祥也随即出来瞧望。狄公道："这案庶可明白了，且请稍坐片刻，看这物究竟怎样。"

当时华国祥抬头细瞧，但只见火炉内一股热气冲入上面，那条红光被烟抽得蠕蠕欲动，忽然伸出一个蛇头，四下观望，口中流着浓涎，仅对火炉内滴下。那蛇见有人在此，顷刻又缩进里去。此时众人无不凝神展气，吓得口不敢开。狄公向华国祥道："原来令媳之故，是为这毒物所伤，这是尊驾亲目所见，非是本县袒护胡作宾了。尊处房屋既坏，历久不修，已至生此毒物，不如趁此将它拆毁。"说完命那些闲杂人等，一概走开，令马荣与值日的差人，以及华家打杂的人，各执器具，先拥入室内，将檐口所有的椽子拖下。只见上面响了一声，砖瓦连泥滚下，内有二尺多长的一条火赤炼，由泥瓦中游出，窜入院落巷里，要想逃走，早被马荣看见，正欲上前去提，乔太手内早取了一把火叉，对定那蛇头打了一下，那蛇登时不得走动，复又一叉将它打死。众人还恐里面仍有小蛇，一齐上前把那一间房子拆毁了，干干净净。狄公命人将蛇带着到了厅前。此时里面得信，早将李王氏接来。

狄公坐下向华国祥言道："此案本县初来相验，便知令媳非人毒害。无论胡作宾是个儒雅书生，断不致于这非礼之事。惟进房之前，闻有一派骚腥气，那时便好生疑惑。后来临验之时，又有人说他肚内掀动。本县思想，用毒害人，无非是砒霜信石，即便服下，但七窍流血而已，岂有腥秽的气味？因此本县未敢遽断。日来思虑万分，审讯高陈氏的口供，她但说茶是自己所泡，泡茶之后，胡作宾又未进房；除她吃晚饭出来，其余又未离原处；又见无别人进去，难道新人自己毒害？今日听彩姑之言，这明是当日高陈氏烧茶之时，在檐口添火，那烟冲入上面，蛇涎滴下。其时高陈氏未曾知觉，便将开水倒入茶壶，其余一半，却巧为她泼去，以致未害别人。缘由知端，仍是高陈氏自不小心，以致令媳误服其毒。理应将她治罪，惟是她事出无心，老年可悯，且从轻办理。令媳无端身死，亦属天命使然。仍请尊驾延唤高僧诵忏悔，超度亡魂。胡作宾无辜受屈，本应释放，奈他嬉戏性成，殊非士林的正品，着发学派老师威饬，以儆下次。"说完又向李王氏道："你女儿身死的原由，今已明白，本县如此断结，你等可服么？"李王氏哭道："照此看来，却是误毒所致，这皆是我女儿命苦，太爷如此讯结，也是秉公而论，还有何说呢？"狄公见李王氏应允。当即命众人销案具结。

内文导读

在县城华国祥儿媳被毒蛇致死案中，从逻辑上判断，胡作宾作案的可能性更大，但是狄公明察秋毫，发现毒蛇才是真凶——死者死于意外。和前两个案件相比，该案的侦破难度更大，更具有迷惑性，该案充分地表现出狄公的智慧。随后，皇华镇毕顺冤死案的侦破工作也进入了尾声，真相即将大白天下。

从三个案件看，小说重点陈述的并不是狄公破案过程有多智慧，而是在于突出案件的"奇"，对后人的启发是：大千世界无奇不有，在探寻真相的过程中千万不可武断。

第二十四回　探消息假言请客　为盗贼大意惊人

　　却说狄公见众人应允，命他们结具销案。华国祥自无话说，惟有李王氏，见那条毒蛇，在狄公面前，不禁放声大哭。狄公又命人将蛇烧灰，以作治罪。就此一来，已是午后，当即起身回衙，将胡作宾由学内提来申斥一番，令他下次务要诚实谨言，免召外祸。此时胡作宾母子，自然感激万分，伸冤活命，在堂上叩头不止。狄公发落已毕，退入后堂。

　　且说洪亮昨日领了名片，赶到皇华镇与何恺说明缘故，次日一早，便来到汤家门首。先命何恺进去，向里面问道："汤先生在家么？"里面有人询问，出来一个老头子，答道："你是哪里来的，问我家先生何干？"何恺笑道："原来是朱老爷。地方上的公食人，皆不认得了？"那人将何恺一望，也就笑道："你问他何事，现在还未起身呢。"何恺听了这句话，转身就向洪亮去丢个眼色，两人信步到了里面。在书房门口站定，洪亮向何恺道："你办事何以这懈怠，既然汤先生在家，现在何处睡觉，好请他起来讲话。"那老家人，见洪亮是公门中的打扮，赶着问道："你这公差有何话说，可告知我，进去通知他。"何恺答道："他是县太爷差来的，现有名片在此。因地方上事，请你家先生，进太爷衙门有事相商，不能稍缓。"那老人在洪亮手内，将名片接过，进了书房，穿过了一小小天井，朝南正宅三间两厢。此时何恺也跟那人到了他里面，心下想道：知他住在这上首房内，便是毕家那墙相连了。正想之间，忽见那人走到下首房门，何恺心下好不自在，暗道："这个想头，又完了，人尚不在房内居住，墙上还有何说？"

　　一人暗暗的说话，忽然上首房内出来一人，年约二十五六岁，生得眉目清秀，仪表非凡，好个极美的男子。见老家人一进来，赶着问道："是谁来请先生？"老人道："这事也奇怪，我们先生虽是个举子，平日除在家课读，外面的事，一概不管。不知县里狄太爷，为着何事，命人前来请他？说地方上有公事，同他商酌，你看这不是奇怪么？恐先生也未必肯前去。"那少年人听他说狄太爷，不禁面色一变，神情慌张，说道："你何不回却他，说先生不与外事便了，为何将人领入里面来呢？"何恺听了这话，将那人上下一看，却巧这人的房间，便在毕家的墙后，心下甚是疑惑，赶紧接话问道："你公子尊姓，可是在这里寄馆的么？我们太爷，非为别事，因有一处善举，没有人办，访闻汤先生是个用心公正的君子，故命差人持片来请。"说着，见老人已走到房内，高声喊了两声。只听里头那人醒来，问道："我昨日一夜，代众学生清理积课，直至天明方睡，你难道未曾知道，何故此时便来叫喊？"只听老者回答道："非是我等不知，因知县太爷，差人来请，现有公差立等回话。"汤得忠道："你为什么不代我回报他？此时且去将我名片取来，向来人传说，拜上他贵上县太爷，说我是隔下书生，闭户授徒，不理闲事。虽属善举，地方上绅士甚多，请他太爷另请别人办公罢。"老人听了这话，只得出来对何恺回复了一遍。

当时洪亮在书房，早已听见了，见何恺出来说道："汤先生不肯进城，在我看来，惟有回去禀知太爷，请太爷自己前来吧。此事倒不可懈怠，莫要误事方好。你此时照原话赶速进城去吧。"说着两人出了大门，那老人将门关上。彼此到了街上，何恺向洪亮说道："你可看见那人没有？"洪亮道："这事也是徒然，汤得忠是在那边房间居住，有什么看见？"何恺说道："你还不知道呢，这头房内有人，同老者说话的，你未看见么？是个少年男子，见我们说县里差来的，那他脸上神色就不如先前。我所以出来，叫你赶速回去，这句话，乃是看他的动静的。他如惧怕，你我出门，他必到别处去了。你此时便可赶速回城，禀明太爷，请太爷自己前来，姑作拜汤先生的话说到了里面，借话问话，再为察看。我此时便在这左近等候，看他可出来否，顺便打听他姓甚名谁。"彼此计议停当，已是辰牌时候。洪亮随即来至城中，将方才的话禀了。狄太爷心下甚是欢喜，当时传齐差役，带同马荣，乔太，陶干三人，乘轿而来，一路之上，不敢怠慢。到了上灯时分，方至镇上，先命马荣仍在从前那个客寓内住下，所有衙役，皆不许出，夜晚露风声，说本县到此客寓；主人也是如此吩咐。众人自领命而行，当时将行李卸下，净面用茶。

饮食已毕，狄公向马荣道："你们四人，今夜分班前去，洪亮同汝在毕家屋上等候，若有动静，便可即喊拿贼，看他下面如何；乔太同陶干在汤家门前守候，若有人夜半出来，便将他拿获住。本县此时不去，正恐走去办事不成，令凶人走去。"四人领命下来，各自前去不提。

且说马荣同洪亮两人，出了店门，洪亮道："我近来为这事吃了许多辛苦，方有这点眉目，今夜若再不破案，随后更难办了。我想你这身本事，何事不可行？现有一计在此，不知你肯行不肯行？"马荣道："你我皆是为主人办事，只要能做，何处不可去？你且说与我听。"洪亮道："汤家那个后生，实是令人可疑，为恐识破机关于他，一连数日安分守己，不与那周氏往来，我们虽在屋上，再听数日，也不能下去。莫妙你扮作窃贼，由房上蹿入他里面，在他房中偷看动静，是不比外面，较有把握。恐你早经洗手，不干此事，现在请你做这买卖，怕你见怪，故尔不便说出。你意下究竟如何？"马荣笑说道："我道何事，不过由来是我旧业，此计甚是高明，今夜便去如何？"说着二人到了何恺家内，坐谈了一会。

约有二鼓之后，街上行人已静，马荣命洪亮竟在毕家巷口等候，自己一人先到了汤家门口，脱去外衣，蹿身上屋，顺着那屋脊，过了书房将身倒挂在檐口，身向里面观望。见书房内灯光明亮，当中坐着一个四十多岁的先生，两旁约有五六个门徒，在那里讲说。马荣暗道："这样人家岂是个提案的地方？我且到后边住宅内再瞧一瞧。"照样运动蛇行法，转过小院落，挨着墙头，到了朝南的屋上。举头见毕家那里，也伏着一人，猛然吃了一惊，再定神一看，却是洪亮，两人打了一个暗哨，马荣依旧伏在檐口。见上首房内，也有一盏灯，里面果然有个二十余岁的后生，面貌与洪亮所说一点不错，但见那人不言不语，一人坐在那椅上，若有所思的神情。停了一会，起身向书房望了一望，然后又望望墙屋，好像一人自言自语的神情。马荣正在偷看，忽听前面格扇一响，出来一人，向房内喊道："徐师兄，先生有话问你。"马荣在上面听见一个徐字，心下好不欢喜，赶即将身躯收转，只在檐瓦上面伏定。但见那少年也就应了一声，低低说道："你怎么今夜偏偏乱喊乱叫的！"说着出了房门，到书屋而去。马荣见他已去。知这房内无人，赶着用了个蝴蝶穿花形势，由檐口飞身下来，到了院落，由院落直蹿到正宅中间，四下一望，见有一个老者，伏在桌上，打盹睡的模样。马荣趁此时候，到了房内，先将那张灯吹熄，然后顺着墙壁，细听了一回，直是没有响动，心下委决不下，复用指头敲了一阵，声音也是着实的样子。

马荣着急起来，将身子一横，走到那张客床前面，将帐幔掀起，攒身到了床下，两脚在地下蹬了两脚，却是个空洞的声音。马荣道："分明是这地下的尴尬了。"当时将几块方砖，全行试过，只有当中的两块与众不同，因在黑暗之中，瞧不清楚，只得将两手在地下摸了一摸，却是一踏平阳，绝无一点高下。心下想道："就要将这方砖取起，下面的门路，方可知道。它这样牢固，教我如何想法？"正在为难之际，两手一摸，忽然一条绳子，系于床柱上。马荣以为它扣着什么铁器，以便撬那方砖，当时以为得计，顺手将绳一拖，只听"豁啦"一声，早将床帐拖倒了下来。当时马荣这一惊不小，正想逃走，书房里头，早来数人，高喊有贼。走到院落，忽见灯光已灭，人恐有暗算，不敢进去，惟有叫喊，绝无一人上前捉拿。马荣此时跳在房上，见已脱身，索性也不回去，伏在屋瓦脊上，细听下面动静，如何举止。

第二十五回　以假弄真何恺捉贼　依计行事马荣擒人

却说马荣躲在屋上，听下面的动静，只听得那少年跑到书房，忙忙的点了个烛台，转身到了正宅，向着那老人喊道："你也不是死人，有贼人走你面前经过，一点也不知道，难道睡死过去了？"那老人被他骂了两句，直是不敢开口。众人拥进房中，惟听那少年人，走到床前，高声说道："这瘟贼，也不过将床帐拖倒下来，我道你偷取不计外，还见什么要紧地方呢。"众人说道："你的物件未曾偷去，已是幸事，还说什么戏谑话。现在先生尚坐在书房，吓得不敢出来，我们且去告知他一声。"说着，大众在里面照了一番，又回书房而去。马荣在屋上，听得清楚，随即心生一计，扒过墙头，招呼洪亮，两人蹿身下来，来至何恺家内，三人一齐到了客寓，将以上的话禀明了狄公。如此如此，议论了一会，狄公心下大喜，随命何恺，依计而行去。

三人复行到了汤家门口，何恺敲门喊道："里面朱老爷快来开门，你家可是闹贼么？现在已被我们捉住了，快来帮我捆他。"里面听了这话，正是贼走之后，未曾睡觉，听是何恺敲门，众学生甚是得意，也不告知汤得忠，早将大门开了。

只见何恺揪着一人骂道："你这厮也不访问，这地方是谁人的管下，他家是何等之人？不是为我看见，你得手走去，明日汤先生报官究治，我便为你吃苦了。今朝县里狄太爷还来请他老人家办地方的善举，汤先生方且不去，明日早上太爷便亲自来此。若是知道这窃案，我这屁股还不是扳子山倒下来么？"何恺在门外揪骂，众学生不知是计，赶着里面报与汤得忠知道。汤得忠随即出来，果见何恺还揪那人在门口乱骂，见了汤先生出来，连忙说道："其人现在已获到了，你先生如何发落？这是我们的责任，明早县太爷还要到此，请你老人家要方便一句，小人这行当方站得稳。"汤得忠见何恺如此说项，也是信以为真，取了烛台，将马荣周身一看，骂道："你这狗强盗，看你这身材高大，相貌魁梧，便该做出一番事业，何事不可吃饭，偏要做这偷儿，岂不可恨。我今积点阴功，放你去吧。"何恺见汤得忠如此说项，乃道："你老人家是个好心，将他放走，他又随即到别处去做案了，这事断不能。若要放这贼，等县太爷来放，今夜权且扭在这门口，以见我们做保甲的，平时尚不松懈怠。但有一件，地方才在哪里惊走的，请你们带我进去看一看。"说着向马荣道："你们跟我进来，好好实说，由什么地方进门，走哪里出去的？"一面说，一手扭着马荣，向门里走来，他的意思，就想趁此混进里面，好寻那床下的着落。

哪知道里面听了这话，赶着出来一个少年人，马荣将他一看，正是那个姓徐的，向着何恺阻道："你这人，也太固执了，我们先生尚且叫你放他，你哪不行这方便，一定要惊官动府，以见你的能为。若说县太爷明日前来，我家又未报案，要他县太爷来踏勘何事。若说你的责任，汤先生已知道了，即便在县太爷面前保举你两次，也不过得点儿犒赏，这贼人就吃了大亏，何必如此！我同先生说，譬如为他偷去，失了钱财，给你二两银子，吃酒去。这事可以算罢了。"马荣听了暗暗骂道："你这狗头，不是你有欺心之事，你肯这样慷慨！"只见何恺问道："你这位相公尊姓，还是在此宿馆，还是府上的住宅？请汤先生在家教读呢？"这人还未开口，旁边学生笑道："你这毛贼，到会捉当地人家，还不知他姓徐，这房子便是他家的，近因家眷不在此，故请本地汤先生，来此教馆。他一人在此附从，所以门口单帖汤家板条。此时既徐相公如此说项，你们可便将这人放去了吧。"何恺笑道："原来他相公姓徐，这就是了。听说县里出了一条人命案子，也是姓徐的。今日无论是与不是，且请你同我去一趟。"说着脸色一变，向汤得忠说道："汤先生，我实对你说，你道他真是窃贼，我真是送贼来的么？你老人家虽是个举子，何以育化不严，令学生做出这非礼之事？间壁巷内，毕顺的案子至今未曾明白，官今自已请到上宪的处分，现已摘去顶戴，我们为这事，也不知受了多少苦楚。日前太爷宿庙，说凶手是个姓徐的，密令我们访查，方知在你家内。请你二人前去一见，辩个明白，便不关我们的事了。"说毕，将马荣一松，向前一把，将那少年相公，上前揪住，马荣一同也就上去，拖了汤得忠。那先生汤

得忠，正欲分辩，只见何恺高喊一声，外面早有乔太、洪亮二人，一齐进来迎接，不由分说，簇拥着汤先生、徐相公二人，向街前走去。到了客店，狄公正恐他二人维持不住，已带着许多差役，执着灯球，前来接应。见已将人拿到，随命差役，同洪亮分身前往，将毕周氏立刻提来，以免她逃走。洪亮领命而去，暂且不提。

单说何恺揪着那个少年，前来见了狄公，回禀了各节，狄公即道："此人乃是要犯，汝同乔太、马荣，先行将他管押，明早俟踏勘之后，再行拷问。"何恺答应下来，马荣、乔太随即取出刑具，将他套上。汤得忠是一榜人员，不敢遽（jù）然上刑，狄公命将他一人，带入店内，先行询问。马荣只得将汤得忠交与值日原差。自己与乔太到何恺家内管押正凶。狄公就趁此到了汤得忠家，在书房坐下。所有众学生，见先生皆被地甲捉去，以免牵涉在案内，留下几个远处寄馆的学生，一时未能逃走，只得坐在里面，心胆悬悬。不知竟为何故，

忽然见许多高竿的灯笼，走了进来，一个个穿的号衣，嘴里说道："我们太爷来了，你等可要直说，他如何同周氏同谋？"众人也不知何事，听了这话，俱皆哑口无声。但见一人当中坐下，青衣小帽，儒服儒巾，向着上首那个学生问道："你姓什么，从汤先生有几年了？那个姓徐何方人氏，叫什么名字？你等从实说来，不关你事。"那学生道："我姓杜，名叫杜俊夫，是今岁春间方来的。那姓徐的名叫德泰，乃是这里的学长。先生最欢喜他，与先生对书房住。我等就住在这书房旁边那间屋内。"狄公当时点点首，起身说道："既为本县将他捉下，你等且同我到他房内看视一番，好作凭证。"众人不敢有违，当即在前引路。到了房内，狄公命差人将床架子移到别处，低身向前一看，果是方砖砌成。在地下，床下四角有四条麻绳，扣于下面。狄公有意将绳子一绊，早见床前两根床柱，应手而倒，"嘆咚"一声，磕在地下。再仔细一看，方知那绳子系在柱脚之上，柱脚平摆在床架上面，以至将绳子轻轻一绊，便倒了下来。狄公看毕，复取了烛台命人找觅了一柄铁扒，对着中间那两块方砖，拼力地撬起。忽听下面铜铃一响，早已现出一方洞，如地穴相仿。再向下面望去，向着陶干道："里头黑漆漆的，辨不出个道理，本县恐下面另有埋伏，不敢命人下去。地下既有这个暗道，这人犯就是不错了。你且在此看守，待天明再来察看。"说毕将所有的学生，开了名单。只见众学生无不目瞪口呆，彼此呆望，不知房内何以有这个所在。狄公一一问毕，命众学生，兼服侍人等："与你们无涉。"吩咐之后，回转店内。

此时已转四鼓，乔太上前禀道："太爷走了半时，小人将汤得忠盘问了一番，他实不知此事。看他那样，倒是个古道君子。此刻已是夜深，太爷请安歇一会。好在奸人已缉获，拿齐再问不迟。"狄公说道："本县已知道了，但是洪亮已去多时，毕周氏何以仍未提来？莫非毕周氏闻风逃走不成？"两人正在客店闲谈，早听门外人声喧哗，洪亮忽忙进来说道："毕周氏已是提到。请太爷示下，还是暂交官媒，还是小人带回衙门？"

第二十六回　见县官书生迂腐　揭地窖邑宰精明

　　却说狄公听得毕周氏已是提到，命洪亮先在客店内里看押，俟明早带回衙内，讯问奸情。洪亮领命下来。狄公已是困倦，当时进房，和衣而睡。次日辰牌时分，起身净面。诸事已毕，先令陶干，将汤得忠带来。狄公将他一看，却是一个迂腐拘谨之人，因为他是一个举人，不敢过于怠慢，当时起身问道："先生可是姓汤名叫得忠么？"汤得忠说道："举人正是姓汤名叫得忠，不知父台夤夜①差提，究竟为何缘故？举人自乡荐之后，闭户读书，授徒乐业，虽不敢自谓非礼勿言、非礼勿动，那逾矩②犯规之事，从不敢开试其端。若举人之为人，仍欲公差提押、官吏入门，正不知那刁监劣生，流氓奸宄，更何以处治？举人不明其故，尚求父台明示。"狄公听他说了这派迂腐之言，确是个诚实的举子。乃道："你先生品学兼优，久为本处钦敬。可知熏莸异类，玉石殊形，教化不齐，便是自己的过失。先生所授的门生，其品学行为，也与先生一样么？"汤得忠听道："父台之言，虽是合理，但所教之学生，俱属世家子弟，日无暇暮，夜读尤严，功课之深，无过于此。且从来足不出户，哪里有意外之事？莫非是父台误听人言么？"狄公笑道："本县莅任以来，皆实事求是，若不访有确证，从不鲁莽从事。你先生说所授门徒，皆世家弟子，难道世家的子弟，就是循规蹈矩的么？且问你姓徐的学生从你先生几载了？他的所做所为，皆关系人命案件，那等行为，不法已极点了，你先生可否知

　　① 夤（yín）夜：深夜。
　　② 逾矩：亦作"踰矩"。超越法度。

118

道么？"汤得忠回说道："这更奇了，别人或者可疑，惟徐学生断无此事，不能因他姓徐便说他是命案的凶手。方才贵差说那姓徐的命案，父台宿庙，有一姓徐的在内，此乃梦幻离奇之事，何足为凭？而且此事实是父台孟浪，绝无形影之案。遽行开棺检验，以至身遭反坐，误了前程，此时不能够顾全自己，便指姓徐的，就为凶手。莫说他父台是在籍的缙绅，即以举子而论，地方有此殃民之官，也不能置之不理了。"狄公见汤得忠矢口不移，代那徐德泰抵赖，不禁大怒道："本县因你是个举子，究竟是诗文骨肉，不肯牵涉无辜，你还不知，自己糊涂，疏以防察，反敢挺撞本县。若不指明实证，教你这昏愦的腐儒岂能心服！"说完，命人仍将他看管，即带徐德泰奸夫上来审问。陶干答应一声，随命值日差人，到何恺家内，将人犯带来。差人奉命前去，不多一刻，人已带到。

狄公见他跪在地下，细细将他一看，那副面目，却是一个极美的好男子。心下思道："无怪那淫妇看中于他。可恨他这人，一表人才，不归于正，做了这犯罪之事，本县也只得尽法惩治了。"当即大声喝道："你就是徐德泰么？本县访得你已久，今日既已缉获，你且将如何同毕周氏通奸，如何谋害毕顺，一一从实供来，免致受刑吃苦。可知本县立法最严，既已前次开棺，自行请处，若不将这事水落石出，于心也不肯罢休！你且细细供来，本县或可施法外之恩，超豁你命；如若不然，那真凭实证，也不容你抵赖的！"徐德泰见狄公正言厉色，虽是心下惧怕，当此一时审问，总不肯承认，乃回答说道："学生乃世家子弟，先祖生父，皆作外官。家法森严，岂敢越礼？而况有汤先生朝夕相处，饮食同居，此便是学生的明证。父台无故黑夜提质，牵涉奸情，这事无论不敢胡行。连日观耳闻，皆未经过。还求父台再为明察侦访，开释无辜，实为德便。"狄公笑道："你这派巧语胡供，只能欺你那个昏愦的先生，本县明察秋毫，岂容你饰词狡赖？此案若不用刑拷问，定难供认。且同你前去，将地窖揭起，究竟通于何处，那时众目昭彰，虽你百喙千言，也不容你辩赖。"说完即忙起身，令马荣同众差役，带回汤得忠，并徐德泰两人，前去起案。

众人出去之后，忽然外面哭喊连声，一路骂入里头，只听那妇人言道："你这狗官，将我媳妇儿放回，还未曾有多日，果曾是缉获凶手，提来对质，倒也罢了，忽又无影无形的，牵设好人，半夜更深，有许多男子，拥入家内来。这是什么缘故？提人是你，放人也是你！今日不将这此事办明，莫说我年老无用之人，定与你到兖州扭控，预借当这忤逆官长的罪名，横竖也不能活命了。"一头哭着向里面走来。狄公知是唐氏，赶着说道："你来得正好，可将你一起带去，免致你不知这暗昧的地方。"又命人役，到何恺家中，将毕周氏提来。吩咐已毕，然后众人出了店门，来至汤得忠家内。此时皇华镇上无不知道这事，前来看破此案，纷纷拥挤，站在门前。狄公先走进去，在书房坐定，等群人到齐，随后来至徐德泰房中，指着那个地窑问道："你既是读书世家子弟，理应安分守己，为何在卧房床架之下，挖这一个地窑，有何用处？下面还有什么害人之物么？"徐德泰到了此时，全不开口。马荣上前禀道："太爷既已将那方砖挖起，下面无非是个暗门，通于别处。小人且再去探一探。"说着向乔太手中取了烛台，到里面一照。只见有二三尺深，一个深塘直通那墙壁，上下皆是木板切成，并无泥土。见那个铜铃惟在空中，知是个暗号，便将铃绳一抽，响亮一声。见前面有块木板，忽然开下，却是一个小小的圆洞，有四五层披台。马荣举步由披台上去，约有四尺见方一个所在。四面俱看不出门路，不知由何处通着隔壁。正在各处观看，将头一抬，早见上面有块方砖为头顶起，心下不好欢喜，随将烛台递与乔太，两手举过头顶，将那方砖取过。隐隐的上面射进亮光，再伸头向洞外看去，正是那毕顺房中床柱之上。马荣见案已破，自己站在房内，命乔太开了房门，由毕家大门，绕至街上，到了汤家大门口。

众人见他由外面进来，心下无不诧异，只见他向唐氏说道："尊府的后门，已经瞻仰了。请你前来观看吧。"狄公正在房中，等下面的消息，正在静坐之下，忽听乔太在面前进来说话，知已通到间壁，有意如此，特使众人观望。当即问道："乔太上来。可是通到那边？"乔太回道："正在那床脚之下，且请太爷下去一看。"狄公道："你且将汤先生同毕唐氏带来，陪本县一齐下去，方令他两人心下折服。"说着众差人役，已将两人提到，陆续地由床脚原处，到了毕家房中。此时汤得忠，直急得目瞪口呆，恨不能立刻身死。狄公向他说道："这事你先生亲目所观见么？不必出门，可是干了那人命案件，岂不是你知道故昧，教化不严？"复向毕唐氏道："你儿子仇人，今已拿获，这个所在。你媳妇房中寻出，怪不得她终日在家，闭门不出，却是另有道路。岂非你二人心地糊涂，使毕顺遭了弥天大害！"毕唐氏到了此时，方知为媳妇蒙混，回想儿子身死，不由痛入骨髓，大叫一声，昏于地下。汤得忠见徐德泰这个学生，做出不法极顶之事，自己终日同处，不知这件隐情，明知罪无可逭，也是急得两眼流泪，向着狄公说道："此事举人实在不知，若早知有此事件，断不能有意酿成。现在既经父台揭晓，举人教化无方，也只得甘心认罪，请父台将徐德泰究办就是了。"狄公见他这样情景，反去安慰两句，然后命人用姜汤将唐氏灌醒。见他咬牙切齿，扒起身来要去她媳妇找徐德泰拼命，狄公连忙阻道："你这人何以如此昏昧，从前本县为你儿子伸冤，那样向你解

说，你竟执迷不悟，此案现已揭晓，人已获到，正是你儿子报仇之日，便该静候本县拷问明白，然后治刑抵罪，为何又无理取闹，有误本县的正事。"毕唐氏听了这句话，只得向狄太爷面前哭说道："非是老妇人当太爷面前取闹，只因被这贱货害得我儿子太毒。先前不知道，还以为太爷是仇人，现在彰明昭著，恨不得食她淫货之肉。若非太爷明察秋毫，是个清官，我儿子的冤孽，真是深沉海底。"说话未完，当见眼泪直流，痛哭不已。狄公命差人将毕唐氏扶出，吩咐汤得忠将所有的学生，概行解馆，房屋暂行发封，地窖命人填塞，毕唐氏无须带案，俟审明定罪后，再行到堂。

吩咐已完，早有马荣、何恺，将闲人等一概驱逐出去，所有的人犯，俱皆提来，将奸妇交与官媒看押，奸夫收监。

第二十七回　少年郎供认不讳　淫泼妇忍辱熬刑

　　却说狄公将地窖填满，将一干人犯，带回衙门，到了下昼，已至城内。众差人投进衙，狄公先命将汤得忠交捕厅看管，奸夫淫妇，分别监禁，以便明早升堂拷问，自己到了书房静心歇息。一心想道：我前日那梦，前半截俱灵验了，上联是"寻孺子之遗踪，下榻空传千古谊"，哪知这凶手便是姓徐，破案的缘由，又在这"榻下"二字上，若不是马荣扮贼进房，到他床下搜寻，哪里知道？还隔着墙壁，就是通奸之理，由这个地窖，确是在他床柱之下，此真所谓神灵有感应了。一人思想了一会，然后安寝。

　　到了次日，一早升堂，知毕周氏是个狡猾的妇人，暂时必不肯承认，先命人将徐德泰提出。众差答应一声，即将徐德泰提来，当堂跪下。狄公问道："本县昨日已将那通奸的地方搜出，看你是年幼书生，不能受那匪刑的器具。这事从何时起意，是何物害死了毕顺的，你且照实供来，本县或可网开三面，罪拟从轻，格外施恩。"徐德泰道："此事学生实未知情，不知道这地窖从何而有，推原其故，或者是从前地主为埋藏金银起见，以致遗留至今。只因学生先祖出仕为官，告老回家，便在这镇上居住，买下这房屋。其初毕家的房子，同这里房子是一时共起，皆为上首房主赵姓执业。自从先祖买来，以人少屋多，复又转卖了数间，将偏宅与毕家居住，这地窖之门，因将此而有，亦未可知。若说学生为通奸之所，学生实冤枉，叩求父台格外施恩。"狄公听了冷笑道："看你这少年后生人，竟有如此的巧辩，众目所睹的事件，你偏洗得干干净净，归罪在前人身上。无怪你有此本领，不出大门，便将人害死了，可知本县也是个精明的官吏！你说这地窖是从前埋藏金银，这数十年来，里面应该尘垢堆满，晦气难闻，为何里面木板一块未损，灰尘也一处没有呢？"徐德泰道："从前既用木板砌于四面，后来又无人开用，身然未能损坏。"狄公道："便算作他是为埋藏金银，何以又用那响铃呢？这种事情，不用大刑，谅你断不招认。吩咐左右，用藤鞭笞背！"两旁一声吆喝，早将他衣服褪去，一五一十直望背脊打下，未有五六十下，已是皮开肉绽，鲜血直流，喊叫不止。狄公见他仍不招认，命人住手，推他上来，勃然怒道："这也是天网恢恢，疏而不漏，备受刑惨。你既如此狡猾，且令你受了大刑，方知国法森严，不可以人命为儿戏。"随即命人将天平架子移来。顷刻之间，众差人已安排妥当。只见众人将徐德泰发辫扭于横木上面，两手背绑在背后，前面有两个圆洞，里面按好的碗底，将徐德泰的两个膝头直对在那碗底上跪下，脚尖在地脚根朝上，等他跪好，另用一根极粗极圆的木棍，在两腿押定，一头一个公差，站定两头，向下的乱踩。可怜徐德泰也是一个世家子弟，哪里受得这个苦楚，初跪之时，还可咬牙忍痛，此刻直听得喊叫连声，汗流不止，没有一盏茶时，即渐渐的忍不住

疼痛，两眼一昏，晕迷过去。狄公命手下差人止刑，用火醋慢慢地抽醒，将徐德泰搀扶起来，在堂上走了数次，渐渐地可以言语，然后复到狄公台前跪下。狄公问道："本县这三尺法堂，虽江洋大盗，也不能熬这酷刑逃过，况你是年少书生，岂能受此苦楚。可知害人性命、天理难容，据实供来，免致受苦。本县准情料理，或非你一人起意，你且细细供来，避重就轻，未为不可。"

徐德泰到了此时，已知抵赖不去，只得向上禀道："学生悔不当初，生了邪念。只因毕顺在时日子，开了一个绒线店面，学生那日至他店中买货，他妻子周氏，坐在里面，见了学生进去，不禁眉目送情。初时尚不在意，数次之后，凡学生前去买货，她便喜笑颜开，自己交易，因此趁毕顺那日出去，彼此苟合其事。后来周氏设法命毕顺居住店中，自己移住家内，心想学生可以时常前去。谁知他母亲终日在家，并无漏空，以此命学生趁先生年终放学之后，暗赂一匠人，开了这一个地道，由此便可时常往来，除匠人外，无一人知觉。无奈毕周氏心地太毒，常说这暗去暗来，终非常久之计，一心要谋害她的丈夫。学生屡屡执意不肯，不料那日端阳之后，不知如何将他丈夫害死。其时学生并不知，到次日这边哭闹起来，方才知道，虽晓得是她害死，哪里还敢开口。迨①毕顺棺枢埋后，她见学生数日未至，那日夜间忽然前来，向学生道：'你这冤家，奴将结发丈夫结果，你反将我置之脑后，不如我趁此时出首，说你主谋行事。你若依我主见，做了长久夫妻，只要一两年后，便可设法明嫁与你。'学生那时成了骑虎之势，只得满口应允，从此无夜不到她那里。至前父台到门首破案，开棺检验，学生已吓得日夜不安，不料开棺检验无伤，复将周氏释放。连日正同学生算计，要择日逃走，不意父台访问明白，将学生提案。以上所供，实无虚词半句。至如何周氏将毕顺害死，学生虽屡次问她，毕周氏终不肯说，只好请求父台再行拷问。此皆学生一时之误，

---

① 迨（dài）：等到。

致遭此祸，只求父台破格施恩，苟全性命。"说完在地下叩头不止。

　　狄公命刑房录了口供，命他在堂上对质，随即又提毕周氏，差人取监牌，在女监将毕周氏提出，当堂跪下。狄公向周氏说道："你前说你丈夫毕顺暴病身亡，丈夫死后，足不出户，可见你是个节烈女人，但是这地窖直通你床下，奸夫已供认在此，你还有何辩说呢？今日若再不招供，本县就不像前日，摆布你了。"毕周氏见徐德泰背脊流红，皮开肉绽，两腿亦是流血不止，知是受了大刑，乃道："小妇人的丈夫身死，谁人不知暴病，又经太爷开棺检验，未有伤痕，已经自行请处。现在上宪来文，摘去顶戴，反又爱惜自己前程，忽思平反，岂不是以人命为儿戏？若说以地窖为凭，本是毕家向徐家所买，徐姓施这所在，后人岂能得知？从来屈打成招，本非信谳，徐德泰是个读书子弟，何曾受过这些重刑？鞭背踩棍，两件齐施，他岂有不信口胡言之理。此事小妇人实是冤枉。若太爷爱惜前程，但求延请高僧，将我先生超度，以赎那开棺之咎，小妇人或可看点情面，不到上宪衙门控告；太爷的公事，也可从轻禀复，彼此含糊了事。如想故意苛求，便行残害，莫说德泰是世家子弟，不肯干休，即小妇人受了血海冤仇，亦难瞑目。生不能寝汝之皮，死必欲食汝之肉，这事曲直，全凭太爷自主，小妇人已置生死于度外不问了。"狄公听毕周氏这番话头，不禁怒气冲天，大声喝道："汝这淫妇，现已天地昭彰，还敢在这法堂上巧辩，本县如无把握，何已知这徐德泰是汝奸夫！可知本县日作阳官，夜为阴官，日前神明指示，方得了这段隐情。你既任意游词，本县也不能姑惜于你了。"说毕，命人照前次上了夹棒，登时将她拖下，两腿套入眼内，绳子一抽，横木插上，只听得"哎哟"一声，两眼一翻，昏了过去。狄公在上面看见，向着徐德泰说道："此乃她罪恶多端，刑狱未满，以故矢口不移，受此国法。当日毕周氏究竟如何谋害，你且代她说出。即便你未同谋，事后未有不与你言及，你岂有不知之理。"徐德泰到了此时，已是受苦不住，见狄公又来追问，深恐复用大刑，不禁流下泪来，向狄公说道："学生此事实不知情，现已悔之无及，若果同谋置害，这法堂上面，也不敢不供，何敢再肯以身试法？求父台再向毕周氏拷问，就明白了。"狄公见徐德泰如此模样，知非有意做作，只得命人将周氏松下，用凉水当头喷醒。过了好一会的工夫，方才转过来，慵卧地下，两腿的鲜血，已是淌满脚面。

徐德泰站立旁边，心下实是不忍，只得开言说道："我看你如此苦刑，不如实供吧。虽是你为我，若当日听信我的言语，虽然不能长久，也不至今日遭此大祸。你既将他害死，这也是冤冤相报，免不得个将命抵偿，何必又熬刑受苦？"周氏听他言语，恨不得向前将他恶打一番，足见得男子情意刻薄，到了此时，反来逼我招认，你既要我性命，我就要你肝肠，也怪不得，反言栽害你了。当时"哼"了一声，开言骂道："你这无谋的死狗，你诬我同你通奸，毕顺身死之时，你应该全行知道，何以此时又说不知呢？若说你未同谋，既言苟合在先，事后岂有不问不知的道理？显见你受刑不过，任意胡言，以图目前免受酷刑。不然便受此狗官的买托，有意诬害我了。若问我的口供，使毕顺丈夫如何谋害身死，也是半句没有的。"

第二十八回　真县令扮作阎王　假阴官审明奸妇

却说周氏在堂上，任意熬刑，反将徐德泰骂了一回，说他受了狄公买托，有意诬害，这番言词，说得狄公怒不可遏，即命差人当下打了数十嘴掌，仍是一味胡言。狄公心下想道："这淫妇如此熬刑，不肯招认，现已受了多少夹棒，如再用非刑处治，仍恐无济于事，不若如此恐吓一番，看她怎样，想毕，向着毕周氏道："本县今日苦苦问你，你竟矢口不移，若再用刑，深恐目前送你狗命，特念你丈夫毕顺已死，不能复生，且有老母在堂，若竟将你抵偿，你那老人无依无靠。你若将实情说出，虽是罪无可逭，本县或援亲老留养之例，苟全你的性命。你且仔细思量，是与不是，今日权且监禁，明日早堂，再为供说。"言毕命人仍将奸夫淫妇带去，各自收入监禁，然后退入后堂。

到了书房坐定，传唤马荣、乔太等四人，一齐进来。当时到了里面，狄公向马荣等说道："这案久不得供，开验又无伤痕之处，望着奸夫淫妇，一时不能定案，岂不令人可恼。现有一计在此，必须如此如此，这般这般，方可行事。惟有毕顺在日的身影，你等未经见过，不知是何模样，若能访问清楚，到了那时，也不怕她不肯招认。"马荣道："这事何难，虽然未曾见过，那日开棺之日，面孔也曾看见。若照样寻貌，不过难十分酷肖，若依样葫芦，这倒是一条好计。"狄公道："你既说不难，此时可便寻找，虽不十分恰肖，那一时更深之际，也可冒充得来。"马荣等答应下去，自来办理。狄公又命乔太、陶干、洪亮三人，分头办事，二更之后一律办齐，以便狄公审讯，众人各自前去不提。

且说毕周氏在堂上，见狄公无礼可谕，复用这几句骗言，以便退堂，心下暗想道："可恨这徐德泰无情无义，为他受了多少苦刑，未曾将他半字提出，他今日初次到堂，便直认不讳，而且还教我招供，岂非我误做这场春梦么？"又道："你虽不是有心害我，因为熬刑不过，心悔起来，拼作一死以便抵命，不知你的罪轻，我的罪重；你既招出我来，横竖那动手之时，你不知道，无论他如何用刑，没有实供，没有伤处，他总不能治定我何罪。"一人在牢禁中胡思乱想。

哪知到了二鼓之后，忽然听得鬼叫一声，一阵阴风飒飒吹到里面来，周氏不禁地毛发倒竖，抖战起来，心下实在害怕。谁知正怕之间，忽然牢门一开，进来一个蓬头黑面的，到了前面，一个恶鬼，将周氏头一把揪住，高声骂道："你这淫妇将丈夫害死，拼受苦刑，不肯招认，可知你丈夫告了阴状，现在立等你到阎王台前对质，赶速随我前去。"说着伸出极冷极冰的手来，拖着就走。周氏到了此时，已吓得魂魄出窍，昏昏沉沉，不由自己的，随那恶鬼前去。只见走了些黑暗的所在，到了个有些殿阁的地方，许多青面獠牙的人站在阶下，堂口设了多少刑具，刀山油锅炮烙铁磨，无件没有。当中设了一张大大的公案，中间也无高照等物，惟有一对烛台上点着绿豆大的绿蜡烛，光芒隐隐，实在怕人，周氏到了此时，知是森罗殿上，不可翻供，心下一阵阵地同小鹿一般，目瞪口呆，半句皆不敢言语。再将上面一望，见当中坐着一个青面的阎王，纱帽黄须，满脸怒色；上首一人，左手执着一本案卷，右手执定一枝笔，眼似铜铃，面如黑漆，直对自己观望；下面侍立着许多牛头马面，各执刀枪棍棒，周氏只得在堂口跪下。见那提她的阴差，走上去，到案前便落膝禀道："奉阎王差遣，因毕顺身死不明，冤仇未报，特在案下控告他妻周氏女谋害身亡。今奉命差提被告，现在周氏已经到案，特请阎王究办。"只见中间那个阎王开言怒道："这淫妇既已提到前来，且将她叉下油锅受熬阴刑，再与她丈夫毕顺对质。"话犹未了，那些牛头马面，舞刀动枪，直从下面跑来，到了周氏面前，一阵阴风忽然又过，周氏才要叫喊，肩背上早已中了一枪，顷刻之间，血流不止。两旁正要齐来动手，忽听那执笔的官吏喊道：“大王且请息怒，周氏纵难逃阴谴，且将毕顺提来，到案问讯一番，再为定罪。”那阎王听完，遂向下面喊道：“毕顺何在？将他带来！”两旁一声答应，但见阴风飒飒，灯火昏昏，殿后走出一个少年恶鬼，面目狰狞，七孔流血，走到周氏面前，一手将周氏拖住，吼叫两声：“还我命来！”周氏即抬头一望，正是她的丈夫毕顺前来，不禁向后一栽，跌倒在地下，复听上面喊道：“毕顺你且过来。你妻子既已在此，这森罗殿上，还怕她不肯招认么，为何在殿前索命？你且将当日临死时，是何景象，复述一遍，以便向周氏质证。”

毕顺听了这话，伏于案前，将头一摔，两眼如铜铃大，口中伸出那舌头，有一尺多长，直向上面禀道：“王爷不必再问，说起更是凄凉，那犯词上面尽是实情，求王爷照状词上面问她便了。”那阎王听了这话，随在案上翻了一会，寻出一个呈状，展开看了一会，不禁拍案怒道：“天下有如此淫妇，谋害计策，真是想入非非，设非她丈夫前来控告，何能晓得她的这恶计？左右，与我引油锅伺候！若是周氏有半句迟疑，心想狡赖，即将周氏又入油锅里面，令她永世不转轮回。”两旁答应一声，早有许多恶鬼阴差，纷纷而下，加油的加油，添火的添火。专等周氏说了口供，即将她又入。

周氏看了这样光景，心下自必分死，惟有不顾性命，自认谋害事情，上前供道：“我丈夫平日在皇华镇上开设绒线店面，自从小妇人进门后，生意日渐淡薄，终日三餐，饮食维艰。加之婆婆日夜不安，无端吵闹，小妇人不该因此生了邪念，想别嫁他人。这日徐德泰忽至店内买物，见他年少美貌，一时淫念忽生，遂有爱他之意。后来又访知他家财产富有尚未娶妻，以至他每次前来，尽情挑引，遂至乘间苟合。且搬至家中之后，却巧与徐家仅隔一墙，复又生出地窖心思，以便时常出入。总之日甚一日，情意坚深。但觉不是长久之计，平日只可处暂，未克处常，以此生了毒害之心，想置毕顺丈夫于死地。却巧那日端阳佳节，大闹龙舟，他带女儿玩耍回来，晚饭之后，又带了几分酒意。当时小妇人变了心肠，等他昏然睡熟之后，用了一根纳鞋底的钢针，直对他头心下去，他便一声大叫，气绝而亡。以上是小妇人一派实供，实无半句虚言。"只见上面喝道："你这狠心淫妇，为何不害他的别处，独用这个钢针钉在他的头心上呢？"周氏道："小妇人因别处伤痕治命，皆显而易见，这针乃是极细之物，针入里面，外有头发蒙护，死后再有灰泥堆积，难再开棺检验，一时检验不出伤痕。此乃恐日后破案的意思。"上面复又喝道："你丈夫说你与徐德泰同谋，你为何不将他吐出，而且又同他将你女儿药哑？这状呈上，写得清清楚楚，你为何不据实供来？显见你在我森罗殿上，尚敢如此狡猾！"

周氏见了阎罗王如此动怒，深恐又一声吆喝，顿下油锅，赶紧在下面叩头道："此事徐德泰实不知情，因他屡次问我，皆未同他说明。至将女儿药哑，此乃那日徐德泰来房时，为她看见，恐她在外旁混说，此事露了风声。因此想出主意，用耳屎将她药哑。别事一概不有，求王爷饶命。"周氏供罢，只听上面喝道："你一妇人，也不能逃这阴曹刑具。今且将你仍然放还阳世，待禀了十殿阎王，那时且将要你命来，受那刀山油锅之苦。"说毕仍然有两个蓬头散发的恶鬼，将她提起，下了殿前，如风走相似，提入牢内，复代她将

刑具套好。周氏等那恶鬼走后，吓出一身冷汗，抖战非常，心下糊糊涂涂，疑惑不止：若说是阴曹地府，何以两眼圆睁；又未熟睡，哪里便会鬼迷？若说不是，这些牛头马面恶鬼阴差，又何从哪里而来？一人心思，心下实是害怕，遥想这性命难保。

　　看官你道这阎王是谁人做的，真是个阴曹地府么？乃是狄公因这案件审不出口供，难再用刑，无奈验不出伤痕，终是不能定谳①，以故想出这条计来，命马荣在各差里面，找了一人有点与毕顺相同，便令他装作死鬼毕顺。马荣装了判官，乔太同洪亮装了牛头马面，陶干同值日差，装了阴差，其余那些刀山油锅，皆是纸扎而成。狄公在上面，又用黑烟将脸涂黑，半夜三更，又无月色，上面又别无灯光，只有一点绿豆似的蜡烛，那种凄惨的样子，岂不像个阴曹地府么？此时狄公既得了口供，心下甚是欢悦，当时退入后堂，以便明日复审。

---

① 定谳（yàn）：定案，定罪。谳，议罪。

第二十九回　狄梁公审明奸案　阎立本保奏贤臣

却说狄公扮作阎罗天子，将周氏口供吓出，得了实情，然后退入后堂，向马荣道："此事可算明白，惟恐她仍是不承认，便又要开棺检验，那时岂不又多此周折。你明日天明，骑马出城，将唐氏同那哑子，一并带来。本县曾记得古本医方，有耳屎药哑子，用黄连三钱，入黄钱五分，可以治哑。因此二物乃是凉性，耳屎乃是热性，以凉治热，故能见效。且将她女儿治好，方令她心下惧怕，信以为真，日间在堂下供认。"马荣答应下来，便在衙中安歇一会，等至天明，便出城而去。狄公当时也不坐堂，先将夜间周氏的口供，看了一会。

直至下昼时分，马荣将唐氏同她孙女二人带回，来至后堂。狄公先向毕顺的母亲说道："你儿子的伤处治命，皆知道了，你且在此稍等一刻，先将这孩子哑病治好，再升堂对质。惟恨你这老妇，是个糊涂人，儿子在日，终日里无端吵闹，儿子死后，又不知其中隐情，反说你媳妇是个好人。"当时便命刑房，将徐德泰的口供，念与她听。老妇人听完，不禁痛哭起来："媳妇终日静坐闺房，是件好事，谁知她有此事多月，另有出入的暗门呢。若非太爷清正，我儿子虽一百世也无人代他伸这冤仇。"狄公道："此时既然知道，则不必啰唆了。"随即命人去买药煎好，命那哑子服了。约有一二个时辰，只见那哑子作哎非凡，大吐不止，一连数次，吐出许多淡红鲜血在地下。狄公又令人将她扶睡在炕，此时如同害病相似，只是吁喘。睡了一会，旁边差人送上一杯浓茶，使她吃下，那女孩如梦初醒，向着唐氏哭道："奶奶，我们何以来至此地？把我急坏了！"老妇人见孙女能开言说话，正是悲喜交集，反而说不出话来。狄公走到她面前，向女孩说道："你不许害怕，是我命你来的。我且问你，那个徐德泰徐相公，你可认得他么？"女孩见问这话，不禁大哭起来，说道："自从我爹死后，他天天晚间前来。先前我妈令我莫告诉我奶奶，后来我说不出话来，她也不瞒我了。你们这近来的事，虽是心里明白，却是不能分辩。现在我妈到哪里去了？我要找妈去呢。"狄公听了这话，究竟是个小孩子，也不同她说什么，但道："你既要见你妈，我带你去。"随即取出衣冠，传命："大堂伺候！"

当时传令出去，顷刻之间，差役俱已齐备。狄公升了公堂，将周氏提出，才到堂口跪下，那个小女孩，早已看见，不无总有天性，上前喊道："妈呀，我几天不见你了！"周氏忽见她女儿前来，能够言语，就这一惊，实是不小，暗道昨夜阎罗王审问口供，今日她何以便会说话？这事我今日不能抵赖了。只见狄公问道："周氏，你女儿本是一个哑子，你道本县何能将她治好？"周氏故意说道："此乃太老爷的功德。毕顺只有一女，能令她言语通灵，不成残废，不但小妇人感激，谅毕顺在九泉之下，也是感激的。"狄公听了笑道："你这利口，甚是灵敏，可知非本县的功劳，乃是神灵指示。因你丈夫身死不安。控了阴状，阎罗天子，准了阴状，审得你女儿为耳屎所哑，故指示本县，用药医治。照此看来，还是你丈夫的灵验。但是他遭汝所害，你既在阴曹吐了口供，阳官堂上，自然无从辩赖。既有阴府牒文在此，汝且从实供来，免得再用刑拷问。"

周氏到了此时，心下已是如冷水一般，向着上面禀道："太爷又用这无稽之言，前来哄骗。女儿本不是生来就哑，此时能会说话，也是意中之事。或说我阴曹认供，我又未曾死去，焉能得到阴间？"狄公听毕，不禁连声喝叫，拍案骂道："掌嘴！"众差役答应一声，当时数一数十打毕，狄公复又怒道："本县一秉至公，神明感应，已将细情明白指示。难道你独怕阎王，当殿供认，到了这县官堂上，便任意胡言么？我且将实据说来，看你尚有何说！你丈夫身死伤处，是头顶上面；女儿药哑，可是用的耳屎？这二件本县何从知道？皆是阴曹来的移文，申明上面，故本县依法行事，将这小女孩子治好。

你若再不承认，则目下要用官刑，恐不能半夜三更，难逃那阴谴了。不如此时照前供认，本县或可从轻治罚。"这派话旦已将周氏吓得魂飞天外，自分抵赖不过，只得将如何谋害，如何起意，如何成奸，以及如何药哑女儿的话头，前后在堂上供认了一遍。狄公命刑房将口供录就，盖了手印，仍命入监收禁。

当时将汤得忠由捕厅内提出，申斥一番，说他固执不通，疏于访察，"因你是个一榜，不忍株连，仍着回家中教读。徐德泰虽未与周氏同谋，究属因奸起见，拟定徐德泰绞监候的罪名。毕顺的母亲，同那个小女孩子，赏了五十千钱，以资度活。"吩咐已完，然后退堂，令他三人回去，这也不在话下。

内文导读

六里墩丝客被杀案不是独立阐述的，皇华镇毕顺冤死案是案中案，两个案件交错叙述。主要内容是讲狄仁杰在侦破六里墩丝客被杀案时，在昌平城南皇华镇化装成悬壶济世的医士，遇上了前来求医的一名老妇。老妇说去年端午节儿子腹疼，服了媳妇周氏抓回的药就暴死身亡了，小孙女也患病变哑了。狄仁杰疑心这是一桩冤杀案。六里墩案情告破，狄仁杰便着手调查该案，发现原来周氏是与汤举人的学生徐姓小伙私通！周氏是趁丈夫熟睡，以纳鞋底的钢针钉入丈夫头心将其残杀，并以药毒哑生女。

装扮阎罗王夜审周氏，虽然在很多小说改写中都有相似的情节，但这彰显的却是狄公的智慧。但最值得一提的是，虽然案件情由清楚，但是狄公定案还是注重凶犯的口供，这样的办案理念才是最可贵之处。另外，作者更多是用案件的难度来衬托狄公的智慧，而不是完全通过侦破手段去表现狄公的英明。

木驴惩周氏，在今天看来是残忍的做法，从一定程度上损害了狄公的形象，但主要的目的，还是表现"恶有恶报"的主题思想——无道的人必遭无道的惩罚。

单表狄公回转书房，备了四柱公文，将原案的情节，以及各犯人的口供，申文上宪。毕周氏拟了凌迟的重罪，直等回批下来，便明正典刑。

　　谁知这案件讯明，一个昌平县内无不议论纷纷，街谈巷议，说："这位县太爷，真是自古及今，有一无二，这样疑难的案情，竟被他审出真供，把死鬼伸了冤枉。此乃是我们的福气，地方上有这如此的好清正官。"那一个说："毕顺的事，你可晓得么？"这一个说："胡作宾为华国祥一口咬定，说他毒害新人，那件事，格外难呢！若是别的个县官，在这姓胡的身上，必要用刑拷问，狄太爷便知道不是他，岂不是有先见之明么？而且六里墩那案，宿庙烧香，得了梦兆，就把那个姓邵的寻获，诸如这几件疑案，断得毫发无讹。听说等公文下来，这毕周氏还要凌迟呢，那时我们倒要往法场去看。"谁知这百

姓私自议论，从此便你传我，我传你，不到半月之久，狄公的公文未到山东，那山东巡抚已知这事。此人乃姓阎名立本，生平正直无私，自莅任以来，专门访问民情，观察僚吏。一月之前，狄公因开棺验毕顺的身尸，未得毕顺的致命伤处，当时自请处分，这件事上去，阎公展看之后心下想道："此案甚属离奇，岂能无影无踪地便开棺相验，无非他苛索贫民，所欲不遂，找出这事，恐吓那百姓的钱财。后来遇到地方上的绅士，逼令开棺，以致弄巧成拙，只得自请处分。"正拟用批申斥，饬令革职离任，复又想道："纵或他是因贪起见，若无把握，虽有人唆使，他亦何敢开棺相验，岂不知道开验无伤，罪干反坐？照此看来，倒是令人可疑，或者是个好官，实

心为民理事雪冤。你看，他来文上面，说私访知情，因而开棺相验。究或闻风有什么事件，要实事求是办理的，以致反缠扰在自己身上。这一件公事，这人一生好丑，便可在这上分辨。我且批：'革职留任，务究根底，以便水落石出。俟凶手缉获，讯出案件，仍复具情禀复。'"这批批毕，回文到了昌平，狄公遂日夜私访，得了实情，现已例供实情详复。

这日阎立本得了这件的公事，将前后的口供推鞫一番，不禁拍案叫道："天下真有如此的好官，不能为朝廷大用，但在这偏州小县，做个邑宰，岂不可惜！我阎某不知便罢，今日既然晓得，若是知而不举，岂非我蔽塞贤路！"随起了一道保举奏稿，八百里马递，先将案情叙上，然后保举狄公乃宰相之才，不可屈于下位。

此时当今天子，乃是唐高宗晏驾之后，中宗接位，被贬房州，武则天娘娘坐朝理政。这武后乃是太宗的才人，赐号武媚，太宗驾崩，大放宫娥，她便削发为尼，做了佛门弟子。谁知性情阴险，品貌颇佳，及高宗即位之后，这日出外拈香，见了这个女尼，心上甚是喜悦。其时王皇后知道高宗之意，阴令她复行蓄发，纳入后宫，不上数年，高宗宠信，封为昭仪。由此她便生不良之心，反将王皇后同萧皇后害死，她居了正宫之位。以后便宣淫无道，秽乱春宫。高宗崩后，她便将中宗贬至房州，降为庐陵王，不称天子。所有武则天娘娘家中的内侄，如承嗣、三思等人，皆封为极品之职，执掌朝政；而将前头先皇的旧臣诸人，即如徐敬业、骆宾王这一班顾命的诸大臣子，托孤的元老三公，皆置之不用。其时武则天娘娘，日夜荒淫无道，中外骚然，把一个唐室的江山，几乎改为姓武。而且武则天娘娘，自立国号，称为后周……种种恶习，一笔总难尽述。所幸者有一好处，凡是在朝有才有学之人，她还肯敬重十分。阎立本知道这武后娘娘为人敬贤爱士，阎立本虽想欲整理朝纲，无奈一人力薄，此时见昌平县知县狄仁杰倒如此清正，兼有才学，随即具了一奏本，申奏朝廷之上。特请武则天娘娘，不问资格，升狄仁杰的官职。

第三十回　赴杀场三犯施刑　入山东二臣议事

话说阎立本将狄仁杰的人才，并一切的案件，具本申奏。这日武后娘娘临朝，启事官将山东巡抚阎立本原折呈上，武后娘娘展开看毕，乃说道："狄仁杰乃是山西太原人氏，高宗在位，曾举明经。此人本是先皇臣子，应该早经大用，此时既已阎立本保奏，着升汴州参军之职。邵礼怀毕周氏两案，分别斩首凌迟。俟此案完结，立即克赴新任。"这圣旨一下，未到一月，已由山东巡抚转饬到昌平。狄公得着这信，当即在大堂上设了香案，望阙谢恩。

次日传齐合县的差役，置了一架异样的物件，名叫木驴——此乃狄公创造之始，独出其奇，后来许多官吏，凡是谋杀亲夫的案件，屡用这套刑具，以儆百姓中的妇人。你道狄公置这样的器具，是何用意，为这毕周氏将毕顺害死了，乃是极隐微极秘密之事，除去奸夫徐德泰、淫妇毕周氏二人外，并无一人知道，尚且天网恢恢，疏而不漏，将无作有，审出真情，可见世上的男子妇人，皆不可生了邪念。狄公要警戒世俗，怕的合城百姓不得周知，虽然听人传说，总不若日见为真，因此想出这主意，置出这个木驴。其形有三尺多高，矮如同板凳相仿，四只脚向下，脚下有四个滚路的车轮，上面有四尺多长、六寸宽一个横木。面子中间，造有一个柳木驴鞍，上系了一根圆头的木杵，却是可上可下，只要车轮一走，这杵就鼓动起来。前后两头造了一个驴头驴尾，差人领了式样，连夜打造成了。等到了三日上，狄公绝早起来，换了元服，披了大红披肩，传齐了差役，以及刽子手等，皆在大堂伺候。然后发了三梆，升了公堂。标毕监牌，捆绑手先进监内，将那邵礼怀提出，当堂验明正身，赐了斩酒杀肉，捆绑已毕，插好标旗，命人四下围护。随即又将徐德泰由监内提出，可怜他本是一个世家子弟，日前在堂上受刑，已是万分痛苦，此日坐在监内，忽见两个公差，一个执了牌，一人上前，将他肩头一拍说道："恭喜你喜日到了！"说着两手一分，早将红衣撕去，随即揪着发辫，拖出监来。徐德泰到了此时，知是要我身首异处，回想父母坐在家中，无人侍奉，只为我一时顿生邪念，遂至今日正法典刑，一阵心酸，悔之已晚，不禁大哭连天。到了堂上，狄公也就命捆绑起来，标了"绞犯"二字，着人看守。然后方标明女犯，到了女监，将毕周氏提出，两手绑于背后，插了标子，两人将木驴牵过，在堂口将她抬坐上去，和好鞍缰，两腿紧缚在凳上，将木杵向下。此时周氏已是神魂出窍，吓得如死人一般，雪白的面目，变作了灰黑的骷髅，听人摆布。

狄公见她上木驴之上，先命两人执着拖绳在前，旁边两人，左右照应，然后命城守营守备兵卒，并本衙门的小队，排齐队伍，在前面开路，随后众差役执着破锣破鼓，敲打向前而行。狄公等这许多人去后，方命人先将邵礼怀推走，中间便是徐德泰，末后是那只木驴，两人牵着出了衙门。狄公坐在轿内，押着众犯，刽子手举着大刀，排立轿前，后面许多武官，骑马前进。此事城里城外，无论老少妇女，皆拥挤得满街满巷，争先观看，无不恨这周氏说："你这淫恶的妇人，也有今日。这样的出丑，我料她提出监时，已经吓死；那日谋害之时，何以忍心下手！到了此时，依然落空，受了凌迟的重罪。你看这面无人色的样子，如死一般，若是有气，被这木驴子一阵乱拖，木杵一阵乱顶，岂不将尿屎全行撒下。"旁边一人听他们这话，不禁哈哈大笑起来，说道："你们倒说得好，真是她今日极快活煞了，不知她此时即便欲撒尿屎，也撒不出来了。不然那旁边的两个人，岂不遭污秽么？"他两人正是谈笑，此时后面有一个老者说道："他们已是悔之不及了，你们还是取笑呢。古人说得好：'天作孽，犹可违；自作孽，不可逭。'她这个人，也是自找的死门。可知人生在世，无论富贵贫贱，皆不可犯法。他们如安分守己，同毕顺耐心劳苦，虽是一时穷困，却是一夫一妻的同偕到老呢，安见得不转贫为富？

她偏生出这一个邪念，不但害了毕顺，而且害了那徐德泰，不独害了那徐德泰，竟是害了自己。这就说个祸恶到头终有报，只争来早与来迟。你们只可以她为戒，不可以她取笑。"众人在此议论，早见三个犯人，已走过去，内中有多少些豪兴的人，跟他在后面，看他们三犯人临刑，纷纷拥挤不堪，直至西门城外。

到了法场之中，所有的兵丁列排四面，当中设了两个公案，上首知县狄公，下首城守营守备。狄公下轿入坐，只见刽子手先将邵礼怀推倒于地下，向那两块土堆跪好，前面一人，拖了头发，旁边刽子手执了大刀，只听阴阳生到了案前，报了午时，四面炮声一响，人头早已落地。刽子手随即一腿推倒尸首，提起人头，到了狄公案前，请县太爷验头。狄公用朱笔点了一下，然后将那颗人头，摔去多远。复行到了徐德泰面前，也照着那样跪下，取出一条绵软的麻绳，打了一个圈子，在徐德泰头颈上套好，前后各一人，用两根小木棍，系在绳上，彼此对绞起来。可怜一个世家子弟，又兼文人书生，只因误入邪途，遂至遭此刑死。只见三绞三放，他早已身死过去，那个舌头伸出，倒有五六寸长，拖于外面，至于眼睛突出，实令人可怕。刽子手见他气绝，方才住手放下。这才许多人将周氏推于地下，先割去首级，依着凌迟处治。此时法场上面，那片声音，犹如人山人海相似，枪炮之声，不绝于耳。约有半个时辰，方才完事。除邵礼怀外，皆有人来收尸，那两家的家属，俱备了棺木，预备入殓，惟有德泰的父母，同汤得忠先生，乃痛哭不已。

狄公见施刑完竣，同城守营守备回城中，到郡庙拈香后，回至署中。升堂座，门役进来报道："现到有抚院差官，在大堂伺候，说道：奉抚宪台命，特奉圣旨前来，请太爷到大堂接旨。"狄公听了这话，心中甚是诧异，不知是何缘故，只得命人摆设了香案，自己换了朝服，来至大堂，行了三跪九拜礼。那个差官，站立在一旁，打开一黄布包袱，里面有个黄皮匣子，内中请出圣旨一道，在案前供奉，等他行礼已毕，方才请出开读。乃是武则天娘娘，爱才器使，不等狄公赴并州新任，便升为河南巡抚，转同平章事。狄公接了此旨，当时望阙谢恩，即将圣旨在大堂上供好，然后邀那差官，到书房入座，献茶已毕，安歇一宵。

次日早晨，新任已到，当即交代印绶，择了日子起行。所有合郡的绅士，以及男女父老，无不攀辕遮道，涕泪交流，狄公安慰了一番，方才出城而去。

在路上非止一日，这一日到了山东，禀知卸任。阎立本巡抚见他前来，随即命人开了中门，迎于阶下，狄公连忙上前见礼。已毕，向阎立本言道："大人乃上宪衙门，何劳迎接！如此谦光待下，令卑职狄某，殊抱不安。"阎立本道："阁下乃宰相之才，他日斡转乾坤，当在我辈之上。且在官言官，日前分为僚属，今日是河南抚台，已是敌体平行，岂容稍失礼貌。"狄公谦逊了一回，然后入座献茶。叙了一会寒暄，狄公方才问道："下官自举明经之后，放了昌平县宰，只因官卑职小，不敢妄言，现虽受国厚恩，当此重任，不知目今朝政如何，在廷诸臣谁邪谁正？"阎立本见他问了这话，不禁长叹一声，见左右无人，当即垂泪言道："目今武后临朝，秽乱春宫，不可言喻。中宗遭贬，远谪房州，天子之尊，降为王爵。武承嗣、武三思，皆是出身微贱之人，居然言听计从，干预朝政，还有那张昌宗等这班狐群狗党，伤心逆理，出入宫闱，丑迹秽言，非我等为臣下所敢言，亦非我等为臣下所敢禁。目前如骆宾王、张柬之这班老臣宿将，皆是心欲效忠，无能为力之人。眼见得唐室江山，送与这妇人之手，下官前日思前想后，惟有大人，可以立朝廷，故因此竭力保举，想望同心合力，补弊救偏，保得江山一统。那时不独先皇感激，即上天百姓，也是感激的。"说着眼睛眶里不禁流下泪来。狄公听完言道："大人暂且放心，古人有言：'君辱臣死。'目前武后临朝，中宗贬谪，既迁下官为平章之职，正我尽忠报国之秋。此去不将那武三思、张昌宗等人，尽治施行，也不能对皇天后土。"说着，也不是从前颜色，闷闷不已。

第三十一回　大巡抚访问恶棍　小黄门贪索赃银

却说狄公听了阎立本一番言语，心下也是不平，当时在巡抚衙门，住宿一宵，杯酒谈心，自必格外许多亲近。次日狄公一早起程，辞别阎公，只带了马荣诸人，几个随身的仆众，长亭一揖，径直登程。渡过黄河，已到河南境内。只因唐朝承晋隋之后，建都在汴梁，河南一省，乃畿（jī）辅要地。武后虽荒淫无道，也知都城一带，非有一个人才出众、德望素著的人，不能坐镇，因此命狄公仁杰为河南巡抚。这一日，狄公车马行李，已到境内，当时不便声张，深恐沿路的各官郊劳迎送，那时不但供应耗费，且各地知新巡抚前来，那些奸宄①流氓，土豪恶棍，以及贪官污吏，反而敛迹藏形，访问不出。因此只带有仆众数人，在客店中住下。当时住宿一宵，次日命众人在寓所守候，自己只带了马荣一人，出门而去，沿乡各镇，私访一回。

一日来至清河县内，此县在汉朝时名为孟津县，晋朝改为当平县，唐朝改为清河县两字。这县地界在洛阳偃师，两县毗连，皆是河南府属下。当时清河县令姓周，名卜成，乃是张昌宗家的家奴，平日作奸犯科，迎合主人的意思，谋了这县令的实缺，到任之后，无恶不作。平日专与那地方上的劣绅、刁监狼狈为奸。百姓遭他的横暴，恨不能寝其皮，而食其肉，虽经列名具禀，到上宪衙门控告，总以他朝内有人，不敢理论，反而苛求责备，批驳了不准。

狄公到了境内，正自察访，忽到一个乡庄地方，许多人拥着一个五十余岁的老人，在那里谈论。当时不知何故，同马荣到了，只听众人说道："你这

---

① 奸宄（guǐ）：犯法作乱的坏人。

个人，也不知其利害，前月王小三子，为妻子的事件，被他家的人打了个半死，后来还是不得不回来。胡大经的女儿，现在被他抢去，连寻死也不得漏空。你这媳妇，被他抢去，谅你这人，有多大的本领，能将这个瘟官告动了？这不是鸡蛋向石卵上碰头么！我们劝你省一点力气，直当没有这个媳妇罢了。横竖你儿子又没了，你这小儿子还小，即使你不顾这老命，又有谁人问你？"狄公听了这话，心下已知大半，乃向前问道："你这老头儿姓甚名谁，何故如此短见，哭得这样如此利害？"旁边一人说道："你先生是个过路的客人，听你这口音，不是本地人氏，故不妨告诉你听听，谅你们听了，也是要呕气的。这县内有个富户人家，姓曾，名叫有才，且是出身微贱，却是很有门路……"随低声问道："你们想该听见现在武后荒淫，把张昌宗做了散骑常侍，张易之做了司卫少卿。因他二人少年美貌，太平公主荐入宫中，武后十分喜悦，每日令他二人更衣傅粉，封作东宫，这武承嗣、武三思诸人，皆听他的指挥，代他执鞭牵蹬。现在只听见称张易之为张五郎，张昌宗为张六郎，皆是承顺武后的意旨。因此文武大臣，恭维为王子王孙，还胜十倍。这个姓曾的乃是张家的三等丫头的儿子，不知怎样，得了许多钱财，来这地方居住。加之这县官周卜成，又是张家的出身，故此首尾相应，以故曾有才便目无法纪，平日霸占田产，抢夺妇女，也说不尽的恶迹。这位老人家姓郝名干庭，乃是本地良民，生有两个儿子，长子名叫有霖，次子名叫有霁。这有霖于去年七月间病故，留下那吴明川之女。这郝吴氏，虽是乡户人家，倒还申明大义，立志在家，侍养翁姑，清贫守节。谁知曾有才前日到东庄收租，走此经过，见她有几分姿色，喝令佃户将她抢去，现在已两日。虽经他到县里喊冤，反说他无理诬栽，砌词控诉。他只道这县官同他一样，还欲去告府状。若是别人做出这不法事来，纵然他老而无能，我们这邻舍人家也要代他公禀伸冤，无奈此时世道朝纲，俱已大变，即便到府衙去告状，吃苦花钱，告了还是个不准，虽控了京控，有张昌宗在武后面前，一言之下无论你的血海冤仇，也是无用。现在中宗太子尚且无辜的遭贬谪呢，何况这些百姓，自然受这班狐群狗党的祸害了。你客人虽是外路的人，当今时事，未有不知道理的。我们不能报复此事，也只好劝他息事，落得过两天安静日子，以终余年，免得再自寻苦吃。所以我们这合村的人，在此苦劝。"狄公听了此话，不由的忿气填胸，心下道："国家无道，一至于此，民不聊生，小人在朝，君子失位。你听这班人的言语，虽是纯民的口吻，心中已是恨如切骨了。我狄某不知此事便罢，既然亲目所观，亲耳所闻，何能置之不问？"乃向那老人说道："你既受了这冤枉，地方官又如此狼狈，朋比为奸，我指你一条明路，目下且忍耐几天，可知道本省的巡抚，现在放的狄大人了。此人脾气，惯同这班奸臣作对，专代百姓伸冤，特为国家除害。目下他已经由昌平到山东，渡黄河到京，不过半月光景，便可到任。那时你可到他衙门控告，包你将这状子告准，一定不疑。方才听你众人所言，还有两个人家，也受了他的害处，一个女儿，一个儿子，也为他抢去，你最好约同这两人，一齐前去，包你有济。我不过是行路的人，见你们如此苦恼，故告知你们听听。"众人忙问道："这个人可是叫狄仁杰么？他乃是先皇帝的老臣，听说在昌平任上，断了不少疑难案件。若果是他前来，真是地方上的福气了。"狄公当时，又叮嘱了一番，同马荣走去。沿路上又访出无限的案情，皆是张昌宗这党类俱多。当时一一记在心上，然后回到客寓，歇了一日，这才到京。

先到了那黄门官那里挂号，预备宫门请安，听候召见。谁知各官自武后坐朝以来，无不贪淫背法。这黄门官乃是武三思的妻舅，姓朱名叫利人，也是武三思在武后面前，极力保奏。武则天因是娘家的亲戚，便令他做了这个差使，一则顺了武三思的意思，二则张昌宗这班人出入，便无阻隔。谁知朱利人莅事以来，无论在京在外，大小官员，若是启奏朝廷，入见武后，皆非送他的例银不可。自巡抚节度使起，以及道府州县，他皆有一定的例银。此时见狄公前来上号，知他是新简的巡抚，疑惑他也知道这个规矩，送些钱财与他。当时见门公前来禀过，随即命人去请见。狄公因他是朝廷的官员，定制虽是品级卑小，也只得进去，同他相见。

彼此见礼坐下，朱利人开言说道："日前武后传旨，命大人特授这个河南巡抚，此乃不次之拔擢，特别之恩典。莫非大人托舍亲保奏么？"狄公一听，心下早已不悦，明知他是武三思的妻舅，故意问道："足下令亲是谁，下官还求示知。"朱利人笑道："原来大人是初供京职，故尔未知。本官虽当这个黄门差使，也添在国戚之列，武三思乃是本官的姐丈，在京大员，无人不知，照此看来，岂不是国戚么？大人是几时有信到京，请他为力？"狄公听说，将脸色一变，乃道："下官乃是先皇的旧臣，由举明经授了昌平知县，虽然官卑职小，只知道尽忠效力，爱国为民，决不能同这一班误国的奸臣，欺君的贼子为伍。莫说书信贿赂，是下官切齿之恨，连与这类奸徒见了面，恨不能食其肉，而寝其皮，治以国法，以报先皇于九泉之下。至于升任原由，乃是圣上的恩典，岂你等这班小人所知！"朱利人见狄公这番正言厉色，知道是个冰炭不入的，心下暗想道："你也不访访，现在何人当国，说这派恶言，岂不是故意骂我么？可知你虽然公正，我这个规矩，是少不了的。"当时冷笑说道："大人原来是圣上简放，怪不得如此

小视。下官这差使，也是朝廷所命，虽然有俸有禄，无奈所入甚少，不得不取润于诸官。大人外任多年，一旦膺此重任，不知本官的例银，可曾带来？"狄公听了此言，不禁大声喝道："你这该死的匹夫，平日贪赃枉法，已是恶迹多端，本院因初入京中，未便骤然参奏，你道本院也同你们一类么？可知食君之禄，当报君恩，本院乃清廉忠正的大臣，哪有这银与你？你若稍知进退，从此革面洗心，乃心君国，本院或可宽其既往，免其追究。若以武三思为护符，可知本院只知道唐朝的国法，不知道误国的奸臣，无论他是太后的内侄，也要尽法惩治的。而况汝等这班狗党乎？"

朱利人为狄公大骂一顿，彼一时转不过脸来了，不禁老羞变成怒，乃道："我道你是个现在的巡抚，掌管天下的平章，故尔与你相见，谁知你目无国戚，信口雌黄。这黄门官，也不是为你而设，受你的指挥的！你虽是个清正大员，也走不过我这条门径，你有本领去见太后便了。"说着怒气冲冲，两袖一拂而起，转入后堂而去。狄公此时，哪里容得下去，高声大骂了一番，乃即说道："本部院因你这地方乃是皇家的定制，故尔前来，难道有了你阻隔，我便不能入见太后么？明日本院在金殿上，定与你这个狗畜生辨个是非！"说毕后，正是怒气不止，也是两袖一拂，冲冲出门而去，以便明日五鼓上朝见驾。

第三十二回　元行冲奏参小吏　武三思怀恨大臣

　　话说狄公为朱利人抢白，口角了一番，家丁马荣上前问道："大人何故如此动怒？"狄公说道："罢了罢了，我狄某受国厚恩，升了这个封疆大臣，今日初次入京，便见了这许多不法的狗徒，贪婪无礼。无怪乎四方扰乱，朝政日非，将一统江山，败坏在女子妇人之手，原来这班无耻的匹夫，也要认皇恩国戚，岂不令人苦恼！"当时命马荣择了寓所，先将众人行李安排停妥，然后想道："目今先王驾崩，女后临朝，所有年老的旧臣，不是罢职归田，便是依附权贵。明日若不能入朝见驾，不但被这狗头见笑，他必谎奏于我，陷害大臣。"自己想了一会，惟有通事舍人元行冲，这人尚在京中，不与这班狗党为伍，此时何不前去访拜一回，同他商议个良策，以便将朱利人惩治。想毕仍然带了马荣，问明路径，直到元行冲衙门里来。到了前面，先命马荣递进名帖，家人见是新简放的巡抚，平日又闻他的名，不敢怠慢，进内禀明主人。

　　元行冲这连日正是为国忧勤，恨不能将张昌宗、武三思罢职出朝，复了中宗的正位，无奈势孤力薄，少个同力之人，因此在书房纳闷，长吁短叹。忽见家人来呈上名帖说道，现新任巡抚来拜。元行冲抬头一看，见是狄公仁杰名字，心下好不欢喜，随命人开了中门，自己迎接出来。彼此见礼已毕，携手同行，到了厅堂，相邀入座。元行冲开言说道："自从尊兄授了县令，至今倏忽光阴，已有数载。近日公车到此，访闻德政，真乃为国为民，古今良吏，莫及我兄。目下圣心优渥，不次遴选，放了畿辅大臣，此乃君民之福，国家之幸。谁知这数年之内，先皇崩驾，母后临朝，国事日非，荒淫日甚，凡先皇的老成硕望，大半凋零。我等生不逢辰，遇了无道之世，虽欲除奸去佞，启沃后心，无奈职卑言轻，也只好腼颜人世①了。"说到此处，不禁声悲呜咽，直流下泪来。狄公见他如此情形，乃说道："下官今日虽受了这重任，可知职分愈大，则报效愈难。武后荒淫，皆由这一班小人在朝煽惑，下官此来奉拜，正有一事相商。不知大人果可能为力？"当时就将朱利人的话，说了一遍。

元行冲听毕，说道："此人就是武三思的妻舅，可恨在廷诸巨子，谄媚求荣，承顺他的命令。平时觐见不有一千，便要八百，日复一日，竟成了牢不可破之例。不然便谎君欺臣，阻挽觐见。前番虽有据实参奏，皆为武三思将本章抽下，由此各官，竟畏其权力，争相贿赂。京中除了下官、张柬之等四五人，没有这陋规赃款，其余诸人，无不奉承。我兄既欲除此弊端，下官无不欲成，必待下官明日入朝，然后大人如此如此，这般这般，方可令朝廷得悉其情，自后这狗头也可稍知敛迹。"当下商酌已定，便留狄公在衙内饮酒，杯盘肴核，备极殷勤。席中谈论，无非些乱臣贼子。到了二鼓之后，方才席散回寓，一宿无话。

到了次日五鼓起来，具了朝服，也不问朱利人带他启奏与否，公然到了朝房，专待入朝见驾。此时文武大臣，见他是新任的巡抚，无不欲同他接见。方未见完，忽然朱利人的小黄门进来一望，然后高声大叫："今日太后有旨，诸臣入朝启奏，俱各按名而进。若无名次，不准擅入。违者斩首，以示将来。"说毕，当时在袖内取出一道旨意，上面写了许多人名，高声朗诵，从头至尾，念了一遍，其中独没有狄公的名字。狄公知他是假传圣旨，随上前问道："你这小黄门，既然在此当差，本部院昨日前来挂号，为何不奏知圣上，宣命朝见？"那个小黄门将他一望，冷笑道："这事你问我么？也不是我不令你进去，等有一日，你见了圣驾，那时在金殿上询问，方可明白。这旨意是朱国戚奏的，圣上谕的，你来问我，干我甚事！"狄公听了如此言语，恨不

———

① 腼颜人世：腼颜，表现出惭愧的脸色。形容丧气失节、厚颜无耻地活在世上。

能立刻治死，只因圣驾尚未临朝，不便预先争论，但说道："此话是你讲的，恐你看错了，本院部那时在圣驾面前，可不许抵赖。"说着，元行冲也来了朝房，众人也不言语。不多一会，忽听景阳钟一响，武后临朝，众人臣皆起身入内。

狄公俟众人走毕，然后也起身，出了朝房，直向午门而去。那个小黄门看见，赶着上前喝道："你是个新任的巡抚，难道朝廷统制，都不知道么？现有圣旨在此，若未名列，不准入见，何故忤逆圣旨，有意欺君！我等做此官儿，不能听你做主，还不为我出去！"说着抢上一步，伸手揪着狄公的衣衿，拖他出去。当时狄公大怒不止，举起朝笏对小黄门手掌上，猛力一下，高声喝道："汝这狗头，本院乃是朝廷的重臣，封疆大吏。圣上升官授职，理应入朝奏事，昨日前来挂号，那个朱狗头滥索例规，贪赃枉法，已是罪无可逭，今又假传圣旨，欺罔大臣，该当何罪！本部院预备领违旨之罪，先同你这狗头入朝见驾，然后同那个狗头朱利人分辩。"说着举起朝笏，直望小黄门打来。小黄门本朱利人命他前来，见狄公如此动怒，不禁有意诬栽，高声喝道："此乃朝廷上的朝房，你这如此无礼，岂不欲前来行刺么！"里面值日的太监，听见外面喧嚷，不知为着何事，随即命人奏知武后，一面许多人出来询问。

此时元行冲与众大臣，正是山呼万岁已毕，侍立两旁，见武后在御案上，观各大臣的奏本。忽有值殿官上前奏道："启奏我主万岁，不知何人紊乱朝纲，目无法纪，竟敢在朝房向小黄门揪打。似比欺君不法，理合查明议罪。请圣上旨下！"武后正要开言，早有元行冲俯伏金阶，向武后奏道："请陛下先将朱利人斩首，然后再传旨查办。"武后道："卿家何出此言？他乃黄门官之职，有人不法，闯入朝门，他岂有不阻之理，为何反欲将他斩首？"元行冲道："臣奏陛下，新任河南巡抚，现是何人？封疆大吏入京陛见，可准其见驾么？"武后道："孤家正思念此人，前山东巡抚阎立本保奏狄仁杰，在昌平县任内，慈道惠民，尽心为国，颇有宰相之才。朕思此人，虽为县令，乃是先皇旧臣，因此准奏。先授并州参军，未及至任，便越级升用，简了这河南巡抚同平章事。此旨传谕已久，计日此人也应到京。卿家为何询问？至于大臣由职进京，凡要宫门请安的人，皆须在黄门官处挂号，先日奏知，以便召见，此乃国家定例，卿家难道尚不知道么？"元行冲道："臣因晓得，所以请陛下将朱利人斩首。此时朝房喧嚷，正是简命大臣狄仁杰。因昨日往黄门官处挂号，朱利人滥索例规，挟仇阻当，不许狄仁杰入朝，以故狄仁杰同他争论。朱利人乃是宫门小吏，便尔欺君枉法，侮辱大臣。倘在廷诸臣，皆相效尤，将置国法于何地？臣所以请陛下先斩朱利人首级，以警将来臣僚，然后追问从前保奏不实之人，尽法惩治，庶几朝政清而臣职尽。惟陛下察之。"

武后听元行冲之言，心下想道："朱利人乃武三思妻舅，即是我娘家的国戚。前次三思保奏，方将他派这件差事，此时若准他所奏，不但武三思颜面有关，孤家也觉得无什么体面，且令三思出去查问，好令他私下调处。"当即向下面说道："卿家所奏，虽属确实，朱利人乃当今的国戚，何至如此贪鄙？且令武三思往朝房查核。若果是狄卿家入朝见孤，就此带他引见。"武三思知道武后的意思，当时出班领旨，下了金阶，心下骂道："元行冲你这匹夫，朱利人同狄仁杰索规要费，干汝甚事！你同张柬之诸人，平日一毛不拔，已算你们是个狠手，为什么还帮着别人，不交银两？众人全不开口，你偏要奏一本，不独参他，还要参我。若非这天子是我的姑母，见顾亲戚情分，我两人的性命，岂不为你送去！你既如此可恶，便不能怪我等心狠了。早迟定有一日，总要摘你短处，严参一本，方教你知道我的手段，随后不敢藐视于我。"

一人心下思想，走了一会，已到朝房，果见一小黄门同一大员朝服朝冠，在那里争论。一面说道："我是钦命的大臣，理应带领引见，为何所欲不遂，便假传圣旨，使我为大臣的不得陛见？"一个说道："你要想见天子，必须先交例规，方可走这条门路，得见圣上。如不有这个例规交来，纵要欲面圣上，也是如登天向日之难。我不妨说与你听听，你有本领，你见了圣上，我家老爷也不当这个差使了。你若不有银子孝敬，还如此在这里威武么，纵有天大的胆，终不能越此范围。"向前把狄公揪住。狄公只是举朝笏乱打，口中大叫大骂不止。此时武三思正来看见，连忙只得上前来问。

内文导读

前三十回，讲的是狄公在民间任职时破案的过程，接下来用几回的内容将入朝后新环境中的人物以及矛盾关系交代清楚，为之后的故事发展做好了铺垫。从内容上看，后面的内容和之前所破的三个案件没多大联系。接下来，主要写僧人怀义秽乱白马寺，强抢民女案和狄公参与朝政的故事。

却说武三思来至朝房，果见小黄门与狄仁杰喧嚷，走到面前，向着狄公奉了一个揖，乃说道："大人乃朝廷大臣，何故同朝廷的小吏争论，岂不失了大人的体面？若这班人，有什么过失，尽可据实奏闻呢，若这样胡闹，还算什么封疆大吏？现在太后有旨，召汝入见，你且随我进来。"狄公对他一看，年纪甚是幼小，绿袍玉带，头戴乌纱，就知是武三思前来。当时故作不知，高声言道："我说朝廷主子，甚是清明，岂有新简放的大臣，不能朝观之礼！可恨被这班小人，欺君误国，将一统江山，败坏于小人之手。朱利人那厮以武三思为护符，此乃是狗党狐群，贪赃枉法，算什么皇家国戚？既然太后命你宣旨，还不知尊姓大名，现居何职？"

武三思听他骂了这一番，哪里还敢开口，心下暗道："此人非比寻常，若令他久在朝中，与我等甚为不便。此时当我的面，尚敢作不知，指桑骂槐，如此，背后更可想见了。"复又见问他的姓名，更不敢说出，乃即道："太后现在金殿上，立等观见，大人赶速前去见驾罢。你我同为一殿之臣，此时不知我的姓名，后来总可知道。"说着喝令小黄门退去，自己在前引路，狄公随后穿了几个偏殿，来至午门。武三思先命狄公在此稍待，自己进去，先在御驾前回奏，然后值殿官出来喊道："太后有旨，传河南巡抚狄仁杰朝见。"狄公随即趋进午门，俯伏金殿，向上奏道："臣河南巡抚狄仁杰见驾，愿吾皇万岁万岁！"

武后在御案上，龙目观看，只见他跪拜从容，实是相臣的气度，当即问说道："卿家何日由昌平起程，沿途风俗，年成可否丰足？前者山东巡抚阎立本，保奏卿家，政声卓著，孤家怜才甚笃，故此越级而升。既然到了京中，何不先至黄门官处挂号，以便入朝见朕？"狄公当即奏道："臣愚昧之才，毫无知识，蒙恩拔擢，深惧不称其职，只以圣眷优隆，惟有竭力报效。臣于前月由昌平赴京，沿途年岁，可卜丰收，惟贪官污吏太多，百姓自不聊生，诚为可虑。"武后听了这话，连忙问道："孤家御极以来，屡下明诏，命地方官，各爱民勤慎。卿家见谁如此，且据实奏来。"狄公跪奏说道："现有河南府清河县周卜成，便贪赃枉法，害虐民生，平日专同恶棍土豪鱼肉百姓，境内有富户曾有才，霸占民田，奸占民女，诸般恶迹，道路宣传。百姓控告衙门，反说小民的不是。推原其故，皆这两个人是张昌宗的家奴，张昌宗是皇上的宠臣，以故目无法纪。若此贪官污吏，如不尽法惩治，则日甚一日，百姓受害无穷，必至激成大变，此乃外官的恶习。京官的窦弊，臣入京都未能尽悉。但是黄门官朱利人而言，臣是奉命的重臣，简放的巡抚，进京陛见，理合先赴该处挂号。黄门官朱利人，谓臣升任巡抚，是因请托武三思贿赂而来。他乃武三思的妻舅，自称是皇亲国戚，勒令臣下送他一千两例规，方肯带领引见。臣乃由县令荐升，平日清正廉明，除应得的俸禄，余皆一尘不染，哪里有这赃银送他？谁知他阻挠入观，令黄门假传圣旨，不准微臣入朝。设非陛下厚恩，传诏宣见，恐再迟一年，也难得再见圣上。这班小人，居官当国，皆是全仗武三思、张昌宗等人之力，若不将等此人罢斥，驱逐出京，恐官力不能整饬①，百姓受害日深，天下大局，不堪设想！臣受国厚恩，故冒死渎奏，伏乞我主施行。"

武后听他奏毕暗道："此人好大的胆量。张昌宗、武三思，皆我宠爱之人，他初入京中见朕，便如此参奏他们，可见他平日的是为民为国了，不避权贵的人呢。虽则此事你可奏明，教孤家如何发落？将他两人革职，于心实是不忍，况且宫中以后无人陪伴了；若是不问，狄仁杰乃是先皇的旧臣，百

---

① 整饬：整顿使有条理。

官更是不服了。"想了一会，乃说道："卿家所奏，足见革除弊政，殊堪嘉尚。着朱利人降二级调用，撤去黄门官的差使；周卜成误国殃民，着即行撤任。与曾有才并被害百姓，俟卿家赴任后，一并归案讯办，具奏治罪。张昌宗、武三思姑念事朕有功，可着毋庸置议。"狄公见有这道旨下，随即叩头谢恩。武后命他赴新任，然后卷帘退朝，百官分散。

元行冲出了朝房，向狄公说道："大人今日这番口奏，也算得出人意表，虽不能将那两个狗贼处治其罪，从此谅也不敢小视你我了。但是一日不去，皆是国家的大患，还望大人竭力访察，互相究办，方得谓无负厥职。"狄公说道："请大人但放宽心，我狄某不是那求荣慕富的小人，依附这班奸臣，到任之后，那怕这武后有了过失，也要参她一本！"说着两个人分手而别。

狄公到了客寓，进了饮茶，因有圣命在身，不敢久留京中。午后出门，拜了一天的客，择了第五日接印。好在这抚巡衙门即在河南府境内。唐朝建都，在河南名为外任，仍与京官一般，每日也要上朝奏事，加之狄公又兼有同平章事这个官职，如同御史相样，凡应奏，事件又多，所以每日皆须见驾。自从朱利人降级之后，所有这班奸臣，皆知道这狄公的利害，不敢小视于他。众人私下议道："武、张这两人如此的权势，尚且被他进京，头一次陛见便奏他的不法，圣上虽未准奏，已将三思的妻舅撤差。你我不是依草附木的人，设若为他参奏一本，也要同周卜成一样了。"

不说众人心里畏惧，单说狄公次日，先颁发红帖谕示，择定本月十三日辰刻接印，一面命马荣前去投递，一面自己先到巡抚衙门里，拜会旧任的巡抚。此时旧任的巡抚正是洪如珍，此人乃是个市侩，同僧人怀义自幼交好，因怀义生得美貌超群，有一日被武后看见，便命他为白马寺的主持，凡武后到寺里拈香，皆住在寺里，奸淫之风，笔难尽述。僧人怀义得幸之后，更是骄贵非常，致尊王位，出入俱乘舆马，凡当朝臣子，皆匍匐道途，卑躬尽礼。武承嗣、武三思见武后宠爱于他，皆以童仆礼相见，呼他为师父。僧人怀义因一人力薄，恐武后不能尽其意中之欢悦，又聚了许多市井无赖之徒，度为僧徒，终日在白马寺里传了些秘法，然后送进宫中。这洪如珍知道这门径，他有个儿子，长得甚好，也就送在寺内，拜怀义为师父。此子生来灵巧，所传的秘法，比群人格外的活动。因此怀义非常喜欢他，进于太后，太后大为宠爱。由此在武后面前，求之再四，将洪如珍放了巡抚。这许多秽迹，狄公还未曾知道。当时到了衙门，将名帖投进号房，见是新任巡抚大人，赶紧送与执帖的家人到里头通报，此时洪如珍已经得他儿子的信息，说新任的巡抚到了，十分刚直，连武张诸人，皆为他严参，朱利人已经撤差。如到衙门拜见，不可大意。洪如珍看了这封书信后心下笑道："张昌宗这厮，平日专妒忌怀义，说他占了他的地位，无奈他没有怀义许多的秘法，不过老实行事，现在仁杰再参了一本，格外要失宠了。那时我的儿子，能大得幸任，虽有这姓狄的在京，还怕什么？"当见家人来回，也只得命跟随家人，开了中门，花厅请会，自己也是换了冠带，在阶下候立。抬头见外面引进一人，纱帽乌靴，腰束玉带，年数五十以外，堂堂仪表，人才颇觉威严，当即赶紧上前一步，高声说道："下官不知大人枉顾，有接来迟，望祈见谅。"狄公见他如此谦厚，也就言道："大人乃前任大员，何敢劳接！"说着彼此到了花厅，见礼已毕，分宾主坐下。家人送上茶来，寒温叙毕，各吐其怀抱。

　　洪如珍先问说道："大人由县令升阶，卓授此任，圣上优眷，可谓隆极了。但不知大人何时接印，尚祈示知，以便迁让衙门。"狄公道："下官知识毫无，深恐负此大任，只以圣上厚恩，命授封疆。昨日观见之时，圣命甚为匆促，现已择定本月十三日辰刻接印，红谕已经颁发，故特前来奉拜，藉达鄙忱。至地方上一切公牍，还望大人不吝箴言，授以针指。"哪知洪如珍见狄公如此谦卑，疑惑儿子所写的书信不实，此时反不以狄仁杰为意，乃道："大人是钦命的大臣，理合早为接印。至下官手里公牍案件，自莅任以来，无不整理有方，地方上无不官清民顺。纵有那寻常案件，皆无关紧要，俟下官交卸时，自然交代清楚的，此时无烦大人过虑。"狄公见他言谈目中无人的气象，心下笑道："我只知道你是个我辈，谁知你也是个狂妄不经的小人，你既如此托大居傲，本部院今日倒要当面驳你一驳。"乃即说道："照此说来，大人在任上数年，真乃是小人之福了。但不知目下属下各员，可与大人所言相合否？下官自昌平由山东渡黄河，至清河县内，那个周卜成甚是殃民害国，下官昨日陛见圣上，在殿前一一据实参奏他的罪案。蒙圣上准奏，将他革职，不知大人耳目，可知道这班贪官污吏么？大人既自谓官清民顺，何以这等人员，姑容尚未究办呢？莫非是大人口不应心，察访不明的处在么？"

当时洪如珍听狄公的一番言语，明明有意讥讽，因我当他说了大话，即乃说道："大人但知一面，可知周卜成是谁处出身？他的功名，乃是张昌宗所保奏，武后放的这县令，现在虽然革职，恐也是掩人耳目，常言道：识时务者为俊杰，大人虽有此直道，恐于此言不合呢，岂不有误自己的前程？"这一番的言语，说得狄公火从心起，大怒不止。

第三十四回　接印绶旧任受辱　发公文老民伸冤

　　却说洪如珍这一番话，说得狄公大怒不止，乃即说道："我道你是个正人君子，谁知你也与这班狗徒鼠辈视同一类，但有一言问你，你这个官儿，是做的当今皇家里的官呢，还是做的张昌宗家的官呢？先皇升驾，虽为这一班奸党，弄得朝政不清，弊端百出，若是你忠心报国，理合不避权贵，面折廷诤，才是为大臣的正理。而且这个周卜成乃是你的属下，若不知情，这防范不严的罪名，还可稍恕；你竟明明知道他害虐百姓！设若将民心激变，酿成大祸，那时张昌宗还能代你为力么？你识时务，乃是如此耶，岂不是欺君误国的奸臣么？有何面目，尚且本部院抗礼相见？可知做官，只知为国治民，不避艰险，即使为奸臣暗害，随后自有公论，何必贪这区区富贵，贻留万世骂名乎？本部院今日苦口劝你，以后务使革面洗心，致身君国，方是为大臣的气度，百年后史策流传，亦令人可敬。"这一派话，说得洪如珍哑口无言，两耳飞红，过了一会，只得自己认错说道："下官明知不能胜任，因此屡经呈请开缺。目下大人前来，此乃万民之福也，下官岂有不遵之理？"狄公见洪如珍面有惭色，彼时也就是起身告辞，上轿而去。

　　回至客寓，却巧元行冲前来回拜。狄仁杰便将方才这番言语，说了一回。乃即道："洪如珍这厮，不知自何出身，何以数年之间，便做了这个封疆大吏？看他举止动静，实是不学无术模样。"元行冲长叹了一声，说道："目今是绿衣变黄裳，瓦缶胜金玉了。你道洪如珍是何等人物，说来也是可耻之甚。你我若非受先皇的厚恩，定要罢职归田，不问时局，落得个清白留遗，免得同这一班市侩为伍了。"当时就将洪如珍儿子，拜那僧人怀义为师，送入宫中，以及僧人怀义为白马寺的主持，圣驾常常临幸的话头，说了一遍。狄仁杰听说后，也就长叹不止，说道："我狄某若早在京数年，这一班狗群鼠党，何能容他等鸥张如此！其初以为只张昌宗数人而已，谁知武后又有僧人邪道。但不知此人，现在宫中，还在寺内呢？"元行冲说道："现在尚在寺中，若日久下来，难保不潜入宫内了。"狄公当时又谈论了一会，元行冲方才拜别，坐轿而去。

到了第十三日，这天狄公先入朝，请了圣恩，回至寓中，已是卯正之后。因自己的仆众无多，又无公馆，当时在寓中穿了朝服，乘坐大轿，遮前拥后，来至巡抚衙门，卸在大堂，升了公座，命巡抚差官，到里面请印。所有合署的书差，以及属下的各官员，如此见大人轻减非常，一个个也就具了冠带，在堂口两旁侍立。洪如珍见巡抚差官进来请印，知是狄公已到，随即将王命旗牌，以及书卷案牍，同印一并送出去。只听得三声炮响，音乐齐鸣，暖阁门开，巡抚差官披着大红将印放在公案桌上设好，狄公当时行了拜印礼，然后在堂下设了香案，谨敬叩头，三拜九叩首，望阙谢恩。升堂公坐，标了朱笔，写了"上任大吉"四个字，用印盖好，帖于暖阁上面，方才堂下各官，行廷参礼毕，众书役叩贺任喜。

狄公随即在堂上，起了公文，用六里牌单，加紧命清河县周卜成，迅速来省。所有遗缺，着该县县丞暂行代理，并传知郝干廷同胡大经，王小三子，并被告曾有才，着派差押解来辕，以便讯办。书办将案稿接过，心下甚是恐怕，各书吏暗道："真是狄巡抚大人，名不虚传，算得个有胆量的人，从未见过，方才接印，便动公事。"提人之事，当即在堂上誊清已毕，盖了官印，由驿递去。这里狄公又阅城盘库，查狱点卯，一连数日，将这许多公文，列行办事。此时洪如珍已迁出衙门，入朝复命，这也不在话下。

且说周卜成自汇缘了这清河县缺，心下好不欢喜，一人时常言道："古人说得好，将相本无种，男儿当自强。我看古时这两句话，或者有用；若在此时，无论你如何自强，也不能为官。我若非在张昌宗家作役，巴接了这许多年日，哪里能为一县之主？我倒要将这两句的话，记挂了方好，又好改换了这两句的话：将相本无种，其权在武张。你看今日做官的人，无论京官外官，俱是这两家的党类居多。我现在既做了这个官儿，若不得些钱财，作些威福，岂不辜负了这个县令么？"他平日如此想法，到任以后，却巧又见曾有才居住在此地，更是喜出望外，两人表里为奸，凡自己不好出面的事情，皆令曾有才去。无论霸占田地，抢夺妇女，皆让他得人先分，等到有人来告控，皆是驳个不准。外人但知道他与曾有才一类，殊不知他比曾有才还坏更甚。那日将郝干廷的媳妇抢来，便与曾有才说道："此人我心下甚是喜悦，目下权听你受用，等事情办毕，还是归我做主的。"两人正议之间，适值郝干廷前来告诉，周卜成格外驳个干净，好令他决不敢再告。谁知此时反被狄公进京，沿路中访问，未有数日，京中已有圣旨下来，着他撤任，彼此两人甚为诧异，不知这姓狄的是何出身，何以知道这县内案件。当时虽然疑惑，总倚着是张家的人，纵然有了风波，也未必有碍。当即写了一封书信，并许多金银礼物，遣人连夜进京，请张昌宗从中为力，以免撤任。谁料此才去，河南府里已接到巡抚狄公的公事，吓得府里的知府，手忙脚乱，随即专差专访下来，命县丞代理县印，立即传原被告等人，一并赴辕候审。周卜成接了这公事，心下方才着急，悔恨这件事不该胡闹，好容易夤缘这个县缺，忽然为上宪的来文撤任。已是悔之不及。虽想迟延，无奈公事紧急。次日便将印卷交代与县丞。

县丞也随即出差。传知原告，准于后日赴巡抚辕门候讯。如此一来，早把郝干廷，胡大经，王小三子等人，弄得犹豫不定，听说巡抚亲提，遥想总非佳兆，当即到县内禀到，同曾有才等人，十分惧怕，惟恐在堂上吃苦。

　　谁知公文号房，见了这件公禀，知清河县已经到省，当即送入里面，请狄公示下。狄公命被将告，并将已革清河县交巡捕差官看管，明日早晨，郝干廷同胡大经、王小三子三人来辕门，伺候听审。当日狄公朝罢之后，随即升坐大堂，两旁巡捕差官，书吏皂役，站满阶下。只见狄公入了公坐，书办将案卷呈上，狄公展开看毕，用朱笔在花名册上，点了一下，旁边书办喊道："带原告郝干廷上来。"一声传命，仪门外面，听见喊带原告，差人等赶将原告郝干廷带进，高声报道："民人郝干廷告进。"堂上也吆喝一声，道了一个"进"字，早将郝老儿在案前跪下。

　　狄公望下面喊道："郝干廷，你抬起头来，可认得本部院么？"郝老头禀道："小人不敢抬头，小人身负大冤，媳妇被曾有才抢去，叩求大人公断。"狄公说道："汝这老头儿也太糊涂了，此乃本部院访闻得知，自然为你等讯结。汝且将抬头，向本部院一看，可在哪里看见过么？"郝干廷只得战战兢兢，抬头向上面一望，不觉吃了一惊：乃是前日为这事，要告府状，那个行路的客人。当时只在下面叩头说道："小人有眼不识泰山，原来大人私下里暗访，真正我等小人之幸。此事是大人亲目所睹，并无虚假的话头。可恨这清河县，不准民词，被书差勒索许多的银钱，反驳了诬栽两字，岂不有冤无处可伸么？可怜胡大经同王小三子，也是同小人如此苦恼，现在在辕门外伺候，总求大人从公问断，令他将人放回。其余别事，求大人也不必追问他便了。他有张昌宗在武太后娘娘面前袒护，大人苦办得利害，虽然为我们百姓，恐于大人自己身上，有碍前程。小人们情愿花些钱，皆随他便了。"狄公听了这话，暗暗感叹不已，自思目今未尝不有好百姓，你以慈爱待他，他便同父母敬你，本部院只将人取回，余皆不必深究，恐怕张昌宗暗中害我，这样百姓，尚有何说！可恨这班狗头，贪婪无厌，鱼肉小民，以致国家的弊政，反为小人訾（zǐ）议，岂不可恨！当时说道："你等不必多言，本部院既为朝廷大臣，贪官污吏，理合尽法惩治。汝等冤抑，本部院已尽知道了。且命胡大经、王小三子上堂对质。"这堂论一下，差役也就将这两个人带到案前。狄公随命跪在一旁，然后传犯官听审。堂上一声高喊，巡捕差官早已听见，将周卜成带到案下，将至仪门，报名而入。此时周卜成已心惊胆裂，心下说道："这狄仁杰是专与我们作对了。我虽是地方官，通同一类，抢劫皆是曾有才所作所为，何以不先提他，惟独先提我？这件事就不甚妙了。"心下一想越怕不止，将两双脚软软的就提不起来，面皮上自然而然的就变了颜色，一脸红来，又一脸白了。巡捕差官见他如此光景，就低声骂道："你这个狗头的囚犯，此时既知如此骇怕，当日便不该以张昌宗家势力，欺虐清河县的百姓。昨日一天半夜未见你有一点儿孝敬老子。你这么在清河县的任上，会向人要钱的，到了此时还要装什么腔，做什么势？不代我快走！"

周卜成此时也只好随他辱骂，到了案前跪下说道："已革清河县知县周卜成跪见。"

第三十五回　审恶奴受刑供认　辱奸贼设计讥嘲

却说周卜成到了堂口，向案前跪下说道："革员周卜成，为大人请安。"狄公将他下上一望，不禁冷笑说道："我道你身膺民社，相貌不凡，原来是个鼠眼猫头的种子，无怪乎心地不良，为百姓之害。本部院素来刚直，想你也有所闻，你且将如何同曾有才狼狈为奸，抢占良家妇女，从实供来。可知你乃革职人员，若有半句的支吾，国法森严，哪容你无所忌惮！"周卜成此时见狄公这派威严，早经乱了方寸，只得向上禀道："革员莅任以来，从不敢越礼行事。曾有才抢占民间妇女，若果实有此事，革员岂不知悉。且该民人当时何不扭禀前来，乃竟事隔多年，控捏呈词，此事何能还信？而且曾有才是张昌宗家的旧仆，何敢行此不端之事？革员虽经革职，负屈良深，还求大人明察。"狄公冷笑说道："你这个狗才倒辩得爽快，若临时扭控，能到县里去，他媳妇倒不至抢去了。你说他是张昌宗的旧仆，本部院便不问这案么？且带他进来，同你讯个明白。"当时一声招呼，也就将曾有才带到案前跪下。狄公见他跪在堂上，便将惊堂一拍，喝叫："左右！且将这狗奴才夹起来，然后再问他的口供。此案是本部院亲目所睹，亲耳所闻的，岂容你等抵赖。"两旁威武一声，早已大刑具取过上来，两个差役，将曾有才之腿衣撤去，套入圈内，只见将绳索一收，曾有才当时"哄哟"一声，早已昏死过去。狄公命人止刑，随向周卜成言道："这刑具在清河县想你也曾用过，不知冤枉了多少民人。现在负罪非轻，若再不明白供来，便令你亲尝这刑滋味。你以本部院为何如人，以我平日依附那班奸贼么？从来王子犯法，与庶民同罪，即使张昌宗有了过失，本部院也不能饶恕于他，况你等是他的家奴出身，还在本部院面前，巧言粉饰？"周卜成到了此时，哪里还敢开口，只在地上叩头不止，连声说道："革员知罪了，叩求大人格外施恩，完全革员体面。"狄公也不再说，复又命人将曾有才放在地上，用凉水喷醒过来。众差役如法行事，先将绳子松下，取了一碗冷水，当脑门喷去，约有半个把的时辰，只听得"哎哟"的一声，说道："痛煞我也！"方才神魂入窍，渐渐苏醒过来。曾有才自己一望，两腿如同刀砍的一般，血流不止。早已上来两个差役，将曾有才扶起，勉强在地上拖走了两三步，复又命他跪下。

狄公问道："你这狗才，他日视朝廷刑法，如当儿戏，以为地方官通同一气，便可无恶不作。本部院问你这狗才，现在郝干廷老头的媳妇，究竟放在何处？王小三子的妻子，与胡大经的女儿，皆为你抢去，此皆本部院亲目所睹，亲耳所闻，若不立时供出，即传刀斧手来，斩你这个狗头，使你命不活了，到了阴里再作恶去吧。"曾有才此时已是痛不可言，深恐再上刑具，若不实说，那时性命难保，不如权且认供，再央请张昌宗从中为力便了。当时向上说道："此事乃小人一时之错，不应将民家妻女任意抢占。现在郝家媳妇，在清河县衙中，其余两个人，在小人家内。小人自知有罪，惟求大人开一线之恩，以全性命。"狄公骂道："你这狗杀才，不到此时，也不肯实吐真情。你知道要保全性命，抢杀人家的妇女，便不顾人家的性命了？"随又命差役鞭背五十。登时差人拖了下来，一片声音，打得皮开肉破。刑房将口供录好，盖了花印，将他带去监禁。

然后又向周卜成说道："现在对证在此，显见曾有才所为，乃你所指使，你还有何赖？若不将你重责，还道本部院有偏重见呢。左右，且将他打五十大棍！"两旁吆喝已毕，将他撕下裤子，拖下重打起来，叫喊之声，不绝于口，如同犬吠。好容易将大棍打毕，复行将周卜成推到案前。周卜成哪里吃过苦处，鲜血淋漓，勉强跪下，只得上前向狄公案前说道："大人权且息雷霆之怒，革员在下，照直供来便了。"随即在巡抚狄公大人堂上，当日如何夤缘张昌宗家，补了这清河县缺，如何同这曾有才计议霸占民产，如何看中郝干廷的媳妇，指使曾有才前去抢夺，前后事情，说了一遍。狄公大人令他画供已毕，跪在一旁，向着郝干廷说道："汝等三人可听见么？本部院现有公文一封，命差院同你等回去，着代理清河县知县，速将你媳妇并他两妻女追回，当堂领去。俟后地方上再有不法官吏等情，准你等百姓前来辕门投诉，本部院绝不看情，姑容人面。若差役私下苛索，也须在呈上注册，毋得索要若干，亦毋许告状人同差役等私下授受；一经本部院访出，遂与受者同科治罪。"狄公说毕，郝干廷与胡大经、王小三子等，直是在公案地下，磕头如捣蒜的一般，说道："大人如此厚恩厚德，小人们惟有犬马相报了。"当时书吏写好公文，狄公当堂又安慰他们一番，吩咐差人同去，不准私索盘费。又警戒了一回，然后将公文一封，交差奉去不提。

且说周卜成跪在堂上，狄公心下想道："若不在这公案上羞辱张昌宗一番，他也不知道我的利害。惟有如此这般，方可牵涉在他身上。即使他在宫中哭诉，谅武后也不能奈何我怎么样。"主意想定，向周卜成道："你这狗才，乃是清河县地方上的县令，谁知你知法犯法，加等问罪，以这案情而论，尚有余辜。我且问你，你还要死要活，好好照直说来。"周卜成当时听了这话，复又叩头不止说道："革员自知罪恶难容，惟蝼蚁尚且贪生，人生岂不要命，万求大人开恩，饶恕革员的性命。"狄公道："你既要命，本部院有一言在此，你若能行，便可免你一死，不然也不免了枭首示众。"周卜成听得狄公说到他可以活命，已是意想不到，还有什么不肯行的处在？只见周卜成在地下叩头请罪："望大人吩咐，革员遵命便了。"狄公说道："本部院也不苦你所难，因你等是张昌宗家里的出身，动则以他为护符，若非本部院不畏避权贵，这他人家三个妇女，岂不为你等占定；则他三家，有冤也无处伸了。虽有上宪衙门，也是告你等不准的。将何法术迎合张昌宗的意旨，张昌宗又如何保举你为官，以及你如何仗张昌宗的势力，做了这许多不法的事件，现在被本部院访实审问出来，奏参革职，仍然是个家奴的来头，才能做皇家的官吏了……将这话写在纸旗上，明明白白，今日在本部院大堂上练熟，明日同曾有才前去游街。凡到了一处街口，便停下一时，自己高声朗说一遍，晓喻军民人等知悉。你果能行此事，本部院便当法外施恩，稍全你的狗命；如其不然，刀下定不留情。"

周卜成听了狄公这番言语，心下实是为难，若说不行此事，眼见得皇命牌子供在上面，只要他一声说斩，顷刻推出辕门，人头落地，岂不是自己白送自己的性命么？然若立即答应，我一人无什么碍事处，但在张昌宗那边，乃是武后的宠幸之子，显然见他失了体面了。设或张昌宗动了一时之怒，反过了脸来，奏知武后娘娘，那时我也是个没命的。心内正在踌躇，口中只不言语，狄公坐在上面，察景观情，也知道他的用意，故意催促他说道："本部院已宽厚待人，你反何为绝无回答，在你莫非怕张昌宗责罪你么？可知这行此事，乃是本部院命你如此，如若张昌宗动怒，只能归咎于本部院，与你绝无相干涉。既你这样畏惧张昌宗，想必自知有罪，不愿在世为人了。左右上来，代我将这狗奴才，推出辕门外，斩首示众，以警目前为官不法者。"两旁听得狄公一说，当时吆喝一声，早将周卜成吓得魂飞天外，忙失声叩头哭道："大人在上，权且息怒，革员情愿遵大人命令做了。"狄公见他已经答应，随即命巡捕差官，赶速造了一面纸旗，铺在地上。命书吏给了笔墨，使他在下面录写。周卜成此时也无可如何，且顾自己的性命，不问张昌宗的体面，当时就在地上，手中执笔，从头至尾，写了一遍，呈上与巡捕、狄公大人观看。狄公过了目之后，还用朱笔写了两行："所写乃是已革清河县周卜成一名，因家奴出身，在张昌宗逢迎合意保举县令，食禄居位，抢占妇女。所作所为，在任不该如此，大失朝廷法度，有玷官箴①，今遇狄公巡抚，私访察出，当堂口供，直言不讳，插标游街，以示警众。"底下一行所写的是："河南巡抚部院狄示。"这两行字迹写毕，命巡捕差仍将他带去看管，然后退堂。

---

① 有玷官箴：整改的意思。箴是以规戒为主题的一种文体。官箴，封建社会对于官员的道德规范和行为准则所作的规戒。官员遵守官箴，清廉勤政，被称为不辱官箴，反之，则称为有玷官箴。

次日将近五鼓入朝，先在朝房见了元行冲，将这主意对他说明。元行冲听了这话，也是此意。谈话不多时间，忽听殿上钟鼓齐鸣，宫门大开，有值日内监，传宣朝房文武上殿，随班各奏其事。狄公随班上朝面奏，周卜成该如何讯究，如何结案，又当如何发落，武太后娘娘一一准奏。狄公然后随班出朝之后，回到巡抚衙门，案例行的公事办毕，然后升堂。先将曾有才从监中提出，将昨日周卜成的话，对他说明。又将那面旗子取出，令书吏在堂上念了一遍，与曾有才听毕，然后向他说道："他尚且是个知县人犯，犯了罪，还如此处治，你比他更贱一等，岂能无故开释？本部院因他已经宽恕，若仅治你死命，未免有点不公之处。命你也与他一同游街，凡他到了街巷，你先手中执着一个小铜锣，敲上数下，俟街坊的百姓拥来观看，命他高声朗念。此乃本部院法外施仁，你若怕死，便在大堂上先演一番，以便周卜成前来，同汝一齐前去游街，不然本部院照例施行，令汝死而无怨。"曾有才当时听了这番话头，虽明知张昌宗面上难看，无奈被狄公如此逼迫，究竟是自己的性命要紧的，而且周卜成虽是革员，终是一个实缺的清河县知县，他今既能够答应，我又有何不可？当时也就答应一声下来。狄公便命巡捕差官，取来了一面小铜锣，一个木锤子，交给曾有才手里，命他在堂上操演。曾有才接过手来，不知怎样敲法，两眼直望着。

第三十六回　敲铜锣游街示众　执皮鞭押令念供

却说曾有才执着那个铜锣不知如何敲法，两眼望着那个巡捕，下面许多百姓书差，望着那样，实是好笑，只见有巡捕上来说道："你这厮故作艰难，抢人家的妇女怎么会抢，此时望我们何用？我且传教你一遍。"说着复将铜锣取过敲了一阵，高声说道："军民人等听了，我乃张昌宗的家奴，只因犯法受刑，游街示众，汝等欲知底细且听他念如何。"说毕，又将锣一阵乱敲，然后放下道："这也不是难事，你既要活命，便将这几句话，牢记在心中。还有一件在堂上说明，汝等前去游街，大人无论派准人押去，不得有意迟挨；若是不敲，那时可用皮鞭抽打。现在先禀明大人，随后莫怨我们动手。"狄公在上面听得清楚，向曾有才道："这番话你可听见么？他既经教传，为何还不演来与本院观看？"曾有才此时也是无法，只得照着巡捕的样子，先敲了一阵，才要喊尔军民人等听了，下面许多百姓，见他这种情形，不禁大笑起来。曾有才被众人一笑，复又住口，当时堂上的巡捕，也是好笑，上前骂道："你这厮在堂上尚且如此，随后上街还肯说么？还是请大人将汝斩首悬首示众，免得你如此艰难。"曾有才听这话，再望一望狄公，深恐果然斩首，赶着求道："巡捕老爷且请息怒，我说便了。"当时老着面皮又说一句："我乃张昌宗的家奴……"下面众人见他被巡捕吓了两句，把脸色吓得又红又白，那个样子实是难看，复又大笑起来，曾有才随又掩住。巡捕见了，取过皮鞭上前打了两下，骂道："你这混帐种子，你能禁他们不笑么？现在众人还少，稍刻在街上将这锣一敲，四处人皆拥来观看，那时笑的人还更多呢，你便故意不说么？"骂后复又抽了二下。曾有才被他逼得无法，只得将头低着照他所教的话说了一遍，堂下这片笑声，如同翻潮相似。

　　狄公心下也是好笑，暗想："非如此不能令那张昌宗丢脸。"当即命巡捕将卜成带上说道："昨日你写的那个旗子，你可记得么？"周卜成道："革员记得。"狄公道："这便妙极了。本院恐你一人实无趣味，即使你高声朗念，不过街坊上人可以听见，那些内室的妇女，大小的幼孩，未必尽知。因此本院带你约个伙伴，命曾有才敲锣，等那百姓敲满了，那时再令你念供，岂非里外的人皆可听见么？方才他在堂上已经演过，汝再演一次与本院观看。"说毕，便命曾有才照方才的样子敲锣唱说，曾有才知道挨不过去，只得又敲念了一遍。周卜成自己不忍再看，把头一低，恨没有地缝钻下去，这种丑态毕露，已非人类，哪里还肯再念。狄公道："他已敲毕了，汝何故不往下念？"周卜成直不开口，旁边巡捕喝道："你莫要如此装腔作势！且问你，方才在大人面前，所说何话？一经不念，这皮鞭在此，便望下打的。现在保全了你性命，还不知道感激，这嘴上的言语还不肯念吗？"周卜成见巡捕催逼，只在地下叩头，向案前说道："求大人开恩到底，革员从此定然改过，若照如此施行，革员实是惭愧。求大人单令革员游街，将这口供免念罢。"狄公道："本院不因你情愿念供，为何免汝的死罪？现复得陇望蜀，故意迟延，岂不是有心刁钻？若再不高念，定斩汝头。"

　　周卜成见了这样，心下虽是害怕，口里真念不出来，无意之中，向狄公说道："大人与张昌宗也是一殿之臣，小人有罪，与他无涉，何故要探本求原，牵涉在他身上？将求他保举的话，并他的名字免去，小人方可前去。"狄公听了这话，哪里容得下去，登时将惊堂一拍，高声骂道："汝这大胆的狗才，竟敢在本院堂上冲撞！昨日乃汝自己所供，亲手写录，一夜过来，复想出这主意，以张昌宗来挟制本院，可知本院命汝这样，正是羞辱与他，你敢如此翻供，该当何罪！左右，将他重打一百！"两边差役，见狄公动了真气，哪里还敢怠慢，立即将他拖下，举起大棍，向两腿打下。但听那哭喊之声，不绝于耳，好容易将一百大棍打毕，周卜成已是瘫在地下，爬不起来。狄公命人将他扶起问道："你可情愿念么？若仍不行，本院便趁此将汝打死，好令曾有才一人前去。"周卜成究竟以性命为重，低声禀道："革员再不敢有违了。但是不得行走，求大人开恩。"狄公道："这事不难。"随命人取出一个大大的簸篮，命他坐在里面，旗子插在篮上，传了两名小队，将他抬起。许多院差，押着了曾有才，两个巡捕，骑马在后面弹压。百姓顷刻人众纷纷，出了巡捕的衙门，向街前面去。

到了街口，先命曾有才敲了一阵锣，说了那几句话，然后命周卜成，照旗上念了一遍。所有街坊的百姓，无不同声称快，大笑不止。这个说："目今张昌宗当道，手下的哪里是些家奴，如同虎狼一般，无风三尺浪，把百姓欺得如鸡犬的一样。"有的说："这个狄大人，虽办得痛快，我怕他太为过分。这不是办得周卜成，明是羞辱张昌宗，设若他在宫内哭奏一本，武后正爱他如命，未有不准之理。那时在别项事件上发作起来，将大人革职问罪呢，也是意中之事。"这班人不过在旁边私论，惟有那班无业的流氓，以及幼童小

孩，不知轻重，见了这两人如此，真是喜出望外，站在面前笑道："周卜成，你为何不高念，还是怕丑么？你既不念，我代你念了。"说着许多小孩儿，争先抢后，叫念一阵。回头见曾有才执着小锣，复又敲过来，在周卜成耳旁，没命的乱敲一阵，笑一阵，骂一阵，又念上两遍。满街的老少百姓，见这许多小孩无理取闹，真是忍不住的好笑。那些巡捕，正欲借此羞辱张昌宗，哪里还去拦阻。周卜成心下虽然羞恼，欲想起身拦阻，无奈两腿不能移动。一路而来，走了许多街坊，却巧离张昌宗家巷口不远。巡捕本来受了狄公的意旨，命他故意绕道前来，此时见到了巷口，随即命曾有才敲锣。曾有才道："你们诸位公差，可以容点情面。现在走了许多道路，加上这班小孩，不住的闹笑，我两手已敲得提不起来，可以将这巷子走过再敲吧！"巡捕骂道："你这混帐种子，倒会掩饰，前面可知到谁家门首了？别处街坊还可饶恕，若是这地方不敲，皮鞭子请你受用。"说着在身上乱打下来。那些小孩子，听巡捕这番话，知道到了张昌宗家，一声邀约，早在他家门首挤满。

里面家人不知何事，正要出来观望，众人望里面喊道："你们快来，你们伙伴来了，快点帮着他念去！"家人见如此说项，赶着出来一看，谁不认得是曾有才！只见他被巡抚衙门的差官，押着行走，迫令他敲那小锣。曾有才见里面众人出来，心想代他讨个人情，谁知张家这班豪仆，因前日听了狄公在朝，将黄门官参去，武三思、张昌宗皆在其内。虽想为他讨情，无奈狄公不好说话，深恐牵连自己身上。再望着那竹篮坐的周卜成，知道是为的清河县之事，乃是奏参的案件，谁人敢来过问。只见巡捕官执着皮鞭，将曾有才乱打，嘴里说道："你这厮故意迟延，可知不能怪我们不徇人情，大人耳风甚长，你不敲念，职任在我们身上。你若害羞，便不该犯法，此时想谁来救你？"曾有才被他打得疼痛，见里面的人，但望着自己，一个个一言不发，到了此时，迫于无奈，勉强的敲了两下，那些小孩子已喊说起来："军民人等听了……"这句一说，遂又笑声振耳，哄闹在门前。曾有才此时也不能顾全脸面，硬着头皮，将那几句念毕。应该周卜成来念，周卜成哪里肯行，直是低头不语。巡捕官儿见他如此，一时怒气起来，复又举鞭要打。谁知众小孩在门外吵闹，那些家人再留神向纸旗上一看，那些口供，明是羞辱主子的，无不同生惭愧，向里面去，顷刻之间，已是一人没有。周卜成见众人已走，更是大失所望，只得照着旗上念了一遍。

谁料张昌宗此时由宫内回来，正在厅前谈论，听得门外喧嚷，忙令人出来询问。你道此人是谁，乃是周卜成弟周卜兴走出门来，见他哥哥如此。也不问是狄公的罚令，仗着张昌宗的势力，向前骂道："你们这班狗头，是谁人命汝如此？他也没有乌珠，将我哥哥如此摆布，还不赶速代我放下！"那些公差，见出来一个后生，出此不逊言语，当时也就道："你这厮，哪里来的？谁是你的哥哥？我等奉巡抚大人的差遣，你口内骂谁？"就此一来，周卜兴又闹出一桩大祸。

第三十七回　众豪奴恃强图劫　好巡捕设计骗人

　　却说周卜兴，见哥哥被院差押着游街，向巡捕恐吓了几句，那班人见他仗着张昌宗的势力，哪里能容他放肆。周卜兴见众人不放下来，心中着急，一时忿怒起来，上前骂道："你们这班狗养的，巡抚的差遣，前来吓谁？爷爷还是张六郎的管家！你能打得我哥哥，俺便打得你这班狗头。"当时奔到面前，就向那个抬篓篮的小队一掌，左手一起，把面纸旗抢在手内，摔在地下，一阵乱踹。众院差与巡捕见他如此，赶着上前喝道："你这狗才，也不要性命，这旗子是犯人口供，上面有狄大人印章，手披的告示，你敢前来撕抢！你拿张昌宗来吓谁？"揪着上来许多人，将他乱打了一阵，揪着发辫，要带回衙去。周卜兴本来年纪尚幼，不知国家的法度，见众人与他揪打，更是大骂不止，复又在地下将纸旗拾起，撕得粉碎。里面许多家人，本不前来过问，见周卜兴已闹出这事，即赶出来解劝。谁知周卜兴见自己的人多，格外闹个不了，内有几个好事的，帮着他揪打，早将一个巡捕拖进门来。张昌宗在厅上正等回信，不知外面何事，只见看门的老者，呼吁进来，说道："不好了，这事闹得大了！请六郎赶快出去弹压。这个巡抚，非比寻常！"张昌宗见他如此慌张，忙道："你这人究为何事，外面是谁吵闹？"那人道："非是小人慌张，只因周卜成在清河县任内，与曾有才抢占民间妇女，为狄仁杰奏参革出，归案讯办，谁知他将这两人的出身，以及因何作官，在任上犯法的话，录了口供，写在一面纸旗上，令人押将出来，敲锣游街，晓谕大众。外面喧嚷，那是巡抚的院差，押着两人在此。周卜成因在我们门口，上面的话，牵涉主人体面，不肯再念，那班人便用皮鞭抽打。却巧周卜兴出去，见他哥哥为众人摆布，想令他们放下，因而彼此争闹，将那小队打了一掌，把那面旗子撕去。许多人揪在一处，欲将他带进衙去。我想别人做这巡抚，虽再争闹，也没有事，这个姓狄的甚是碍手。我们虽仗着六郎的势力，究是有个国法，何必因这事，又与他争较？即便求武后设法，这案乃是奉旨办的，听他如何发落，何能殴打他的差役？而且那旗子上面有印，此时毁去如何得了。所以请六郎赶快办去，能在门口弹压下来，免得为狄仁杰晓得最好。"

张昌宗听了这话，还未开言，旁边有个贴身的顽童，听说周卜兴被人揪打，登时怒道："你这老糊涂，如此懦弱！狄仁杰虽是巡抚，总比不得我家六郎在宫中得宠。周卜成乃是六郎保举做官，现在将这细情写在旗上，满街的敲锣示众，这个脸面，置于何处？岂不为众百姓耻笑。此次若不与他些较量一番，随后还有脸出去么，无论何人皆有上门羞辱了。"张昌宗被这人一阵咬弄，不禁怒气勃发，高声骂道："这班狗才，胆敢狐假虎威，在我门前吵闹！狄仁杰虽是巡抚，他也能奈何我？前日在太后面前，无故参奏，此恨尚未消除，现又如此放肆！"随即起身，匆匆地到了门口，果见周卜兴睡在地下，口内虽是叫骂，无奈被那些院差已打了一顿，正要将他揪走。周卜成一眼见张昌宗由里面出来，赶着在篮内喊道："六郎赶快救我，小人痛煞了！"张昌宗再向外一看，只见他两腿淋漓，尽是鲜血，早见是自不忍视，向着众人喝道："汝这班狗头，谁人命汝前来，在这门前取闹！此人乃是我的管家，现虽革职人员，不能用刑拷打，辱羞旁人！汝等在此放下，万事皆休，若再以狄仁杰为辞，明日早朝，定送汝等的狗命。"说着喝令众人，将周卜兴扶起，然后来拖曾有才，想就此将他两人拦下，明日在太后上朝，求一道赦旨，便可无事。此时众巡捕与院差见张昌宗出来，总因他是武后的幸臣，不敢十分拦阻，只得上前说道："六郎权请息怒，可知我等也是上命差遣，六郎欲要这两人，最好到衙门与狄大人讨情，那时面面相觑，有六郎这样势力，未有不准之理。此时在半路拦下，六郎虽然不怕，就害得我们苦了。"周卜成见巡差换了口吻，一味地向张昌宗情商，知道是怕他势焰，当即说道："六郎不要信他哄骗，为他带进衙门，小人便没有性命。他虽是上命差遣，为何在街道上，任意毒打！"张昌宗听了这话，向着众人道："汝等将这班狗头打散，管他什么差遣人，是我要留下！"这一声吩咐，许多如狼似虎的家人，便来与院差争夺。

彼此正欲相斗，谁知狄公久经料着，知道周卜成到张家门口，便欲求救，惟恐寡不敌众，暗令马荣、乔太两人，远远地接应，此时见张家已经动手，赶着奔到面前，分开众人，到里面喝道："此乃奉旨的钦犯，遵的巡抚的号令，游街示众，汝等何人，敢在半途抢劫么？我乃狄大人的亲随，马荣乔太的便是，似此目无法纪，那王命旗牌是无用之物了？还不快住手，将那个撕旗的交出！"张昌宗本不知什么利害，见马荣陡然上来，说了这派混话，更是气不可遏，随即喝道："汝这大胆的野种，于汝甚事，敢在此乱道！尔等先将这厮打死，看有谁人出头！"马荣见他来骂，自己也不与他辩白，举起两手，向着那班豪奴，右三右四，打倒了六七八人。还有许多人，站在后面，见他如此撒野，正想上来帮助，哪知乔太趁着空儿，早把周卜兴在地下提起，向前而去。张昌宗知道不好，还要命人去追，这里周卜成与曾有才，已经被那小沸院差，已抬上肩头，蜂拥回去。马荣见众人已走，拾起纸旗，向张昌宗道："我劝你小心些儿，莫谓你出入宫闱，便毫无忌惮，可知也有个国法。狄大人也不是好说话的！"张昌宗见众人将周卜兴抢去，登时喊道："罢了罢了，我张昌宗不把他置之死地，也不知我手段！明日早朝，在金殿上与他理论便了。"说毕气冲冲复向里面进来。所有那班豪奴，见如此还敢前来过问？也就退了进去。马荣见了甚好笑，当时回转衙门。

却巧众人已到堂上，两个巡捕先进去禀知狄公，狄公道："我正要寻他的短处，如此岂不妙极？"随向巡捕如此如此说了一遍，然后穿了冠带，立即升堂，将周卜成跪在案下，高声喝道："汝等方才在堂所供何事？本院命汝游街，已是万分之幸，还敢命人在半途抢劫本院的旗印，竟大胆的撕踹，还能做这大位么？你兄弟现在何处，将他带来！"乔太答应一声，早将一人纳跪在堂上，如此这般，把张昌宗的话回了一遍。狄公也不言语，但向周卜兴问道："你哥哥所犯的何法，你可知道么？本院是奉旨讯办，那旗上口供，是他自己缮录，本院又盖印在上面，如此慎重物件，你敢抢去撕端，还有什么王法？左右将他推出斩了！"两个巡捕到了此时，赶着向案前禀道："此事卑职有情容禀，周卜成乃周卜兴的胞兄，虽然案情重大，不应撕去纸旗，奈他一时情急，加之张昌宗又出来吆喝，因此大胆妄为，求大人宽恕他初次，全其活命。"狄公听了这话，故意沉吟了一会，乃道："照汝说来，虽觉其情可恕，但张昌宗不应过问此事，即便有心袒护，也该来本院当面求情，方是正理。而且家奴犯法，罪归其主，周卜成犯了这大罪，他已难免过失，何致再出来阻我功令？恐汝等造言搪塞。既然如此说项，暂恕一晚，看张昌宗来与不来，明日再为讯夺。"说毕，仍命巡捕将三人带去，分别收管，然后拂袖退堂，众人也就出了衙门。

且说巡捕将周卜成带到里面，向他说道："你们先前只恨我们打你，无奈这大人过为认真，不关你我之事，谁来不想方便？只要力量得来，有何不可。方才不是我在大人面前求情，你那兄弟，已一命呜呼。但是只能保目前，若今晚张六郎不来，不但你们三人没命，连我总要带累。此人的名声，你们也该知道，怎样说项从来不会更改。在我看来，要赶快打算，能将张六郎请来方好，总而言之，现在是当道的为强，在京在外的官，谁人不仰仗武张这两家的势力。虽僧人怀义，现今得宠，他究竟是方外之人，与官场无涉，能将六郎来此一趟，那时面面相觑，莫说不得送命，打也不得打了。若他再下身分，说两句情商的话，还不把你们立时释放么？这是我方便之处，故将这话说与你听，你们倒要斟酌斟酌，可不要连累我便了。"

第三十八回　投书信误投罗网　入衙门自入牢笼

话说周卜成，听了巡捕这番话，心下暗道："昨日他们那样凶恶，虽再求与他，全不看一点情面，此时由外面回来，虽然狄大人仍恐吓，为他这两句话一说，便转过话来。看这蹊径，并非因他求情，实是方才巡捕将张六郎的话，告诉于他，他怕明日早朝，彼此会面，在金殿上理论起来，他虽是个大员，终不比六郎宠信，故尔借话开门，使我们去求张六郎求情这事。虽知此说，设若他竟不来，那时狄仁杰老羞成怒，拼作与他辩论，一时转不过堂来，竟将我等治罪，那便如何是好？巡捕的话，虽不能尽信，倒也不可不听。"当时说道："你的好意，我岂不知道，但是我们之人，皆被押在此，张六郎但说在殿上理论，未曾说来我们求情。他处又无人打听，我们又无人去送信，他焉能知道？你有什么主见，还请代我想想。"巡捕道："这有何难，你既在他家多年，你的字迹，他应该认得，何不写一书信，我这里着人送去。他见了这信自然知道，岂有不来的道理。若再怕他固执不行，再另外写一信，托你们知己的人，在他面前求一求，也就完了。你想我这主意，可用得？你若以为然，我便前去喊人。此事可不能再迟了，若再牵延时刻，里面升堂讯问，便来不及再去。"周卜成不知是计，随即请他取了笔砚，挨着痛苦，扶坐起身，勉强写好书信，递与巡捕道："谁人前去，但向那门公说声，请他在旁边帮助，断无不来之理，他乃六郎面前最相信之人。"巡捕答应，将信取出，转身来至衙门，回禀了狄公。狄公命陶干前去投信，若张昌宗果来，务必赶先回来，以便办事。陶干领命，将信揣在怀中，换了衣服，直向张家而来。

到了门口止步，向里面一望，但听众人说道："我家六郎，今日也算是初次动怒，平时皆是人来恭维，连句高声话，皆未听过。自从那狄仁杰进京，第一次入朝，便参了许多人，今日又将周卜成，到门口羞辱，岂不是全无肝胆么？莫说六郎是个主子，面上难乎为情，我们同门的人，也是害臊。此时他们兄弟，到了堂上，三人还是不知是打是夹，若能将今晚过去，明早六郎入朝，便可有望了。"陶干听了清楚，故意咳嗽两声，将脚步放实，走进里面，只见门房坐了许多人，在那里议论。陶干上前问道："请问门公，这可是张六郎府上么？"里面出来一人，将他一望，说道："你也不是外路的人，不知六郎的名望，故意前来乱问。你是哪里来的，到此何干？"陶干道："不是小人乱问，只因这是要秘密方好，露出风声，小人实担不住。日间巡抚衙门，押人在门口取闹，被六郎骂了一顿，那些人将周老爷仍然抢去，禀知了狄大人。狄大人立即升堂，要将周卜兴斩首治罪，幸亏有位巡捕，竭力的求情，说他是六郎所用之人，一时情急，做出这事。狄大人见六郎出面，登时便改口说道：'汝等不许撒谎，张六郎既重他两人，理应到我们衙门求情，未见他来，显见搪塞本院。暂且收管，俟今晚不来，明早定尽法惩治。'因此周老爷写了一书信，请我送来，便命我代门公请安，若六郎不肯前去，务必在旁边帮助两句，方可有命。此乃犯法之事，小人因此地人多，不敢遽然说出，所以先问一声。此事必不能缓，我还要等到回信，才好回去呢。"说毕在身边取出信来。众人见是周卜成的笔迹，知非假冒，赶着命陶干在门房等候，两三人取了书子，向里而去。

此时张昌宗正为这事，与那班顽童嬖女①互相私议，预借在这事上，将狄公纳倒，方免随后之患，忽见家人送进一封书信，照着陶干的话说了一遍。张昌宗取开观看，与来人所说大略相同，下面但赘了几句："小人三人之命，皆系于六郎之手，六郎不来，则我命休矣！"张昌宗看毕道："这事如何行得？他虽是巡抚，我的身份，也不在他之下，前去向他求情，岂不为他耻笑！

---

① 嬖（bì）女：受宠爱的姬妾。

谅他今夜也不敢十分究办，明日早朝，只要面求了武后，那时圣命下来，命他释放，还怕他违旨么？"众人见他不去，齐声说道："六郎虽然势大，可知其权在他手中，人又为他押着，此时不敢处治，已是惧畏六郎，若再不给他点体面，那时老羞变怒，竟将他三人处死，等到明天已来不及。此乃保全自家的人性命，与狄仁杰无涉。难得有此意见，何不趁此前去拜会，不但救了他三人，还可藉释前怨，随后事件，也好商议。常言冤家宜解不宜结，小人的意思，还是六郎去的妥当。"张昌宗见众人如此说项，乃道："不因周卜成是我重用之人，等他处治之后，自然有法报复，不过此去便宜他了。你们且命来人回去报信，说我们立刻就来。"众人见张昌宗肯去，当时出来，对陶干说明："令你赶速回去。"陶干口内答应，心下甚是好笑，暗道："今番要在堂上吃苦了，不是这条妙计，你可肯自己送来？"当时忙忙的回转衙门，直至书房里面，回复了狄公。狄公也是得意，命人布置不提。

且说张昌宗打发来人去后，随即进去，换了一身簇新的衣服，乌纱玉带，粉底靴儿，灯光之下，越发显得他脸上如白雪一般。本来武后命他平时皆傅香粉，此时因为是拜会狄公，格外傅了许多，远远的望见，比那极美的女子还标致几分。许多娈童玩仆，跟在后面，在厅前上了大轿，直向巡抚衙门而来。到了署内仪门住下，命家人投进名帖。号房见了张昌宗三字，心下甚是诧异道："今日我们大人故意羞辱他一番，现在三个人犯，还捉在衙内。此时他忽来拜会，莫非他又来争论么？我看你主意打错了。这位大人，不比寻常的巡抚，设若争论不过，看你如何回去。你现在既来，也只好代你去通禀一声。"一面说着，已到了暖阁后面，进了巡抚房中，照来人的话说了一遍，将名帖递上。此时巡捕已经知道，当此起身，到了里面。狄公闻张昌宗已来，骂道："这个狗才，居然便来拜会，岂非是自讨其辱！"随即传命，令大堂伺候，所有首领各官，以及巡捕书吏，皆在堂口站班。本来预备停妥，专等他来，此时一听招呼，无不齐来听命，顷刻间，已经站满。狄公换了冠带，犹恐张昌宗不循规矩，将供奉的那个万岁牌子，由后面请出，自己捧出大堂，在公堂上南面供好，然后命巡捕大开仪门，望见来人。

此时张昌宗，坐在轿内，见号房内取了名帖，进里面去了多时，只不见他出来请会，心中甚是疑惑，忽见仪门大开，出来两个巡捕，到了轿前，抢三步，请了个安，高声禀道："狄大人现在大堂公干请六郎就此相会。"张昌宗听了这话，疑惑狄公本来有事，忽见他来，就此请在后厅相会，总以为巡捕说话不清，当时命人住轿，走出轿来，再向堂上一望，那等威仪，实是令人可怕。只见狄公高坐在堂上，全不动身，心下已是疑惑，无奈已经下轿，也不好复行出去，只得移步，向堂上走来。绕到堂口，有个旗牌，上面喊道："大人有命，来人就此堂见。"张昌宗一听这话，晓得有个变卦，赶着上前，向狄公一揖道："狄大人请了，张某这旁有礼。"狄公也不起身，向下面问道："来人何人？至此皆须下跪，而况万岁的牌位，供奉在上面，何而立而不跪，干犯国法！左右，为我将他拉下！"张昌宗见狄公以王命来压他，知道有意寻隙，一时不敢争论，当时向上笑道："大人莫非认错人么？此地虽是法堂，奈我不能跪你，不如后堂相见吧。"狄公将惊堂一拍，高声骂道："汝这狗才，竟如此不知礼法，可知道天无二日，民无二主，这公堂乃是国家的定制，无论何人到此，皆须下跪参见！汝既是张昌宗本人，为何不知国法，莫非冒充他前来么？左右还不将他纳下，打这狗头，以儆下次！"张昌宗见他如此吩咐，赶着走下堂来，欲转身就走，谁知下面上来四五个院差将他拦住。

第三十九回　求人情恶打张昌宗　施国法怒斩周卜成

却说张昌宗，拜会狄公，狄公命他在本堂跪下，知道是有意寻衅，随即转身欲走，早经堂下走来四五个院差，将他拦阻道："你这狗才，受谁人指使，竟敢冒充张六郎，穿插衙门，究是何故？现被有人看出真假，又想转身逃走，岂非梦想么！"说着上来将他纳下。

张昌宗早知中计，向堂上喝道："狄仁杰，你敢计诳我！此时便跪立下来，也是跪的万岁，你能奈何我？可知迟早总要出这衙门，那时同你在金殿辩论便了。"狄公哪里能容，高声骂道："你这厮，假扮禁臣，已为本院察觉，还矢口辩说！今日本院的巡捕，在他家门首，还有事件，也未听说他前来。你说是张昌宗本人，来到本院何事，可快说明！若果与案件相合，本院岂有不知之理，自然与汝相商，不然便冒充无疑。那时可尽法惩治！"张昌宗听了这话，恍然悟道："人说他心道刁钻，实是可惧。难怪他如此做作，深恐不是本人，前来误做人情，不但与我不能释怨，还要为我耻笑，因此在堂上问问真假，然后等我说情，那时大众方知。他因我前来，如行释放，随后太后即便知道，他也可推倒在我身上。你既如此用意，我已经到堂，岂能不说出真话？"当时向狄公说道："大人但放宽心，此乃我本人前来，只因周卜成冒犯虎威，案情难恕，虽是武后本旨讯办，也不过是官样文章，掩人耳目。听说实事求是，照例施行，故特趁晚前来，一则拜谒尊颜，二则为这家奴求情，求大人看张某薄面，就此释放，免予追究。随后复命之时，但含糊奏本，便可了事，谅武后也不致查问。"狄公等他说毕，将惊堂一拍，在刑杖筒内摔下许多刑签，大声喝道："左右，还不将厮恶打四十！显见这派言词，是胡乱捏造。本院今日将周卜成示众游街，张昌宗这狗头，还吆喝恶奴，图意抢劫。幸本院命亲随前去，将人犯押回，并将那个周卜兴带案讯办。张昌宗乃是他三人主子，已是难逃国法，他方且要哭诉太后，求免治罪。莫说他不敢前来，即不知利害，今日被本院羞辱一番，已是愧死，还有什么面目，前来求情？据此看来，岂非冒充如何！左右快将这厮，重责四十大棍，然后再问他口供！"堂上那些院差，先前本不敢动手，此时见狄公连声叫打，横竖不关自己事件，并知他平日虐待小民，已是恨如切骨。趁此机会，便一声吆喝，将他拖下，顷刻之间，将腿打得血流满地。张昌宗从未受过这苦楚，期初还喊叫辱骂，此时已是禁不出声。众院差虽因狄公吩咐，惟恐将他打坏，那时自己也脱身不得，当即将他扶起，取了一碗糖茶，命他吃下，定了一定疼，方才能够言语。张昌宗此时，只恨自己的家人不来抢获，到了此刻独受苦刑。你道他家人此时为何不问，只因自古及今，邪总不能胜正，虽然这班豪奴，平日仗着主子的势力，欺压小民，擅作威福，现在到法堂上面，见狄公那派有威可畏的气象，自然而然，将平时的邪气压了下去；加之主人方且为狄公摆布，自己有多大胆量，敢来自讨苦吃？因此一个个吓得如死鸡一般，虽未全走，皆躲在那仪门外面，向里张望。

狄公见他打毕，复又问道："汝可冒充张昌宗么？若仍然不肯认供，本院拚作一顶乌纱，将汝活活打死！可知张昌宗乃误国奸臣，本院与他势不两立，即便果真前来，也要参奏治罪，何况汝这狗头，换面装头！再不说出，便行大刑！"张昌宗到了此时，深恐再用刑具，那就性命不保，心下虽然忿恨，只得以真作假，向上说道："求大人开恩。某乃张昌宗的家奴王起，因同事周卜成犯罪，恐大人将他治罪，故此冒充主人，前来求情。此时自知有罪，求大人饶恕释放。"狄公听他供毕，心下实是暗笑："你这厮也受了狄某的摆布！现在不得汝一个手笔，明日汝又反害。"当时命刑书，录了口供，令他画了冒充的供押，心下想道："若是教你受毕，须得嘲笑你一番，方知本院的利害。"举眼见他满脸的泪痕，将他那脸上香粉流滴下来，当即喝道："汝这厮好大胆量！本院道你是个男子，哪知你还是女流，可见你不法已极。"张昌宗正以画供之后，便可开恩释放，忽又听他问了这句，如同霹雳一般，吓得魂不附体，连忙求道："小人实是男子，求大人免究。"狄公道："汝还要抵赖？既是男人，何故面涂脂粉？此乃实在的痕迹，想巧辩么？"张昌宗无可置辩，只得忍心害理，乃向上回道："小人因张昌宗平时入宫，皆涂脂粉？因冒他前来，也就涂了许多，以为掩饰。不料为大人即看破。"狄公冷笑道："你倒想得周密，本院也不责汝。汝既要面皮生白，本院偏要令你涂了黑漆，好令你下次休生妄想！"随命众差，在堂口阴沟里面，取了许多臭秽的污泥，将他面皮涂上。

此时堂上堂下，差官巡捕，莫不掩口而笑，皆说狄公好个毒计。张昌宗见了如此，心内如急火一般，惟恐污了面目，无奈怕狄公用刑，不敢求饶，只得听众差摆布。登时将一面雪白如银的面脸，涂得如泥判官相似，臭秽的气味，直向鼻孔钻去，到此境界，真是哭笑不得。狄公见众人涂毕，复又说道："本院今日开法外之仁，全汝的狗命。俟后若再仗张昌宗势力，挟制官长，一经访问，提案处治！"说毕也不发落，但将他口供，收入袖中，退入后堂。所有张昌宗的家人，见狄大人已走，方才赶着上来，也不问张昌宗如何，纳进轿内，抬起便走。

狄公在内堂，俟他走后，随即复又升堂，将周卜成弟兄，并曾有才三人提来，怒道："汝等犯了这不赦之罪，还敢私自传书，令张昌宗前来求情？如此刁唆，岂能容恕！今日不将汝治罪，尽人皆可犯法了。"随即将王命牌请出，行礼已毕，将三人在堂上捆绑起来，推出辕门，将他斩首，然后将首级挂于旗杆上面示众。就此一来，所有在辕下听差各官，无不心惊胆怯。乃狄公本来无心将这三个处死，因张昌宗既出来阻止，现又受了如此窘辱，直要明日进宫，必定就有赦旨，那时活全三人，还是小事，随后张昌宗便压服不住。故趁此时，猝不及防，将他三人治罪，明日太后问起，本是奉旨的钦犯，审出口供，理应斩首。而且张昌宗，现在亲口供认在此，彼时奏明武后，便不好转口。当时发落已毕，到书房起了一道奏稿，以便明早上朝，这也不在话下。

且说张昌宗，抬入家中，众人见了如此，无不咬牙切齿，恨狄公用这毒计。张昌宗骂道："你们这班狗才，方才本说不去，汝等定要说去，现在受了这苦恼，只是在此乱讲！我面孔上的污秽，你们看不见么，腿上鲜血，已是不止，还不代我薰洗？好让我进宫，哭诉太后。"那些人听他说了这话，再将他脸上一看，真是面无人色，心下虽是好笑，外面却不敢起齿，赶着轻轻地将下衣脱去，先用温水，将面孔洗毕，然后将两腿薰洗了一回，取了棒伤药，代他敷好，勉强乘轿，由后宰门潜入宫中。

此时武后正与武三思计议密事，忽闻张昌宗前来，心下大喜道："孤家正在寂寞，他来伴驾，岂不甚妙！"随即宣他进来。早有小太监禀道："六郎现在身受重伤，不便行走，现是乘轿入宫，请旨命人将他搀进。"武后不知何故，只得令武三思，带领四名值宫大监，将他扶入。张昌宗见了武后，随即放声大哭，说："微臣受陛下厚恩，起居宫院，谁知狄仁杰心怀不测，将臣打辱一番，几乎痛死。"说着

将两腿卷起，与武则天观看。武则天忙道："孤家因他是先王旧臣，故命他做这河南巡抚。前日与黄门官争论，将他撤差，不过全他的体面。此时复与卿家作对，若不传旨追究，嗣后更无畏惧了。卿家此时权在宫中，安歇一夜，明日早朝，再为究办。"张昌宗见武则天如此安慰，也就谢恩，起来与武三思谈论各事。

一夜无话，次日五鼓武后临朝，文武大臣，两班侍立，值殿官上前喊道："有事出班奏朝，无事卷帘退驾！"文班中一人上前，俯伏奏道："臣狄仁杰有事启奏。"

第四十回　入早朝直言面奏　遇良友细访奸僧

却说武则天临朝，狄公出班奏道："巨狄仁杰有事启奏。"武后心下正是不悦，忽见他出班奏事，乃道："卿家入京以来每日皆有启奏，今日有何事件？莫非又参劾大臣么？"狄公听了这话，知道张昌宗已入宫中，在武则天面前哭诉，当即叩头奏道："臣职任平章，官居巡抚，受恩深重，报答尤殷。若有事不言，是谓欺君，言之不尽，是谓误国。启奏之职，本臣专任，愿陛下垂听焉。只因前任清河县与曾有才抢占民间妇女，经臣据实奏参，奉旨革职，交臣讯办。此乃案情重大之事，臣回衙之后，提起原被两告，细为推鞫，该犯始似为张昌宗家奴，仰仗主子势力，一味胡供，不求承认。臣思此二人乃知法犯法之人，既经奉旨讯办，理合用刑拷问，当将曾有才上了夹棒，鞭背四十，方才直言不讳。原来曾有才所为，皆周卜成指使，郝干廷媳妇抢去之后，藏匿衙中，至胡王两家妇女，则在曾有才家内。供认之后，复向周卜成拷问彼以赞证在堂，无词抵赖，当即也认了口供。臣思该犯，始为县令，扰害民生，既经告发，又通势力，似此不法顽徒，若不严行治罪，嗣后效尤更多。且张昌宗虽属宠臣，国法森严，岂容干犯？若借他势力，为该犯护符，尽人皆能犯法，尽人不可管束了。因思作一儆百之计，命周卜成自录口供，与曾有才游街示众，俾小民官吏，咸知警畏。此乃臣下慎重国法之意，谁知张昌宗驭下不严，恶仆豪奴，不计其数，胆敢在半途图劫，将纸旗撕端，殴辱公差。幸臣有亲随二名，临时将人犯夺回，始免逃逸。似此胆大妄为，已属不法已极，臣在衙门，正欲提审讯，谁料有豪奴王起冒充张昌宗本人，来衙拜会，藉口求情，欲将该犯带去。当经臣察出真伪，讯实口供，方知冒充情事……"说到此处，武则天问道："卿家所奏，可是实情么？设若是张昌宗本人，那时也将他治罪不成吗？"狄公道："若果张昌宗前来，此乃越分妄为，臣当奏知陛下，交刑部审问。此人乃是他的家奴，理合臣讯办。"武则天道："汝既谓此人是冒充，可有实据么？"狄公道："如何没有？现有口供在此，下面亲手执押，岂有错说。"说着在怀里取出口供，交值殿太监呈上。

武则天从头至尾，看了一遍，皆是张昌宗亲口所供，无处可以批驳，心下虽是不悦，直是不便施罪。乃道："现在该犯，想仍在衙门，此人虽罪不可道，但朕御极以来，无故不施杀戮，且将他交刑部监禁，俟秋间去斩。"狄公听了这话，心下喜道："若非我先见之明，此事定为他翻过。"随即奏道："臣有过分之举，求陛下究察。窃思此等小人，犯罪之后，还敢私通情节，命人求情，若再姑留，设或与匪类相通，谋为不轨，那时为害不浅，防不胜防？因此问定口供，请王命在辕门外斩首。"武则天听了这话，心下了吃了一惊：此人胆量，可为巨擘！如此许多情节，竟敢按理独断，启奏寡人。似此圣才，虽碍张昌宗情面，也不能奈他怎样。当时言道："卿家有守有为，实堪嘉尚。但嗣后行事，不可如此决裂，须奏知寡人方可。"狄公当时也就说了一声遵旨，退朝出来。所有在廷大臣，见狄公如此刚直，连张昌宗俱受棒伤，依法惩治，无不心怀畏惧，不敢妄为。

内文导读

曾有才抢占民间妇女案，抓出保护伞周卜成，再牵扯出张昌宗。最后斩周卜成、痛打张昌宗，三言两语圆满回奏武则天责问。一系列的操作有条有理，不仅显示了狄公的智慧，更表现出狄公不畏强权的精神。但是要注意的是，对狄公向犯人施刑和游街的做法，从现代人的视野来看是不可取的，所以，读者如何正确评价历史人物，也应该从历史现实的角度去审视。

谁知狄公退入朝房，却与元行冲相遇，彼此谈了一会，痛快非常。元行冲道：“大人如此严威，易于访查，惟有白马寺僧人怀义，秽乱春宫，有关风化。武则天不时以拈香为名驻跸在内，风声远播，耳不忍闻。大人能再整顿一番，便可清平世界。”狄公道：“下官此次进京，立志削奸除佞。白马寺僧人不法，我久经耳有所闻，只因行远自迩，登高自卑，若不先将这出入宫帏的幸臣，狐假虎威的国戚惩治数人，威名不能远振，这班鼠辈，也不能畏服。即便躐等行事，他反有所阻拦，于事仍然无济，因此下官，先就近处办起。但不知这白马寺离此有多远，里面房屋究竟有多少，其人有多大年纪？须访问清楚，方可前去。”元行冲道：“这事下官尽知，离京不过一二十里之遥，从前宰门迤北而行，一路俱有御道。将御道走毕，前面有一极大的松林，这寺便在松林后面。里面房屋，不下有四五十间。怀义住在那南北园内，离正殿行宫虽远，闻其中另有暗道，不过一两进房屋，便可相通。此人年纪约在三十以外，虽是佛门孽障，却是闺阁的美男。听说收了许多无赖少年，传教那春宫秘法。洪如珍发迹之始，便是由此而入。”

狄公一一听毕，记在心中。彼此分别回去。到了衙门，安歇了一会，将马荣乔太喊来道：“本院在此为官，只因先皇晏驾，中宗远谪，万里江山，皆为武三思、张昌宗等人败坏。现又听说，将国号要改后周，将大统传于武三思继极，如此坏法乱纪，岂不将唐室江山，送于他人之手？目今虽有徐敬业、骆宾王，欲兴师讨贼，在朝大臣，惟有张柬之、元行冲等人，是个忠臣，本院居心，欲想将这班奸贼除尽，然后以母子之情，国家之重，善言开导。这武后她也回心转意，传位于中宗。那时大统固然，丑事又不至外露，及君臣骨肉之间，皆可弥缝无事。此乃本院的一番苦心，可以对神明，可以对先皇于地下者。此时虽将张昌宗、武三思二人，小为挫抑，总不能削除净尽。方才适遇元行冲大人，又说有白马寺僧人，名叫什么怀义，武后每至寺中烧香住宿，里面秽行百出，丑态毕彰，因此本院欲想除此奸僧，又恐不知底细。此寺离此只有一二十里远近，从前宰门出去，将御道走毕，那个松树后面，便是这白马寺所在。你可同乔太前去访一访。闻他住在南花园内，教传那无赖少年的秘法。访有实信，赶快回来告禀。"马荣道："这事小人倒易查访，但有一件，不知大人可否知道？"狄公道："现有何事？本院不知，汝可原本说来。"马荣道："这个僧人，尚是居住在宫外，还有一姓薛的，名叫薛敖曹。此人专在宫里，与张昌宗相继为恶，所作所为，真乃悉数难尽。须将此人设法处治，不得令他在京，方可无事。小人因是宫中暗昧之事，不敢乱说，方才因大人言及，方敢告禀。"狄公叹了一声道："国家如此荒淫，天下安能太平！此事本院容为细访，汝等且去，将此事访明。"

马荣、乔太二人领命出来，当时先到街坊，探问一趟，到了下昼时分，两人饱餐晚膳，穿了夜行衣服，各带暗器，出了大门，由前宰门出去，向大路一直而去。行了有一二十里，果见前面一个极大的树林，古柏苍松夹于两道，远远望去，好似一圈乌云盖住，涛声鼎沸，碧荫丛笼，倒是世外的仙境。马荣道："你看这派气概，实是仙人佳境，可惜为这淫僧居住，把个僻静山林，改为醒醐世界。究不知这松林过去，还有多远。"两人渐走渐近，已离林前不远，抬头一望，却巧左边露出一路红墙，墙角边一阵阵钟声，度于林表，但觉鲸铿①两响，令人尘俗都消。两人见到了庙寺，便穿出松林，顺着月色，由小路向前而去。谁知走未多远，看见庙门，只是不得过去——门前一道长河，将周围环住。乔太道："不料这个地方，如此讲究，一带房屋，已是同宫殿仿佛，加上这个松林，这道护河，岂非是天生画境？那个木桥，已被寺内拉起，此时怎么过去？"马荣道："你为何故作艰难？别人到此无法可想，你我怕他怎样？却巧此时月光正上，一带又无旁人，此时正可前去寻访，若欲干那混帐事件，此时正当其巧。"说罢两人看了地势，一先一后，在河岸上用了个燕子穿帘势，两脚在下面一垫，如飞相似，早就穿过护河。

到了那边岸上，乔太道："我且去得寺门口，看一看，若是开着，就此掩将过去，不然还要蹿高，方能入内。"马荣也就与他一齐同来，顺着红墙转

---

① 鲸铿：语出班固《东都赋》："于是发鲸鱼，铿华钟。"后因以"鲸铿"形容铿锵如击的巨钟。

过几个斜路，但见前面有个极大的牌坊，高耸在半空，一转雕空的梅兰竹菊的花纹，当中上面，一块横额，上写着"天人福地"四个金字。牌坊过去两旁四个石莲台，左右一对石狮子，三座寺门，当中门额上面，有块石匾，刻就的"敕赐白马禅寺"六字。两扇朱漆山门，一对铜锣，如赤金相似，钉于门上。

马荣向乔太低声说道："山门现已紧闭，我们还是蹿高上去。"乔太道："这个不行。虽然可以上屋，那时找他的花园，有好一会寻找方向。且推他一推。"说着乔太进前一步，将身子靠定了山门，两手将铜锣抓住，用了悬劲，轻轻向上一提，复向里一推，幸喜一点未响，将门推开。当时招手喊了马荣，两人挨身进去，复向西下一望，但见黑漆三间门殿，当中有座神龛，大约供的是韦陀。彼此捏着脚步，过了龛子，向二门走来，也就如法施行，将门推开。才欲进去，忽见左边有排板壁，隔着半间房屋，里面好像有人谈心。马荣知是看山门的僧人所在，当时将乔太衣袖一拉，乔太会意，彼此到了板壁前面。屏气凝神，在板缝内向里一看，却是一盏油灯，半明不灭的摆在条桌上首，一个四五十岁的僧人，坐在椅子上面，下首有个白发老者，是个乡间的粗人，坐在凳上，好像要打盹的神情。只见那个和尚，将他一推说道："天下事，总是不公平，你醒来，我同你谈心，免得这样昏迷。"那人被他推了两下，打了呵气，睁眼问道："你问我有何话说？方要睡着，又为你推醒。现在已近三更，那人还未前来。"和尚道："想必她另有别人了。本来女流心肠，不能一定，直可怜那许多节烈的人，被他困在里面，真乃可恼。"马荣见他们话中有因，便向里面细听。

第四十一回　入山门老衲说真情　寻暗室道婆行秽事

　　却说马荣、乔太两人，听那僧人说道："那人不来，许多贞节好人，为他困在里面，岂不是天下事太不公平？即如我，虽不敢说是真心修行，从前在这寺中为主持，从不敢一事苟且。来往的僧人，在此挂肠，每日也有七八十人，虽然不比有势力，总是个清净道场。自他到此，干出这许多事来，怕我在里面看见，又怕我出去乱说，故意奏明武则天，令我在此做这看山门的僧人，岂不鹊巢鸠占么？而且那班戏子，虽是送进宫中，无不先为他受用。你看昨日那个女子，被他骗来，现在百般的强行。虽然那人不肯，特恐那个贱货，花言巧语，总要将她说成。"老者听了此言，不禁长叹一声说道："你也莫要怨恨，现在尼姑还做皇帝，和尚自然不法了。朝廷大臣，哪个不是武张两党，连庐陵王还被他们谗间贬出房州。他母子之情，尚且不问，其余别人，还有何说？我看你，也只好各做各事罢。"马荣听得清楚，将乔太拖到房边，低声说道："我等此时，何不将此人喝住，令他把寺内的细情说明，然后令他在前引路，岂不是好。"乔太也以为然。

　　当时马荣拔出腰刀，使乔太在外防备，恐有出入的人来，自己抢上一步，左脚一起，将那扇门踢开，一把腰刀向桌上一拍，顺手将和尚的衣领，一把揪住，高声喝道："你这秃驴，要死还是要活？"那个和尚正在说话，忽然一个大汉冲了进来，手执钢刀，身穿短袄，满脸的露出杀气，疑惑他是怀义的党类，或是武则天手上宠人，命他来访事，方才的话，为他听见。此时早吓得神魄失散，两手护着袈裟，浑身发抖，嘴里急了一会，乃道："英、英、英雄，僧、僧、僧人不、不敢了，方才、才是大意之言，求、求英雄饶命，随后再不说他坏处。"马荣知他误认其人，喝道："汝这秃驴，当俺是谁？只因怀义这秃驴，积恶多端，强占人家妇女。俺路过此地，访知一件事，特来与他寻事。方才听汝之言，足见汝二人非他一党，好好将他细情，并那藏人的所在，细细说明，俺不但不肯杀你，且命你得个极大的好处。若是不说，便是与他一类，先将你这厮杀死，然后再寻怀义算帐。"和尚听了此言方才明白，乃道："英雄既是怀义的仇家，且请松手，让僧人起来，慢慢的言讲。难得英雄如此仗义，若将这厮置之死地，不但救人的性命，国家大事，也要安静许多。且请英雄释手，僧人总说便了。"

马荣听了此言，将腰刀举在手内，说道："我便松开，看汝有何隐掩！"当时将手一放，只听"咕咚"一声，原来和尚身体极大，不防着马荣松手，一个筋斗，栽倒在地。马荣见他如此模样，知道他害怕，乃道："你好好说来，俺定有好处与你。究竟这怀义住在何处？方才你两人说，那人未来，究是谁人？"和尚扒起来说道："僧人本是这寺中住持，十年前来了这怀义，在寺中挂锡，当时因他是个游方和尚，将他留下……"说到此时，复又低声说道："英雄千万莫要声张，我虽说出，可是关着人命，你若声张起来，我命就没有了。只因当今天下，武则天被太宗逐出宫闱，削发为尼，彼时见怀义品貌甚好，命老尼暗中勾引，成了苟且之事。后来高宗即位，武后收入宫中，不时到这庙中烧香，已是不甚干净。那时因关国体，虽知其事，却不敢说出。谁知高宗驾崩，她把太子贬至房州，登了大宝，竟封这怀义做了寺中主持，命我看这山门。从此奸淫妇女，无恶不作。前日见村前王员外家的媳妇，有几分姿色，他自己便假传圣旨，到他家化缘，说太后欲拜四百八十天黄忏，令他到王公大臣家募化福缘。王员外见他前去，知他来历不轻，当时给了五千银子。他又说银子虽然送出，还要合家前去看礼，若是不去，便是违旨。次日王员外只得领着合家大小男女，入庙烧香，他便令人将他媳妇分开，骗到暗室里面。随后王员外回去，不见他媳妇，前来寻找，他反说人家扰乱清规，污浊佛地，欲奏知朝廷，论法处治。王员外不敢与他争论，只得抱头鼠审的回去。听说连日在家寻死觅活，说这冤情没处伸了。谁知怀义将他媳妇藏入暗室，面般强污。所幸这李氏竭力抗拒，终日痛骂，虽然进来数日，终是不能近身。现在怀义无法，将平时那个相好的王道婆找来，先行出火，然后许她的钱财，命向李氏言劝。说若李氏答办，遂了心愿，遂将她两人作为东西夫人。昨日在此一夜，午前方走，约定今晚仍来，故此山门尚未关好。"

马荣道："既有此事，你且带我进去，先将这厮杀死，岂不除了大患！"和尚忙道："英雄切勿粗莽，此去岂不白送了性命？他自大殿起，直至他内室暗室，各处皆有关键，而且临室前面，有四人把守。听说这四人是绿林大盗，犯了弥天大罪，当该斩首，他同武则天讲明，宽他不杀之罪，命他在此把守暗室，以防外人入内。武则天视他如命，岂有不依之理。当时便派这四人前来，马上步下，明来暗去，无不皆精。只要进了大殿，无意碰上暗门，当即突陷下去，莫想活命。四人听见响动，立刻下来，杀成两段，游人在此，无故送命的，也不知多少，何能前去？我看你休生妄想，你这样虽有本领，恐不是他的对手。这是我一派直言。那个王道婆要来了，若是见有生人，你我一齐没命。我话虽说明，你可赶快出去吧！"马荣道："你放心，包不累你，我去便了。"当时将腰刀插入了鞘内，出了房门，将门带好，然后与乔太说道："你我且躲在龛内等候，且待道婆前来，随她进去，方访得明白。"两人计议已毕，一前一后，蹿上神台，在龛内藏躲。

未有一个更次，果然门外有人谈心道："今晚这个月色，正是明亮，怀义大约同热锅蚂蚁一般，在那里盼望呢。"后面一人又道："本来你也太装腔作势的，人家昨日同你千恩万爱的，叫你今晚早来，你到此时，方才动身。我看你也是挨不过去了。"那人道："你知道拿我垫闲！一经将那个好的代他说上，你抱着他，就他也不问你的。今日总要叫他认得我，方才知我的利害。"说着咯咋一声，已将山门推下，高声问道："净师父哪里去了？这半夜三更不在此看守，若有歹人攒了进来，岂不误了大事！"里面和尚赶着答道："李婆婆来了！我方才进房有事，可巧你便来了。"马荣向外面一看，见是个四十上下的妇人，虽是大脚，却是满身的淫气。见和尚出来，向着后面那个女子说道："你回去吧，明日不见得回去。本欲领你同我进去，那个馋猫见了你，又要动手动脚的了。随后有便，我再代你上卯，这几日先让我快活快活。"外面那人，啐了一声，果然回去。这里道婆命沙弥将山门关好，自己提着个灯笼，向大殿而去。

乔太听她这派言语，已是气不可遏，欲想上前就是一刀，结果她性命，马荣赶快拦住，低声说道："正要随她进去，访明道路，此时杀死，岂不误事！"两人见他进入大殿，跳出神龛，捏着脚步，随后赶来。只见在大殿口站定，左脚向门槛上两蹭，忽然一阵响声，顷刻之间，里面出来几人，见是道婆，齐声笑道："你这老蕙子，如此装腔！他在那里乱来了，前后不分，揪着人胡闹。"当时说笑着，向里面而去。马荣、乔太欲想随她而行，又恐众人转身，为其看见，彼此没有退步，而且这班人，皆非善类。当时两人只得蹿身上了房屋，在上面随着灯光，一路而去。穿过几处偏殿，见前面有个极大的院落，院左边有个月洞门，并不推敲，但将门外那块方石一敲，两扇门自然开来，里面却是个花园，梅、兰、竹、菊、杨柳、梧桐，无不齐备。两人在墙头伏定，但见前面一带深竹，过了竹径，乃是三间方厅，众人到了厅内，道婆喊道："秃子还不出来迎接！你再在里面，我便走了。"这话还未说完，好像一人道："我的心肝，你再走，我便死过去了。"正说之间，众人哄然大笑。马荣不知何事，当时

蹿身下来，隐在竹园里面，向厅前一看。只见一个少年和尚，精赤条条，站立在前面。因道婆说要回去，他来不及穿衣服，便这样出来，所以引得众人大笑不止，马荣虽是愤气，只得耐着性子，向里面望去，见怀义同那道婆，手挽手，到了那上首房间里去，众人顷刻间，全然不见。遥想此时，这奸僧干那苟且之事，不忍听那淫秽之声，只得又等了一会。约计干毕之后，走到窗下侧耳细听，闻得道婆说道："你这没良心的种子，现在无人，竟拿我垫闲，今日火自出了，日后怎样说法？我们是下贱人，比不得你上至武后，下至官人，皆可亲热的。今日不允我个神福，那件事你也莫想上手，我这利口，你也应该知道。"怀义道："你莫要这样说，昨晚已允过你了，若把她说妥，这两个房间，一东一西，为你两人居住。若武则天前来，横竖她也不在这里，另有那个地方。听说我们的那班戏子，无不个个如意，加之薛敖曹又入宫中，她已是乐不可支，一时也未必想起我来。即便我间或进宫，也是躲躲藏藏，焉能同你们如此忘形。你看我这小怀义，又怒起来了，你可再救我一救。"说着便搂抱起来。马荣听到此时，实在忍耐不住，拔出腰刀便想进去动手，忽听里面隐隐的露出哭声，知是李氏困在里面，复又按着性子，想道："我此时进去，就要将这狗男女杀死，设若误入暗室，岂不反误了大事！"只得转身到了院内，命乔太在竹园等候，自己顺着声音，暗暗听去。却是在地窖里面，走了两趟，只不见有门路。

忽然奸僧与道婆一阵笑声，出了厅门，马荣反吃了一惊，深恐被他看见，正要躲避，复又铃声一响，许多男子齐行出来，向道婆说道："李婆婆，我们下面说了两天，为他骂了无限，只是不依。你现在人浆也吃过了，火已平了，可以将此事办成，免我们寻人乱闹。"道婆道："你们这许多人垫垫上，也不为过，若再向我取笑，便显个手段你看。"众人道："我等如此说，须也是为的你日后做二夫人，岂不快活。"说着，道婆一笑，将那门槛一踹。众人顷刻复又不见。马荣甚是诧异。

第四十二回　王虔婆花言骗烈妇　狄巡抚妙计遣公差

却说马荣见怀义同众人忽然不见，知是下入地窖，见四下无人，当即走身出来，与乔太并在一处，侧耳细听。但听道婆到了里面说道："王家娘子，还在这里么？我看你们这些人，为什不打盆面水来，快为娘子净面？就是想娘子在此，也该殷勤殷勤些，令人心下舒服。常言道，不怕千金体，三个小殷勤。人心是肉做的，她看你这温柔苦求，自然生那怜爱的心了，而况怀义有这样品貌，这样人物，还有这样声势富贵，旁人还想不到呢。目下虽是个和尚，可知这个和尚，不比等闲，连武后也是来往的，王公大臣，哪个不来恭维？只要武则天一道旨意，顷刻便官极品，那时做了正夫人，岂不是人间少有，天上无双。到那时我们求夫人让两夜，赏我们沾点光，恐也不肯了。总是你们不会劝说。你看哭得这可怜样子，把我们这一位都疼痛死了。你们快去，取盆水来，好让我为娘子揩脸。凡事总不出情理二字，你情到理到，她看看这好处，岂有不情愿之理？"

正说之间，忽听铃声一响，马荣两人吃了一惊，赶着用了个蝴蝶穿花势，蹿至竹园里面隐身。向原处一望，早有两个人来，捧着一个瓷盆，向东而去。马荣道："你听虔婆这张利口，说得如此温柔，想必取水之后，便要动手了，你我索性在此听个明白。"两人在私下议论。未有一会工夫，那人已取了水来，依然铃声响动，入内而去。马荣复又出来，但听道婆又道："娘子且请净面，即便要去，如此夜深，也不好出庙，我们再为商议。还有一句不知进退的话，娘子既来此地，就是此时出去，也未必有干净名声，若是清洁，最好不来。现在至此，你想怀义的事情，谁不知道？那时落个坏名，同谁辩白？

我看不如成了好事，两人皆有益处。这样一块美玉似的人，还不情愿，尚要想谁？我知道你的意思，昨日进来，羞答答的不好意思，故此说了几句满话，现在又转脸不过来，其实心下早经动情了。只总是怀义不好，不能体察人的意思，我来代你收拾好，让你两人亲热亲热的在一处。"说着好像上前去代她揩脸解衣的神情。

马荣正是怒气填胸，只听得"光"一声，打了一个巴掌，一个高声骂道："你这贱货，当着我是谁，敢用这派花言巧语？可知我乃金玉之体，松柏之姿，怎比得你这蝇蛆逐臭的烂物！今日既为他困在此地，拚作一死，到阴曹地府，同他在阎王前算帐。若想苟且，也是梦话。他虽是武则天来往，可知国家也有个兴败！何况这秃厮罪不容诛，等到恶贯满盈，那时也要碎骨粉身，以暴此恶！你这贱货，若再动手，先与你拚了死活。打量我不知你的事情？半夜三更，乱入僧寺，你也不怕羞煞！"乔太向马荣耳边说道："这个女子，实是贞烈，若果这虔婆与怀义硬行，也只好冒险的前去了。"马荣道："怕的怀义到别处去了，这半时不闻他言语。且再听一会，看是如何。"乔太只得将腰刀拔出，专候厮杀。

谁知虔婆被她这一顿痛骂，并不动气，反哈哈笑道："娘子你也太古怪了，我说的是好话，反将我骂这一顿。我就不叩手，看你这要死不死，要活不活的样子，几时是了。我且出去，免得你生气。"说罢向众人道："你们在此看守，我去回信。遥想秃驴，不知怎样急法呢！"当时又听铃声一响。马荣两人疑惑里面有人出来，复又隐入竹内，谁知听了一会，并不见有动静。马荣道："这下面地方，想必宽大。方才怀义下去，不听他的言语，此时铃声一响，虔婆又不出来，想是另有道路，到别处去了。你我此时，且到后面寻觅一番，看那里有什么所在。现已打四更了，去后也可回城通报。你我两人在此，虽知其事，终于无益。"二人言定，由竹园内穿出院墙蹿上厅房，向后而去。但见瓦屋重重，四面八方，皆有围墙护着，欲想寻个门路，也是登天向日之难。看了一会，知是他的暗室，当时只得出来，蹿过护河，向城内而去。

到了衙前，却巧天色已亮，自己吃了饮食，正值狄公起身，当即到了书房，狄公问道："汝等去了一夜，可曾访出什么？"马荣道："大人听了此事，也要气煞！世上有这等事件，岂非是君不成君，臣不成臣。"当时两人便把白马寺的话，从头至尾，说了一遍。狄公自是气不可遏，忙道："今夜汝等可如此如此，先将这老虔婆杀死，本院一面命陶干前去，将王家的原主唤来，本院自有章程。"马荣领命出来。登时狄公将陶干喊进，又将刚才的话，诉说了一番，命他立刻出城，如此如此。

陶干当时出了衙门，飞马向城外而来，一路问了乡人，约至辰牌之后，已到了王员外庄上。赶紧下马，在树上拴好，自己走到庄前，是有四五个庄丁，在那里交头接耳，不知说什么东西。陶干上前问道："你这庄可是姓王？你且进去通报一声，说是有个陶干，特由城内而来，同他有机密商议。从速前去，迟则误事矣。"

却说那些庄丁，见他是公门中打扮，不知是好是歹，乃说："天差到此，虽是正事，可巧我主人现卧病在床不要见客，且请改日来罢。"陶干知他是推诿，乃道："你主人的病由，我是知道的，若能见我，不但可以治病，而且可以伸冤。这句话，你可明白么？近日你家庄上，出了何事，你主人的病，就因此事而起。是与不是，快去快去，莫再误事。这个地方，非谈心的所在，到了里面，你们便知我来历了。"众人见了他如此说法，明明指着白马寺之事，当时只得说道："且请天差稍待一刻，我进去通报一声，看是如何。"说着那人走了进去，稍停一回出来，向着陶干道："我主人问你是何处衙门的天差？"陶干道："俺乃巡抚衙门的狄大人那里前来，还不知道么？"那人听了此言，遂说道："既然是巡抚衙门，我主人现在厅前，就此请见吧。"陶干当即跟他进去，穿过了几处院落，来至厅前。只见一个五六十岁的中年老者，站在厅前，见那陶干来，赶着说道："天差光降，老朽适抱微恙，未克远迎，且请坐奉茶。"陶干当时说道："小人奉命前来，闻得尊处现有意外之事，且请说明，敝上或可代为理恤。但不知员外是何名号？"王员外道："老朽姓王名毓书，曾举进士，只因钝朽无能，家中有些薄产，可以度日，因此不愿为官，居于是乡。然村庄田户，见老朽有些薄产，妄为称谓，此庄唤王家庄，遂称老朽为员外，其实万不敢当。但狄大人雷厉风行，居官清正，实是令人钦慕。此时天差前来，有何见教？"陶干见他不肯说出真情，乃道："当今朝廷大臣，半皆张武两党，狄大人削除奸佞，日前已将两人惩办。小人前来，正为白马寺之事，何故员外见外，尚不言明？岂不有负来意！"王毓书听了此事，不禁流下泪来，忙道："非是老朽隐瞒，只因此事关着朝廷统制，若是走漏风声，性命难保。目下哪一个不是奸党的爪牙，独恐冒充前来，探听虚实，以致未敢直言。其实老朽这冤枉，无处伸诉的了。"说罢流泪不止。

陶干道："员外且莫悲伤，这其中细情，俺俱已知悉，幸而令媳此时并未受污。"当时将马荣乔太，昨夜去访的话，说了一遍，然后道："大人命我来此授意员外，请员外如此这般，大人定将此事办明，所有沉重，皆在大人身上。外面耳目众多，实是要紧，千万勿误。小人不能在此久待，回衙还有别的差遣。"说毕，起身告辞而去。王毓书听毕，心下万分感激，虽然犹豫不决，不敢就行，复又想了一会道："我家不幸出了此事，难得狄公为我出力，若再畏首畏尾，岂不是自取其辱么？"当时千恩万谢，将陶干送出大门之外，依议办事。

且说陶干回转城中，禀见狄公，各人在辕门伺候。到了下半天，忽然堂上人声鼎沸，有许多乡人，拥在大堂之上，狂喊伸冤，一个中年老者，执着一个鼓槌，在堂上乱敲不已。当时文武巡捕，不知为何事，赶紧出来问道："你这老人家有何冤抑事，为何带这许多人前来喊冤？明日堂期，可以呈递控状，此时谁人代你回禀？"那老者听了此言，抓着鼓槌，向巡捕拼命说："来击鼓鸣冤，说是白马寺僧人，将他媳妇骗入寺内，现在死活存亡，全未知悉，特来请大人伸冤。"狄公道："白马寺乃怀义住持，是武后常临之地，岂得有此不法之事！他的犯词何在？"巡捕道："小人向他索取，他说请大人升堂，方才呈递。不然就要轰进来了。"狄公假意怒道："天下哪有这样事件？

若果没有此事，本院定将这干人从重处治，若是怀义果真不法，本院也不怕他是敕赐僧人，也要依律问罪。既这原告如此，且传大堂伺候。"巡捕领命出来，招呼了一声，早见许多书差皂役，由外进来，在堂上两旁侍立。顷刻之间，暖阁门开，威武一声，狄公升堂公座，值日差在旁伺候。狄公问道："且将击鼓人传来。"下面听了这句言语，如海潮相似，异口同声，八九十人，一齐跪下，口称大人伸冤。为首一个老者，穿着进士的冠带，在案下跪下，身边取出呈子，两手递上。狄公展开看了一遍，与马荣回来说那山门的和尚所说的话无异，然后问道："汝叫王毓书么？"老者道："进士正是王毓书。"狄公道："你呈上所控之人，可是实事么？怀义乃当今敕赐的住持，他既是修行之人，又是武后所封，岂不知天理国法？何故假传圣旨，到汝家化缘，勒令你出五千两银子？又命你合家入庙烧香，将你媳妇骗入在里面，此是罪不容诛之事，若控不实，那个反坐的罪名，可是不轻。汝且从实供来。"

王毓书听了此言，说道："进士若有一句虚言。情甘加等问罪。只求大人不畏权势，此事定可明白。"说罢放声大哭。

第四十三回　王进士击鼓鸣冤　老奸妇受刀身死

却说狄公见王毓书说，大人如能不畏权贵，决可将此事明白，当时拍案怒道："汝虽不入仕途，也是科名之士，岂不知国家立官，为达民隐？本院莅任以来，凡事皆秉公评断，汝何故出此不逊之言？且将汝交巡捕看管，本院访明再核。若果不实，便将汝重处！余人一律开释。"说罢拂袖退堂。所有那些百姓，听见此事，无不切齿痛骂，说怀义这秃驴，平日干的事件，已是杀不胜杀，只因有关国体，朝廷大臣，无奈何他，近又将王毓书媳妇，骗入里面，还敢假传圣旨，这样大罪还可容得么？可惜这老人家，只控了一番，这狄公但问他是虚是实，那个意思，也不敢办，这岂非有心祖护么？你言我语，私下议论不了。当时王毓书随巡捕而去，众农户见狄公如此发落，齐向王员外道："员外在此，且耐心两日，若大人再不肯办，我们明日再来。"说罢，齐声而散。

你道狄公何故说这松懈的话，只因怀义党类甚多，就要今晚马荣、乔太两人事情办成，明日方可奏知武后，严加惩办，若此时在堂上过于决裂，满口要办怀义，设或有人与怀义一党，当时前去报信，走漏风声，反为不美。因此但将控告的原因，在堂上细问了一遍，使百姓知道，又见自己不肯替王毓书伸冤，此乃他禁止人通报信息的意思。此时退堂之后，将控告收好，已是上灯时候。命陶干去喊马荣，说他二人已经前去，当晚也不安寝，专等马荣的回信。

谁知马荣与乔太早就吃了晚饭，出衙门由原路向白马寺来。约至二鼓左右，已到面前。两人走的是熟路，直至寺口，依旧将山门轻轻一推，幸喜又未掩着。两人挨身进去，复又掩好，来至和尚房内。那个和尚见他又来，忙道："昨晚你们几时出去？里面的事情，曾访明白？"马荣道："全晓得了，但问你昨晚山门不关，是等那个道婆，昨日听得说今晚不回去，为何此时仍将山门开着？"和尚道："英雄不知，她每日皆如此说法，到了次日，便自回去。因她那个庵中，也是个醃齪世界，所有的尼姑，把持京城中少年公子，不知坑害了多少。她每日回去，仍要办那些牵马打龙等事。今日巳正之后，方才出去，言定三更复来。英雄此时又来何干？"马荣道："可真来么？"和尚道："僧人岂敢说诳？"马荣当即说道："你且在里面静坐，若山门外有什么声响，千万莫出来询问，切记切记！"说毕，仍然与乔太出寺，在牌坊口站定。

看看天色尚早，复又在周围一带，游玩了一回，约致三鼓，月色已是当头，心下正是盼望，远远的见松林外面，有团亮光，一闪一闪的。马荣招呼乔太道："你看对面可是来了么？"乔太说："这树枝挡住看不清楚，且待我前去看明白了。"当时捏着脚步，向松林内走来，定睛一看，却是一个少年女子，提着个灯笼，照着那道婆前来。乔太赶忙出了树林，来至牌坊前面，低声向马荣道："这贱货来是来了，你我在哪里动手？"马荣道："就在这山门前结果她姓命。"当时背着月光，倚着牌坊的柱子，掩住身躯。只听树林二人说道："王道婆婆，你何以认知怀义？听说他与别人不同，浑身全滩在身上，惟有那件东西，如铁棍子相似，两下一来，便令人筋骨苏麻，可是真的么？你天天如此受用，可惜我未尝过这滋味，你哪一天也松松手，给点好处与我。每天送你来，便不许我进去，岂不令人想煞？不听这妙事，也就罢了，既然晓得，不能身入其境，你想可怪难受的。"王婆婆听了笑道："你这臊货，每日两三个男人上下，还要得陇望蜀，想这神仙肉吃。可知他虽是如此，也要逢迎的人有那种本领，软在一处，滩在一堆，方有趣味。不然独脚戏唱得来，也无意味。"两人一头走着，嘴里只顾混说这邪话，不防着已到了牌坊前面，马荣将腰刀一举，蹿身出来，高声喝道："老虔婆，做得好事，今日逢着俺了！"说着左右将头发揪住，随手一拖，早跌倒地下。那个少年女子，正要叫喊，乔太早踢了一脚，将灯笼踢去，露出明晃晃钢刀，向着两人说道："你们如喊叫一声，顷刻就送你的狗命。"

虔婆见是两个大汉，皆是手执钢刀，疑是劫路的贼盗，早已唬得魂不附体，当时说道："大王饶命，我身边没有银钱，且放我进寺，定送钱财与你。"马荣两人，也不开口，每人提着一人，直向松林而来。到了里面，咕咚摔下，乔太向马荣道：大哥，我们就此开刀，先将她那个残货剥下，究竟看她什么形象，就如此淫贱。就后挖出她心来，就挂在这树上，让鸟雀吃了吧。再将头割下，为那烈妇报仇。"马荣故意止住说道："这不是怪她一人，总是怀义这狗钻秃驴造的这淫孽。若是这虔婆肯将那地窖的暗门，何处是关键，何处是埋伏，何处是怀义淫秽的地方，共有几个所在，她能说明，常言道，冤有头，债有主，我们仍寻怀义算帐，与她二人无涉。"乔太听了此言，向着王婆婆说道："你这虔婆可听见么？爷爷本欲结果你们的性命，这位大哥替你们讨情，饶你狗命，你还不赶快说么？"王道婆听了此言，心下想道："这两人是何处而来，为何与怀义有这仇恨？我且谎他一谎，只要将此时过去，告知怀义，命他明日进宫奏知武后传出圣旨，捉拿这两个盗匪，还怕他逃上天去么？"当时说道："大王要问他地窖，此乃是自己的埋伏，外人焉能知道？我不过偶然到此烧支香，哪里知道他的暗室？"马荣冷笑道："你这刁钻的贱婆，死在头上，还来骗人，打量爷爷们不知道？昨日夜间打洗脸水是谁叫的，东西夫人是谁要做的，我不说明，你道我未曾看见么？你既偏护着孤老，爷爷就要得你性命，先送点滋味你尝尝。"说着刀尖一起，在虔婆背臂上，戳了一下，登时"哎哟"一声，满地的乱滚，鲜血直流，嘴里喊道："大王千万饶命，我说便了。"马荣说："爷爷叫你说，我偏要谎我，现在不要你说，你又求饶。要说快说，不说就下手了！"当时将钢刀竖起，刀背子靠在颈项上，命她直说。

王道婆到了此时，已是身不由主，欲待不说，眼见得性命不保，只得说道："他那个厅口的门槛，两面皆有口子，在外边一碰，便陷入地窖，下面皆是梅花桩、鱼鳞网等物，陷了下去，纵不送命，已是半死。由里一得脚，那门槛下面有两块砖头，铺嵌在木板上面，用铁索子系在槛上，只要一碰铁索子，便落了下来，当时两块石板，左右分开，下面露出披屋。由此下去，底下有十数间房屋，各是各的用处。我那日在那里是第二间房内，李氏娘子，是第五间，其余皆是他娈童顽童的所在。将这房屋走尽，另有五大间极精美的所在，便是武后的寝宫了。这全是真实的言语，并无半句虚词，求大王饶命吧。"马荣听完，乃道："爷爷倒想饶你，奈我伙伴不肯。"王道婆疑惑的看乔太，也就向乔太求道："是这位大王，也高抬贵手，饶我一命。"乔太笑道："他有伙计，俺也有伙计，只问我伙伴肯饶你，便没有事。"王道婆道："大王不要作耍，统只有你两人，哪里再有伙计？"乔太将刀一起喝道："就是这伙计，饶你不得！"王道婆哎哟一声，早已人头两处。那个少年女子，见道婆被杀，自分也是必死，只得求道："大王如不杀我，我便把身上这金镯，与你两人。"马荣骂道："你这臊货，也饶你不得！你且说来，庵在何处，里面共有多少尼姑？"女子道："此去三里远近，有座兴隆庵，便是武后从前为尼之所。这道婆与怀义，是多年的情人。现在共有三四十间暗房，此三四十个尼姑，专门招引王公大臣、少年子弟，在内顽笑。凡有人家暧昧之事，不得遂心的，也来此处商议。我是去年方才进庵，专随这道婆出入，有时她迎接不上，便命我替代，因此知道这里面的滋味。不料

今日此处遇见大王，但求大王饶命。"马荣听了骂道："汝这贱货，留着你也非好事！你既同她前来，一齐再同她前去。"当时也是一刀，把那女子杀死。马荣道："你我此事是干毕了，明日怀义出来，自必奏知武后，捉拿凶手。尸骸山门前面，岂不有累这看门的和尚？你且进去，对他说知，我这两颗人头，送到怀义那个厅上去，先把点惊吓与他。"说着起手在地下将两颗首级提起，一路蹿房过屋，向那竹园而来。

到了里面，见了下面有人说道："这个老东西，此时又不来了。每日夜间，总不得令人早早安歇，她不来，这一个便逢人胡闹。"马荣见四下无人，捏着脚步，顺着道婆所说的身径，走到里面，轻轻把两颗首级，一里一外，在那开键处摆好，随即蹿身上房，连蹿带纵，到了山门口，向里喊道："乔太，你我快点回去。顷刻里面警觉，便走不去了。"乔太正值里面出来，两人一齐向城内而去。半路之间，马荣问道："你如何同他说？"乔太道："我同他说明，是巡抚衙门来，若是怀义在他身上追寻凶手，命他到辕门控告，但说怀义骗奸人家妇女，致杀两人。他见我是狄大人差来，感激不尽，说代他出了冤气。虽是他的私意，遥想也不甚有误。"当时两人赶急入城，已是四更以后。

进了衙门，却巧狄公正拟上朝，见他两人回来，知是事情办妥，问明原委，上车来至朝房。此时文武大臣，尚未前来，幸喜元行冲已到，狄公当将王毓书的事，告知与他。行冲道："此事惟恐碍武后情面，难以依律惩办，只得切实争奏，方可处治。"狄公道："本院思之已及，稍停金殿上如有违拂之处，尚望大人同为申奏。"元行冲道："大人不必烦虑，除武后传旨免议，那时无法可想，若是武三思、张昌宗等人阻挠，下官定然伏阙力争。"二人计议已毕，从臣陆续已来。稍待，景阳钟响，武后临朝，文武两旁侍立，早有值殿官上前喊道："有奏事出班奏驾，无事卷帘退朝。"只见狄公俯代金阶，上前奏道："臣狄仁杰有事启奏。兹因进士王毓书昨投臣衙门击鼓呼冤，说有媳妇李氏为白马寺僧人怀义骗入寺内中，肆行强占，目下不知生死如何。臣因该地是敕赐的所在，恐其所控不实，当即在堂申驳。谁知此事合境皆知，听审百姓齐齐鼓噪，声言此案不办，便欲酿成大祸。臣思若果王毓书诬告，何以百姓众口一词，如再不奏明严办，不但有污佛地，于国体有关，且恐激成民变。求陛下传旨，将白马寺封禁，俾臣率领差役，前去搜查一番，方可水落石出。若果没有此事，这王毓书诬控僧人，扰乱清规，也须一律惩办。"

武则天听了此言，不禁吃惊道："怀义是寡人的宠人，准是因薛敖曹现入宫中，他不能前来，加之寡人久不前去，因此忍耐不住，做出这不法事来。但此事有碍我的情义，设若被他审出，如何是好？"当时要想阻止他不办，一时又不好启齿。武后想来……

第四十四回　金銮殿狄仁杰直言　白马寺武三思受窘

却说武后听狄公奏怀义骗诱王毓书媳妇，请传旨交他查办，心下难以决断：欲待不行，显见碍于私情，恐招物议，而且狄公非他人可比；若是他前去搜出实据，那时更难挽回。若遽然准告，此去怀义定然吃苦，那种如花似玉的男人，设若用刑拷问，我心下何以能忍？况此事也不能怪怀义，总因薛敖曹、张昌宗等人，日在宫中，便令我将他忘却，以致他心火上炎，难以遏止。此事惟有推诿在别人身上。若果他实事求是的认真起来，那时也只好如此这般，传道旨意，开赦便了。当时答是："狄卿家所奏，王毓书击鼓呼冤，孤家虽不知怀义果有此事，但此寺乃是先皇敕建，加以寡人允了神愿，偶往烧香，见怀义苦志修行，不愧佛门子弟，因此命他为这寺中住持。此时既有此事，固不能因他是敕封的僧人，违例不办，但也要访明，惟恐别处僧人，冒充其事，那时坏了国体是大，坏了佛法是小。卿家是明白之人，也应知寡人的意见。此去但将王毓书媳妇，查访清楚，令其交出便了。余下若能宽恕，看他是出家之人，容饶一二。"狄公心下骂道："这个无道昏君，金殿上面，竟命我违例饶恕他，明是袒护的怀义，我且不问如何，你既命我去，当时也不怕你有什么私意，也要奏上一本，不然全没有天理国法。"随即奏道："臣定仰体圣意！若怀义果真不法，也只好临时再看轻重了。"

当时正要退朝，忽然黄门官奏道："现有白马寺住持怀义报道，山门前不知何人，杀死两口女尸，首级不知去向。特命人来报官，转请代奏。"武则天听了此言，心下疑道："莫非怀义真是个妄为！两个女子是他骗来行奸不从，致将他杀死，反来奏朕发落？现在狄仁杰在朝，如何遮掩得过来？"当即怒道："白马寺乃敕建的寺院，何人敢在此行凶？若不严办，法律安在！且山门有人看守，僧人静慧，岂不听见！莫非他干出不端之事，抵赖在怀义身上？"狄公心下明白，当时并不再奏，领旨下来，退朝而去。

且说怀义何以知山门前有了死尸？只因他与众娈童[1]，在暗室内胡闹了半夜，轮流更替，皆不得王道婆那件顺意。一看玉杵如钢炭一般，真是无处安放。等到三更，仍是不来，欲想与毓书媳妇勾当，见她那样哭骂，深恐她拚命寻死，反而断了妄想。直到四更，疑惑道婆真是不来，不得已揪着了极少的道童，硬行干了一会，勉强出了点火，心下终不舒服，向着众人道："这个老蕙子骗得我好去！她明知我熬不过去，偏是不来。此去她庵中不远，你们带我寻她，究竟看她去那里何事。莫非又遇见个妙人儿，舍不得前来？"那些娈童，皆是百说百依的，随即三四个人，由暗室出来。才将铜铃一抽，将那暗门开下，忽然一个滚圆的物件，如西瓜一般，骨碌碌的由台坡上，直滚下来，把众人吃了一惊。皆定神向前一看，叱诧一声，未曾喊得出口，早又咕咚栽倒在地。怀义忙道："你们怎样了。"那人早已吓僵，但听说道："人、人、人头！"怀义再仔细一望，正是血淋淋一颗首级，当时亦魂飞天外，忙喊道："前面英雄赶快出来，此地出了命案了。"

原来门槛外面那个陷人坑，四面有四个绿林大盗，在那里把守，日间无事，夜间专在此处，恐有人来陷入坑中，伱四人便一齐上前乱刀砍死。此时听见怀义叫喊，知又出了事了，也就将铜铃抽起，开下暗门，依然一样，早有个如西瓜大小东西，从上面滚了下来。为首一人正望上走，不防着正滚在自己头上，吃了一惊，也不知何物，顺手一摔滚了过去。但觉头额冰凉，再用手一抹，不看犹可，再举手一看，乃是鲜红的人血，忙呼道："这事奇了，此地哪里有人头。"四人不解其故，只得一起攒身上来，过了门槛，复到里面暗室，见那边一人，已吓昏在地下，忙道："你等不要慌，此事必仇家所

---

[1] 娈童："娈"字本意形容"美好"，部首为"女"，即"相貌美丽的女子"。南北朝开始，娈字与童搭配，意指被达官贵人当作女性玩弄的美少年。

为，而且是个好汉，方有胆量，干得出这事。且取个灯台来照一照，看是何人。"怀义连忙移过烛光，这一吓，非同小可，忙道："不、不、不好了，就是王道婆，为人杀了！我的心肝，你死得好苦，这来我怎么得过？"大汉道："你们莫要大惊小怪的，可知我那边还有个人头。一同看清楚了，再想这凶手是谁。"说着过去，两人把那颗首级取来，众人一看，正是道婆的伙伴。怀义道："这明是她两人前来，行至半路，被仇人所杀。这事如何得了？"

正闹之间，忽听前面又叫喊起来，说道："你们里面快点出来，现在山门口，杀死两人尸骸，不知由何处而来。这事不是儿戏，有关人命哪！"怀义听道："不好了！这分明是静慧狂叫，莫非赵老儿也被人杀死？"四个伙伴听得此言，忙道："只要凶手在此，也不怕他逃上天去，我等且去将他擒获。"说毕四人如飞一般，穿碰纵跳，到了前面。见静慧面如土色，还在那里叫喊，忙问道："净师父，凶手在哪里？"静慧道："我与赵老儿在山门内等候道婆，直不见她前来。因是天色不早，正要小解，一人出去瞭望，见有一个大汉，肩头上背着两件东西，向牌楼前一摔。我正要上前去问，那人大喝一声：'你来便送汝狗命！'我见他手中执着一把亮刀，一吓一个筋斗，昏了过去。过了半会，方才醒来，那人已不知去向。因此前来喊叫，不知我们里面如何？"四人齐道："这事奇了，里面只有两颗人头，莫非与山门前那个尸骸是一人？我们赶快追去。"四人各执兵器，蹿出山门，果见牌房前，两口尸

208

骸，横在下面。向脚下一望，却是两个女尸，知是身首两分。四人在左近追寻了一回，不见有人影，只得依旧回寺，来到里面，告知怀义。

怀义道："这事如何是好？若他今夜再来，哪里有这许多人防备？可见这人本领非常，一人杀死两人，还敢将人头送至里面，竟无人知觉，遥想我们这内里的事，他皆知道了。似此若何办法？"四人道："你何必这样惧怕？此时赶快命人至武三思衙门，报知此事。现在天已将亮，请他立刻上朝，奏明武后，传旨刑部衙门九门提督，一体严拿凶手。如此雷厉风行，还怕他逃脱么？这个人头，从速在后面掩埋灭迹。就说是无头的命案，在别处杀人之后，将尸身移在寺前，有意拖害。武后听了此奏，岂有不办之理！"怀义听了此言，甚有主见，随即命人赶快入城。谁知到了城内，武三思已去上朝，那人只得到黄门官处，禀知此事，请他随即代奏。

此时武后退朝，赶命武三思入宫，说道："怀义干出此事，现为狄仁杰奏明寡人，他乃先皇的老臣，而且孤家见他便有三分惧怯。这事若被他审出真情，为祸不浅。王毓书控告之事，还未明白，复又闹出命案，岂非叠床架屋，令人难救。你此时赶先到白马寺去，命他将所有的罪名，移卸在净慧身上，孤家便可转圆了。"武三思本是他们一类，听说狄仁杰承办此事，也是为怀义担心，当时领旨，由后宰门出去，骑马出城，由小路飞奔白马寺来了。

下了牲口，果见山门前横着两口女人的尸首，地甲等人，在那里看守，仍有许多百姓，来来往往，拥在那里观看。武三思恐有议论，当时进了山门，直向内厅而去。正是怀义与众人谈论，说命人前去，何以仍未回来，不知武后如何发落。忽见武三思匆匆而进，正是喜出望外，忙道："皇亲请坐！寺中闹出这项事件，如何是好？"三思笑道："本来你们也太乐极了，日夜的在此快活，可知有人告了师父？"怀义道："这是何说？有谁告我？"三思正色道："此来正奉武后的密旨。现在王毓书在老狄辕门击鼓鸣冤，说你将他的媳妇李氏骗困在里房内面，而且假传圣旨，勒令出王千两饷。方才老狄上朝，奏明武后，武后正如此这般，为你掩饰，谁知黄门官又启奏说，寺前杀死两人。

这明是你因奸不从，下这毒手。稍顷老狄便来相验，武后特命我来，命你推在净慧身上，随后方好转圆。"怀义听了此言，也是吃惊不小，忙道："这不是冤煞人了？王毓书所控，虽有此事，只因我久不进宫，故一时妄为，可知杀死的人，并非什么百姓，乃兴隆庵的王道婆。她与我的事件，你也晓得，何忍将她杀死？这定是仇家所为。现在老狄前来，惟恐这事不能掩饰，却是如何是好？"武三思："横竖有武后作主，尚无大碍，但不可与他硬辩。从前我与张昌宗尚吃他大苦，何况你是出家之人。虽看这私情在内，可知外面说不出口。我还不能在此久坐，设若他来两下对面，反为不美。他来后怎样，只赶快命人到我那里送信，好进宫复奏。这个地方，也不能久坐，他进来径在前殿上，请他起坐，免得露行迹。"说着匆匆起身而去，就出了山门，正望小路上走来。

谁知前面鸣锣开道，纷纷而来，许多百姓，齐声让开，说道："巡抚狄仁杰大人来了，稍顷便要相验。"武三思见狄公已来，只好站立一旁，挤在人丛里面。谁知狄公在轿内，早经看见，心下骂道："这厮前来，必有什么密旨传教怀义，我且将他拘在此地，令他亲目所睹，方无更变。"随即命人住轿，走出轿来，高声喊道："武大人在此何干？莫非怕下官徇情，相验不实，从旁监视么？"武三思被他喊了两声，彼此转不过脸来，只得上前答道："下官因有己事上乡，路过此地，特来一瞧。大人乃清正之官，何必生疑？大人且请办公，下官即告退了。"狄公见他如此，心下笑道："你也大乖巧了，既来如何能去！"忙道："下官正恐一人照应不到，欲请一位亲信大人，同办此事。既然大人在此，且请同为查验，稍缓一刻何妨。"武三思心下正是着急，明知他是有意缠缚，忙道："大人乃奉旨而来，下官未奉主命，何敢越分行事。"狄公正色道："汝未奉命办此案件，难道私下至此，便行得么？此乃案情重大之事，你此时前来，非通消息而何？食君之禄，理合报君之恩，为何徇私废公，不办国家之事？今日虽未奉旨，且越分一次，所有罪名，老夫奏知圣上，自请处分便了。若不在此同办这案，便是汝有意欺君！"武三思被他抢白了一顿，只是回答不来，只道："下官何敢如此？奉陪大人便了。"当时两人一齐进了山门。早有人通信，告知怀义。

怀义平时妄自尊大，任凭你何人，也不出来迎接，此时有亏心的事件，加以狄公清正刚直，无人不知，早已心中惧怕，迎接出来，在大殿前侍立。见了狄公，待行礼已毕，邀入前厅上坐下，怀义也就入座。狄公当时喝道："汝是何人，竟敢与钦差对坐？即此一端，可知目无法纪。平日汝是敕建的住持，稍为宽待，胆敢将良家妇女，骗固寺中！本院奉旨查办，汝是为首的钦犯，还不向我跪下，从实供来！王毓书的媳妇现在何处？山门外两人，汝何时所杀？"这番话早将怀义吓得满身乱战。

第四十五回　搜地窖李氏尽节　升大堂怀义拷供

　　却说怀义见狄公说了一番言语，吓得浑身乱抖，乃道："僧人奉圣命在此住持，何得谓之钦犯？王毓书媳妇，是谁骗来，大人何能听一面之词，以为情谳？"武三思在旁道："大人且待相验之后，再为讯审。此时未分皂白，也不能命御赐僧人，便尔下跪。"狄公道："不然。王毓书也是个进士，断无不顾羞耻，捏控于他人之理。以命案看来，在他寺前，无论他是谋与否，杀人之时，未有不呼救之理。他既为寺中住侍，为何闻听不救？照此论来，也不能置身事外。而况王毓书所控，又是被告，虽未讯质，也须下跪。本院又是奉旨的钦差，他虽是敕赐住持，乃敕赐他在这寺中修行，非敕赐他在此犯法，或以'敕赐'二字，便为护符，难道他杀人也不治罪么？可知王毓书之事，合境皆知，若不严审明白，设若激成民变，大人可担当得住？"这番话，把武三思说得不敢开口。狄公又向怀义大喝道："汝这奸僧，所作所为，本院尽所知悉。今日奉旨前来，还想恃宠不跪么？若再有违，本院便将万岁牌请来，用刑处治！"怀义见此时，武三思已为他抢白得口不出言，只得双膝跪下。狄公道："汝犯重罪，谅也难逃。且将大概说来，这两口尸骸是谁家妇女，为何因奸不从，将她杀死？"怀义忙道："这是僧人实是冤屈。若谓我见死不救，这个寺院，不下有二三十进房屋，山门口之事，里面焉能听见？此事显系看山门的僧人净慧所为。自从僧人奉旨住持，便命他在山门看守，平日挟仇怀义，已非一朝一夕。近闻他奸骗妇女，在山门前胡行，僧人恐所闻不确，每日晚间，方自去探访。谁知昨夜三更，便闹出此事，只求大人将他传来，问明此事。"狄公道："汝既知有此事，为何不早为奏明，将他驱逐出寺？可见是汝朋比为奸，事前同谋，事后推卸在他身上。本院且待相验之后，再向汝询问。"说着起身，与三思同出了山门。

早见仵役书差，在那里伺候，当时升了公座。仵作如法验毕，喝报是刀伤身死，填明尸格，复又进入庙中。狄公命将净慧带来，净慧到了厅前，早已跪了下去。狄公喝道："汝这狗秃，圣上命汝看守山门，乃是慎重出入之意，汝何故挟仇怀义，胆大妄为，做出这不法之事！此两人是谁家妇女，因何起意将她杀害？"净慧本受了乔太的意思，乃道："大人明见！僧人自从入庙，皆是小心谨慎，从不敢越礼而行。昨日三鼓时分，山门尚未关闭，当时出去小解，忽见有此死尸，明是仇人所为。求大人明察。"狄公当时怒道："汝这狗秃，还说不关己事，为何半夜三更，尚不关闭？此言便有破绽，还不从实招来！"净慧道："这事仍不关我事，求大人追问怀义。"狄公道："怀义你听见么？庵观寺院，乃洁静地方，理合下昼将寺门关闭，何故夜静更深，听其出入？"怀义听了此言，深恐净慧说出真情，连忙道："净师父，你不可混说。现在狄大人同武皇亲，同在此间，乃是奉旨而来，你可知道么？你管的山门，自不关闭，为何推在我身上？"

狄公知他递话与他，说武三思由宫中出来，叫他先行任过的道理，连忙喝道："净慧，你是招与不招？若再不说，本院定用严刑！"净慧道："大人明见！这事虽僧人尽知，却不敢自行说出，所有的缘故，全在前面厅口。请大人追查便知。"狄公听了此言，向着武三思道："本院还不知他有许多暗室，既然净慧如此说法，且同大人前去查明。"说着使命马荣、乔太，并众差役，一齐前去。

此时武三思心下着急，乃道："里面是圣上进香之所，若不奏明，何能擅自入内？这事还望大人三思。"狄公冷笑道："贵皇亲不言，下官岂不知道？可知历来寺院，皆有驾临之地，设若他在内谋为不轨，不去追查，何能水落石出？此事本院情甘任罪，此时不查，尚待何时！"武三思道："既然大人立意要行，也不能凭净慧一面之词，扰乱禁地。设若无什么破绽，那时如何？"

狄公道："既皇亲如此认真，先命净慧具了甘结，再行追究。"当时书差将结写好，命净慧画押已毕，随即穿过大殿，由月洞门，抽铃进去。净慧本是寺内的僧人，岂不知道他暗室？况平时为怀义挟制，正是怀恨万分，此时难得有此干系，拚作性命不要，与他作这对头。当将月洞门抽开，怀义已吓得魂不附体，心下想道："若能他陷入坑内，送了性命，那时死无对证，武后也不能将我治罪。"谁知马荣早已知道这暗门，先命净慧进去，自己与众人，站在竹林里面。只见净慧将门槛一碰，铃声响亮，早将两扇石门开下，向外喊道："皇亲大人，此便是怀义不法的所在，现在李氏还在里面痛哭呢！"狄公凝神，果然一派哭声，隐隐的由地窖内送出，随向武三思道："贵皇亲曾听见么？若因禁地不来，岂不令妇女冤沉海底。"武三思直急得无可回答。只见狄公向怀义怒道："你这贼秃，竟敢如此不法！且引我等入内。究竟里面有多少暗室，骗人家多少妇女？"怀义欲想不去，早被马荣揪着左手，向前拖来，此时身不由己，只得同马荣在前引路，由坡台而下。

狄公入了地窖，但见下面如房屋一般，也是一间一间的排列在四面，所有陈设物件，无不精美。狄公道："清净道场，变作个污秽世界了。李氏现在哪间房内，还不为我指出！"怀义到了此时，也是无可隐瞒，只得指着第二间屋内说道："这便是她的所在。"当时狄公命马荣同净慧，将门开了，果见里面一个极美的女子，年约二十以外，真乃是沉鱼落雁之容，闭月羞花之貌。见有男子进去，当时骂道："你这混帐种子，又前来何事！我终久拚作一死，与怀义这贼秃，到阎罗殿前算帐。"马荣道："娘子你错认人了。我等奉狄大人之命，前来追查这事。只因王毓书在巡抚衙门控告，说怀义假传圣旨，骗奸娘子，因此狄大人奏明圣上，前来查办。此时钦差在此，赶快随我出去。"李氏听了此言，真是喜出望外，忙道："狄青天来了么？今日我死得清白了。"说着放声大哭。走出房来，抬头见两位顶冠束带的大臣，也不知谁是狄公，随即随身下拜道："小妇人王李氏，为怀义这奸僧假传圣旨，骗我家公公合家入庙烧香，将奴家骗入此处，强行苦逼，虽然抗拒，未得成奸，小妇人遭此羞辱，也无颜回去见父母翁姑。今日大人前来，正奴家清白之日。一死不惜，留得好名声。"说罢对那根铁柱子，拚命的碰去。早把狄公吃了一惊，赶命马荣前去救护，谁知又是一下，脑浆进裂，一命呜呼。把个武三思同怀义，直吓得浑身的抖战，狄公也是叹惜不已，又向武三思道："此是贵皇亲亲目所睹，切勿以人命为儿戏。"当时命差役将怀义锁起，然后各处又查了一番。所有那里娈童顽仆，以及四个大盗，早由地道内逃走个干净。

狄公查了一会，明知前去还有房屋，因碍于武后的国体，不便深追，正要出来，忽见坡台下许多鲜血，随向怀义喝道："汝这没王法的秃贼，奸盗邪淫，杀人放火，这八字皆为你做尽了！现有形迹在此，还想哪里抵赖！人是汝所杀，首级弃在何处？"怀义急道："此事僧人实系不知。现已自知犯法，但求大人开一线之恩，俯念敕赐的寺院，免予深追，僧人从此改过，决不再犯！"狄公哪里容他置辩，随命先将怀义同净慧一齐带回衙署，自己与武三思回转头来，所有寺内僧众，全行驱入偏殿，将月洞门各处发封。

到了辕门，先传巡捕，将王毓书带来，向他说道："汝先前控告之人，本院已经带来了，依例严办便了。但是汝媳妇节烈可嘉，自裁而死，汝且赶速回去，自行收殓，明日午堂前来听审。"王毓书听了此言，不禁放声大哭道："可怜我媳妇，硬为这奸僧逼死！若非青天追究，水落石出，岂不冤沉海底！"当时叩头不止，起身退出。此时王家庄早已得信，毓书的儿子已在辕门等候，父子抱头大哭。当时回家，备了棺木，连夜又来辕请起标封。次日一早，大殡已毕，抬回庄上不表。

且说狄公将武三思留在衙门，当时命人摆了酒饭，与武三思吃毕，然后说道："下官即将怀义带回，又是彰明实据之事，非得先审一堂，问实口供，明日奏明圣上不可。"武三思此时恨不能立刻出衙，好急往宫中送信，无奈被他困住，不得脱身，心下甚觉着急。现又见他要审，格外着忙道："大人虽是为民伸冤，可知他乃是御赐的住持，若过于认真，恐圣上面上，稍有关碍。还望大人三思。"狄公道："有圣明之君，始有刚正之臣，下官今日追究此事，正欲为国家驱除奸恶。贵皇亲所言，也只看了一面。"当时命人在大堂伺候。顷刻间书差皂役，排列两班。狄公犹恐怀义刁猾，当时又将万岁牌位供在大堂，然后升堂公座，传命将净慧带来。两边威武一声，早将净慧带至堂上。狄公问道："汝且将怀义的事，悉数供来，好在这堂上对证。"净慧道："僧人本在这寺内住持，自从看这山门，凡里面的细情，虽不知悉，至他奸淫妇女，却日有所闻。久已思想前来控告，总因他势力浩大，若是不准，反送了自己的性命。现在大人既究出这根底，其余之事，已自包罗在内。惟山门前这两口尸骸，没有事主，求大人将怀义带来，交出人头，好收殓掩埋。如此惨暴寺前，实于佛地有碍。"狄公听罢，明知他隐藏武后的事件，不敢直说，当时也不过问，但提出怀义对质。巡捕答应一声，将奸僧带到。狄公喝道："汝这秃厮，胆敢在寺内立而不跪，若非本院寻出这暗室，随后更是目无王法了。现在当今牌位供奉于此，汝且跪下，从实供来。究竟那两颗首级，藏置何处？"怀义道："这事僧人实不知情，总求大人开恩，追问净慧。昨夜是他开门小解，叫喊起来方才知道，当时便没有人头了。这是他亲口所说。"净慧

道："昨夜是你们哄闹出来，我方才开门出去，彼时你等众人，怎么说杀人了，人头滚到地窖去了，安知你们已将人杀过，故意哄闹出来，不然为何说有人头呢？"狄公听罢，将惊堂一拍，喝道："你这秃囚，至此还敢抵赖！可知王子犯法与庶民同罪，何况汝是个僧人，难道本院不能用刑审问？左右，先将他重打六十，然后再问他口供。"

你道狄公是命马荣将王道婆杀死，除了兴隆庵之患，为何反有意在怀义身上拷问，岂不是狄公冤人么？殊不知狄公除恶，正是务尽的意思，若不将道婆杀死，虽然搜寻出这事，王道婆定要出入宫闱，随通消息，将怀义救了出去。而且兴隆庵又是武则天出家之所，若再如白马寺这样严办，于武后面上，万下不去，因此暗中除了此恶，随后再办那三四十房的尼姑。现令怀义招供，也是恐武后赦罪，故意将此事推到他身上，好令武后转不过口来。有这件道理，所以命人拷打。

内文导读

僧人怀义秽乱白马寺，强抢民女案，讲的是白马寺僧人薛怀义本是闺阁美男，剃度为僧，聚集许多无良子弟，研讨春宫秘法，秽乱佛门。武则天也以拈香为名，驻跸寺内，一同淫乐。仗着武则天的庇护，怀义愈加猖狂，胡作非为，无法无天，强抢民女，祸害一方。狄仁杰通过明查暗访，命人暗中将与怀义有勾搭的王道婆、尼姑杀死，借查案引领大批差役进驻白马寺，一举捣毁淫窝，百姓称贺，大快人心。另外，还有怒惩张昌宗、施巧计智除薛敖曹等情节。书中除了前三案的人物为虚构之外，后面所写人物，如武则天、武三思、阎立本、武承嗣、张昌宗、薛怀义、张柬之等人，都是真实历史人物，故事发生的背景也均为真实历史背景，因此带上了浓厚的政治色彩。这样一来，虽然书中所设置的案情纯属虚构，但所刻划的人物形象，尤其是狄仁杰一心为民、秉公执法的形象和历史上真实的狄仁杰是比较吻合的。所以，该小说也可以看作是对狄仁杰形象的一种另类的补充和完善。

第四十六回　金銮殿两臣争奏　刑部府奸贼徇私

却说狄公见怀义不肯招认，命人重打六十大板，当时威武一声，拖了下去，顷刻间吆五喝六，将六十板打毕。可怜怀义虽是个僧人，自从到白马寺以来，为武后朝亲夕爱，住的高房大厦，吃的珍肴百味。与公主大臣一般，十数年来，皆是居移气养移体的，哪里受过这样的苦恼大刑？此事之后，早是皮开肉绽，鲜血淋漓，哼声不止。狄公命人将他拖起，仍到公案跪下，喝道："汝这狗头，妄自尊大，哪里将国法摆在心上，一味的奸盗邪淫，无恶不作。除了本院，谁还敢同你如此？你究竟招与不招？不然本院便用大刑夹起。"此时怀义也是无法，忙道："大人乃堂堂大臣，何故有意刻薄，苛责僧人？大人欲我招供不难，先将我敕赐白马寺主持，这几个字奏销，那时再想我认供。你说我目无法纪，我看你也目无君上呢。皇上御封的僧人，擅敢用刑拷问，今日受汝摆布，明日金殿上，再与汝谈论！"狄公听了此言，哪里忍耐得住，大声喝道："汝这派胡言，前来吓谁！可知本院执法无私，欲想依阿权贵，坏那国家的法纪，也非本院的秉性。汝既是御赐的主持，知法犯法，理合加等问罪。本院情愿领受那擅专的罪名，定欲将汝拷问！"当时把惊堂拍了数下，命左右取夹棍伺候。

马荣、乔太知道狄公的性情，随即连声答应，噗咚一响，摔了下来。武三思连忙说道："怀义之罪，固不可恕。且求大人宽恕一日，俟明日奏明圣上，再行拷问。"狄公怒道："贵皇亲也是朝廷命官，本院办这案件，情真确实，尚有何赖！这秃僧胆敢挺撞大臣，种种不法，该当何罪！乱臣贼子，人人得而诛之，本院已将这万岁牌供奉在上面，今日审问，正是为国家办事。

若有罪名，本院一人承任。"说着连连命人将他夹起。下面众役，见狄公动了真怒，赶着上来数人，将怀义拉下，脱去僧鞋，将两腿放入圆眼里面，一声吆喝，将绳索一收。只听怀义喊叫连天，大叫没命。狄公冷笑道："你平时不知王法，令你受些苦楚，以后方不敢为非。"随命再行收紧。下面又一声威武，绳子一收，只听怀义"哎哟"两声，昏了过去。众差役赶着止刑，上来回报狄公，命人将他扶起，用火酸醋缓缓抽醒。众人如法泡制，未有顿饭工夫，复听怀义忽叫一声："痛煞我也！"方才醒转过来。

狄公命人扶着怀义，在当堂两边走了数下，此时怀义已痛入骨髓，只是哼声不止。狄公命人推跪在案前，喝道：'这刑具谅汝还可勉强挨受，若再不招，本院便用极刑了！"怀义听了此言，不禁哭道："求大人勿用刑，僧人情愿招了。两颗人头，现在竹林下墙根底下。此人乃兴隆庵两个道婆，不知为何人杀死在寺前，致将两颗首级，送在暗室外面。僧人昨夜开门，忽然一个人头，滚入地窖，已是诧异万分，谁知外面地窖，也有一个人头。再命人提起一看，方知王道婆同庵中使用的那个女子，因此叫喊起来。此乃实情，全无一句虚言，求大人再为探访。僧人这苦刑，实受不下去了。"狄公道："只要有了首级，便是实在的形迹。谁教你埋在下面。"当时命招房录了口供，命他在上面画押已毕，仍交巡捕看管，然后退堂。到了书房，向三思说道："方才供认之事，非本院一人私行，贵皇亲亲目看见。明日早朝，请大人一同面圣。"武三思满口应允，见他审问已毕，随即告辞。

出了辕门，天色将晚，当时并不回府，直由后宰门，到了宫内。虽说天色夜晚，所幸那些太监，无不认得三思，每每的穿宫入内。这时到了武则天宫中，却巧张昌宗为则天洗足，只听则天问道："你两人自入宫中，你封为东宫，薛敖曹封为西宫如意君，每日无忧无虑，在此快乐。可怜怀义是孤家的旧交，许多时日，未尝亲近。今日上朝，为狄仁杰奏他一本，说有进士王毓书，控告怀义将他媳妇骗入庙中，意在强行，死活存亡，不知如何。狄仁杰奏知寡人，委他亲自入寺搜查。你看那个人的性情，甚是刚直，若去查出破绽，狄仁杰非别人所比，一点不看情面，此去惟恐他总要吃苦。孤家已命武三思前去报信，不知何故此时尚未回来。"

三思在外听见，忙道："姑母不必过虑，臣儿已回来了。"当时便将在山门前如何会过狄公，如何为他围困在寺内，以及搜出暗室，李氏寻死，怀义带回衙门，用刑拷问，前前后后的说了一遍。武则天听毕，吃了一惊，忙道："怀义那种雪白如玉的皮肉，焉能受这重刑！如将他拷死，如何是好？狄仁杰又不比他人，明日早朝，定有一番辩论，令孤家如何处治？"武三思道："现有计在此，王道婆被人杀死，此案未有凶手，怀义亦未认供，明日圣上说他二人各执一词，难以定谳，着交刑部问讯。刑部大堂，乃是武承业管理，他是臣儿的兄弟，又是圣上的侄儿，岂有不偏护怀义之理？"张昌宗在旁奏道："这老狄在朝中，终不是好，不但与我们作对，专与圣上怒言怒色。即如怀义这事，明知朝廷敕赐的地方，可恨他偏要寻出暗室。似此办理，国体岂不有亏！陛下说是刚直，我等看他，明是瞧不起陛下，故意如此。若不将他革职退朝，我等诸人，何能久在宫内？陛下隆恩万分亲爱，奈他只是不容，岂不令陛下日后冷清，无人在宫中陪伴？"武则天道："汝等所言，朕岂不知。只因狄仁杰乃先皇旧臣，平日又无过处，何能轻意革职。而且你我在此，尽是私情，他办的乃是公事，何能因私废公。且待明日上朝，再行定夺。"

不说众人在宫中私议，单言狄公当晚退堂后，随至书房，写了一道极长极细的表章，将怀义的恶迹，全叙在上面，预备早朝奏驾。灯下写毕，次日五鼓，来至朝房，却巧景阳钟响，当时入朝，俯伏金阶。山呼已毕，狄公出班奏道："臣狄仁杰，昨日奉旨查办白马寺案件，所有恶迹，诛不胜诛，当时在暗室里面，将王毓书媳妇搜出，该媳节烈可嘉，触柱而死。山门前两口尸骸，也是怀义所杀，首级被他埋藏在地窖里面。此两案皆臣与武三思二人，亲目所睹，又有净慧僧人为证。似此奸僧，显违王法，动以敕赐的住持恃为护符，将天理公法全行不惧，岂不有坏国体，有污佛地，百姓遭其奸害。臣于昨日回辕之时，升堂讯问，胆敢恶言挺撞，有辱大臣。此时因他不吐实情，以故将他重打六十大板。此虽臣擅责御僧，却是为国体之故，依法处治。强逼一妇，杀害两人，又是御赐的僧人，知法犯法，理合凌迟处死。今特奏明圣上，请旨发落。"

　　武后听毕，将他奏摺细看了一遍，乃道："卿家所奏，固是实情合理将他问罪。但阅原奏，怀义虽将人头掩埋，并非是他所杀。这事恐尚有别情，何能遽行定谳。"武三思也出班奏道："昨日臣在狄仁杰衙门，也恐此事另有别故，只因狄仁杰立意独行，他乃奉旨的大臣，故不敢过问。但恐怀义为仇家所害。"狄仁杰听了此言，忙道："姑作这两人非他所杀，人头何以在地窖里面？白马寺清净地方，何故造这地窖暗室？显见平日无恶不作。即以王毓书媳妇而论，这事乃武大人亲目所睹。强逼良家妇女，须当何罪？而况此妇人尽节而死，就此而言，也该斩首，岂得因他所供不清，便尔宽恕？于国体何在，于法律又何在！从来国家大患，皆汝等这班党类，怙恶欺君，遂至酿成大祸，今日不将怀义斩首，恐王家庄那许多百姓，激成大变。臣实担忧不起，且请陛下三思。"

武三思直不开口，等他言毕，乃言道："狄大人，你虽痛恨这怀义，在我看来，说他骗困李氏有之，若说强逼她，又未尝成奸，那李氏自己触柱而死，于怀义何涉？"狄公听了此言，愈加怒道："汝这欺君附恶的狗头，李氏不为他强逼，为何自己寻死？她死正为怀义罗唣，此事不依例论斩，且请圣上，将国法注销，免得徒有虚文。罪轻者无辜受杀，罪重者反逃法外，何能令百姓心服！"武则天见他两人争辩不已，乃道："此案情重大之事，两人各持一见，一人疑难偏信，且将怀义发交刑部审问。问实口供，再行论罪。"狄公还要再奏，武则天早卷帘退朝。

狄公闷闷不已，出了朝堂，高声骂道："武三思，汝这狗头，护庇奸僧，如此妄奏！你仗武承业是你兄弟，将此案驳轻，可知法律俱在，那怕你有心袒护，本院也要在金殿申奏！"武三思只是淡笑不言，各自回去。狄公到了辕门，早有刑部差役，前来提人。当时狄公又大骂不止，只得命巡捕将怀义交出，一人进了书房。心下暗想："不将武承业这狗头痛辱一番，也不能将怀义除去。今日武承业必不讯问。准是将他送入宫中，哭诉武后，若不如此如此，何以除这班奸党！"

却巧王毓书来辕探信，听说怀义为武承业要去，不禁大哭不止，说此血海冤仇，不能报复了。当时便在堂痛不欲生，恨不能立刻寻个自尽。狄公在里面听见，命马荣如此这般对王毓书说了，叫他赶快回去。马荣依命，出来将王毓书拉在旁，将方才的话说了一遍，毓书自是感激不尽，遵命而去。这里狄公换了便服，带了马荣、乔太，以及亲身的差役，来至刑部衙门左近，等候动静。约至午后，忽然一乘大轿，由衙门抬出，如飞似的向东而去。马荣远远看见，赶着上前喊道："汝这轿内抬的何人？也不是上杀场去的，这样飞跑，将我肩头碰伤，如何说法？"那人认不得马荣，大声骂道："你这厮也没有神魂，访访再来胡缠。俺们在刑部当差，抬的是皇亲国戚，莫说未曾碰你，便将你这厮打死，看有谁出头，敢说个闹字！你这厮敢来阻挡，这轿内乃是武皇亲的夫人，现在武后召见，立刻进宫，若得误了时候，你这狗头莫想牢固。爷爷今日积德，不与你作对，为我赶快滚去吧。"马荣听了此言，心下实佩服狄公，当时怒道："你这厮用大话吓谁，我也不是没来历的。你说抬的武皇亲的夫人，我还说你是抬的钦犯呢！莫要走，现在巡抚衙门，来了许多百姓，闹得不了，说武承业卖法，将怀义放走。我们大人还说不信，特地命我前来探信，究竟刑部可曾审讯。哪知你们通同作弊，竟将怀义抬走。我等且看一看，若果是他的夫人，情甘任罪，若是怀义，此乃重大的钦犯，为何将他释放？且带将抚院，请狄大人定夺。"说着走了上来便掀轿帘。

那轿夫听了此言，吓得魂不附体，赶紧前来阻止。

第四十七回　众百姓大闹法堂　武三思哀求巡抚

却说马荣正要掀那轿帘，那几个轿夫，听了此言，赶着喝道："你这人没肝量，皇亲国戚，汝等可乱着的么！莫要动手，你冒充抚院的差人，先将你打个半死。"马荣哪里睬他，见他来阻止，随即高声喊道："你们众人前来。这轿内明是怀义！"此时乔太、陶干，以及书院皂役，全围将上来。狄公也就上前喝道："汝这两人受谁指使，里面究是何人？本院的声名，汝等也该知道？且从实说来！"四人见是狄大人亲自前来，这一吓魂不附体，也不答应，赶着便转身逃走。早有差役并陶干等人，每人上前揪住一个。马荣把轿帘掀起一看，正是怀义，随即命人将原轿抬起，回转衙门。狄公随即来至辕门，升堂审讯。此时王毓书早带了许多百姓，在衙门哄闹，说："怀义如此不法，小民受害不堪，若今日不将他斩首，我等拚死在此处，看巡抚大人如何发落。不然我等到午门去了。"

当时正闹个不了，忽见狄公回来，许多人揪了轿夫，抬了一乘轿子。狄公在大堂坐下，命人先将轿夫提案，陶干一声答应，早将四人在案前跪下。狄公喝道："汝四人好大胆量，敢在刑部衙门，去劫钦犯！左右先将他们重责一百，然后斩首示众。"轿夫听了，无不魂飞天外，连忙在下面叩头不止道："此事非小人之意，大人若将小人等斩首示众，皆有老小，那就活活饿死了。此皆刑部武皇亲，命我等将怀义抬出，送入宫中。若半途有人询问，便说是他夫人，因此小人方敢如此。现在大人若将小人们治死，岂不冤煞！"狄公道："胡说！武皇亲乃是朝廷的大臣，奉旨承办此案，未经审讯，何故把他送入宫中？这明是汝等不法！"那些百姓，听了此言，无不齐声说道："世上有如此坏官，一味偏护情面，不照顾百姓！我们也是民不聊生，不如到刑部，将武承业揪出打死，拼作死罪。"说着，一哄而去，皆到了刑部衙门。

此时武承业正命人将怀义送入宫中，预备哭诉武则天，商议个善策，将这事完结。去了好一会，直不见原人回来。忽听门外如鼎沸相似，无限人声，蜂拥而来。正是诧异，命人出去探问，早已外面有人来报道："现在许多百姓，将大堂挤满，说大人将怀义放去，半路为百姓拦住，逼令狄大人带了回去。说大人徇私卖法，不将怀义治罪，他们便要哄堂到宅门内来，与大人讲论。"武承业听了惊道："我将怀义送入宫中，正是想他躲藏，请武后传旨释放，那怕狄仁杰再为认真，也便无事。谁知又为众百姓知道，现在带至抚院衙门吃苦，明日老狄定与我有一番纠缠，这便如何是好？"

正说之间，忽听喧嚷一声，早将暖阁门挤倒。只听百姓喊道："他是刑部，理该为民伸冤，何故私放怀义？他既徇得私，我等便打得他！横竖民不聊生，打出祸来，挤得将我百姓杀尽了，好让和尚为

225

皇帝。"说着已来了四五十人，见了武承业齐声叫抓住。承业见动了众怒，不敢出去禁止，正要由旁边逃走，早为一人抓住。接着上来五六人，你打一拳，他踢一脚，早把武承业打得头青脸肿。承业深恐送了性命，只在地下求道："诸位百姓，我定将怀义严办便了，你们意下如何？千万不可再打！"内有几个做好做歹的人说道："你们权且住手，等我向他说话。"众人都道："还同他说什么？他不顾我们百姓，百姓要这狗官何用！"武承业忙道："这位百姓，要说何话，武承业总尊命如何？"那人复又将众人止住道："你既为朝廷大臣，昨日白马寺的暗室，以及李氏碰死。皆是你哥哥亲目所睹。你也不是狼心狗肺，何故因一个和尚，如此枉法？今日你要活命，除非你将狄大人请来，在此公同审讯，定成死罪，所有白马寺的暗室，一概拆毁，我众人等便随时散去。若非如此，我等逃不了殴辱大臣的死罪，你也休想活命！"武承业见众人汹汹，不敢答应，忙道："我随汝等所言，立刻请狄大人去。"随即命人拿帖子，到巡抚衙门。一面命人到各衙门送信，以便带兵前来，将这干人驱逐，为首的治成死罪。那些众家人，领命出来，分头而去。

先说狄公见众百姓到了刑部，当时他就退堂，仍将怀义交巡捕看管，四个轿夫录了口供，交差役带去，自己在书房静候。过了一刻，忽见巡捕带进一人，到了书房，取出一个帖子，向着狄公道："刑部武大人，特命着差官，请大人赶速前去。现在百姓闹堂，万不得了，若再不去，便有大祸！"狄公故意说道："此乃武皇亲自不小心，干犯众怒，我现为他已受累。自从圣上将怀义交他审讯，此事已是不干我事，忽然百姓闹至辕门，说武皇亲徇私枉法，把怀义释放，逼令我捉获，只得同他前去。遥想断无此事，谁知走到半途，百姓已将轿子掀开，将怀义抱出。彼时面面相觑，只得将人带回，虚问一堂；谁知轿夫说明真情，乃是武皇亲将他释放，所以动了众怒，到刑部衙门而去。此时来请本院，本院何能前去？又未奉旨会审，若皇亲不能制度百姓，反说本院有意把持，越俎行事。此欺君之罪，如何能当？"那个差官见狄公不肯前去，赶着说道："此事武大人亲命来请，现有名帖在此，岂能致累大人？务恳大人前去一趟，不然百姓闹出祸来，在京皆遭其累。"狄公道："本院未曾奉旨，万不能去。汝何不到武三思处那里去报信，请他去排解，不然便将怀义请你带去，看百姓如何说项。"那个差官，怎敢答应将怀义带回，岂不为众人打死，只得退了出来，飞奔回衙。早见合城官员，带着许多官兵，拥在门口，随即分开众人，挤入里面。只见百姓高声喊道："武承业，你这狗头，还调兵来恐吓我们！"说着许多人上前，将武承业举起，向外说道："汝等若进这门来，便将他请你开刀！"众官员见了如此，哪个还敢动手，连忙说道："汝等权且放下，命兵丁退去便了。"武承业已吓得尿滚屎流，满口喊道："诸位大臣不必进来，且等狄大人来发落。"

正是扰乱一堆，那个差官只得说道："狄大人不肯前来，说此事不关己事，又未奉旨，不能越俎而谋，现在已经为大人受累。说为众百姓在辕门争闹，并拟将怀义送来，仍听大人审讯。"武承业还未开言，只见许多百姓说道："巡抚大人如此偏护？他如送来，一齐将他治罪。"说着复又争闹不已。武承业赶忙喊道："此乃他不肯前来，非关下官之事。诸位百姓，便将下官治死，也无好处，何不仍到巡抚衙门去，向怀义理论。"众人骂道："汝这奸贼倒会推诿，狄大人不来，乃是怕你谎奏朝廷，此时这许多官员在此，为何不令他们前去同请，用这些兵丁来吓我何事？若再不去，我等爽性不畏王法了。"说着两人将武承业倒举起来，头朝下脚朝上，如同摔流星一般，摔来摔去，把个武承业摔得头晕眼花，如猪喊相似，直是乱叫。众官见了如此，真是进退两难，欲想上前阻止，反怕送了性命；若待不去，武承业又乱叫。适武三思此时已来，只得高声叫道："我与众大人一同前去，汝等可勿动手。"众人道："限你三刻，不来便摔。"说罢，咕咚一声，摔于地下。

武三思只得领着众人，飞奔而去。到了巡抚衙门，也等不及巡捕通报，直至书房而来。狄公见众人到此，知是乃为怀义的事件，不等武三思开口，忙道："这事叫下官怎样？众怒难犯，这许多百姓，来辕门哄闹，设若激出大变，下官怎担任得住？令弟乃承审大臣，为何又将怀义释放？四名轿夫，异口同声，皆说刑部大人指使的。不是下官虚张声势，怀义几为百姓治死。现在贵皇亲前来，下官适巧得以解脱，好者是圣上命令弟承审，将人犯请贵皇亲带去，免后百姓又来此地乱闹。"武三思见狄公用这封门的言语，忙道："大人乃是先皇的老臣，久为小民信服。现在舍弟命在顷刻，务请大人前去一行，先将怀义的罪名定下，好让众人散去。随后若开活怀义，再为计议。此时且看一殿之臣的情面，免得酿成大祸。"狄公连忙言道："贵皇亲岂不害杀老夫！令弟审讯，乃奉旨而行的，老夫前去，乃是越分。设若圣上说我多事，那欺君专擅的罪名，那还了得？贵皇亲尚要原谅，此事万不能越。"武三思道："大人此去，救我兄弟之命，圣上知道，正要加恩，岂有问罪之理？"狄公道："任凭诸公言语，老夫不敢遵命。可知人心总难问，现为此事，已受累不浅，设事后奸臣妄奏一本，说我唆令百姓，大闹法堂，将怀义抢回，那时圣怒之下，如可辨别？岂不反送了性命？诸位如果要下官前去，且请在此立一凭单，将武承业如何私自放怀义，为众百姓哄闹法堂，以致来请的话，写成凭单，各位签字在上面，老夫或可前往。不然事不关己，何必多管。"武三思明知狄公有心推辞，只得依他，匆匆忙忙写毕，许多官员皆是武氏奸党，全行执押在上面的，然后狄公同众人，乘轿坐至刑部。

百姓正在那里说："武三思未曾去请，大约也躲避去了，不然此时也该来了。他把我们作叛民看，待用兵来挟制我等，便摔死他再说。"说罢一齐呐喊，如潮水涌来的一般，顷刻又把武承业头朝下，脚朝上，当流星摔。狄公赶着上前，抢到里面，高声说道："汝等在此，还要为王李氏伸冤，还是趁此作乱？"众人见狄公前来，齐声道："率土之滨，莫非王臣。谁人没有身家性命，何敢作乱？只因平日为这般奸党，虐害生民，奸淫妇女，已是民不聊生。昨日王毓书媳妇在白马寺自尽，乃是大人同武三思搜查，彰明较著，罪无可逃，为何不将他问罪，反交刑部里来，被这狗官，将他私放！不是我等闻风前来，岂不又漏法网？如此发落，百姓焉能安处？此时既大人前来，只求将王氏冤枉伸雪，怀义治罪，我等情愿认大闹公堂之罪。若不这样，断难散去。"狄公道："本院既到此地，汝等尚有何虑！立刻会提怀义，汝等且将武皇亲放下，方成体统。似此哄乱在一处，尚有什么上下？"百姓道："此地万不能审！怀义到了此间，我等不能时时看守，若他晚间仍然放去，至何处与他要人？若要审问，仍到巡抚衙门去，方妥当。"狄公听了此言，故意说道："汝等为何如此横暴？武大人乃奉旨的钦差，岂能到巡抚衙门审问？如此次再行私放，汝等皆向本院要人便了。"随向武承业道："贵皇亲，今日下官前来，可知要将怀义的罪名拟定，不然，下官也承任不起。"武承业此时只想众人走散，无不满口应允，说："大人为下官做主，无论如何，一同奏知圣上便了。"当时百姓听了他如此说定，方将他放下。

第四十八回　武承业罪定奸僧　薛敖曹夜行秽事

却说狄公命人回辕，去提怀义，顷刻之间，人已提到。狄公命武承业公服升堂，自己坐在一旁，听他审讯。承业道："众百姓请大人前来，本望从公拟罪，此时大人何以一言不发？"狄公笑道："怀义之罪，列有明条，贵皇亲也非不知法律之人，他所犯何罪，依何律处治，百姓尚有何言？下官此来，不过替大人解和，何敢越俎审问。"武承业此时逼得前后为难，若不审问，堂下这许多百姓，断不答应；一经定了罪名，怀义便无生路了。想来想去，实在为难。谁知他还未开口，众百姓早将怀义纳跪下来，向上面说道："狄大人如不定了罪？我等又要动手了。"狄公复向武承业道："皇亲呀，事已到临头了，若再存私袒护，下官便不好在此。圣上命你承审，为何此时还不开口？"武承业恐又干众怒，只得向怀义问道："那两人究竟是否汝所杀？可知下官为汝之事，也是情非得已，乃汝亲目所睹，现在实逼处此，权且供来，你可明白么？"狄公听了此言，心下骂道："这个奸贼，几乎送了性命，现又递话与怀义。打量我不知你心下的话，教他权且认供，将此时挨了过去，便可哭诉武后，赦他重罪。岂非是梦想！你是乘的拚将吃苦，直不审问，百姓当真不知王法，将汝治死么？你既害怕，只要说定罪名，哪怕你再依仗武后，欲想更改，也是登天向日之难。"

只见怀义见武承业如此说法，知不说也不得过去，当时只得供道："所杀两人，乃是兴隆庵道婆，平日时常入寺，四下搜寻，恐她将暗室看破，走露风声，因此起这不良之心。昨夜在半路等候，却巧她路过此地，将她杀死。又恐日后追寻凶手，因此将人头带入寺中，埋于竹林墙脚下面灭迹。不料为狄大人看出破绽，致尔败露。以上所供，悉是实话，求大人从宽发落。僧人自知有罪，总求俯念是敕建的地方，免致有伤国体。"武承业听毕，向狄公道："例载挟仇杀害，本身拟抵，怀义杀尧二人，罪加一等，加以王李氏受逼身死，此乃凌迟重罪。惟念他是敕封的住持，恐于圣上情面有关，且拟一斩监候罪名。嗣后入秋，再为施刑，此时权行收入天牢。在大人意下如何？"狄公道："贵皇亲所拟的当之至，但怀义虽然供认，却未画供；贵皇亲拟定罪名，且未立案，何能成为定谳？且命书差录供，使怀义印模，那时下官命众百姓退散。"武承业听毕，心下恨道："老狄你也太狠了，定然欲做得无可挽回，将怀义置之死地，这是何苦！也罢，这时便如你心愿，随后一道圣旨，将怀义赦去，看你究有何说？"当时便命书差，将怀义的口供录下。画供已毕，狄公道："汝等众百姓，本为王毓书媳妇伸冤而来，现在已蒙武大人，定成斩监候罪名，实是依例严办。汝等此时还不退去，又是何干？可知未定罪之先，将人私放，乃武大人一时之误。既定罪之后，汝等仍在此地取闹，并不为死者伸冤，乃是有意叛逆，挟制大臣。似此叛民，国家岂能容恕？便调兵前来，将汝等一律处死，看汝等能成何事？还不赶快回去，各人各勤农事！将王毓书带来，好备此案。"那许多百姓，见狄公如此吩咐，随即一哄而散，出衙回去。

顷刻功夫，将王毓书带进来，见怀义跪在下面，当时也不问是法堂上面，抢上来将怀义揪住，对定背心一口咬着。只听怀义"哎呀"一声，众差役忙上来拦阻，已咬下一块肉来，嘴里还是骂道："汝这秃驴，月前怎样说项？说武后命你前来化五千银子，要拜黄忏。你假圣旨，骗去银两，这事还小，何故起那不良之心，致将我媳妇逼死？若不是狄青天审问，这冤枉何时得伸？此时还要哀求奸人，私行释放，岂不是无法无天么！"说罢大哭不止，怒气填胸，又要上来揪闹。狄公连忙喝道："王毓书，你既是进士出身，为何不早来听审？现已发办依例定罪，汝此时无理取闹，全不听官解说，天下哪有这糊涂书生？"说罢命人将怀义录的口供，念与王毓书听毕，他也在原呈上，执了

231

押，随后命他回去听信。王毓书千恩万谢，回头下来。然后狄公将案件原呈，一并收好，两人退堂，将怀义带了进去。

狄公向武承业道："贵皇亲今日受辱，实是自取其咎，岂有要紧的钦犯，私下释放之理？国家以民为本，大兵调来，难道全将他们杀死不成？从来得天下者，得民心，失天下者，失民心。小民无知，岂能干犯众怒？今日下官若是不来，岂不将贵皇亲任性乱摔的，虽不致身死，那头晕眼昏，肚肠作呕，这些丑态，无不百出。朝廷的大员，皇家的国戚，为徇私存人，致被这羞辱，岂不愧煞！照此看来，我等虽不能算好官，也不落坏名，被人笑骂。"这番话把武承业说得满面通红，无言可答，只说道："似大人之言，何尝不是，只因碍于圣上的国体，故此稍存私见。谁知百姓竟不能容，还是大人来禁阻，实是感激不尽了。"狄公知道他是嘴上的春风，冷笑道："同是为国为民之事，有什么感激。在人居心而已，百姓也是人，岂没有个知意感激的？你待他不好，他自向你作对。下官此时，也要紧回转，怀义现在堂上，贵皇亲可莫私心妄想，这许多蠢民，照常仍在左近访问，若再为他们知悉，本院虽再来，恐亦无济了。"说罢起身，告辞回辕而去。

不说武承业与怀义私下议论，单表狄公来至书房，做了一道奏稿，次日五鼓上朝，好奏明武后。

谁知武承业见众人散去，心虽放下，浑身已为众人摔得寸骨寸伤，动弹不得，向着怀义哭道："下官为汝之事，几乎送了性命，现在如何是好？狄仁杰不比他人，明日早朝，定有一番辩论，叫我如何袒护？他已将口供案件，全行带去。"怀义已知难活，不禁哭道："现在惟有请大人私往宫中，请圣上设法，总求他看昔日之情，留我一命。"武承业忙道："你这话，岂不送我性命？日间因送你入宫，为百姓半途揪获，我此时出去，设若再为他们碰见，黑夜之间，打个半死，有谁救我？我现在吃苦，已经非浅，若再遭打，便顷刻鸣呼。"怀义急道："武皇亲，你我非一日之义，今日我死活，操之你手，除得圣上救我，更有何人挽回？你不肯去，如何是好？"武承业也是着急，只得向武三思说："此事还是哥哥进宫一趟，将细情奏明圣上，请她设法，只要将狄仁杰一人阻止，余下便可无事。"武三思因怀义是武后的宠人，恐怕伤了情面，当时说道："愚兄此时姑作回衙之说，径入宫中，今夜却不能来回信，好歹总求武后为力便了。"随即乘轿出来，故意命轿夫说道："汝等闲人让开，武大人回衙。"说罢如飞而去，由后宰门进去。

到了里面，小太监连忙止住道："武后现在宫中，与如意君饮酒呢，连我们皆不进去。请皇亲在此稍待罢。"武三思知薛敖曹在里干事，只得站在纱窗外面等候。耳边但听薛敖曹吁吁呼呼的，武后也是那种沉吟的声音，把个武三思听得忍耐不住，只得移步走远过去。停了一回再来，仍然如此情形，如是两三次，方听武后说道："我封你这'如意君'三字，实是令我如意。可怜怀义，昨日受狄仁杰一顿恶打，两腿六十板，打得皮开肉绽，今日交我侄儿审讯，不知如何了结。"武三思在外听见，知他们事情完毕，故意咳了一声，里面武后问道："是谁在此？"早有小太监走云，说是武三思在帘外听候多时了。武后道："我道是谁，他还无碍。且令他进来。"武三思听了此言，随即进去，与薛敖曹见礼坐下，并将武承业如何送怀义，如何百姓哄闹，如何请狄仁杰定罪的话，说了一遍。武后吃惊道："这事还当了得，狄仁杰是铁面御史，如此一来，岂得更改？端端的好怀义，将他送了性命，使孤家心下何忍。"武三思道："臣等无法可想。怀义特命臣

连夜进宫，求请陛下，看这昔日的恩情，传旨开赦。不然便难见陛下之面了。"武后踌躇半会，乃说道："孤家早朝，也只好顺着狄仁杰的言语，如此这般发落，或可活命。汝且前去，命他安耐心思便了。"武三思见武后应允，只得出宫而去，回衙门。

到了五鼓上朝，早见狄仁杰坐在朝房里面，见武三思进来，连忙问道："昨日之事，乃是贵皇亲众目所睹，本院乃事外之人，反又滥予其间了。"当时听景阳钟响，文武大臣，一齐入朝。三呼已毕，狄公出班奏道："昨日武承业激成民变，陛下可曾知道么？"武后见他用这重大的话启奏，忙道："寡人深处宫中，又未得大臣启奏，哪里知道？"狄公道："陛下既然不知，且请将武承业斩首，以免酿成大祸，然后再将怀义所犯所拟的罪名，照律使行。武承业乃是承审的人员，竟将钦犯徇私释放，致为百姓在半途拦截，送入臣衙，哄闹刑部。若非武三思同众大臣议，将臣请去压住，几乎京畿重地，倏起隙端。求陛下宸衷独断，将徇私枉法之武承业治罪，于国家实有裨益。"武后道："百姓哄闹法堂，此乃顽民不知王法，理该调兵剿斩，于武承业何涉？"狄公道："陛下且不必问臣，兹有凭字，并各人手押，以及怀义所拟定的罪名，均誊录在此，请陛下阅后便知。"说罢将奏折递了上去。

武后展开细阅了一遍，欲想批驳，实无一处破绽，只得假意怒道："外间有此大变，武承业并不奏闻，若非卿家启奏，朕从何处得悉？私释钦犯，该当何罪！本应斩首，姑念皇亲国戚，加恩开缺，从严议处。怀义拟定斩监候罪名，着照所请，交刑部监禁，俟秋决之期，枭首示众。王毓书之媳，节烈可嘉，准其旌表。"狄公复又奏道："白马寺虽是敕建地方，既是怀义所污，神人共怒，此秽亵之所，谅陛下也未必前去。请陛下将厅院地窖，一律拆毁，佛殿斋室，一并封禁，所有寺中田产，着充公，永为善举。"武后见他如此办理，虽恨他过于严刻，只是说不出口，也就准了退朝。狄公回辕，分别措置，百姓自是感激不尽。

谁知武后进宫之后，薛敖曹上前奏道："陛下今日升殿，怀义之事，究竟如何？"武后见问，闷闷不乐，乃道："寡人同汝恩同夫妇，无事不可言说。自从早年在兴隆庵与怀义结识，至今一二十年。云雨之恩，不可胜数，今为狄仁杰拟定罪名，斩监候，虽俟秋间施行，此仍掩耳盗铃之意，随后传一道旨意，便可释放。惟恐不知寡人的用意，反误为寡人无情，岂不可恨！"敖曹道："这事他岂不知道，可以不必过虑。惟是狄仁杰如此作对，我等何能安处？现有一计，与陛下相商，不知陛下可能准奏？"

内文导读

　　僧人怀义秽乱白马寺强抢民女案，事实清楚，凶手无可争议，作者所突出的重点，并不像之前几个案件那样，重点是突出案件本身的复杂和离奇，而是着力于案件之外——突出狄公破案时外部给予的阻力。面对武后的王权，狄公没有畏惧，依旧执法必严、严明公正，这是难能可贵的品质。作者所要突出的是，外部力量对司法公正的干预，是不可忽视的司法实践难题。执法者不仅需要高超的智慧，更需要不畏强权的胆量。

第四十九回　薛敖曹半途遭擒　狄梁公一心除贼

　　却说薛敖曹道："陛下莫虑怀义，他岂不知此事，而且昨日武三思，又传言于他，谅他总可知道。但狄仁杰一日在京，我等一日不能安枕，陛下何不将他放了外任，或借作别事将他罢职，岂不去了眼前的肉刺？"武后叹道："寡人岂不想如此，只因朝中现无能臣，所有的官僚，皆是寡人的私党，设若有意外之事，这干人皆不能办理，就以狄仁杰在朝中。一则是先皇的旧臣，外人也不议论，说我尽用私人，二则国家之事，他可掌理，因此不肯将他罢职。汝且勿多言，孤家今日心绪不佳，满心记挂着怀义，汝明日私自出宫，先到武三思家内，同他到刑部监内，安慰怀义，说孤家此举，也是迫于法律。一两月以后，等外间物议稍平后，开赦便了。"薛敖曹见他如此，当时也只得答应，随命小太监摆酒，将张昌宗复又请来，两人执杯把盏，代武则天解闷。武则天本天生的尤物，见他两人如此殷勤，不禁开怀畅饮，半酣之间，春兴高腾，薛敖曹便对坐舞动了一番，然后酒阑灯灺（xiè），共寝宫中。

　　次日一早，武后上朝，敖曹换了太监的装束，便带了两名穿宫小太监，由后宰门出去，直向武三思家中而来。也是合当有事，却巧狄公昨日回转之后，将王毓书传来，圣旨旌表他媳妇，即定了怀义的罪名，秋间施行的话，说了一遍。王毓书当时即叩头不止，说朝廷大臣，能全像大人如此忠直，小民自高枕无忧了。今日将此事说明，我媳妇在九泉之下，也要感激。狄公复行劝慰了一番，命他回去，准备今日早朝之后，便到白马寺拆毁地窖。谁知由朝房出来走至半途，忽见武三思家人，带领三个少年，向刑部衙门那条路上而去，心下甚是疑惑，暗道："前面那个少年，颇觉熟识，曾记在何处见过，何以与武家的人一路行走？"随即将马荣喊至轿前，低声问道："汝见前面几人可认识么？"马荣道："如何不认识？为首的是武家旺儿，后面三人，不便在街坊说明，且请大人回辕后再说。"狄公会意道："汝命乔太跟在他后面，看他究竟向何处而去，赶着回来禀报。"马荣答应，叫乔太前去。这里狄公命人赶快抬回辕门，轿夫听了此言，不知何故，只得飞似的进了抚辕。狄公下轿，到了内书房后面，马荣已随了进来。狄公道："你方才见后面三人，究竟是谁？"马荣道："那个三十上下，雪白面皮的，此人便是这南门外一个无耻的流氓，叫作小薛，不知何时，为武三思所见，知他阳具肥大，送入宫中。日前所说的那个薛敖曹便是此人。"狄公听了此言，不禁起身，勃然大怒："这个无道昏君，自己亲身的太子，远贬房州，将这无赖的奸人收入宫中去。此必是到刑部私通消息，与怀义商议事件。今日遇见本院，也是他自投罗网！不将他治死，也令他成为废物。"正说之间，果见乔太匆匆跑来说："那少年正是薛敖曹，小人跟他在后面，见旺儿与他三人一齐到刑部去了。"狄公听了此言，随命差役伺候，说至白马寺拆毁地窖。外面许多皂役听说到白马寺去，无不高兴非常，想在寺中搜罗钱财，顷刻众人毕至。狄公带了人众，并马荣等人，出辕而来。当时坐在轿内，心下想道："如若这个狗头，能在半途碰见，便可如此这般的行事，若不能碰见，也只好借拆毁之名，到刑部前去提怀义。"

一路上正是思想，渐渐离刑部不远，忽见前面那个少年，又由对面而来，心下好不欢喜。正要命马荣前面去，谁知他早经会意，抢了几步，到了面前，故意在薛敖曹身边一撞，薛敖曹差点摔倒，心下不由一怒，当即骂道："汝这狗头，为何不带着眼睛，汝也不是瞎子，走在爷爷面前，还不看见！"马荣见他叫骂，也就喝道："汝这厮，破口骂谁？这街坊上面，皆是皇上的土地，谁人不敢行走？也不是你要买的路途，为何不让我走路？说的我未带眼睛不看见，你何故不看见让我呢？你也不妨探我是那个衙门而来，在此狐假虎威！"薛敖曹哪里忍得下去，随向小太监道："汝等在此，还不将这厮捆起，送至九门提督处，活活将他打死！敢在此间与我抢白？"两人正闹之际，狄公轿子已到前面，忙令住轿，向外问道："本院命汝先过去提怀义出刑部，好往白马寺拆毁地窖，何故在此与人争论？"马荣道："此人乃是南门无赖，名叫小薛，往年为非作歹，地方官出差严拿，被他逃走，现又潜来都中。小人一路而来，因差事紧迫，行路匆匆。他撞在小人身上，反将小人乱骂。"狄公喝道："胡说！他是个少年子弟，何以知他是无赖？且命众差役来询问。"

马荣当时将辕门的院差，一齐喊来，众人一望，一个个皆吃了一惊，不敢开口。狄公道："汝等可认识此人么？若果是无赖小薛，或者前次犯法，现已改邪归正，本院但须略问数言，便可释放。若不是小薛，本院倒要彻底根究，是谁人如此横暴，胆敢殴辱院差，闯阻官道！本院定须严加重责。"武三思的家人见狄公前来，早吓得魂不附体，知道又出了祸事。见狄公如此言语，恨不得众人说是小薛，免得彻底根究，无奈众人知道薛敖曹之事，无一人开口。狄公怒道："汝等想必与他同类，以至不敢言语？且将这厮带回本院，审讯一番，也就明白。"薛敖曹见了这样，已是心惊胆战，深恐自己吃苦，忙道："我正是小薛，求大人宽恩免责。"狄公听了喝道："狗头，从前已幸逃法网，深恐自己吃苦行凶！本院若不深究，汝必不肯供认。皇城禁地，岂容汝这奸民混迹！左右且将他锁了，送回辕门，交巡捕看管。俟本院由白马寺回来，再行发落。"乔太陶干答应一声，不问青红皂白，锁了起来。后面两个小太监，不知利害，见薛敖曹被锁，忙上前拦道："你们这班人胆子好大，他乃是宫中的人，敢用铁链锁他！圣上晓得，你们也不顾性命！"旺儿见小太监说出真情，心下实是着急，惟恐连累自己，赶着挤出人围，逃回去了。

这里狄公道："汝这两个小孩子，为何说出此话，难道你认得他么？汝是何人，赶快说来，本院放你回去。"小太监道："我两人是穿宫的太监，名叫汪喜，他名叫李顺，与他一齐前来。"狄公也怕他说来不尴尬的话，连忙喝道："你两个小狗头毋得混说！他说是小薛，何敢往入宫中？此人大有疑窦，一并交差带去，俟本院回衙严讯。"说毕，乔太将三人锁回抚院。狄公便至刑部，将怀义提出，到白马寺毁了地窖，直至傍晚方才回来。

谁知旺儿见小太监说出真话，赶紧跑回家内与武三思说明，三思也是焦急万分，乃道："这事如何又为他碰见？倘若认真的究办，薛敖曹说出真情，这如何是好？"当时也只得来至宫中，告知武后。武则天听了此言，更是羞惭无地，又愧又恨，忙道："汝等赶速前去，说我宫中逃走了三名太监，既为他拿获，令他送进宫中，听我发落。设若狄公审讯，千万传言薛敖曹，莫说出真情。那老狄非比别人！"武三思只得遵命出来，着人到抚院，说武后有旨，将太监送去。早有巡捕回道："我等奉大人差遣，看管人犯，此时大人尚未回转，不敢擅自专主。不知圣旨是假是真，不能凭贵王亲口言，信以为实。"来人无可如何，只得回复三思。谁知狄公早料着有这次情事，故意到晚方回。进了辕门，已是上灯之后，当时巡捕将上项说话回明，狄公道："这明是假传圣旨，且待本院审问，俟明早奏明再核。"当时也就升堂，命人将仪门关闭，恐有人观审。先将太监传来喝道："小薛乃是地方上的无赖，汝等说他来往宫中，莫非他受人指使，欲想行刺么？此乃大逆无道之事，汝且从实供来。还是与他同谋，抑是遭他骗惑？本院审明口供，便将他斩首。"薛敖曹在旁听见，早已魂飞天外，深恐这性命不保，只见小太监供道："这小薛也与我等同类，为圣上的穿宫太监，实非行刺之人。适才圣上已经有旨，请大人将我等送进宫中。只因我等私自出宫，圣上未曾知悉，现在查出，已获罪不小，求大人开恩释放。"

狄公听了此言，不禁拍案大怒，命人用刑。

第五十回　查旧案显出贺三太　记前仇阉割薛敖曹

却说狄公拍案喝道："汝这两个小狗头，纯是一派胡言！小薛自己已供认无赖，为何汝等反说他是穿宫太监？这事明有别情，若不直供，定将汝处死！"小太监道："小薛实是太监。方才圣上已经传旨，请大人送进宫中，与圣上发落，这事何敢撒谎？"狄公说："本院看小薛决非太监，汝等既矢口不移，且命那书差，查他旧案，若果确有实据，本院断不轻恕。"谁知众书差却不敢开口。内有一个刑部书办，姓贺名三太，此人自幼与薛敖曹为邻，凡敖曹的恶迹，无不尽知，早年有个女婢，为敖曹强占，俟后报官究办，正拟出差获案，忽为武承嗣送进宫中。因此他这般愤气，至今未出。现在见狄公如此追究，又值众人不敢开口，心下想道：小薛虽是入宫，权势浩大，既有本官招呼，我且将他陈案翻出，令他眼前受点枪棒。随即上前说道："此人实系无赖，串同太监，在外胡行，所有案件，书办尽知。"说着退了下来，将敖曹从前案牍，悉数查呈上堂来。狄公看了几件，尽是奸淫的案情，不禁拍案怒道："汝这狗头，犯了此等罪恶，尚敢在此串同太监，作恶胡行！左右，先将他重责百板，再行收禁。两名太监，交巡捕看管。"左右答应一声，早将薛敖曹拖下，一五一十，打得叫喊连天，然后将他收入禁中，以便明早上朝申奏。

谁知狄公退堂之后，贺三太心下想道：本官虽重办薛敖曹，终不能置之死地，一经武后传旨，送往宫中，虽狄大人也无法可想。他既自称是太监，方才受责之时，何以那浊物如杵棍一般，不下有一二尺长短。这物件也不知犯了无限的罪名，我要报他前仇，挤得性命不保，方可为国家除害。主意想毕，等到二鼓之后，一人想着，暗暗到了监门。那个禁卒认得是贺三太，忙迎来问道："贺先生来此何干？"三太道："我同你商议一事，听说你从前为小薛累的很苦，可是不是？"那人道："提起来话长呢，恨不能食他之肉，寝他之皮。小可从前的家私，虽不能是丰富，也还小康，自从与他赌钱，被他赚了数千两银子，嗣后我将家产输得干净。再去找他，他不认我，因此无法可想，钻了门路，来当这禁卒。可怜每月落不上数吊钱，家中老小，仍是不能敷衍。他现在进了宫中，又有这般势力，自是心满意足，谁知天网恢恢，遇见了我们这大人，将他打了百板，收入禁中。现在想趁此报复他前仇，只是想不出主意。贺先生可有良策，我们商议商议。"贺三太道："我从前之事，你也知道，此时前来，正想与你打点。你可知他在堂上供认的是穿宫的太监，太监哪有留着阳具的道理？方才为大人打了百板，见他那浊物，不下有一二尺长，取下来，改作敲鼓槌子或则敲锣，倒也别致。"禁卒道："你想得虽好，这一来送他性命，固报了前仇，明日狄大人要人，如何是好？"贺三太道："你不知道，这物件并不是致命，将他割下，依然可活。你看宫中太监，皆没有此物。但不可伤破他卵子，便可无碍。"禁卒道："能够这样就妙了。现在堂上明明供认了是太监，即便明日上堂，他不敢说出这物件。在别人身上是不可少的，在他身上，却是犯禁，这个暗苦，叫他受罪，如是却好。"两人商议妥当，禁卒取了一柄尖刀，取了两个酒杯，一包末药，就同贺三太两人来至狱内。

此时薛敖曹因棒伤打得利害，在那里哼声不止，心中只想武三思，告知武后命狄公释放，此时听见狱门响亮，抬头一望，见是三太，连忙喊道："贺三哥，你救我一救。我的事情，谅你知道，能在这事上周全与我，不出三日，定叫你富贵两全。"贺三太道："正是同你商议。你现得了好处，把我们旧邻居，旧朋友，皆忘却了，我家那个女婢，至今还在我家，你此时在此苦恼，命她前来服侍你好么？"禁卒也在旁道："你的女婢，虽可伏侍，但是狱中没有钱财。我积得数十串钱在此，我们三人赌钱如何？"薛敖曹见他二人说了前仇，连忙道："二位老哥，千万莫记前仇，我已悔之莫及了。能够救我，将我放出辕门，逃回宫中，定然厚报如何？"贺三太冷笑道："放你出去，这个沉重，倒可担得，但是要同你借一物件，不知可肯与不肯？"薛敖曹见他两人允从，甚是欢喜，忙道："岂有不肯之理，只求你将我放出，无论金银珠宝，功名富贵，皆包在我身上。好朋友，我这棒疮实是疼痛不过了，可先代我取点水来，让我薰洗薰洗，然后同你们一同出去。"贺三太道："你虽肯允，只是你所说的，我二人全用他不着。想在你身上借用一物。"薛敖曹道："我由宫中出来，万不料遇着这事，此时我身上，除随身衣服，另外哪有别物？"贺三太道："你莫要装作聋子，故做不知，放爽快些，快点送出！"薛敖曹见他二人只不说明，心里急道："好朋友，你明说吧，只要你能救我命，此处随你要什么总可。"禁卒上前骂道："你这烂乌龟，老子看这禁狱的门，少一个敲门槌子，方才在堂上时，见你被打，露出那个怪物，又长又粗，取下来适当合用，就与你借这物件！"

薛敖曹听了此言，自是吓慌，忙道："好朋友，我今日已在难中，从前虽有不是，我已自知，自今已往，定然酬报。现在

何必取笑，哪里敲门用这肉槌头的道理？"禁卒不等他说完，当头啐了一口骂道："谁同你这乌种子取笑！老子的家产，被你骗尽，同你借一二百银子，尚是不睬，还说什么酬报，功名富贵，包在你身上？即如贺三爷，同你做邻居，哪件事不周济你，你反恩将仇报，将他的婢女奸骗。你也不想想，是何人物，伏着这件长大怪物，便尔秽乱春宫，行用这无法无天之事。平日深居宫院，要想见你一面，也是登天向日之难，今日也是天网恢恢，冒充太监，到那刑部与怀义私论事件，独巧被大人看见。你既做了太监，哪里还有这物？长在你身上，也是作怪，不如交代我们，还成一样器具。老子的性情，你也晓得的，告诉你句实话，叫你受点疼痛，绝不至送命便了。"薛敖曹听了此言，自是魂不附体，连忙求道："两位朋友，可高抬贵手，留我一条性命，以后再不敢放肆了。"禁卒道："随后已迟，老子既到此地，你不依便可了么？难道还要我动手不成？"贺三太道："同他说什么闲话，此时不报前仇，明日朝罢，又寻他不着！"说罢，禁卒抢了一步，例将薛敖曹拖倒下来。

敖曹到此时，知道斗他们不过，只得喊叫连天，大呼救命。哪知禁卒，晓得必定狂叫，逐取了一张宽凳，将他纳在上面，两手背绑在凳腿之上，上半截已是动弹不得。贺三太也就在旁边，将他两脚绑好。禁卒取出两张草纸，在酒内浸潮，向着薛敖曹骂道："你这狗头，还想喊叫，老子请你吃酒，看你可能言语。"薛敖曹也不知道何故，正是狂叫连天，忽见禁卒将草纸在嘴边一蒙，只见薛敖曹将眼睛一闭，连连地闷咳了数声，复将眼睛睁开，满脸急得通红，欲想说半句言语，却也难乎其难。贺三太本是刑房，岂不知这私刑，赶着说道："不可不可，如此一来，便送了他性命，随后反不好令他受罪了。"禁卒道："哪里如此快法，我们快点动手，不再加草纸，便不至死去。免得他乱喊乱叫，取得不安静。"说着又跑了出去，取了簸箕，装上石灰，摆在板凳下面，然后将衣服袖卷起，取出一柄尖刀，向着贺三太说："我今日干了此事，这两手必然污秽，只得事后浸浸擦洗。"随后向薛敖曹骂道："你这乌种子，可莫怪老子心狠，只恨你罪太大了。这件怪物，且待我留下！"

第五十一回　薛敖曹哭诉宫廷　武则天怒召奸党

　　却说禁卒取着尖刀对定薛敖曹阳具根上一刀下去，贺三太深恐伤了他卵蛋，赶着说道："小心一点，莫送了他的性命。那反不好。"禁卒道："你慌什么，前日我见人割那驴子，便是如此。"说着又见他将刀执定，由上而下，四围一旋，顷刻之间，只见薛敖曹在板凳上，半截身子，跳上跳下，知是他疼痛万分，两眼不住的流泪，嘴里只说不出话来。贺三太又恐他身子肥大，将宽凳跳翻过来，赶着上前，将他纳住。又见禁卒将周围旋开，惟有中间那个溺管未断，尚挂在上面，此时两手血流不止，将一簸箕的石灰，全行染得鲜红。贺三太虽是恨他前仇，到了此时，也觉有点不忍，赶着向禁卒说道："你用刀尖子，将他溺管割断，从速用末药，代他敷好了。遥想这厮，罪已受足，若耽延工夫，恐他昏死过去，那时便费了大事。"禁卒果然依他所言，将溺管割断，将阳具摔在地上，然后用好药在四下敷满，果神效非常，顷刻将血止住。又在贺三太衣衿上面，撕下一块绸子，将伤痕扎好，始行取过木盆，倒了冷水，将手上血迹洗去。贺三太方将薛敖曹脸上草纸一揭，只见他已不能言语，贺三太忙道："你手脚太慢，致将他闷死过去，只是如何是好？"禁卒道："你莫要慌乱，他如死去，我来偿命。"说着将他扶坐起来，禁卒出去，取了一支返魂香燃着，送在他鼻孔前，抽了一会。没有顿饭工夫，但见薛敖曹有了进出的生气，又停了一会，忽然将脸一苦，将口一张，大叫一声："疼煞我也！"禁卒骂道："你这乌种子，早知有此疼痛，为何从前犯法？舒服得好，便叫你疼得利害，以后看你还能放肆了！"说着在地下，将阳具拾起，用水洗了几次，抓在手中，向薛敖曹道："也不知你这狗头，如何生长的，你自己看看，可像个敲门的槌子？"说着捧起来，便在他头上打了一下。

薛敖曹此时，方疼痛稍定，低头向下身一望，一个威威武武的丈夫，变作了坑坑凹凹的女子！这一急非同小可，比送他的性命，格外伤心，高声骂道："你这两个伤心的杂种，下这毒手，我姓薛的，与你誓不甘休！除非将我治死，不然叫你家破人亡。你把这长具取去，想必是送你老婆送你妹妹去了！"禁卒哪里容得他辱骂，他骂一句，便将那件怪物，在他嘴上打一下，于是你骂我打，愈骂愈打，两人闹作一团。贺三太实是好笑，赶着向禁卒拦住道："你我已报了前仇，既割下来了，也不能复行合上，骂自然要骂。我且问他的言语，你莫要在此胡闹。"禁卒道："我实气他不过，你有何话问他？"贺三太向薛敖曹道："我两人，虽然报自己前仇，可知为国家除了大患，也免得日后露出破绽，有那杀身之祸。可知你此时恨骂，没有益处，我两人既摆布你到此，还怕你怎么？你倚仗不过那个兴隆庵的尼姑，受你这怪物，封你为如意君，此时既已割去，成了废物，还能如从前得宠么？即使你进宫哭诉，将我两治罪，我们也不是死的，难道不会逃走？告诉你句实话，顷刻与他逃走他方，看你有何本领害得我两家？莫说你借了太监，说不出，受我两人恶苦，便那个尼姑，也是不能彰明较著的，奈何我两人？你要骂便骂，我们是出去了。"说着拖了禁卒，飞奔出狱。薛敖曹要想去追，他无奈两脚锁了铁镣，不得动弹，心下越想越气，看看下面，格外伤心，想贺三太所说的言语，也是不错。只恨自己不应出宫来看怀义，反送了自己的性命，一人只是在监中啼哭。

内文导读

破白马寺强抢民女案，还民于公道，作为武后的爪牙，薛敖曹是一块较大的畔脚石，所以，要将怀义绳之以法，必须先除掉薛敖曹。

且说武三思到宫中，说明此事，武则天命人到辕门去要薛敖曹，反为巡捕回说狄大人尚未回家，不敢信以为实，将人交出。武则天接着此信，自己也悔恨不已，心下想道："薛敖曹为狄仁杰捉去，尚是小事，他两人为他擒去，设或露出破绽，彻底根究，岂不令人愧死！"一人在宫中翻来覆去，只是想不出主意，到了四鼓之时，只得上朝理事。众人齐在殿首，只见狄仁杰出班奏道："臣奉旨拆毁白马寺地窖，昨日已经完毕，特来复命。并奏明圣上，在半途寻获了两名穿宫太监，与那无赖小薛在外胡行，臣已带回辕门。查出小薛的案件，全是不法之事，理合依例处治。适因回辕之后，又闻传旨要此三人，不知真伪，特来启奏陛下。内侍阉宦，何能与无赖为伍，在外胡行，此中关系甚大，求陛下拟定罪名，如何究办，臣好遵旨施行。"武则天听了此言，心中不禁胆寒：此人实是铁面冰心！寡人之事，竟敢如此启奏，无奈你太认真了。若再为你说出实情，孤家颜面何在？乃道："卿家所奏，寡人已早尽知。但此三人，是孤家宫中内监，私逃出外，固罪不容宽，也不能令外官审问。卿家回衙，立刻押转宫中，寡人亲自发落。"狄公当时只得遵旨，心下暗道："我昨日若非赶先审问一堂，打了一百重板，岂不为他逃过！"说罢众人散朝。

狄公回转衙中，只得将监中薛敖曹提出，也不再审，命巡捕同着那个小太监，一齐押送宫中而去。此时武则天退朝入宫，正思念薛敖曹，不知此时方可回来，拟命人前去催促，忽见后宫太监，引着薛敖曹进来。登时放声大哭，向着武则天奏道："自沐重恩，情深似海，从此万不能如前了！"武则天见他如此凄惨，忙惊道："寡人已将你三人要回宫来，还有何事害怕？"薛敖曹道："此非说话之地，且请圣上入内。"武则天也不知何事，只得进入寝宫，薛敖曹便将贺三太与禁卒如何怀恨前仇，将自己阉割的话，说了一遍。武则天本以此为命，这一听，真是又羞又恼，恨不得将贺三太等人，顷刻碎尸万段。当时说道："这也是寡家误你，不是命你去看怀义，何至有如此之事；也是情分圆满了。汝且住在后宫，陪伴寡人，以便调养。但是这贺姓的同那个禁卒，非将他处死，不泄心中之恨！"当时恼恨不已，只得将张昌宗召来。薛敖曹是痛哭不已，张昌宗闻知也是骇异之事，向着武则天说道："这事总是狄仁杰为祸！若非他与陛下作对，将薛敖曹带进衙门，追究前案，何至如此？照此看来，我等竟不能安处了。我看狄仁杰一人，也未必如此清楚，惟恐他手下另有秘党，访明宫中之事，想了最毒的主意，命他出头办事。现在陛下三人，已去其两，只有我一人在此，陛下若非访拿那班奸贼，将他党类减尽，随后日渐效尤，再将我等逼出宫中。我等送了性命，尚是小事，那时陛下一人在宫内，岂不冷清！"说着两眼流下泪来。武则天见薛敖曹成了废物，已是恼闷不堪，此时见张昌宗说了这番，更是难忍，不禁怒道："孤家因静处深宫，唯恐致滋物议，因此加恩，凡是老臣概行重用。不料他如此狠毒，竟与寡人暗中作对！不将这班奸人处治，这大宝还要为他们夺去！"当时大发雷霆，命太监赶着召武承嗣到前，命彼说出这班奸人，以便按名拿问。

武承嗣在家，正与武三思谈薛敖曹，说老狄虽是心辣，只得害他一百大板，现为武后在金殿上，认为太监，命他送入宫中，

他也别无想。但是怀义常在刑部，恐武后心中不悦，必得没法将他放出，送入宫中，此事方妙。正在谈论，忽见有个内监，匆匆进来说道："二位爷，就此进宫！陛下此时恼恨非常，薛敖曹如此这般，受了重苦。圣上因此大怒，命你进去，访命这班奸人，好按名治罪呢。"武承嗣听了此言，心下大喜，向着武三思道："我等可于此时报复这狗头了！惟恨狄仁杰、元行冲等人，平日全瞧不起我，今日进宫，如此如此，启奏一番，先叫几个狗头办去，随后老狄一人在京，便是一个独木难支，无能为力。"三思亦以为然，随即命他同太监，一齐同到了宫中。武则天见他前来，不禁怒道："孤家因汝等是我娘家之人，因此重用。原想各事协心办理，凡外面所有事件，以及奸人为害，早奏朕知，现在薛敖曹、怀义等人，连连遭了此事，置朕颜面于何地？显有奸人与狄仁杰狼狈为奸。若不将这班人除尽，朝廷何能安处！召汝前来，可赶速暗访，将奸人名姓开单呈阅，好按次严办。"武承嗣见武则天动怒，随即跪下奏道："臣儿早知有此祸事，从前屡次奏明。自从庐陵王远贬房州，许多大臣心下不悦，意在谋反，废出圣上，总因未得其便。现在这几件恶事，皆只是奸人唆出老狄先除了陛下的近宠左右，然后再将我等除尽，那时便带兵入禁，立拥庐陵王。臣儿虽有所闻，欲奏明圣上，无奈圣上以狄仁杰为大臣，不肯深信，故不敢启奏。陛下再不严办，这天下恐非陛下所有了！"说罢痛哭不止。

第五十二回　怀宿怨诬奏忠良　出愤言挽回奸计

　　却说武承嗣奏了一番言语，武则天怒道："寡人从前也不过因先皇臣子，不肯尽行诛绝！明日早朝，汝候在金殿奏明，好立时拿问。"武承嗣道："陛下如此，则安居无事矣。"道罢复安慰了武后一番，薛敖曹安心在宫内陪伴，然后出来，与武三思计议了一晚。

　　次日五鼓进朝，山呼已毕，左右文武大臣，两班侍立。忽然武承嗣上前奏道："臣儿受陛下厚恩，正思报效，风闻有旁人怨恨，说陛下严贬亲子，废立明君，致将天下大权，归己掌握，不日便欲起兵讨逆，以辅立庐陵王为名，欲将臣等置之死地，逼陛下退位。臣等受国厚恩，不敢隐匿，求陛下俯臣等身受无辜，群臣罢职，免得受此大逆之名，致将陛下有滥用私人之议。现在庐陵王还在房州，仍求陛下即日传旨，召进都中，复登大宝，以杜意外之祸。"武承嗣奏了这番言语，两边文武大臣，无不大惊失色，彼此心中骇异，也不知是谁有此议论，致为武承嗣妄奏。只见武后怒道："此乃是寡人家事！前因太子昏弱，不胜大宝之任，因此朕临朝听政。是谁奸臣，妄议朝事，意在谋反，汝既闻风，未有不知此人之理，何故所奏不实，一味含糊？着即明白奏闻，以便按名拿办。"武承嗣道："此人正是昭文馆学士刘伟之，并苏安恒、元行冲、恒彦范等人，每日在刘伟之家中私议。求陛下先将刘伟之赐死，然后再将余党，交刑部审问。"武则天听了此言，只见刘伟之现在金殿上，随即怒道："刘伟之，寡人待汝不薄，汝既受国厚恩，食朝廷俸禄，为何谋逆议反，离间宫廷？汝今尚有何说？"

　　刘伟之此时自觉吃惊不小，赶着俯伏金阶，向上奏道："此乃武承嗣与臣挟仇，造此叛逆之言，诬惑圣听，陷害微臣。若谓臣等私议朝事，自从太子受屈，贬至房州，率土臣民，无不惋惜。臣等私心冀念，久欲启奏陛下，将太子召回，以全母子之情，以慰臣民之望。且陛下春秋高大，日忧万几，旰食宵衣，焦劳不逮。家有令子，理合临朝，国有明君，正宜禅位，随后优游宫院，以乐余年，含饴弄孙，天伦佳话。此不独与陛下母子有望，即普天率土臣民，亦莫不有益。如此一来，那些奸臣贼子，窥听神器，扰乱朝纲之小人，自然不生妄想，不惑君心。此皆臣等存志于心，未敢明言之想。若说臣等谋逆造反，实武承嗣诬害之言，求陛下明降谕旨，问武承嗣有何实据！"武则天听了此言，格外怒道："汝说他乃诬奏，即以汝自己所奏，已自目无君上！太子远谪，乃是彼昏弱不明之故？为何说率土臣民，无不惋惜？此非明说寡人不是，为众怨恨？孤家年迈，岂不自知，要汝读奏，却是何故？依汝所言，方可有益，不依汝所言，便是无益，这叛逆情形，已见诸言表，汝尚有何说！左右，将刘传之推出午门斩首！"一声传旨，早有殿前侍卫，蜂拥上来，即便想动手。只见元行冲、苏安恒这一班人齐跪在阶下奏道："武承嗣奏臣等同谋，臣等之冤，无须辩白。但是武承嗣不能信口雌黄，乱惑君听！且请陛下，将臣等衙门，概行查抄，若有实据，不独刘伟之一人斩首，即臣等亦愿认罪。"武则天哪肯准奏，喝道："汝等受国深恩，甘心为逆，朕今将刘伟之一人斩首，已是法外之仁慈，汝等尚敢渎奏！"

狄仁杰此时见众人所奏不准，心下知是武则天心怀懊悔，欲借此出那些闷气，当时也就上前奏道："刘伟之妄议朝政，理当斩首，但臣访问此事，实在不止此数人，尚有武三思、武承业等诸人在内，陛下欲斩刘伟之，须将二武处斩，方合公论。"武则天听了此言，忙说道："狄卿家，不可胡乱害人！三思承业皆是朕的内侄，岂有谋反之理，莫非是卿家诬奏么？"狄公道："他两人何尝不想谋反？自从太子远贬，他便百计攒谋，逢迎陛下，思想陛下传位于他。近见陛下未曾传旨，他便怨恨在心，欲想带兵入宫，以弑君上，不料为刘伟之等人闻知，竭立禁止，方免此祸。故尔武三思等人，恨他切骨，又因他奏知圣上，故今日先行诬奏，以报私仇。若不将他二人斩首，恐欲激成大变。"武三思听了此言，吓得魄不附体，连忙与承业奏道："臣儿何敢如此，实是狄仁杰有心诬奏，用这毫无影响之言欺蒙圣上。"狄公不等武后言语，忙道："你说我毫无影响，刘伟之影响何在？陛下说汝是皇上的内侄，断不造反，刘伟之也是先皇的老臣，各人皆忠心义胆，更不至造反了。要斩刘伟之，连武氏兄弟一同斩首，随后连老臣也须斩首，方使朝廷无人，奸臣当道。若开恩不斩，须一概赦免，方得公允。"武则天见狄公一派言语，明是袒护刘伟之，乃道："狄卿家不可诬奏，寡人自己家的事，要他议论何干。方才在殿前所奏，已是满口叛逆，如此奸人，不令斩首，尚有何待？"狄公忙又奏道："陛下之言，也失了意旨，天下者，乃天下之天下，刘伟之所言，正是为天下之公论，岂得谓陛下家事的？若因此斩杀忠臣，恐陛下圣明之君，反蒙以不美之名矣。太子远谪房州，岂不远望慈宫，夙夜思念，若因武承嗣诬奏，致将大臣论斩，恐天下之人，不说陛下为奸臣所惑，反说陛下之把持朝位，无退让太子之心。既

灭母子之恩，又失君臣之义，千秋而后，以陛下为何如人？岂不因小人之言，误了自己的名分，误了国家的大事？武承嗣所奏，实有心诬害，请陛下另派大臣审明此事，方可水落石出，无党无偏。臣因国家大事，冒死直陈，祈陛下明鉴！"这番说得武则天无言可对，只得准奏，将刘伟之等人交刑部讯问，然后退朝。

不说那武三思恨狄公阻挠其事，且说刑部尚书，自从武承嗣开缺之后，武后恐别人接任，不能仰体己意，当即传旨命许敬宗补授。此人乃是杭州新城县人，高宗在时，举为著作郎之职，其后欲废王皇后，立武则天为正宫，众大臣齐力切谏，他说："田舍翁胜十斛麦，尚欲更新妇。天子富有四海，立后废一后，有何不可？"高宗了听了此言，便将武则天立为皇后。从此武后专权，十分宠任，凡朝廷大事，皆与敬宗商议。敬宗遂迎合意旨，平日与武张二党，狼狈为奸，不知害了许多忠臣。此时为了刑部尚书，也是武后命他照应怀义的意思。现在将刘伟之发在他部内，当时回衙，便将武承嗣所奏一干人，带回部内，一时未敢审讯。等至晚间，私服出了衙门，来至武三思府内，家人传禀进去，顷刻在书房相会。敬宗开言问道："贵皇亲，今日所奏，已是如愿所偿。将他斩首，又为这老狄无辜牵诬贵皇亲身上，致将此事挽回。但此事命下官承审，特来与皇亲商议，如何方令刘伟之供认？"武三思道："大人在上，已非一日，可知此事不怕钦犯狡赖，惟是狄仁杰阻挠太甚。必得如此如此，不与他知道，然后方得行事。"许敬宗道："此言虽是，但圣上面前，如何则行？"武三思道："圣上此时已是闷恨非常！早朝之事，正是舍弟昨晚进宫，说明缘故。大人能如下官办法，这事便无阻挠了。"当时又将薛敖曹之事，说了一番。许敬宗自是答应。

次日一早，敬宗也不上朝，天明便齐传书差，在大堂审案。将刘伟之、苏安恒一干人，分别监守，自己升了公座，先将刘伟之提来。伟之见是敬宗，知道这事定有苦吃，此时已将自己的性命置之度外，因是皇上的法堂，不能不跪。当时敬宗在上言道："刘大人，你也是先皇的旧臣，你我同事一君，同居一地，今日非下官自抗，高坐法堂，只因圣上旨意，不得不如此行事。所有同谋之事，且请大人从实供来，免得下官为难，伤了旧日之情。"刘伟之高声答道："在官言官，在朝言朝，大人是皇上钦差，审问此事，法堂上面，理宜下跪。但是命下官实供，除了一片忠心，保助唐皇的天下，以外没有半句的口供。那种诬害忠良，依附权贵，将一统江山，送与乱臣贼子，刘某恨不得将他碎尸万段，岂有误反之理？大人既看旧日之情，但平心公论便了。"许敬宗笑道："这事乃圣上发来，何能如此含糊复奏？昨日在朝，说圣上伤了母子之情，太子受屈，百姓怨望，这明是你心怀不愤，想带兵入宫，废君立嗣，不便出诸己口，故供旁人措词。可知此乃大逆无道之事，若不审出实供，本部也有处分，那时可莫恨下官用刑了。"这番话，说得刘伟之大骂不止。

第五十三回　用非刑敬宗行毒　传圣诏伟之尽忠

　　却说刘伟之听了许敬宗一派言语，高声骂道："汝这欺君附贼的奸臣，汝敢用刑拷谁！先皇在日，为汝所欺蒙，致将王皇后废立，现在太子在外，圣上年高，不思天下为重，竟敢依附武党，陷辱大臣。我伟之未曾奉旨革职，汝何敢擅自用刑！"许敬宗听了此言，登时怒道："你道汝未经斥革，本部院因为同你一殿之臣，故尔稍存汝面，既然如此，且将圣旨请出，使汝明白。"当时起身入内，果然捧出一道圣旨说："刘伟之结党同谋，案情重大，虽经交许敬宗审讯，独恐他抗官不服，抵赖不供，着将原官革去。如不吐供，用刑严审。"刘伟之听他念毕，更是大骂不止。许敬宗在上怒道："汝究竟供与不供？汝此时既经革职，便与小民无异。钦定非刑，俱在堂上。"刘伟之道："误国的奸臣！我刘某也非想贪生之辈，今日生死虽难预知，若想刑求，为汝这班狗头，在宫献媚，忍那谋逆之名，虽刀锯鼎烹，也无半句言语！本学士忠心赤胆，举国皆知，汝等将唐室山河，断送在他人之手，一旦身首异处，恶贯满盈，有何面目见先皇于地下乎？"许敬宗为他骂得无言可对，不禁老羞成怒，也就喝道："本部院奉旨承审，若想逃过此事，也不知道我的手段。左右快取刑来。"两边齐声答应，早将一个火盆，端在堂上，红光高起，火焰腾腾，一个人取了一个铁锅，顿在火上。敬宗道："刘伟之，可知道这刑具不比寻常，若能认了口供，免却目前之苦。你看这里面，乃是锡质炼化，沾上身躯，顷刻将流泡起。"刘伟之复又骂道："本学士死且不惧，岂畏这私刑！但汝虐害忠良，须保武氏求掌大权，方得保全首领。一日新君嗣位，恐汝这孤群狗党，明正典刑，刀锯鼎烹，免不得万年遗臭。"许敬宗见他仍然不屈，忙命众人施刑。早有一班人，如狼似虎的恶差，将刘伟之的衣袍撕去，两手绑在背后，一人取了个小铁勺子，在铁锅子内，取了一勺子的热锡，先在刘伟之肩背上倒去。只听见他大叫一声，那热锡自上至下，直流至谷道前面，但见一股青烟飞起。在公案面前，再将伟之身上一望，那一路皮肉，已焦烂万分，鲜血淋漓，浆水外冒，刘伟之已烫昏过去。

许敬宗在上面看得清楚，向他笑道："你平日与老狄同声附和，见我等众人如肉上之刺，眼中之钉，今日叫你知我利害。"随命人醋汁倒于炭上，将刘伟之扶起，受了这酸醋的烟气，倦了一回，依然大叫一声，复行苏醒。见许敬宗坐在堂上冷笑不言，伟之不禁丹田起怒，大骂喝道："我刘某身受无辜，为这奸畜诬害，皇天后土，鉴我忠心！武后秽乱春宫，革命临朝，僭居大统，汝等不知羞耻，谄媚妇人，致令武氏党人，把持盘据。本学士也不思活命，且同你拚个死活存亡，好见先皇于地下。"说着捽开众人，奋勇上前，来奔许敬宗揪打。许敬宗虽是文士，两膀却很有膂力，深恐遭其毒手，随即起身向后便走。哪知刘伟之拚命来斗，早将公堂上方砚台，抢在手内，对定许敬宗脑门一下打来，许敬宗不防用这物件，赶着偏转身躯，欲想避让，额角上早中了一下，登时一个窟窿，血流不止。所有堂下的差役，见本官为钦犯所伤，也不问伟之是好人，是坏人，端起大锅，向伟之身上一泼。伟之正是想揪着许敬宗，同他扭结，猝不及防，浑身上下为热锡浇满，登时痛入骨髓，两脚在地下，一阵乱跳，把个皮肉身躯，如在油锅之内，当时鲜血淋淋，露筋露骨，要想有一块好肉，也万难寻出。只见他大叫连声，倒在地下。

许敬宗见他倒栽地下，自己虽已受伤，也不好再摆布，命人将伟之抬往里面，自己将绸子扎好。命人先到武三思府中打听，问三思在家与否，自己便在书房做了一张假供，使人誊清。那个打听的家人，已来回信，说武三思正在府上，候此地的信息。许敬宗听了此言，便乘了大轿，来到武三思府上，直入书房坐下。

此时武三思正与武承嗣相议，欲想藉此事为词，便将狄仁杰诬害，听说许敬宗前来，兄弟二人，同至书房里面。忽见许敬宗面带损伤，当时笑道："老许今日是喜欢极了，连行路皆不留心，致将额角栽破。如此升了宰相，岂可将头颅跌破？"许敬宗道："人家为了刘伟之之事，吃了如此重苦，你还是取笑。可知此事，须要令者狄不知。现在虽已将刘伟之用了非刑，已经离死不远，不趁此时商议良策，火速将刘伟之置死，不然，随后之祸，更不得了。因来此斟酌，你们二人之中，须得一人就此入宫，得一道圣旨出来，将刘伟之事完毕，明日早朝，狄仁杰晓得，那时已身首异处，他也无可如何。"武三思听了此言，说道："果然妙计，这事仍令承嗣前去。"当时便将许敬宗自拟的假供。取来放在身边，着便服入宫而去。

武后连日因各事烦集，皆不如心，只得与张昌宗饮酒为乐，听见小太监启奏说武承嗣前来奏事，忙召他进来问道："汝深夜前来有何事奏？"承嗣道："只因早朝，圣上将刘伟之等人交刑部审讯，虽知伟之

实是谋逆不法，为敬宗用刑拷问，招了这供。自知罪无可赦，竟敢在法堂用武，将许敬宗头颅击伤，因此敬宗不能上朝，故请臣进宫入奏。请陛下独断施行，赶传密旨，将他正法。不然为狄仁杰知悉，势必酿成大变。"武则天听了此言，不禁怒道："狄仁杰自升巡抚，寡人因他是先皇老臣，性情刚直，凡事皆优容之，乃竟不知报效，结党横行，殊非意料所及。"当即传旨："先将刘伟之在刑部赐死，余党俟明日早朝再核。"武承嗣得着此言，随即出宫，飞马到了刑部。许敬宗已早回衙，在大堂等信，见武承嗣匆匆而来，口传接旨，许敬宗当即设香案，命人将刘伟之提出，将圣谕宣读已毕，刘伟之此时已如死人相仿，浑身无一处完肤，听得许敬宗宣明圣旨，不禁两眼圆睁，高声骂道："汝等这班误国的狗头，诬奏朝廷，害我本学士，刘某在九泉之下，待汝对质！"说罢大骂不止，许敬宗仍是一言不发，但命人取了一条白绫，递与伟之。伟之取在手中，自缢而死。武承嗣随命人传信报他家属，说他谋逆不轨，赐死天牢。本应暴尸示众，主上加恩，着令家属收尸。顷刻之间，伟之家得了此信，自是嚎啕痛哭，以便收拾呈报。

且说狄梁公正在衙中观书，忽见马荣匆匆进来说道："不好了，小人方才出去巡夜，听说刘大人，为刑部私刑拷问，将周身用热锡浇烂，逼出口供。命武承嗣禀知武后，已将刘大人赐死，现在报知家属前去收尸。如此一来，不知苏安恒等人，若何处置。"狄公听了此言，不禁放声大哭道："刘学士，你心在朝廷，身罹刑戮，这也是唐室江山，应该败坏。总之有狄某一日在朝，定将汝这无妄之灾，伸雪便了。"当时大堂上，听得已交三更，他也不去安歇，随在书房，将所有的公事办清，自己穿了朝服，上朝而去。

内文导读

真实的历史是，武则天当皇帝时，有人诬告宰相刘伟之受贿，武则天很生气，下令刘伟之停职审查。办案人员奉命向刘伟之出示了皇帝签发的敕书（命令）。结果刘伟之很愤怒也很不屑地说了一句："不经凤阁鸾台（即中书省和门下省），何得为敕！"武则天大怒，干脆下令刘伟之"即家赐死"。

　　却说武承嗣在刑部见刘伟之已死，心下好不欢喜，向着许敬宗道："这厮自谓忠臣。平日将你我绝不放在眼里，私心妄想，欲请武后退位。昨日金殿上独敢如此说强，岂不是他自寻死路！但是他一人虽已除去，惟有老狄在朝，十分不妥，明日早晨能再将元行冲等人如此这般，奏明天子，那时一并送了性命，然后再摆布老狄。将这干人尽行除绝，嗣后将庐陵王废死，这一统江山，便可归我掌握了。大人能为我出力，随后为开国元勋，也不失公侯之位了。"许敬宗本是极不堪的小人，见他私心妄想，也就附会了一番，把武承嗣说得个不亦乐乎，如同自己做了皇帝一般。交到四更之后，但听见刘伟之的妻子等，又在大堂，哭一番，骂一阵，皆说是许武二人，残害忠良，有日恶贯满盈，等斩首之时，定将他五脏分开，为鸟兽争食。许敬宗虽听见，如耳聋一般，反而大笑不止。两人不知不觉，脱去官服，乐不可支，直至五更，方由衙门出来，上朝而去。到了朝房，见文武百官俱已齐集，许多人见他进来，皆起身出迎，齐声问道："许大人承审案件，闻已讯明，奉旨赐死。设非大人的高才，何能迅速如此！"

第五十四回　狄仁杰掌颊武承嗣　许敬宗勾结李飞雄

　　却说许敬宗到了朝房，许多人说他甍才，心下甚是得意，当时并未见狄公在坐。武承嗣笑道："这些须小事，何足介意。只要有俺兄弟在朝，那怕老狄再吹毛求疵，也要将他一班的党类削去。他也不知当今皇帝的，现是何人，欲想传位于谁，常将唐室天下谈论！"众人见他说出这话，知狄公在此，一个不敢回言。狄公哪里忍得下去，忙起身推开众人问道："贵皇亲乃圣上的内侄，圣上传位于谁，贵皇亲想必知道了。狄某居唐朝之官，为唐朝之臣，不视唐室山何为重，以何事为重？此言乃众公耳听，且请说明，俾大众知悉。"武承嗣见狄公前来问他，方知此言犯法，赶着笑道："此乃下官一时戏言，大人亦何必计较。"狄公当时喝道："汝此言，岂非胡说，朝房之内，国事攸关，岂容汝这班狗头妄议！目今武后临朝，太子远谪，并未明降谕旨，立嗣退朝，汝何敢大言议论？岂非扰乱臣民，欲想于中篡逆？刘伟之被汝等诬奏，滥用非刑，致令身死，现又牵涉在狄某身上。汝此时不将话讲明，与汝入朝，一齐剖个明白。唐皇天下，为汝这班奸臣，已败坏得不可收拾，还想陷害大臣，私心谋逆。老夫有何党类，有何实据。为我从快说来！"说着走上前来，直奔武承嗣。武承嗣此时自知理屈，为他骂了一顿奸贼狗头，也就老羞成怒，回声骂道："你这老死囚，圣上几次宽容，尚不知感，胆敢暗中作对，结党同谋。刘伟之现有口供，看汝从何抵赖！"狄公见他回言骂道，不禁左手一伸，将他衣领揪住喝道："老夫问你的圣上传位，谤与何人？你反敢侮辱大臣，造言生事，如此情形，岂不要造反么？"武承嗣为他揪着衣领，格外愤怒起来，高声叫道："狄仁杰，你在朝房放肆，还不是有心作乱！"这句话，尚未言毕，早为狄仁杰在脸上，分左右两旁，每处掌了两下，顷刻浮肿起来，满口流出鲜血。正闹之际，直听景阳钟声响，武后临朝，众位大臣，见他两人揪作一团，又未敢上前分解。只得各顾自己，起身入朝。

山呼已毕，许敬宗上前奏道："现有叛臣狄仁杰，因逆党刘伟之，经臣审讯问出实供，奉旨赐死，不料狄仁杰因武承嗣启奏陛下，牵怒于他，竟守在朝房内，殴辱皇亲，实属不法已极。听陛下临朝，犹自肆行殴打，叛逆之状，已可想见。不将狄仁杰严加治罪，不能整率臣下，恐大局亦为败坏矣。"武后听了此言，不禁大发雷霆，向下怒道："狄仁杰乃朝廷大臣，竟至目无君上。着传旨，将狄仁杰锁拿前来，在此金殿审问！"所有殿前侍卫，皆是张武二党的羽翼，赶着领旨下来，到朝房将狄公锁拿进去。武承嗣方是知是许敬宗为他启奏，心下甚是得意，想趁此盛怒之下，将狄仁杰送了性命，报了前仇，免他在京阻拦各事。且说到了金殿，不等武后开言，狄公当时奏道："微臣今日入朝，方知武承嗣与许敬宗等人谋权篡位，诬害大臣。胆敢在朝房宣言，说陛下传位有人，不以唐室江山为重。似此贼子乱臣，人人得而诛之，臣正拟扭解入朝，请陛下明正典刑，以除巨患，不知何人妄奏，致令侍卫传旨，释放逆臣！"武后听了此言，哪里相信，不禁怒道："孤家听政以来，待汝不薄，刘伟之等人谋逆，理合按律施行，汝为朝廷大臣，虽未与谋，尚有何说！"狄公连忙奏道："陛下所闻，乃许敬宗一人妄奏。微臣所奏，乃武承嗣在朝房所说，文武大臣，皆所共听。许敬宗与武承嗣一党，自然为他粉饰，陛下如不信武承嗣等人谋逆，且看他两人衣服，他既忠心报国，入朝面圣，理合朝衣朝冠，何故便衣前来见驾？此明是目无君上，欲趁便行刺，若非臣早至朝房，听所言，恐此时陛下已不能安坐朝廷矣。微臣一死，本不足惜，可借庐陵王无故受屈，不能尽孝于陛下。先皇以天下为重，付托陛下，不能传位于太子。陛下身登九五，宠待武臣，但恐反开篡杀之谋，臣若不言，千秋而后，为巨诒诿耳。今日之事，大断拿在陛下，且刘伟之等人，忠心赤胆，誓报陛下，竟被许敬宗热锡烧烫，身无完肤。如此非刑，虽桀纣也无此酷虐，乃敢妄造口供，诬奏陛下，致当令赐死！"说罢放声大哭。

　　武则天听了狄公这番言语，反是哑口无言，一语不发。再看许敬宗与武承嗣两人，果是居常的便服。此时两人，将自己遍身一看，也就吓得魂不附体。原来昨夜刘伟之赐死之后，两人在书房议论，无意之间，将衣服脱去，到了入朝之时，疑惑在堂上，朝服穿在身上，即便前来。现在为狄公指为口实，深恐武后信以为真，究罪不赦，两人面面相觑，浑身流汗不止。武后停了半晌，向许敬宗问道："汝是刑院大臣，为何妄奏朝廷，致说狄卿谋反？明是汝等浮躁性成，与武承嗣妄议军国之事。入朝见驾，如此不敬，已罪恶无可赦！即非谋反，也难胜刑部之任，着即离任议处。武承嗣姑念为孤家母属，亦着记大过一次，非召不准入朝。所有张柬之、元行冲等人，既经狄仁杰保奏，全行释放。余着无容置议。"狄公还要启奏，武后卷帘退朝，众官各散。狄公自是闷闷不乐，虽刘伟之冤屈未伸，所幸将元行冲等人赦免，只得回转衙中，一人感叹。

　　谁知武承嗣退朝出来，将许敬宗邀入自己府中，两人怒道："不料老狄如此利害。今日满想将他治死，反为他如此妄奏，将我两人记过。幸圣恩宽大，不然我两人性命，岂不枉然送在他手内。而且在朝房里面，当着众人，掌我两颊，这次羞辱，何能罢休，我等不能奈何他，怎样反为他将每人摆布？你想薛敖曹、怀义以及我兄弟二人，并张昌宗同你，无人不受他的挟制，虽圣上十分宠信，皆为他一番强辩，以至无可言语，随后总是如他心愿，将我等治罪。后日方长，此人一日不去，一日便不得安稳，还想得这唐皇的天下么？"许敬宗道："下官倒有一计，不知贵皇亲果有胆量否？"三思在旁言道："只怕大事难成！随你天大的罪名，我三人皆可任肩。但不知你有何计？"许敬宗道："目今老狄等人所希望者，不过想庐陵王入朝，请武后退位。虽我等众人，屡次奏道，说庐陵王谋反，圣上总是个疑信参半。能得一人，领一枝兵马，在房州一带攻打城池，冒称是庐陵王所使，那时如此这般，启奏一番，不怕圣上不肯相信。虽老狄再有本领，也令他无可置词。到了急迫之时，朝廷出兵征逆，到房州将太子灭去，这一座万里江山，还不是归汝兄弟掌握么？"武承嗣与三思听了此言，两人如获珍宝一般，喜出望外，齐声说道："此计实是大妙！但一时未得其人，如何是好？"许敬宗道："此事不难。此去怀庆府，有座山头叫太行山，绵亘有数千里远近，其间峰谷岩洞，峻险非常。山内有一伙强人，为首的叫赛元霸，此人姓李名飞雄，手执一柄大刀，有万夫不挡之勇。从前未入山时曾经破案，为地方官拿获，解入京城，下官见他相貌魁武，实是英雄气派，恐日后有用他之处，特地设法救了他性命。谁知逃生之后，路过太行山为从前强人，阻住去路，他杀上山寨，将头目杀死，自己为了寨王，因感下官活命之恩，每年皆命人私行送礼，以报前德。手下现有数万人马，兵精粮足，兴旺非常。若令此人干这事件，自然事事有济。"三思忙道："既有此人，正是难得。此事万不宜迟，须命谁前去？"敬宗道："这事务要机密，不可走漏风声，若为老狄访知，那便误事不浅。俟我回去，自有人前去，至迟来往，不过一月之久，便可命李飞雄，亲自前来。"武承嗣弟兄听了此言，自是喜之不胜。

许敬宗随即回至刑部，因奉旨离职任，只得次日迁出衙门。听武后另行放人。到了晚间，将那个贴身家人喊来，此人名叫王魁，平日李飞雄来往的事件，皆是他经手，当时向他说道："今日有一差事，命汝前去。若是干得妥当，不但回家随后提拔与你，连武大人皆要保你个大大的前程。不知你可有这个胆量？"王魁见问，也不知何事，忙道："小人受大人厚恩，虽赴汤蹈火，也不敢辞。且请大人说明，究竟何往？"

第五十五回　太行山王魁送信　东京城敬宗定谋

却说许敬宗，见王魁满口答应，乃道："目今朝廷之事，你也尽知。武大人想圣上传位于他，总因狄大人屡次阻挠，以致各人皆为他挟制。现在想出妙计一条，欲你到太行山一走，将李飞雄请来，与他商议要事。若武大人得了天下，我为开国的元勋，你也不失封侯之位。但此去关系甚大，设或走露风声，性命不保，不但你一人受累，连我与武大人也不得过去。因此同你商量，赶速即日动身，限一个月便须来往。"王魁道："我道何事，这事也不费许多时日。此地离怀庆府只有千余里，小人的脚力，大人尽知，多则二十个日子，便可回京。李飞雄受过大人的厚恩，加之小人前去告知他，此事但见功名富贵之事，岂有不允之理。"当时主仆计议停当，许敬宗便即取出了一千两银子，命他作为路费。王魁道："大人何须费此钱钞，只须一二十两，便可路用。其余皆存在府中，俟有功后，再行领赏。"自己带了包袱，次日天明，别了敬宗直向太行山而去。

在路非止一日，这日已到山脚边下面，正拟上山，命小喽啰通报，忽听一派锣声，一字排开，走出数百喽兵，各执刀枪，阻住去路。只听高声叫道："汝这人好大胆子，走到山前，还不孝敬！快央送下买路钱来，方才好好放你过去。"王魁笑道："汝这班狗头，乌珠也未瞎去，敢向爷爷要钱，惟恐汝等反要送钱与我！"那些喽啰齐声骂道："汝这牛子，莫想胡缠，再不送了出来，我等便要动手！"王魁道："你要动手，恐你没有这胆量。快去通报李飞雄说，都中有个王魁前来相望，着他赶速下山见我。"那班喽兵见他说出寨主的名姓，知非外人，赶着四五个小头目，跑上山去，嘴里招呼道："孩子们，招呼

263

好了，这是自家人。"说着如飞而去。顷刻工夫，只见山头上飞来一匹坐骑，远远的高声叫道："来的莫非王兄弟么？愚兄接待来迟，孩子们冒犯虎威，多多得罪。"王魁抬头一看，正是李飞雄，赶着迎了上来，也就招呼道："小弟相隔已久，特来宝山探望。"两人对面走来，行至半山，彼此相望，李飞雄欢喜非常，忙问道："贤弟不在京中，特来荒山何干？大人精神可好么？"王魁道："小人此来，正是大人指使。此地非说话之所，且到山中，再行叙议。"当时李飞雄牵过喽兵一匹马来，让他骑坐，自己在前领路，过了三道木城，方至聚议厅上。彼此见礼坐下，随即命人送上茶来，为王魁洗尘，然后摆了酒食，两人入坐。

王魁道："小弟此来，恭喜大哥，要官居极品了。"李飞雄不知何故，忙道："贤弟何出此言？愚兄乃化外之人，罪恶滔天，为王法所不宥，设非大人成全，活了性命，久做刀头之鬼，哪里还想为官作宰①，此不是贤弟取笑么？"王魁道："小弟不言，老哥从何知道。只因太子远贬房州，武后欲想传位与承嗣，只因狄仁杰在朝，各事阻格，特命小弟前来，请老哥进京商议此事。"李飞雄本是个亡命之徒，听了此言，自是高兴非常。当时说道："非是愚兄夸口，就是那一柄大刀，也算得出色惊人。既许大人如此提拔，岂有不去之理？明日便与贤弟动身。"当下两人，你斟我酌，痛饮一番，方才席散。随又带王魁到山前山后游玩一番，又将军械粮草，看视一周，果然兵精粮足。王魁道："老哥既有此佳境，也算个化外诸侯，一人独占此山，无拘无束，岂不令人羡慕！若能成功之后。便得富贵功名，实不愧英雄一世。"李飞雄见王魁如此称贺，格外喜笑眉开，十分得意。晚间将那总领头目喊来，此人名叫出洞虎赵林，本领虽较李飞雄稍逊一筹，两柄四方锤，也不在人之下，山中除了寨主，便以他为长。当时见王魁上山，知道有事，故随即到了聚议厅上。李飞雄道："愚兄明日须往京都，因许武两大人，有要事面商。上下的买卖，且请贤弟照

---

① 为官作宰：宰是古代官吏的通称，指官员。

管数日，嗣后愚兄回山，那时定有用贤弟之处。"说着便将王魁的来意告诉赵林。这辈强人，哪里知道王法，但听武承嗣得了天了，随后自己可以做官，便自欢喜非常。一夜已过，次早李飞雄带了盘川，暗藏兵器，与王魁一同下山，望京都而去。两人本是好汉，脚力飞快，未有数日，已到京都。一直到了许敬宗府内，王魁先命他在内厅落坐，自己来到书房，却巧许敬宗到武三思府上有事，只得命人安排了李飞雄，自己到了武三思府上，也不要人通报，径自进入书房。三人望见他回来，敬宗忙开言问道："你前去如何，李飞雄可曾同来？"王魁道："现已到了府中，只因大人在此，故尔前来送信。"武三思听了此言，甚是欢喜，随说道："许大人且请回去，能将这李飞雄带来，待下官试验一番，就更妙了。"许敬宗道："大人既要将他试验，但命他前来便了，下官府内正恐地方偏窄，易于走露风声，住在这里，耳目较少许多。"随向王魁道："你乃回去，将李飞雄带来，说武皇亲命他到府中居住。"王魁领命而去，稍顷果带了大汉，走了进来。

武承嗣向外一望，此人身高九尺向外，紫红色面目，两道浓眉，一双虎目，大鼻梁阔口，年约四十，大踏步到了檐前，向着许敬宗说道："小人李飞雄，为恩公请安！"说着叩头下去。武三思不禁赞道："好一个英雄气概！你便是李飞雄么？"许敬宗道："此乃皇亲武三思大人，汝且叩见。"当时李飞雄按次行礼已毕，侍立檐前。许敬宗先将王魁何日到山，在路行了几日的话，问了一遍，然后向李飞雄道："本院喊汝

前来，所有用汝之处，王魁想已言及，汝可敢行么？"飞雄道："小人蒙大人活命之恩，加之武皇亲如此提拔，焉有不行之理。但不知大人几时起事，一切如何布置，还须示下，方可遵行。"武承嗣与三思两人，见他满口答应，急忙道："汝能干成此事，定要封汝个大前程。但军装旗号，必须要照庐陵王而行，方命他地方官相信。不知汝山还有多少帮手，若欲下山开兵，先打何处城池？"李飞雄道："小人初到此地，虽有一身本领，只能提刀开战，拚个你死我活。欲要定谋运略，须要大人指示。"武三思道："既然如此，且到后面安歇一宵，明日依计而行。"当下王魁将他带出书房，早有武府的家人，前来照应。三思又命厨下备上了上等的酒筵，款待飞雄。当晚便请许敬宗，计议了一番。先拟了一道檄，照庐陵王口气，说："孤家乃高宗之长子，天下之储君，理合继统称尊，临朝听政，只以母后武氏，残虐不仁，信听谗言，致遭贬谪。抚躬自问，抱憾良深，兹特命太行山寨主李飞雄，带兵征叛，以复大统，以定名分。所过各府州县，理会望风归顺，纳款相迎，属在臣民，直尊君上。若与王师相抗，便为叛逆之臣，攻破城池，斩首不赦。将此通谕知之！"三人先拟了这道草檄，以便出兵之先，命人投递，好令地方官，以此为凭，通报武后。然后又拟了大旗的式样，用何号令，由何处进兵，何处屯扎。二人直至四鼓以后，方得议定。

次日朝罢回来，武三思向许敬宗说道："李飞雄虽有这本领，但下官未曾目睹，深以为憾。欲想令他操演一番，不知他可应允？"许敬宗道："此事何难，且命他前来便了。"当下将李飞雄喊到书房，一手指着院中一块峰石说道："我大人命汝当此重任，若不在此开演一回，武皇亲何以知你手段？这峰石汝能举起否？"李飞雄听了此言，恨不能将通身本领，全卖与他，方可令他敬服，随向敬宗说道："小人本领虽不高明，这一座峰石，也不难提起。"说着抢走几步，到了前面，将左右衣袖高卷，右手撑在腰间，两脚用了丁字步，伸开手抓，先把峰石向外一堆。离了土地，只见身躯一弯，手掌往下一托，说声起，早已见一双手，将一人高的一块石，举了起来。前后走了一回。

然后到了原处，又轻轻摆好。把个武承嗣倒伸不出舌来，忙道："本领大的人，也曾见了许多，这样天神似的力气，实未尝见过。据此一端，便可知他的武艺了。"两人称赞了一回，然后在书房摆了一席酒肴，自己把杯请李飞雄上坐。飞雄赶忙辞道："小人何等之人，敢与皇亲对坐？这事万不敢当。所有差遣之处，小人定尽力便行。"武承嗣道："此乃谋天下大事。昔汉高祖欲用韩信，尚且登坛拜将，今某请英雄出兵，此席也是这意思，何必固执谦让。"许敬宗也命他上坐。李飞雄见众人如此，只得谢罪告坐。酒至数巡，许敬宗便将所拟的旗号草檄，交代与他，然后武承嗣送出两万黄金，命他带回作为粮饷。

第五十六回　李飞雄兵下太行山　胡世经力守怀庆府

　　却说武三思如此厚待飞雄，次日将银两如数取出。飞雄扮作客商模样，雇了几辆大车，回转太行山而去。约期出月初间起事。在路非止一日，这日已到山头，喽兵见寨主回来，当即前来，将牲口牵去，银两搬上山寨。李飞雄前到聚议厅上坐下，赵林忙上来问道："大哥都中去过，事情如何举办？"李飞雄即便将武三思兄弟，并许敬宗所议的话，说了一遍。然后洗了行尘，又问了山下的买卖，赵林交代已毕。

　　次日李飞雄便将合山的大小头目，并那喽兵的花名册籍，查阅一遍。选出几个头目，一名草上飞王怀，一名朱砂记洪亮，一名双枪手吴猛。这三人马上步下工夫，皆不在人之下。先命这三人，各带一万银两，采办生铁火药，并马匹旗幡之类，限本月办齐回山。以便打造军装。着郭泉、齐霖、陶石、王宝等四人，派为山头领将，专督喽兵操演等事，每日施枪放炮，威武非凡。

　　且说怀庆府离此太行山仅有百里之遥，怀庆太守姓胡名世经，乃是进士出身。其中虽迂拘腐儒，并不与张、武两家附和，武承嗣等人屡欲想撤他职任，无奈他深得民心，凡有离任消息，总是百姓到巡抚衙门挽留。又值狄公为河南巡抚，知道他的政声，也就屡次保奏，承嗣诸人，也不能怎样奈何他。近日闻太行山操兵，随命人前去打听，回来说，是庐陵王的党类，已命李飞雄带兵入京，以便复夺大位。胡世经吃了一惊，暗道："这事何能行得？武后虽无道，别人如此而行，还有所藉口，他自己何能彰明较著，欲夺江山。母子分上，如何解说？"一人正是诧异，复又想道："这里万分不实，恐是奸人诬害太子，以假弄真，串出人来，干出这事，好令武皇信以为实，究罪于他，以便从中篡逆。照此看来，不是张昌宗所为，定是武氏兄弟干的这事。庐陵王现在房州，彼此相离数千百里，即使他欲意复位房州，老臣宿将正自不少，徐敬业等人已干过此事，皆非出自他口。他要真意举行，何不由房州一路而来，反令这强寇。做此大事，此事明是疑案。"一面写了一封细信，命人星夜往巡抚狄公衙门投递，请他在京中暗访，若有人直指太子，好请他面奏朝廷，挽回其事。一面将四门把守得铁桶相似，以备强人入境。

谁知胡世经在城内防备，李飞雄山上早已将军械粮草号令旗幡，布置的如火如荼。择了初一下山，先取怀庆府城，然后相机前进。三日之前，便杀羊宰马，犒赏三军。分作四队，命赵林、王怀、洪亮、吴猛四人统带行兵。吉日一早，李飞雄披挂整齐，按着军礼。祭旗已毕，然后拔队登程，一路之间，浩浩荡荡而来，真是旌旗蔽日，刀甲如云。当日行了五六十里，安营下寨，次日一早登程，便向府城进发。

这日胡世经见探马来报，说战兵已离城不远，赶即登城遥望。但见对面如乌云盖地相仿，无限的兵马，向城下而来，当头一面大旗上书："庐陵王驾下统领兵马复国将军李。"所有的旗旌，均是用的五彩颜色。胡世经看毕，心下实是疑惑，先令人将擂石滚木排列在城头上。但见贼兵渐走渐近，离城十里，扎下营寨。到了下午时分，忽然敌营一声炮响，当中显出一匹马来，为首一员大将，手执大刀，飞至城下，高声大叫道："城上军兵听了，赶快飞报命太守胡世经前来答话。"胡世经见贼人会话，也就挺身上前，向下说道："囚贼，汝是何人，敢冒太子之名，兴兵作乱，攻犯城池！是谁举谋，从实供来。本府详奏朝廷，罪在为首之人，或着可开恩免汝死罪。若是执迷不悟，天下皆皇上赤子，食毛践土，具有天良，谁敢甘心附逆？谁不知汝是冒名？庐陵王远在房州，岂有母后登朝，太子夺位之理！这明是奸臣诡计，离间宫廷。本府幼读诗书，岂不明伦常纲纪。从此速退兵丁，休生妄想，这座铁桶似的城地，汝焉能攻破！"

李飞雄听了此言，心中大惊不止，暗道：我等在京计议，原想冒名行事，使地方各官信以为实，好飞奏朝廷，以便暗中诬害。谁知初次出兵，便为这胡世经说明破绽，随后何如前进。现在进退两难，只得矢口不移，同他再辩论。当时向城上答道："你既幼读诗书，为何不明事理？武后奸淫无道，秽乱春宫，杀妹屠兄，弑君鸩母，人神之所共殛，天地之所不容。庐陵王乃高宗长子，天下明君，岂能视母后奸淫，不顾社稷生民之理？只因前次徐敬业用未当之兵，猝致身亡，特命李某统领山寨大兵，入京兴复。汝乃唐朝臣子，何故甘事妇人？不开关迎师，已罪在不赦，还以真为伪，抗逆王师。汝既不信，且将通檄与汝观阅。"说罢身旁再取公文一角，插上箭头，弓响一声，向城头射上。胡世经展开观了遍，向下骂道："此乃汝这班逆贼，将骆宾王的讨召，依学葫芦，造成这样通檄。天下人可欺，欲想欺我胡某，也是登天向日之难、要我开关，非得庐陵王亲自前来，方能相信。"说罢命人将擂石滚木打将下来。李飞雄见城上把守得十分严整，真是无隙可乘，当时只得拨马回营，以便次日攻打。

且说怀庆府城守姓金名城，是个无赖出身，平时与武三思的家奴联为一气，鱼肉乡民，不知怎样逢迎三思，保举了一个守备。自从狄仁杰进京之后，这班狐群狗党，不敢再如从前，却巧怀庆府守备出缺，他便求了武三思，补了此缺。武三思从李飞雄入京以后，知道太行山在怀庆属下，惟恐胡世经看出奸计，有所阻格，便私下写了一封书信，命人送至金城。等到兵临城下，请他见机而行，务必请胡世经通详具奏，便可成事。金城此时，见胡世经看出伪诏，心下也是吃惊，一人想道："武三思日前致信于我，命我从中行事，不料他居然料着。无奈这个迂儒，甚为固执，必得此如，方可使他详奏。"自己想了一会，向着胡世经说道："大人既知他冒名前来，末将有身本领，何不就此开关，杀他个大败亏输，然后申奏朝廷，岂不为美？若紧闭关自守，设或相持日久，粮草空虚，岂不难乎为继？"胡世经知他是武三思一党，说此言语，明是诱他开城，好让贼人进城。当时喝道："此地乃本府镇守，战守自有权衡，可容汝等多言！贼人此来，正想开城会敌，方可以伪乱真，借庐陵王之名，好遂奸贼之计。本府且严加防守，星夜命人到房州询问，如果庐陵王行出这不法之事，他自承认无辞，命我等开关迎接。若不然，他必有回文照复，或命人带兵前来征剿。那时真伪分明，圣上母子之间，也不至为人谗间。"金城听了此言，知他是个迂儒，说得出做得到，那时便误事不浅。当时急道："大人之言，虽然想得周到，无乃缓不济急。你看他数万人马，如火如茶，不出几日，定将这城池破失。大人是个文官，固然有革职任处分，末将是个武士，干戈扰乱，责任较大人尤重。设有不测，悔之晚矣。此事不据实申奏朝廷，请领大兵前来退敌，何能解这重围？且徐敬业与骆宾王之事，已行之在先，庐陵王既命他两人与兵犯境，不能勾结李飞雄进取么？此事毋庸疑惑，定是庐陵王指使。我看大人十载寒窗，方把结了个进士出身，受了多少辛苦，始为怀庆的太守，若因此事误了功名，岂不可惜！"

胡世经见他如此辩白，明欲顺着这奸计，不禁大怒起来，乃道："本府为此地的太守，虽由诗书而来，多年辛苦，到了为难之地，也须顾名思义，不能听那奸臣，信用私党，欺惑朝廷，致令唐室江山，送与无赖之手。"

这番话把个金城说得满面羞愧，当时说道："你我文武分曹，不相统属。你既迂谬固执，某不能随你而行，这座城池失去。各做各事便了。"当时也不再言了，怒气冲冲，回衙门而去。竟自起了一道详文，说庐陵王命李飞雄攻打城池，复取天下，并将伪檄抄录在上面，连夜命人，飞马出城，向京中告急；并参胡世经匿情不报，隐与李飞雄勾通一气，势向谋反。未有数日，早至都中。先到兵部投递，请他奏明圣上，火速发兵。

武承嗣因怀义之事，将刑部尚书撤任，未有数月，便补了这兵部尚书。连日正与武三思、许敬宗诸人，盼望怀庆府的报紧，只是未见前来，心下甚是思想。这日接到金城的禀报，拆阅看毕，随即来三思府中商议了一会，众人只恨胡世经不肯通禀。武承业道："此事本应怀庆府通详巡抚，既是守城有告急文书，我为兵部大臣，也不怕朝廷不肯相信，明日早朝定可分晓。"说毕，回转自己部内，以便来朝启奏。

第五十七回　安金藏剖心哭谏　狄仁杰奉命提兵

　　却说武承嗣回转了兵部衙门，次日五鼓入朝，俯伏金阶，上前奏道："目今庐陵王兵犯怀庆，势至猖狂，和贼首李飞雄带领数万大兵，直逼城下，心想攻破城池，向东京进发，复取天下。怀庆太守胡世经，与贼通同一气，匿报军情，幸有守备金城，单名飞报。现在告急文书，投递在臣部，请臣具情代奏、城本虚弱，危急万分，一经胡世经出城投降，以下州县，便势如破竹。并有庐陵王伪诏抄录前来，请圣上御览。"说着将金城的公文伪诏，一并由值殿将军呈上。武则天展开看了一遍，不禁叹道："前者寡人因太子懦弱不明，故而将他远贬房州，原期他阅历数年，借赎前愆①，然后赦回，再登大宝，不料他天伦绝灭，与母为仇。前次徐敬业、骆宾王诸人，兴兵犯境，孤家以他为误听馋言，并未究罪，此时复勾结贼人，争取天下。如此不孝不义之人，何能身登九五，为天下人君！他既不孝，朕岂能慈，速发五万大兵，星夜赴怀庆剿灭。破贼之后，再赴房州，将太子锁拿来京，按律治罪！"两边文武，见武则天如此传旨，无不面如土色，圣怒之下，又不敢上前劝谏。

　　狄仁杰到了此时，明知是太子受冤，不得不上前阻谏道："圣上体伤母子之情，为天下臣民耻笑。此必奸人勾引强人，冒充庐陵王旗号，以伪乱真，使圣上相信，此乃军情事务。若果是太子作乱，为何不在房州起事，反在怀庆进兵？怀庆太守胡世经虽是文士出身，未有不知利害，如果城池危急，理合他飞禀到臣，请巡抚衙门代表，何敢匿情不报，致令金城到兵部告急？兵

_____
　　① 借赎前愆：用行动抵销、弥补以前的过失和罪过。

部尚书，乃是武承业本任，日前他弟兄诬害刘伟之等人，蒙蔽朝廷，致令赐死，后经臣两番复奏，方才蒙恩开释。安知非他兄弟之言，发兵剿灭太子，随后嗣位无人，他便从中窥窃？这事断非庐陵王所为。请陛下发兵，但将李飞雄提入京中，交臣审讯，定有实供。"

那武三思听了狄公所奏，深恐他又将此事辩驳个干净，忙即复奏道："这事求陛下善察其事，臣等在京供职，每日上朝，何忍辜负国恩，甘与贼人谋反！此明是狄仁杰勾通太子，擅动干戈，威吓陛下。日前伟之请陛下召太子还京，退朝让位，陛下未能准奏，反将伟之赐死；狄仁杰亦屡次请陛下将太子召还，因未能俯如所请，激成如此大变。臣等宁可奏明，听陛下裁夺，但恐陛下以慈爱待太子，太子不能以仁孝待陛下。到了兵犯阙廷，不妨将大恶大罪，推在李飞雄身上。那时复登朝位，不知将陛下置诸何地。若说巨诬奏，天下事皆可冒充，惟这旗号伪诏，万万伪借不来，圣上何以不明其故？恐此次干戈，较之骆宾王尤甚了。"这番话把个则天说得深信不疑，向狄仁杰怒道："汝这班误国奸臣，汝既身为巡抚，怀庆府又在汝属下，太行山有此强人，何不早为剿灭？此时养痈贻患，兵犯天朝，岂非汝等驭下不严之故！似此情节，与庐陵王同谋可知。逆叛奸臣，既伤我母子之情，复损汝君臣之谊，此番不将太子赐死，国法人伦，皆为汝等毁灭。等至水落石出之时，再与汝等究罪！"说罢便命武承业，发大兵五万，带领将士，先到怀庆，将李飞雄灭去，然后便往房州，捉拿庐陵王。

武承业奉了这道圣旨，心下好不欢喜，正要领旨退朝，忽见左班中走出一人来，身高九尺向外，两道浓眉，一双圆目，走上前高声奏道："陛下如此而行，欲置太子于何地？前者太子贬谪，在廷臣工莫不知是冤抑。彼时有罢官归隐者，有痛哭流涕者，这干人皆忠心赤胆，日夜望陛下转心，复承大位。武承业乃不法小人，江洋大盗，绿林下人，无不暗中勾结。此事明是奸臣造成伪诏，令李飞雄冒名而来，使陛下堕其计中，好乘机为乱，掠夺江山。陛下何不顾母子情面，反听奸臣之言，恐唐朝非李家所有了！"说罢大哭不止，声震殿廷。

武后见他说不顾母子情面，愈加怒道："汝等食禄在朝，天下大事，漫不经心，凡朕有事举行，便尔纷纷饶舌。寡人乃天下之母，庐陵王不遵子道，若不再诛，何以御天下？如有人再奏，便先斩首！"众人听了此言，再将那人一望，乃是太常工人，姓安名金藏，只见他大哭一声，向着武后奏道："陛下不听臣言，诬屈太子，不忍目睹其事，请剖心以明太子不反。"说罢只见他拨出佩刀，将胸前玉带解下，一手撕开朝服，一手将刀望胸前一刺，登时大叫道："臣安金藏为太子明冤，陛下若再不信，恐江山失于奸贼了！"说罢复将刀往里一送，随又拔出，顷刻五脏皆出，鲜血直流，将众臣的衣服溅得满身红血。

当是两边武文，猝不及防，忽见他如此直谏，无不大惊失色，倒退了几步。武后此时也不料他竟尔不顾性命，见他倒于阶下，也就目不忍睹，龙袖一展，将两眼遮住，传旨说道："孤家母子之事，不能自明，致令汝出此下策，诚为可叹。"旋命人用车辇将安金藏送入宫中，命太医赶速医治，如能保全性命，定行论功加赏。这道旨下来，随有穿宫太监，将安金藏昇入辇中，已是不知人事，手中佩刀，依然未去。众大臣俟他去后，有元行冲、恒彦范一干人，齐声哭道："安金藏乃是太常工人，官卑职小，尚知太子之冤，以死直谏。陛下再不听臣等所奏，只好死于金銮殿上了。"当时众人有欲拔刀自刎的，有欲向金殿铁柱上撞死的，把个金銮殿前，当个寻死地府。

武则天见众人异口同声，皆说李飞雄冒名诬害，只得说道："众卿家如此苦谏，孤家岂好动干戈，汝众人所言若何处治？总之怀庆兵临城下，此是实情，无论是真是假，皆须带兵剿灭。"狄仁杰道："陛下若能委臣一旅之师，带同武将，前往征讨，定可将李飞雄活提来京。一面命元行冲将敌人的伪诏，带住房州，与太子观看。太子见此逆书，岂不以朝廷为重，那时陛下虽不命他征剿贼人，太子也要奋力前驱，以明心迹。似此一举两得，陛下恩义俱全，那班奸贼，也无从施其伎俩。"武后此时骑虎之势，只得准奏，将武承业之兵，归狄公统带，听其挑选猛将百员，星夜往怀庆灭寇。复下一道御书，并李飞雄伪诏，一并交元行冲，带往房州而去。两人谢恩已毕，然后退朝。

单说狄公一早，便在教场点了五万大兵，带了十数员有名的上将，皆是忠心赤胆，公而忘私，一路浩浩荡荡，直向怀庆而来。此时胡世经早已得报，听说是狄公前来，不禁喜出望外，向着部下说道："本府自与金城争论之后，明知他飞檄到京，请兵告急，深恐张武二党，带兵前往，便令太子衔冤莫解。现在狄公到此，诚为万岁之幸。"当时将城中所有的兵丁，齐行在城中把守，自己带领数名牙将，徒步出城，向大队迎来。到了前队，早有差官明职名，到军中来见狄公。狄公见是怀庆府亲自前来，当即问道："贵府为一方领袖，兵临城下，镇静不移，深为可敬！日前接尊函，足证巨识。贵府现将何法退贼？"胡世经见狄公如此询问，乃道："下官明知金守备起文申报，但不肯迎合奸臣，致令太子受屈。此事定是李飞雄受人指使，冒名而行。若是庐陵王若有此举，为何不在起事之先，通行手诏，等到贼兵入境，方将伪诏投递？

据此一端，可知伪冒。现已命人先到房州询问，俟真伪辨明，再行具报，免得有劳圣虑，致伤母子之情。此时大人前来，实为万幸。"当时与狄公到了城前，依城下寨。

次日狄公升座大帐，传金城前来问话。金城此时已是心大恐惧，满想将告急公文，递到兵部，武氏兄弟带兵前来，便可合而为一，不料不能如愿，反命巡抚大人带兵到此。当时只得到大帐请安侍立。狄公道："本院在京接汝告急文书，说庐陵王与李飞雄勾通，兵犯怀夫，汝既身为武备，何故不开城迎敌，杀退贼兵？若说胡世经阻挠加意防守，此固迂儒见识，本院既已到此，且命汝就此去骂敌，若不得胜而回，提头来见！"金城听了此言，不禁心惊胆裂，领下令而来，上马而去。

第五十八回　开战事金城送命　遇官兵吴猛亡身

却说金城见狄公命他出马，虽将令箭领下，心下甚是怕惧，一人想道："我虽是个武职人员，补了这怀庆守备，无奈我不是个绿林出身。平日与武氏家奴横行乡党，尽是虚张声势，狐假虎威，哪里有什么本领？这个功名也是武三思瞻徇①情面，私自保奏。现在上阵交锋，岂不是自寻死路？"欲想不去，又知狄公法令森严，不容推诿。当时只得披挂整齐，上马提刀，来至阵上。李飞雄自从由太行山来此，虽则日夜攻打，因是胡世经严加防守，攻破不开。昨日听说京中大队前来，疑惑是武氏兄弟的党类，随命人到营中私探，回营报知，方知是狄公到此。正在诧异，现又见小军来报，说官兵阵前讨战。李飞雄听了此言，随即提刀上马，望众人说道："愚兄奉许大人之命，干此要事，今日狄仁杰到此开兵，务必胜他一阵，方破了他锐气。诸位贤弟，可到战场，一同看战！"所有那朱砂记洪亮、双枪将吴猛、草上飞王怀等强寇，无不齐声说道："我等在山杀人如草，绿林中谁不知我等威名？莫说狄仁杰是个懦弱书生，徒以哼文为上，他便是个三头六臂，亦将他杀得片甲不回。"说着众人上马，领命冲出本寨。

李飞雄抬头看见是金城，连日见他在城上与胡世经把守，早已认熟在眼中，忙将马头一领，上前喝道："来者莫非怀庆守备金城么？"金城见他道他姓名，疑是武三思曾与李飞雄言过，说他在这城中为守备，也就答道："老爷便是金城！汝既知名姓，谅知我来历。今奉狄抚之命，上马前来与汝决一死

---

① 瞻徇：徇顾私情。

战。"李飞雄不知他说的暗话，连忙喝道："汝这无名小辈，既食君禄，当报君恩。唐室江山，乃庐陵王天下，现为武后荒乱朝纲，宠嬖小人，致将太子远谪，目下亟思复位，整理朝纲，特下血书，命本帅念社稷艰难，为此征讨。日前草诏在于兹，汝何不知顺逆，闭关自守，抗拒王师？此时大队前来，首先开战，来得好，本帅不将汝分为两段，也不知俺手段！"说着一个泰山压顶，当头劈来。金城见他认真杀来，枉是个无赖出身，从不知阵前利害，抬头一看，已吓得魂不附体，快将两手把单刀握定，迎了上来，碰上大刀如同火炭一般，早将虎口震得迸裂。一时抵挡不住，把个单飞在空中，正要拨转马头，落荒而走，措手不及，李飞雄一刀已欹于马下。贼兵一声呐喊，掩杀过来。幸得狄公手下人多，用乱箭将阵脚射住，难以上前。李飞雄得意洋洋，敲得胜鼓回营。

且说狄公派金城出马，因他与武氏一党，故用借刀杀人之计，命他身死。此时见已丧命，忙传令赵大成、方如海。只听两边齐声得令，出来两人，到案前站下。此两人乃是高宗御前都指挥，平时历著战功、封为永胜将军之职。赵大成身材短小，相貌粗豪，手执两柄六角锤，有万夫不当之勇。那个方如海，也与他一般职位，手执一杆烂银枪，如蛟龙出水似。当时狄公说道："汝两人就此出征，先将李飞雄复一胜仗，挫了锐气，本院自有退敌之策。"两人得令下来，随即披挂上马，到了战场，见李飞雄已经收队，只得到敌营前面高声挑战。双枪将吴猛，正押着后队，向前退去，忽听后面又有人来骂战，当即拨转马头，双枪并起，迎将上来。赵大成见敌人来会战，上前喝道："贼将通名，本将军锤下，不打无名之将！"吴猛道："俺乃庐陵王麾下，复国大将军帐前偏将吴猛是也。汝是何人，快通名来！"赵大成喝道："汝这叛贼，敢冒太子之名，暗行诬害，勾结奸党！本将军乃唐皇天子驾下巡抚麾下，永胜将军赵大成是也。"说着六角锤一分，用了个流星赶月，一先一后，相继打来。吴猛见他来得利害，双枪一举，用了平身之力拚力格来。无乃赵大成乃是长征惯战之人，比这山寨强人，自强胜百倍，两锤打下，如泰山一般，吴猛哪里架得过去？顷刻满脸震得绯红，虎口流血不止，晓得不好，赶着连招带拖，拖了过来，便想趁此逃回营内。谁知赵大成手段飞快，两锤见他招架不住，惟恐他逃走，赶将左手一起，飞起锤头，摔过马来。吴猛正向前走，不防着后面来了兵器，只听咕咚一声，早把吴猛栽倒马下，再望那颗头颅，已是脑浆迸裂。敌营见吴猛身死，众兵一声呐喊，各自逃生。赵大成仗着一身本领，邀动方如海，手提兵刃，杀入重围。两匹马如入无人之境，正是逢枪便死，遇锤即亡，顷刻之间，早已尸骸满地。

李飞雄自将金城杀死，正是得意非凡，忽听得前营有喊杀声音，赶着命人查问，谁知探军已到大帐，奉请主将出营御敌："现在官兵队里，来了两员猛将，一名赵大成，一名方如海。吴猛与他交战，已死在赵大成手下，今已杀进营来。主将再不出去，便到大帐了！"李飞雄听了此言，大叫一声："无名的小辈，杀了我山头将士！"只听他高叫数声，跃马提刀，冲出阵上，劈面见大成两人，也不答话，刀锤并举，二马相争，一来一往，杀了有数十个回合。李飞雄渐渐招架不住，方如海惟恐让他逃脱，也就拍马提枪，前后夹战。李飞雄自知不能相斗，两手将大刀一举，用个横扫千人的刀法，将赵大成双锤掀开，大叫一声："本将军战你不过，休得追来！"说着马一拎落荒而去。赵大成恐他另有暗算，也就不去赶他，回转本营。

此时狄公，正在营前观战，见赵大成杀追贼将，得胜而回，当时进入大帐，记上功劳。向着胡世经言道："此贼本领也甚平常，若能设法生擒，方令太子之冤水落石出。但不知贼营前后，有小路通行，并往他山寨上，有避道可去？"胡世经还未开言，早有马荣上前说道："这是大人不必过虑。小人疑惑李飞雄是一个三头六臂，异样的强人，谁知是从前那个白鹤林的小李，不知何人为他起这绰号，叫赛元霸。小人的出身，大人无不尽知，此人与小人早年是一党，陆道上买卖，彼此通行。明日待小人到他营中，如此这般，套出他的真话，然后里应外合，用计破他，易如反掌。"狄公听了此言，心下甚是欢喜，忙道："汝能干出这事，不但解了目前之危，俟太子还朝，也当加恩升赏。可知此事关系国家伦常之大务，必设法将主谋之人访出，那时本院便可启奏了。"马荣领命下来，一宿已过，次日改换装束，乃扮绿林的模样，由后营出去，绕上大道，然后向贼营而来。

且说李飞雄败回营中，闷闷不乐，与洪亮等人说道："愚兄受许大人深恩，又奉武皇亲重托，着我干出这事。满想富贵功名，从此发达，谁知今日初次开兵，虽将金城杀死，我处亦伤一吴猛。愚兄又打了这败仗，官兵主将，又是狄仁杰前来。此人足智多谋，从前做县令时，并访出许多无头案件，此时掌这大权，手下有许多精兵猛将，我等何能与他对敌？虽承武、许两大人重用，设若事败，岂非是画虎反类犬！"洪亮道："大哥何必多虑，胜败乃兵家常事。赵大成虽是勇猛，明日我等并马出营，用个车轮战，那怕他如天神的手段，也要大败亏输。"众人正在帐中议论，忽见小军进来报道："外面有一好汉，自称马荣，说与寨主从前在白鹤林交好，日前访问寨主，在太行山聚义，特地千里相投。到得山前，闻又提兵到此，因此来营求见，请寨主示下。"李飞雄只恐营中将少，没有能人，听说马荣前来，连忙道："此人与俺自幼的好友，他此时前来，正好助我一臂。"随即起身，带领众人，接出营来。抬头向前一望，果见一人短领窄袖，元色缎的短袄，排门密扣，铺列胸前，两腿元色丢裆叉裤，铁尖快鞋，头戴一顶英雄巾，一朵红缨，拖于脑后，肩头背着个小小包袱，腰间佩了一把单刀，飞宇轩昂，正是马荣到此。

李飞雄高声叫道："马大哥，几时到此？小弟接驾来迟，望祈恕罪！"马荣见他出营，也就上前答道："贤弟名亨利达，掌此兵权，曾记白鹤林旧交么？"李飞雄哈哈大笑道："自从别后，念念不忘，今日相逢，实为万幸！且请入营畅叙。"说着邀马荣进入营去，一同到了大帐，见礼坐下。

第五十九回　访旧友计入敌营　获胜仗命攻大寨

　　却说马荣进了大帐，李飞雄开言问道："小弟自别尊颜，历经数载，从白鹤林劫夺官眷，得了财资，嗣后在何处得意？"马荣道："一言难尽！自那年分手，东奔西荡，卒无定程。近年在山东一带，干了捕快班头，无奈贪官污吏，不识人材，反与绿林朋友，结下许多仇恨，因此悔心，将卯名除退，依旧做往日生涯。日后方知贤弟，在太行山聚义，不料到了宝山，又值临兵到此。不知贤弟有此大志，竟干此惊人出色之事。愚兄到此，不知可能委用么？"李飞雄听了此言，便将白鹤林劫夺之后，众人分散，不料地方缉捕，为快班擒获，解入京都，承许敬宗开活，以及在太行山聚义的话，说了一遍。当时命人摆酒，为马荣接风。入席之后，马荣复又问道："贤弟所言皆是从前之事，现在攻打城池，还是欲唐室江山，称孤道寡，抑是另有别人主使？近日胜败若何，官兵是何人所带？"李飞雄见他问这话，忙道："小弟哪有如此妄想！设非有人命我如此，莫说本领不能取胜，便是粮草也不能接济。"马荣听了此言，心中实是暗喜，果不出大人所料，竟是有人暗中指受。乃道："此乃贤弟鸿运当头，故有如此机遇！方才来营，见大旗上面写的庐陵王名号，莫非是房州太子，复夺江山，命弟辅助？"李飞雄哈哈笑道："老哥不是外人，此来正可助小弟一臂之力，不妨将这细情告知。哪里有什么庐陵王？说来大哥也可知道，目今武后临朝，将武三思兄弟皆封了大官，掌理朝政。将太子贬至房州，一心想将大统传与武承嗣接位，无奈狄仁杰一班忠臣将士，屡次阻挠，不但不能令武氏为天子，反请武后将庐陵王召回。因此武氏兄弟，想出这主意，命我冒充太子的旗号，攻打城池，使地方各官通报到京，说太子造反，好令武后伤了母子情，将太子赐死，这万里江山，便归入武氏兄弟之手。不料这怀庆太守胡世经闭关自守，攻打不开，目下狄仁杰又带兵前来，互相交战。不料他皆是能征惯战之将，昨日初次开兵，虽将守备金城杀死，本营中双枪将吴猛，亦为敌营伤命。小弟本领，大哥深知，这一座海大营盘，加上这许多精兵猛将，何能将他退去？幸得大哥前来，明日上阵交锋，助我一臂，倘能武承嗣得了天下，你我这功名富贵，还怕不得么？"马荣也装喜悦情形，满口应道："贤弟有如此出路，若将此事办成，岂不比绿林买卖强似十倍！愚兄明日出马，定杀个大败亏输，以报昨日之恨。"

李飞雄见马荣如此应允，自是得意非常，又将王怀，洪亮这干人喊来相见，彼此通名道姓，开怀畅饮，直吃到下午之时，方才席散。马荣道："贤弟这座营寨，虽是十分雄壮，但不知前后左右，可有小路通行？大凡扎营须要四通八达，方可进退自如。若是一面开兵，三面闭塞，若前队打败，无一退步，岂非是束手待毙？"李飞雄道："小弟哪里知道什么兵法，横竖有武承嗣等人，暗中布置，只求将官兵打退，弄假成真，那时便功成名就。既是老哥讲究，此时便请去巡视，若有破绽的地方，不妨更改。"说着起身，众人出了后营，四面察看一番，尽是依山带水，颇得地势。惟有左边一座高山，相离有一二里远近，若能在此伏兵，便可以高临下。随即问道："这座山头，虽是险固，不知这山后通于何处？"李飞雄道："山后乃是怀庆府西门大道。我这座大营，依他南门而扎，若非这高山阻隔，也不在此扎立营盘。"马荣巡视已毕，复行看了他粮草所在。天色已晚，李飞雄复命摆酒叙谈，直至二鼓频催，方才安寝。次日早李飞雄请他出战，将自己的马匹兵刃，让他使用。马荣道："愚兄秉性，贤弟深知。这口佩刀，很好与人对敌，那马上工夫，反不能爽快。"说罢，仍就是随身衣服，出了营门，到战场喊战。

官兵帐里见马荣讨战，众人无不说异，赶着进帐，报与狄公知道。狄公随命乔太前去会敌，说道："马荣此来，必有消息，汝去只可诈败，看马荣有何话说。"乔太本欲步战，此时惟恐敌营生疑，只得坐马提刀，向阵前而去。

马荣见乔太前来，故意喝道："来者何人，快通名纳命！俺家李大寨主，昨日为汝等杀败，命俺家报仇，不要走，吃我一刀！"说着左手一刀，劈面砍来。乔太见他故作惊人，心下实是好笑，也就举刀迎上，两人一来一往，杀了有二三合，乔太已是只能招架，不能还兵。复又战了数合，拨转马头，落荒而走，马荣高声喝道："逆贼往哪里走，俺追来也！"当时连蹿带跳，紧紧追来，不下有十数里远近，左右皆是树林，后面贼兵，全行不见。乔太住马笑道："大哥，你做什么鬼脸，究竟营中怎样？"马荣道："若不如此，何能使他相信。"当即将敌营的话说了一遍，然后道："左边高山，可以伏兵，明日如此这般，由西门前进，那时便可一鼓成擒了。"乔太听罢大喜。两人正要回去，远远的贼兵追来，马荣道："你仍就败走前去，好令众人除疑！"乔太赶即伏在马头，盔斜甲卸，现出败的模样，没命向前逃走。马荣见贼兵已到，高声喊道："汝等赶速拦阻去路，莫要被这厮逃走！"一声招呼，依旧紧紧的追来，乔太早已打定鞍马越树穿林回转本营，那时贼兵，齐声叫道："李寨主有令，请将军就此回营。山路崎岖，恐遭敌人的暗计。"马荣见众人如此，反说道："汝等早来一步，也不至为这厮逃脱。且待明日开兵，再将这厮擒住。"当时同众贼一同回营。见李飞雄早出来迎道："老哥今日获此胜仗，虽未将敌人擒获，所幸尚未败回。有老哥如此本领，还怕不能取胜么？"马荣也就进入帐中。

李飞雄早已预备下酒席，两人入座畅饮。马荣道："愚兄到此，疑惑敌营很有能人，谁知今日到场，乃是无能之辈。本营有如此兵马，何不分成四队，将他那座营盘，团团围住，四面杀入，没有一日之久，定可将这狄仁杰擒获，何故在此久久相持，反长了他人志气！"李飞雄见如此言语，乃道："小弟营中虽有许多兵将，无奈操练未久，皆非能征惯战之将。若能老哥在此缓缓交锋，每日与小弟出营，皆获胜仗，将他几名妙手送了性命，然后四面夹攻，哪怕他逃奔天外！"马荣道："贤弟此言差矣！天有不测风云，人有旦夕祸福，若不趁此锐气，一鼓而下，但凭愚兄一人每日出战，何能必定取胜？若敌营再添了新手，那时又如何说项？兵事宜速不宜迟，且营中旗号，尽以庐陵王为名，若太子在房州得信，带兵前来，前后夹攻，那时将这机关败露，又便如何？成败好丑，在此一举，贤弟幸勿自误。"李飞雄本是个极粗莽的人，见马荣这番言语，不禁鼓舞起来："大哥所言真是妙计，小弟何敢不依！但前进必须后退，明日一早先命人到京都送信，告知许敬宗大人说，狄仁杰到此，万分难破，现已四面攻打，请他赶紧设法接济，以便在太行山招兵救应；一面须斟酌一人在营看守，恐有敌兵前来冲寨。"马荣道："贤弟如虑无人，愚兄在营，可万无一失。大队若得胜好极，否则愚兄领队出营，将贤弟接应出来，岂不好么？"李飞雄听罢，当时依计而行。

次日先写了一封信，命人送往都中，到许敬宗衙门交递。然后命洪亮打东门，王怀打南门，自己打西门，其余将弁，选派数名攻打北门。所有

粮草军械，皆在后营，并留下三千兵士，请马荣在营看守，仍不时到营前观战，若是官兵战败，便上前接应。诸事分派已定，只等次日开兵。

且说乔太回转本营，将马荣的话，说了一遍。狄公听了此言大喜，次日一早便命赵大成、方如海各带精兵五千由西门大道，绕至高山，等到夜晚之间，率众登山，在树林内埋伏。"但听得炮声响亮，一齐杀下山去，务必与马荣合为一队，将李飞雄生获过来，勿伤他性命，方可随后作证。"两人领命下来，自去埋伏不提。再表李飞雄当日传令已毕，一宿已过，次日天明，各人带领兵丁，放炮开营，直向官兵前队围绕上来，顷刻之间，数万贼兵，把个很大的怀庆府，并一座大营，四面围住。李飞雄一马当先，上前喊道："营内兵丁听了，前日本将军为那赵大成杀败，又伤我一员大将，此恨此仇，尚未报复，今日特来与汝等决一死战，好报庐陵王付托之意！汝等速去报狄仁杰知道，命他选派能人，前来会战，不然这四面兵将，拥挤上来，立刻将汝等营盘，踏为平地。"

第六十回 四面出兵飞雄中计 两将身死马荣回营

却说李飞雄依着马荣之计，四面出兵，将唐营攻围，小兵不知何故，赶紧进帐报知。狄公命了四员偏将，一名裴万里，一名曹其荣，更有徐标、王泰，各带二千兵卒，分头会敌，四人得令起身。裴万里跨马提鞭，直向东门迎出，劈面遂见洪亮举手一鞭，当头打下，洪亮提刀格架相迎，两人杀在一团，斗在一处，战有二三十个回合。洪亮杀得性急，大喊一声，直向裴万里拚力劈去，裴万里赶即两膀用足了劲，钢鞭飞舞，架去单刀，随手一鞭，已打中洪亮的顶门，翻于马下。后面军士见敌人落马，呐喊一声，上前冲杀。裴万里见自己得了胜仗，当即下马取出佩刀，将洪亮首级割下，复跳上马匹，杀向南门而来。远远听到战鼓声音，震动山谷，赶着快马加鞭，飞到前面，但见曹其荣手执一杆长枪，却为王怀的双刀压住，气喘吁吁，几乎败下。裴万里见了吼一声，叫道："曹贤弟休得慌忙，有愚兄前来助你！"说着遂奔到阵上，用钢鞭往下一格，将王怀的双刀架格过去，让曹其荣冲出重围，随即一连几鞭，向那敌人打下。王怀虽然是一个草寇，但在太行山上，也算他是第一把好手，正想摆布敌将，忽见一人前来助战，不觉大喊连声，一手招架钢鞭，一面对准裴万里的要害，拚命刺去。那二人你想我死，我想你亡，刀去鞭来，好似在山猛虎；刀来鞭去，宛如出海飞龙，彼此竟杀不放手。霎时黄砂飞起，大约争战了有五六十合，早已日光当头，裴万里深恐战他不过，误了大事，赶着虚晃一鞭，诈败而去。王怀正是杀得兴起，哪里肯舍不追，高声叫道："无能的匹夫，向哪里逃走，爷爷来也！"只见飞虎镫一挂，那马如腾空一般，在后紧紧追来。裴万里见他赶来，跑去有二三里远近，忽将裆劲一松，那马忽然停住，裘万里将脚尖在搭镫扣稳，一个筋斗，跌向马腹里面。王怀疑惑他是失足落马，心下大喜，高声叫道："裘万里也是你性命该绝，落下马来，看刀！"说着一刀，在裘万里背心劈下。裘万里见他到了背后，脚尖在搭镫上一垫，一个转身，早在马上倒下，王怀正弯腰用刀来劈，措手不及，裘万里一鞭打中脑门，咕咚栽于马下。裘万里骂道："你这狗头，方才那样英勇，此时英雄何在？且命汝身首异处！"当时就将王怀的刀取下，割下首级，复向城上奔来。

且说李飞雄自己攻打西门，一柄大刀逢人便杀，正遇徐标将他拦住，两人兵刀大举，各显生平。谁知徐标一柄三尖刀，较之李飞雄高出数倍，彼此刀来刀去，未有十数个回合，已杀得两膀酸麻，高抬不起，正想王怀等人前来接应，忽见劈面人声喧乱。鸾铃响处，裘万里早到前面，高声骂道："贼囚，汝羽翼已去，还想在此逞能！你看这两颗首级是谁，还不下马受缚！"李飞雄正是危急，听了此言，抬头一望，却是洪亮、王怀两人的首级，晓得不好，赶将马头一领，斜刺里冲出重围，欲向本营而走。忽见本营烟雾连天，喊声大震，四面八方全是火起，李飞雄到了此时，已是心惊胆裂，知道有了内变。只见许多逃残兵士，蜂拥而来，向着李飞雄说道："寨主不好了，出兵之后，马将军并不到营前观战，忽自出了后营，放了几声大炮。顷刻左边山下，出来许多兵马，穿山越岭，向本营拥来。我等正请他退敌，谁知他反将敌兵，带入营中放火烧寨。现在军中粮饷，以及帐棚，皆为他焚烧殆尽，前面万不可去了。"李飞雄听了此言，只得大叫一声："马荣，我道你是旧日良朋，前来助我，谁知你是奸细，害得我瓦解冰消！今日俺也拚作一死，只与汝送了性命！"当时便想去寻马荣。后面裘万里追兵已到，高声叫道："李飞雄，汝寨已失，还不下马投降！"飞雄正是忿火中烧，举起大刀向万里复战，彼此又交了五六回合，早见大兵如潮水相似，纷纷拥拥四面围来，将两匹坐骑困在垓心，齐呼捉贼。李飞雄见大事已去，料想难以逃脱，狂叫数声，便想举刀自刎，裘万里早已看见，右手将钢鞭顺转，身躯一进，左手只在李飞雄腰间一把，说声带过，早把飞雄提离坐骑，复行向地下一掷。四面兵丁见贼首已得，一声呐喊，捆绑起来。裴万里因自己擒了贼首，心下得意非常，拨转马头，提鞭执辔，押着大队回营。

　　此时狄公在营，早已得着捷报，命乔太赶速到敌营，传令贼人，如愿投降，一概准予自新，放归回里。所有粮草器械，命赵大成、方如海两人收解回营。着马荣先回本寨，以便与李飞雄见面。乔太得令出营，走至半途，已与马荣相遇，彼此一同到了大帐。马荣将焚营事，说了一遍，狄公命他先到后营安歇，然后升坐大帐。只见众兵将敲着得胜鼓而来，大队排列两旁，直至营门之外，随后许多人，捆缚着一个大汉，裴万里押在后面。到了帐前，报功已毕，将李飞雄推跪在阶下。飞雄此时大骂不止："汝等这班叛逆贼臣，庐陵王乃天下明君，命俺复夺江山，重兴天下！误中马荣贼狗头之计，使我大营焚掠，山寨难归。汝等要杀便杀，想投顺汝等叛国奸臣，也是三更梦想！"当下只是骂不绝口。狄公见他到了此时，仍是矢口不移，冒充庐陵王旗

号，暗道："这人颇有恒心，据他对马荣说来，因为许敬宗活命之恩，故尔为这班奸臣，干出这事。此时被擒，命在顷刻，仍然始终不一，不肯推赖他人。且待本院以恩待他，看他若何言语。"当即起身下堂，便将众人喝退，自己为他亲解其缚，向他言道："将军乃一世英雄，何苦受人之愚，不顾自己性命？本帅若想杀汝，何不在军前取汝首级？不日庐陵王便来营中，那时本院为你分辩如何？"说毕，也不问别事，命人将他送往后营，暗下命乔太、裴万里两人防守，每日好酒好肉，使他饮食。一连数日，直不见狄公之面，所有服伺的兵丁，皆是你我来往，无一定之人。李飞雄初进营时，自分必死，此时见这样情形，反不知狄仁杰是何用意，又听他说庐陵王不日前来，疑惑等太子来时，再行斩首，果是如此，又不应这样款待，想来想去，实是委决不下。这日性急起来，却巧小军来送酒食，李飞雄将他揪住，横按前磕膝上面，露出腰刀，向他喝道："俺到此间是个贼首，狄大人为何不将我斩首，究竟是何用意？汝将他意思说明，俺就饶汝性命，不然先令凉风贯顶，与阎王相见！"那个小军为他按住，动弹不得，忙说道："狄大人命我等如此，哪晓得他有何用意？但听他与马将军说，这人误听人言，干出非礼之事，若欲天下太平，还须在他身上。其余的话虽将我杀死，也不知道了。"李飞雄听了此言，高声骂道："马荣你这狼心狗肺的死贼，俺好心待你，反道汝毒手！此时又虚情假意，前来骗谁？汝今日除非不见俺面，一日相逢，定与汝誓不两立！"

正说之间，只见外面走来一人，向里说道："贤弟，愚兄这旁请罪了。可知此事，不能怪我，许敬宗乃误国奸臣，唐室江山，要入武氏之手。汝冒庐陵王之名，攻打怀庆，朝廷以伪乱真，竟将庐陵王赐死。若非众位忠臣，竭力保奏，早送了太子性命。从来误国奸臣，后来绝无好处，被万人唾骂，遗臭万年。目今武后临朝，春宫秽乱，以她一生而论，先是太宗的才女，后来削发为尼，勾引高宗，复又收入宫内，封为昭仪。高宗死后，又将张昌宗弟兄，并怀义这秃驴，以及薛敖曹等人宠爱，真是可谓天地间贱货。庐陵王是高宗的长子，理合传位于他，接承大统，反将他贬在房州，把那些奸淫的狗贼，灭伦的奸贼，宠用在身边。如此不仁不义，不慈不爱之人，何能母仪天下？你我皆是顶天立地的汉子，做事俱要正大光明，曾记在白鹤林聚义之先，立志专与贪官污吏，恶霸强豪作对。从前许敬宗虽有恩贤弟，可知他并非好意待你，想你代他干了这叛逆事件成功，他与武承嗣弟兄平分天下，那时他为君，你为臣，我们堂堂英雄，反屈膝在这班狗头之下，听他的指挥，岂不羞煞！事情不成，所有罪名，全赖在贤弟身上，与他无涉，我等虽是草寇，也该知个君臣父子，天理人情。武三思等人，乃是遗臭万年之人，恨不能食他之肉，寝他之皮，不料贤弟中他之计，反把国家的太子，天下的储君诬害！自己思量，岂不大错？前日来你营中，实是有心诱骗，想贤弟即改邪归正，作个好人。贤弟如信我言，此时便同去见大人，以便日后临朝，对个明证。若不相信，愚兄欲为好人，也不能有负贤弟，致受一刀之苦。不如先在你面前，寻个自尽。"说罢便要自刎。

第六十一回　李飞雄悔志投降　安金藏入朝报捷

　　却说马荣劝说了一会，便要自刎。李飞雄听了此言语，已是开口不得，心下暗想："实是惭愧。"见他如此情形，赶着上前把马荣的刀夺下，说道："大哥之言使我如梦方醒。但是我从前受过许敬宗之恩，照你说来，不过想我同狄大人到京，将太子冤屈辨明，好令武后母子如初，并将武三思等人处治。可知此事关系甚大，害了武许两人，小弟依然没有活命。损人利己之事，固不可做，损人害己之事，更何必做。老哥既将我擒入营中，焚烧山寨，尚有何面目去到京中？不如请狄大人将我枭首，免得进退两难。"马荣道："愚兄若想杀你，进营之时何不动手？直因你我结义之时，立誓定盟同生同死。言犹在耳，今昔敢忘？你若能为太子辨明这冤情，狄大人自有救汝之策。设若我言不实，有累贤弟九泉之下，也无颜去见汝面。"李飞雄见他说得如此恳切，心下总是狐疑不定。马荣道："贤弟，你莫要犹豫不决。今将实话告你，狄大人带兵来时，元行冲已到房州，此事你也知道。只等他来至此地，便一齐起队到京。那时措手不及，先将奸党拿获，然后奏明太子，救汝之死。与他对质，还有何惧？"马荣说罢，见他只不开口，知他心下已经应允。随即挽着李飞雄的手腕道："你我此时先见了大人，说明此意，好命人前去打听庐陵王曾否前来。"说毕，挽着飞雄便走。飞雄到了此时，为他这派劝说，又因他连日如此殷勤，自是感激，当时只得随他到了大帐。

　　马荣先进帐报知狄公，然后出来领他入内。李飞雄到了里面，向着狄公纳头便拜，说道："罪人李飞雄，蒙大人有不杀之恩。方才听马荣一派言词，如梦初醒，情愿投降，在营效力。俟后如有指挥，以及国家大事，我李某皆甘报效。"狄公见他归顺，赶着起身将他扶起，命小军端了一个座头，命他坐下。李飞雄谦逊了一会，方才敢坐。狄公道："本院看将军相貌，自是不凡。目今时事多艰，脱身落草，也是英雄末路之感。本院爱才如命，又值朝廷大事，唐室江山，皆想在将军身上挽回，岂有涉心杀害？本院已于前日派探前去，想日内当得房州消息。"

三人正在帐中谈论，只见中军进来说道："元大人行冲现有差官公文来营投递，说要面见大人，有话细禀。"狄公听了此言，赶命将原差带进。中军领命下去，果然带了一个年少差官，肩头背着个公文包袱，短衣窄袖，身佩腰刀，到帐前单落膝跪下，口中报道："房州节度使衙门差官刘豫，见大人请安。"狄公听他所言，不是元行冲派来之人，而且行冲出京时，只是主仆数人，那里有这多使用，赶着问道："汝方才说是元大人命汝前来投递公件，何以见了本院，又说是节度衙门呢？"那人道："小人虽是节度差官，这公文却是元大人差遣。大人看毕，便知这里面的细情了。"狄公听他所言，当时将来文命人取上。自己拆开看毕，不禁怒道："武承嗣，汝这个狗头，如此丧心害理。此地命李飞雄冒名作乱，幸得安金藏剖心自明，本院提兵到来，方将此事明白。汝恐此事不成，复又暗通刺客，奔到房州，若非节度衙门有如此能人，岂不送了庐陵王性命。本院不日定教你做个刀头之鬼便了。"看毕，向刘豫道："原来将军有救驾之功，实深可敬。且在本营安歇一宵，本院定派人与将军同去接驾。"

原来元行冲自奉旨到房州而去，武承嗣与许敬宗等人便恐他访出情形，又值狄公提兵来到怀庆，那时将李飞雄擒获，问出口供，两下夹攻，进京回奏，追出许武两人同谋之故，自己吃罪不起。因此访了个有名的刺客，名叫千里眼王熊，赏他二万金银，命他到房州行刺。但将庐陵王送了性命，带了证件回京，再加二万。俟后等他登了大宝，封个大大前程。谁知王熊到了房州，访知庐陵王在节度衙门为行宫，这日夜间便去行刺。不料刘豫虽是差官，从前也是个绿林的好手，改邪归正，投在节度衙门当差，以图进身。这晚却巧是他值班，听见窗格微响一声，一个黑影蹿了进去，晓得不好，赶着随后而至。乃是一个山西胯汉，手执苗刀，已到床前。刘豫恐来不及上去，顺手取了一根格闩，打了过去。王熊正要下手，忽然后面有人，赶着转身来看，刘豫已到面前，拔出腰刀，在脊背砍了一下。王熊已措手不及，带了伤痕，复行蹿出院落，欲想逃走。刘豫一声高叫："拿刺客！"惊动了合衙门兵将，围绕上来，将他拿住。元行冲此时已到房州，审出口供，方知是武承嗣所使。随即枭首示众，将首级带回京中，以便使武承嗣知道。次日庐陵王知道，对元行冲哭道："本藩家庭多难，奸贼盈朝，致令遭贬至此。设非众卿家如此保奏，岂不冤沉海底。但是目今到怀庆剿贼，这房州又无精兵良将，设若半途再有贼人暗害，那便如何？"元行冲道："殿下此去，万不能不行。无论狄仁杰提兵前去胜负如何，须得前往，方可水落石出。若恐半途遭事，便命刘豫到怀庆送信，命狄仁杰派队来接。"因此刘豫到了狄公营内。此时狄公知道此事，随命裘万里、方如海两人，各带部下十名，与刘豫星夜迎接。

不说他两人前去，且说武承嗣自命王熊去后，次日朝罢，便到许敬宗衙门，向他说道："老狄日前带兵前去，不知连日胜负如何。我看他也无什么韬略，若能李飞雄将怀庆攻破，那时不怕老狄是什么老臣，这失守城池的罪名也逃不过去。连日李飞雄可有信前来？"许敬宗道："我也在此盼望。若得了信息，岂有不通知你的道理。老狄亦未有胜负禀报前来。心想明日早朝，如此这般，奏他一本。若圣上仍将狄调回，这事便万无一失了。"武承嗣听了此言，大喜道："这样三面夹攻，若有一处能成，倘王熊之事办妥，便省用许多心计。"二人谈了一会。

次日五鼓，各自临朝。山呼已毕，许敬宗出班奏道："臣位居兵部，任重盘查，理合上下一心，以国事为重。月前李飞雄奉庐陵王之命，兵犯怀庆。陛下遣狄仁杰带兵征剿，现已去有数日，胜负情形未有边报前来。设若狄仁杰与叛贼私通结兵之处，岂不是如虎添翼。拟请陛下传旨，勒令从速开兵，限日破贼。"武后见他如此启奏，尚未开言，见值殿官奏道："太常工人安金藏，前因谏保太子剖腹自明，蒙圣上赐药救治，越日苏醒，现在午门候旨。并有狄仁杰报捷本章，请他代奏。"武后此时正因许敬宗启奏此事，随道："既狄卿家有报捷的本章，且命安金藏入朝见孤。"

值殿官领旨下来，顷刻安金藏入朝，俯伏金阶，谢恩已毕，然后在怀中取出狄公的奏本，递上御案。武后看毕，不容不怒，向着许敬宗道："汝这误国奸臣，害我母子。平日居官食禄，所为何事？李飞雄乃汝旧人，敢用这冒名顶替之计，诈称庐陵王谋反，并勾结武氏弟兄，使我皇亲国戚结怨于人，万里江山几为祸乱。若非安金藏、狄仁杰等人保奏阻止，此事何以自明？现在李飞雄身已遭擒，直认不讳。元行冲行抵房州，太子痛不欲生，嚎啕痛哭，立志单身独骑驰赴怀庆，与狄仁杰破贼擒王，以明心迹。现既将贼首拿获，以俟太子驾到，得胜回朝。孤家因汝屡有功劳，故每有奏章，皆曲如所请。今日辜恩负国，几将大统倾移，似此奸臣，本该斩首，且俟狄仁杰入朝，李飞雄对质明白，那时绝不宽容。"说毕，在

御案亲笔写了一道谕旨，向安金藏道："卿家保奏有功，太子既往怀庆，着卿家传旨前往，召庐陵王与狄仁杰一同入朝，以慰离别。"安金藏接了此旨，当即谢恩出朝。此时众文武大臣，见武后如此发落，忠心报国的无不欢喜异常，不日可复见太子，那些孤群狗党，见了这道旨意，无不大惊失色，为许敬宗、武承嗣担扰。

当下武后传旨已毕卷帘退朝，百官各散。许敬宗了到了武三思家内，告知此事，彼此皆吓得面如土色，说道："这事如何是好？不料老狄手下有如此能人，竟将李飞雄生擒过马。若果太子还朝，我等还有什么望想？但不知王熊前去如何，现在也该回来了。圣上现已传旨，召令还京，安金藏这厮断不肯随我等指使，必得设法在半路结果了性命，方保无事。"两人商议了一番，忽然武三思的家人在他耳边说了许多话，三思不禁大喜，命他赶速前去。

第六十二回　庐陵王驾回怀庆　高县令行毒孟城

却说武三思听那家人之言，大喜道："汝能将这事办成，随后前程定与汝个出路。"许敬宗忙问何事，三思道："此去怀庆府有一孟县，现任知县乃是我门下家生子，提拔做了这县令，名叫高荣。这家人名叫高发，是他的弟兄。此时大兵前来，得胜还朝，非得如此这般，不能令老狄结果性命。既如此这般，岂不是件妙计。"许敬宗听了，也是欢喜。

不说高发前去行那毒计，回头再说刘豫同裴万里、方如海，带了偏将，赶至房州，次日庐陵王听说李飞雄已经擒拿，放心前往。一路乘太平车辇，直向怀庆进发。在路非止一日，这日到了怀庆府界内。探马报入营中，狄公带领前队沿路接来。离城一百余里，前面车驾已到，两下相遇，狄公赶着下马。到辇前行了军礼，君臣相见，悲喜交集，两边队伍鸣炮壮威，敬谨恭接。庐陵王见众官跪到两旁，传旨一概到营相谒，然后命狄公同行。直至下昼，方到怀庆城下。早有胡世经上前奏道："微臣恐太子一路辛苦，营中僻野，风雨频经，不免有伤龙体。现已将臣衙门概行让出，改为行宫，请太子进城驻马。"狄公见胡世经如此敬奏，也就请太子入城，并将李飞雄兵临城下，幸他闭城自守，不肯告急的话，说了一遍，庐陵王道："孤家命途多舛，家事国事如此纷纭，今日前来，正宜与士卒同甘苦，以表寸心，挽回母意。何能再图安乐，广厦高居。"狄公道："殿下之言虽是切当，此时贼首已擒，两三日后俟指差回营，看圣旨如何发落，那时便可进京。"庐陵王见众人谆谆启奏，只得准旨，与元行冲、刘豫等人，在胡世经衙门住下。

次日一早，受百官叩谒，然后命驾出城。到营中巡视一番，又将敌营事问了一遍。狄公便将前事尽行告知，又将京中武氏弟兄、许敬宗诬害，亏得安金藏剖腹保奏的话，说了半日。庐陵王流泪道："母子之间，岂有别故？皆是这班奸贼欺奏，以致使我容身不得，定省久疏，言之深堪痛恨。不知卿家报捷的本章入朝，如何处置。"君臣正在营中谈论，营门外忽有报马飞来，到了营前，飞身下骑，也不用人通报，走入大帐跪下报道："禀大人，现在安金藏大人钦奉圣旨，前来召太子回京，钦差已离营不远了。"狄公听了喜道："果是他来么？太子可从此无虑了。"赶着命人在大帐设了香案，同庐陵王接出营来。

　　未有一刻，前站州县派了差官护送前来。狄公因太子是国家的储君，不便去接钦差，但请在营前等候。自己上前，将安金藏迎接下马，邀请入了大帐，随着太子望阙行礼，恭请圣安。然后安金藏将圣旨开读，说："狄仁杰讨贼有功，回京升赏。庐陵王无辜受屈，既已亲临怀庆，命狄仁杰护送回京，以慰慈望。钦此。"当时太子谢恩已毕。这日先命裴万里带同大队，先行起程，仅留一千兵丁保护太子。众将依令前往，马荣等人同着李飞雄，随着狄公等人一起而行。道路之间，欢声震耳，皆说太子还朝，接登大宝，不至再如从前荒乱。

　　君臣在路，行了未有两日，到了孟县界内。忽见前站差官，向前禀道："现有孟县知县高荣，闻说太子还朝，特备行宫，请太子暂驻行旌，聊伸忠悃（kǔn）。"此时庐陵王房州一路而来。未曾安歇便起程，连日在路甚觉疲困，只因狄公耐辛受苦，随马而行。不便自己安歇。现听高荣备了行宫，正是投其所欲，向着狄公道："这高荣虽是个县令出身，却还有忠君报国之心。现既备下行宫，且请卿家同孤家暂住一宵，明日再行如何？"狄公也知太子的意思，只得向差官道："且命孟县知县前来接驾。"差官领命，将高荣带至驾前，只见俯伏道旁，口称："孟县高荣接驾来迟，叩求殿下恩典。"庐陵王赐了平身，向他说道："本藩耐寒触苦，远道而来，皆为奸臣所误。卿家服官此地，具有天良。本藩今日暂住一宵，一概供张概行节省。"

高荣当时领命起身，让车驾过去，方才随驾而来。狄公在旁将他一望，只见此人鹰鼻鼠眼，相貌奸刁，心下便疑惑道："日前本院也由此经过，他果赤心为国，听见大兵前来，也该出城来接，为何寂静无声，不闻不问。现在虽太子到此，却竟如此周到，莫非是武氏一党，又用什么毒计？所幸胡世经随驾护送，现在后面，此地又是他属下，这高荣为人他总可知道。"此时也不言语。等太子进了行宫，果见一带搭盖彩篷，供张美备，也说不尽那种华丽。狄公见了这样，越觉疑惑不止。无论他是武氏一党与否，单就这行宫供应而论，平日也就不是好官，不是苛刻百姓得来赃银，那里有这许多银钱置办。当时与太子入内，所有的兵将概在城外驻扎，只留马荣、乔太、元行冲、胡世经等人在内。传命已毕，狄公将胡世经喊至一旁，向他问道："孟县乃贵府属下，这高荣是何出身，及平日居官声名，心术邪正，谅该知道，且请与本院说明，好禀明太子。"胡世经见问，忙道："此人出身甚是微贱，乃武三思家生的奴婢。平日在此无恶不作，卑府屡次严参，皆为奸臣匿报不奏。现在如此接待，想必惧卑府奏明太子，故来献这殷勤。"狄公道："既是如此，恐为这事起见。惟恐另有别故。"随命马荣、乔太加意防护，勿离太子左右。

且说高荣见庐陵王驻歇行旌，心下大喜，赶即回转衙门向高发说道："此事可算办妥。但我不能在此担搁，须到行旌伺候，乃不令人生疑。其余你照办便了。"高发更是喜出望外。当下高荣又到行旌，布置一切。到了上灯时分，县衙里送来一席上等酒肴。高荣向庐陵王奏道："太子沿路而来，饮食起居自必不能妥善。微臣谨备粗肴一席，叩请太子赏收。"庐陵王也不知他心怀叵测，见他殷勤奉献，当时准奏收下。顷刻间设了位，山珍海馐摆满厅前。庐陵王因自己尚在藩位，也就命狄公、元行冲两人陪食。此时狄仁杰早已看出破绽，只见高荣手执锡壶，满斟一盏，跪送在庐陵王面前。然后又斟了两杯，送狄、元两人。狄公见怀中酒色鲜明，香芬扑鼻，当时向庐陵王道："微臣自提兵出京，历有数月，不知酒食为何物。今日高知县如此周到，敬饮酒肴，足征乃心君国。此酒色香味俱佳，可谓三绝，但太子此时虽是藩位，转瞬即为大君，外来酒食必当谨慎。古有君食臣尝之礼，殿下面前之酒，且请赐高荣先饮，以免他虞。"庐陵王见狄公如此言语，心下暗道："此事你也多疑，这不过县令报效的意思，那有为祸之处，要如此郑重。"一人虽这样说项，总因狄公是忠正的老臣，不能不准他所奏。当时向高荣道："此酒权赐卿家代饮。"这句话一说，顷刻把个高荣吓得面如土色，恐惧情形见诸面上。当时又不敢不接，欲想饮下，明知这酒内有毒，何能送自己性命？便眉头一皱，计上心来，赶紧跪下谢恩。故作匆忙的情状，两手未曾接住，咕啷一声，把个酒杯跌在地下，瓦片纷纷，酒已泼去，复又在下面叩头请罪。狄公知他的诡计，随时脸色一沉，怒容满面，向高荣喝道："汝这狗头诡计多端，疑惑本院不能知道。汝故意失手将酒泼去，便可掩饰此事么？武三思如何命汝设计，为我从实说来，本院或可求殿下开恩，免汝一死。不然，这锡壶美酒既汝所献，便在此当面饮毕，以解前疑。"庐陵王听狄公如此言词，方知他的用意，也就命高荣饮酒。高荣此时见狄公说出心病，早是汗流不止，在下面叩头说："微臣死罪，何敢异心。陛下既不赏收，便命人随时撤去。微臣素不善饮，设

若熏醉失仪,领罪不起。"狄公听了,冷笑道:"你倒掩饰得爽快。本院不将此事辨白清楚,汝也不知利害。"随命到县署狱中,提出一个死罪的犯人,将酒命他饮下。顷刻之间,那人大叫不止,满地乱滚,喊哭连天,未有半个时辰,已是七孔流血而死。庐陵王见了这样,不禁怒道:"狗贼如此丧心害理,毒害本藩,究是谁人指使?若不说明,将汝立刻枭首。"高荣到了此时,也无可置辨,只得将武三思的话说了一遍。庐陵王自是大发雷霆,命马荣到县署将高发捉来,一同枭首。随命刘豫做了这孟县知县,以赏房州救驾之功。

次早仍然拔队起程,向京都而进。行未数日,已到都城。裴万里先将前营各兵扎于城外,听候施行。此时各京官衙门得报,听说太子还朝,虽是奸贼居多,也只得出城迎接。

第六十三回　见母后太子还朝　念老臣狄公病故

　　却说庐陵王到了京中，狄公命裴万里将大营扎在城外，与元行冲、安金藏三人来至黄门官处，请他赶速奏知武后，说太子回朝，午门候旨。黄门官何敢怠慢，却巧武后在偏殿理事，当即奏明。武则天听说是太子前来，虽是淫恶不堪的人，到了此时不无天性或发，随命入宫见驾。黄门官出来，将三人领至宫内。庐陵王见了武后，连忙俯伏金阶，泪流不止，说："臣儿久离膝下，寝食不安，定省久疏，罪躬难赦，只以奉命远贬，未敢自便来京。今获还朝，得瞻母后，求圣上宽恩赦罪，曲鉴下情。"奏毕，哭声不止。武则天见了这样情形，明知他是负屈，又不好自己认过，只得说道："孤家由今返昔，往事不追。汝既由狄卿家保奏还朝，且安心居住东宫，以尽子职，孤家自有定夺。"庐陵王听了此言，只得谢恩侍立。狄公与元行冲、安金藏三人复命请安，将各事奏毕，然后齐声说道："目今太子回朝，圣心安慰。但奸贼不除，何以令天下诚服？设非臣等保奏，误听谗言，以假作真。适中奸计。那时江山有失，骨肉猜疑，是谁之咎？许敬宗、武三思等人，若不依罪处治，恐日后小人诬奏，尤甚于前。臣等冒死陈词，叩求陛下宸断。"武则天此时为三人启奏得名正理顺，心下虽想袒护，也不好启齿，当即传旨："命元行冲为刑部尚书，许敬宗立即拿问，与武承嗣等到案讯质，复奏施行。"三人当时谢恩出来。自是太子居住东宫。

　　且说武承嗣与许敬宗自命高发往怀庆去后，每日心惊胆裂，但想将此事办成便可无事。这日正在家中候信，忽听京都城外有号炮声音，吃了一惊，忙道："这是畿辅之地，那里有这军械响声。"赶着命人出去查问。那人才出了大门，只见满街百姓不分老幼，无不欢天喜地，互相说道："这冤屈可伸了。若不是这三人忠心为国，将李飞雄擒住，庐陵王此时也不能还朝。现在前队已抵城外扎营，顷刻工夫车驾便要入宫，我们且在此等候，好在两边跪接。"当时纷纷扰扰，忙摆香案，以备跪接。那人听说如此，心下仍不相信，远远的见有一匹马来，一个差官飞奔过去。众百姓拦阻马头，问道："你可由城外而来？庐陵王可进城么？"差官道："你们让开，后面随即到了。"那人知是实情，赶着分开众人，没命的跑回家内，气喘吁吁，向着武承嗣道："不好了，庐陵王已经入朝了。方才那个炮声，乃是狄仁杰大队扎营。想必高发弟兄未能成功，这事如何是好？惟恐狄仁杰等人不肯罢休，究寻起来获罪非轻。"武承嗣听了此言，登时大叫一声道："狄仁杰，我与你何恨何仇，将我这锦秀江山得而复去。罢了罢了，今生不能奈何与你，来生狭路相逢同他算帐。"说罢，自知难以活命，一人走进书房，仰药而死。当时武承业见了此事，也知获罪不起，随带了许多金银细软，由后门带领家眷，逃往他方。惟有武三思不肯逃走，心下想："这武后究是我姑母，即便追出实情，一切推到他两人身上，谅武后也要看娘家分上，不肯追求。"

正闹之间，外面已喧嚷进来，说巡抚衙门许多差官衙役，将前后门把守，说刑部现在放了元大人，许敬宗为李飞雄事革职归案审办。现在狄大人与元大人已经奉旨将许敬宗拿下，顷刻便来捉拿他弟兄。武三思听了此言，也不慌忙，一人坐在厅前等候。稍顷，元、狄两人到了里面，先将旨意说明，便要命他同赴刑部。三思道："二位大人既奉旨前来，下官亦何敢逆旨。但此事下官实是不知，乃舍弟与许敬宗同谋。现已畏罪身死，且圣上只命二位大人审问，并未查封家产，舍弟身死，不能听他尸骸暴露，不用棺盛殓之理。权请宽一日，将此事办毕，定然投案待质。若恐下官逃逸，请派人在此防守便了。"元行冲见他如此言语，明知武后断不至将他治死，此时见武承嗣已经自尽，大事无虑，落得做点人情，向着狄公说道："武承嗣乃是要犯，既是畏罪服毒，且奏知圣上，请旨定夺。"当时两人依然回转刑部。这里武三思一面命人置办棺木等件，自己一面入宫。见了武后，哭奏一番，说："前事皆武承嗣所为，现在已经身死。承业恐其波及，复又逃逸。武氏香烟，只剩自己一人，如圣上俯念娘家之后，明日早朝赶速传旨开赦。不然前后皆是一死，便碰死在这宫中。"说罢，大哭不止。此时武后回想从前，悔之已晚，当时也只得准奏，命他回去收殓承嗣。

次日早朝，也就赦旨，说武承嗣虽犯大罪，死有余辜，姑念服毒而亡，着免戮尸示众。武承业在逃，沿途地方访拿解办。三思未与其谋，加恩免议。狄公听了此奏，知是奸臣不能诛绝干净，深以为恨。所幸庐陵王入京，奸焰已熄，目前想可无虑。当下退朝出来，随同元行冲到刑部，升堂将许敬宗审讯。敬宗知是抵赖不去，只得将前后备事直供一遍。随即录了口供，次日奏明朝廷，奉旨斩首。狄、元出朝，随将许敬宗绑赴市曹，所有在京各官，以及地方百姓，受过凌辱之人，无不齐赴法场，看他临刑。到了午时三刻，人犯已到，阴阳官报了时辰，刽役举起一刀，身首异处。百姓见他头已落地，

无不拍掌叫快。许多人拥绕上来，你撕皮，他割肉，未有半个时辰，将尸骸弄得七零八落的，随后自有家属前来收殓。

且说狄公与元行冲监斩之后，入朝复命，武后封他为梁国公，同平章事，入阁拜相。所有元行冲、安金藏等人，皆论功行赏。李飞雄故念自己投城，误听奸计，着免其斩首，带罪立功。众臣次日上朝谢恩。从此那班奸臣皆畏狄公威望，不敢再施诡计。庐陵王居住东宫，每日侍奉武后，曲尽孝思。

谁知乐极悲来，狄公自入京以来，削奸除佞，整理朝纲，全无半刻闲暇，加以年岁高大，精力衰颓，以至积勤成疾。这年正交七十一岁，武后见他年迈，一日问道："卿家百年归后，朕欲得一佳士为相，朝廷文武，可命谁人？"狄公道："文武酝藉，有苏味道、李峤两人。若欲取卓荦奇杰，则有荆州司马张柬之。此人虽老，真宰相材也，臣死之后，以他继之，断无遗误。"武后见了如此保奏，次日便迁为洛州司马。那知狄公保奏之后，未有数日，便身体不爽。到了夜间三更，忽然无疾而逝。在朝各官得了此信，无不哭声震地，感念不忘。五鼓上朝，奏明武后，武后也是哭泣道："狄卿家死后，朝堂空矣。朝廷大事，有谁能决？天夺吾国老，何太早耶！"随传旨户部尚书，发银万两，命庐陵王亲去叩奠，谥法封为梁文惠公，御赐祭奠。回籍之日，沿途地方妥为照料。然后传旨命张柬之为相。

内文导读

历史上的武则天，是一位颇具政治才能的女人。她的才能不仅表现在以令人惊异的谋略击败了强大的敌对势力，夺取了李唐政权，还表现在她对人才的任用上。她能够将各种不同类型的人笼络在自己周围，为自己的政治路线效力。在武则天称帝的二十几年中，她提拔和使用了许许多多的人才。这些人成为她政治的支柱，为维护武周时期的国力起到了巨大的作用。从本书的很多细节看，作者还是遵循这一历史事实的。

　　谁料那班奸臣，见狄公已死，心下无所畏惧，故态复萌，复思奸诈。张昌宗、张易之两人，愈复肆无忌惮。平日狐媚武则天，所有朝廷大臣，阁部宰相，一连数日皆不得见武后之面，庐陵王虽居东宫，依然为这般人把持挟制。张柬之一日叹道："我受狄公知遇，由刺史荐升宰相，位高禄重，不能清理朝政，致将万里江山送与小人之手，他日身死地下，何颜去见狄公？"一人思想了一会，随命人将袁恕已、崔元晖、桓彦范等人请来，在密室商议。袁恕已道："听说武后连日抱病，不能临朝，因此二张居中用事。设有不测，国事甚危，如何是好？"张柬之道："欲除奸臣，必思妙计。现在羽林卫左将军李多祚，此人颇有忠心，每在朝房，凡遇奸贼前来，他便侧目而视。若能与他定谋，除去国贼，则庐陵王便无后虑。"众人齐声道好，说："此人我等皆知，事不宜迟，可令人就此去请。"当下张柬之出来，命人取了名帖，请李将军立刻过来，有要事相商。

　　此时李多祚，正因连日武后抱病，朝政纷纭，一人闷闷在家，长吁短叹，想不出一个善策可以将张昌宗两人除去，忽然家人来禀说："张柬之命人请你会议事。"不禁心下一惊，复又暗喜道："我与他虽职分文武，他这宰相乃是狄仁杰保举。此时请我，莫非有什么妙计？"当时回报，立刻过来。家人去后，随即乘轿来至张柬之相府。柬之先命袁恕已等人退避，一人穿了盛服在后书房接见。两人行礼已毕，叙了寒暄。张柬之见他面带忧容，乃道："目今圣明在上，太子还朝，老将军重庆升平，可为人臣的快事，何故心中不乐，面带忧容？莫非因官职未迁，以致抱憾么？"李多祚见问，知道试探他的口气，乃道："老夫年已衰迈，还想什么迁官加爵。但能如大人所言重庆升平，虽死而无怨。若以华身而论，除国事未能报效，其余也算得富贵两全了。"张柬之见他说了此言，也是同一心病，趁机便将除贼的话与他相商。

第六十四回　张柬之用谋除贼　庐陵王复位登朝

却说张柬之见李多祚所言，也是同一心病，趁机说道："将军可谓富贵双全。但不知今日富贵，是谁所致？"多祚听了此言，不禁起身流泪道："老夫南征北讨，受先皇知遇之恩，以致荐居厥职。今日之富贵，先皇所赐也。"柬之道："将军既受先皇之赐，今日先皇之子为二竖所危，何以不报先皇之德？"多祥到了此时，正是伤心不已，乃道："老夫久有此心，只因未得其便。大人乃朝廷宰相，社稷良臣，苟利国家，惟命是德。"柬之见他此言出于至诚、也就流泪道："此时请将军正为此事，刻下武后抱病，将军能率部下斩关而入，将张昌宗诛绝，然后请武后养病于上阳宫，则唐室江山岂不仍归李姓？"多祚当时哭拜于地道："宰相之言真国家之福，老夫何敢不从。"

当时议定，柬之又命袁恕已等人出来，彼此相见，议论了一番。多祚道："老夫依计而行，设若外有奸人闻风起乱，郧时何能兼顾？必得再有一人，以靖外乱，方可万全。"柬之想了一会，起身道："此人已得之矣。下官在荆州之时，与长史杨元琰泛舟江中，偶谈国事，慨然有匡复之志。自张某入相，引为羽林卫右将军，与将军朝夕相见。其人赤心报国，具有肝胆，何不此时去邀来，共议此事。"李多祚忙道："此人实可与谋，设非宰相言及，几乎忘却。老夫此时便去。"说罢起身，来至杨元琰府内。元琰见是多祚前来，随即出见。看他面有泪痕，忙问道："将军从何而来？为何面色不乐？"多祚道："适自宰相府中至此，闻将军从前为荆州长史，与张公意气相投，不知可有此事么？"元琰道："某一身知遇，惟张公一人，岂仅意气相投而已。"多祚道："既然如此，张公立等，有言面商，特命老夫前来奉约。"杨元琰听了此言，心下已猜着几分，因有家人侍立两旁，不便追问，随即趁轿同至相府。走入里面，见袁恕已这干人全在书房，无不忧形于色。入座问道："相公呼我何来？若有用某之处，万死不辞。"柬之道："将军曾记江中之言乎？此其时矣，不能再缓。"无琰道："某亦久有此心，只因独力难支，未敢启齿。此正为臣报国之秋，何敢退避。"当下六人商议已毕，柬之道："前议虽佳，究竟绝裂。张昌宗虽在宫中，他家下未必无人。莫若用调虎离山之计，引他出来，将他诛杀，岂不是好。"众人道："若能如此，便省无限周折，且免武后震恐。"众人直至三鼓以后，方才各散。

　　次日李多祚打听得张易之每日自回家中，将宫中禁物肆行搬运，至四鼓之时方进宫去。多祚访问清楚，当即选了五百亲信兵丁，到了二鼓之后，借巡夜为名，向张昌宗住宅而来。合当二张诛杀，却巧张易之带了许多宫禁之物，命两个小太监随着自己，由宫内回来。方欲进门，后面李多祚已至，上前喝道："汝是谁人，竟敢犯夜。"张易之见是羽林卫的军兵，那里能受，骂道："汝这许多狗头，不知此地是谁的府上，在此呼喝。"众兵本是李多祚指使，为捉他而来，当时上来数人，将他揪住道："不问是谁的门前，我们李将军要将你带去。"说着也不问情由，早将两手背于后面。小太监想来帮助，无奈身边俱有要物，不敢动手，只得说："汝等勿得罗唣，此乃西宫张六郎府前。若不放手，可获罪不浅。"李多祚见已将张易之拿住，心下好不欢喜，随即上前问道："汝是谁人？可从实说明，本将军自有发落。"张易之连忙答道："李将军，你我皆一殿之臣，我乃张易之，难道未曾见过么？"李多祚道："误国的奸臣，汝既说出姓名，何故深夜不在家中，带着太监意欲何往？为我从实言明。"张易之道："目今武后抱病，方才进宫看视病症。蒙武后龙恩，命小太监送我回来，你何得在门前拦阻？"李多祚道："胡说。这太监身上明有宝物，显见汝偷盗禁物，潜运家中，该当何罪？"说着命人将小太监身上搜查。顷刻上来数人，搜出许多物件。多祚道："汝这奸贼，此乃人赃两获，尚有何赖？显见家中私藏不少了。"随命兵了分一半在门外把守，一半同自己入内起赃。

当时呐喊一声，众兵将太监并易之三人拥入里面。无论男女老少，见一名捆一个，见两名捆一双，上下里外，不下有四五百人，一名未能逃脱。然后将张易之捆倒在地，取出腰刀，在他颈项上试了两下，然后问道："汝是要死要活？"张易之到了此时，早吓得魂飞天外，连忙答道："蝼蚁还想贪生，谁人肯死？"多祚道："你既要活，可快命人入宫，将你哥哥喊来，问他迁我何官，送我多少银两。说明之后，随后不但不杀你，还要感激。"张易之不知是计，疑惑他因未升官故尔挟仇，忙道："这事容易。"立刻命人前去，说家中出有要事，请六郎即速回来，千万勿误，再迟便有性命之虞了。

当时释放了一个家人，领着易之的言语，拼命的奔入宫中，照着原话说了一遍。张昌宗正伏伺武则天安睡已毕，听了此言，便鬼使神差，随着原人趁轿回来。以为李多祚见了自己，总要看点情分，将兄弟释放。谁知才到里面，兵丁看见，齐声喊道："奸贼来也，莫要为他逃走。"只见你推我拥，早将张昌宗捆起，押至厅前。昌宗见了多祚之面，还未知道是他的妙计，忙道："李将军快来救我。你手下的兵士不知道我的权势，竟敢将我捆起，你还不为我解下。"多祚喝道："汝想谁救汝？乱臣贼子，人人得而诛之。汝欺君误国，死有余辜，今日还想活命么？"当时吩咐将张昌宗弟兄斩首，所有家属数百人全行杀戮。独将两名小太监放去。这两人是死里逃生，自是没命跑回宫中。谁知张柬之、袁恕已等人，已到玄武门内。太监到了里面，正值武后查问，赶忙奏道："不好了，右羽林卫将军李多祚谋反，现已将张六郎弟兄杀死。"武则天虽在病中，听说有人谋反，知道李多祚有兵权在手，赶着起身问道："谁人作乱？何不拿下。"此时张柬之等人皆已听见，随即在外答道："张易之、张昌宗两人欺君误国，久存谋反之心。今趁陛下病中，欲行己志，又将宫廷禁物私运家中，臣等奉太子之令，特命右羽林将军李多祥将两贼斩首，以杜乱萌。"

正说之间，桓彦范同敬晖等人已将太子由东宫请出，来此候旨。武后见了他面，乃道："是汝指使耶？小子既诛，可还东宫而去。"此言未毕，桓彦范领着众人跪于阶下，奏道："太子乃天下明君。昔先皇以爱子托陛下，国家王器自有所归。今年齿已长，既蒙加恩由房州赦归，久居东宫恐失民望。人心天意，久思李氏，虽有二张为乱，君臣不忘先皇之德，故奉太子诛乱臣。陛下春秋已高，理合静养余年，以臻上寿。从容闲暇，含饴弄孙，愿传位于太子，以顺天人之望。"武后到了此时，只得准奏。

当时庐陵王谢恩已毕，此时正值四鼓以后，将次临朝。张柬之赶忙为庐陵王换了天子章服，来至金殿御案前坐下。张柬之随敲了龙凤钟鼓，朝房文武有一半得知此事，其余尚不知道。忽然听得钟鼓齐鸣，无不惊讶，若非有了大典，何以两器同敲。当下众臣纷纷入朝，两班侍立。再朝金殿上一望，正是惊者大惊，喜者大喜，不知庐陵王何以复登龙位。张柬之高声说道："在廷文武大小臣工，兹因张昌宗、易之两人谋为不轨，张某奉太子之命，率同

李多祚等人将昌宗斩首。既蒙武后传旨，传位东宫，今日登极之初，理合排班恭贺。"众人听了此言，无不俯伏金阶，行那君臣之礼。庐陵王首先传旨，率百官上武后尊号。称为则天大圣皇帝，徙居上阳宫。每日请安问膳，定省晨昏，曲尽子职。

次日，大赦天下，后人称为中宗。随又传出一道圣旨：加封狄仁杰公爵，世袭罔替；张柬之、桓彦范、袁恕已这一干人，皆加封侯爵；李多祚封为勇猛侯；刘豫升为怀庆府；胡世经着来京升用。其余有功大臣，哨弁偏将，无不加封实职。从此太平无事，君明臣良，官为国家，民知君上，江山万里依然李氏家传，社稷千秋，终赖狄公政治。

内文导读

真实的历史可能和狄公毫无关系，历史事实是，长安四年（704年），武则天病居迎仙宫，张易之、张昌宗侍奉左右，外人不得入内。朝中大臣以张柬之、崔玄暐、敬晖、桓彦范、袁恕已等为首，也见机秘密谋划，准备除掉二张，拥立中宗。神龙元年（705年），82岁的武则天病重。正月，宰相张柬之、右羽林大将军李多祚、左威卫将军薛思行等人发动神龙政变，突率羽林军五百余人，从玄武门冲入紫微城，在迎仙宫杀张易之、张昌宗。武则天无奈，先令太子监国，次日传位。隔了一天，李显在通天宫即位，大赦天下。